RUDOLF NAUJOK

Brücke am Kanal

RUDOLF NAUJOK

Brücke am Kanal

Erinnerungen an meine Jugend
im Memelland 1903 – 1918

Herausgeber: Herwarth Naujok

Bibliografische Information der *Deutschen Nationalbibliothek:*
Die Deutsche Nationalbibliothek verzeichnet diese Publikation in der
Deutschen Nationalbibliografie; detaillierte bibliografische Daten sind im Netz
über dnb.dnb.de abrufbar. Die automatisierte Analyse des Werkes, um daraus
Informationen insbesondere über Muster, Trends und Korrelationen gemäß
§44b UrhG („Text und Data Mining") zu gewinnen, ist untersagt.

Diese Publikation enthält unter „Quellen" Links auf Webseiten Dritter,
für deren Inhalte wir keine Haftung übernehmen, da wir uns diese nicht zu
eigen machen, sondern lediglich auf deren Stand zum Zeitpunkt der
Erstveröffentlichung verweisen.

Die Bücher von Rudolf Naujok sind in der
Stadtbücherei Bad Camberg ausleihbar, siehe S. 247

3. Auflage, Paperback, Dezember 2024
© 2024 Herwarth Naujok, Bad Camberg
Text: Rudolf Naujok, ca. 1964
Lektorat: Jürgen Siebert
Satz: Jürgen Siebert
Schriften: Franziska und FF Real (Landkarten)
Umschlagestaltung: hitext
Schriften: Fanfare, Grantig, FF Mark
Landkarten: hitext
Fotos: Fam.Naujok, Stadtarchiv Bad Camberg, A. Schorn, W. Schmidt
Verlag: BoD · Books on Demand GmbH, In de Tarpen 42, 22848 Norderstedt
Druck: Libri Plureos GmbH, Friedensallee 273, 22763 Hamburg
Dank an: Julian Fincker (Grantig), Ferdinand Ulrich (ck-Ligatur),
Pressebüro Hadi Stiel (Korrektorat), Stadtarchiv Bad Camberg
ISBN: 978-3-7597-2409-0

" Die Welt ist immer so wie du:
Ein Lächeln und sie lacht dir zu,
ein wenig Trotz, ein wenig Zorn,
und statt der Rose blüht der Dorn. **"**

SIMON DACH
* 29. JUL 1605, MEMEL
† 15. APR 1659, KÖNIGSBERG

Krimhild Naujok sel. A.

Inhalt

Camberg 1951: Rudolf Naujok mit seiner Frau Helene (vorne) und den Kindern Herwarth, Hans-Joachim und Renate (v. l. n. r.)

Vorwort

ICH HOLE ETWAS WEITER AUS mit meiner Einleitung, um der Leserschaft nachzuzeichnen, wie und warum es zur späten Veröffentlichung dieser autobiografischen Erzählung meines Vaters kam.

Nach der Flucht aus dem Memelgebiet zog unsere Familie 1949 von *Stelle* bei Hamburg nach Camberg. Ich war 8 Jahre alt. Mein Vater Rudolf Naujok war von Beruf „Taubstummenoberlehrer", so lautete damals die Berufsbezeichnung. Im Nebenberuf war er seit seiner Jugendzeit ein leidenschaftlicher Autor und Verfasser mehrerer Romane. Die Gehörlosenschule in Camberg war jetzt sein neuer Arbeitsplatz, und die Familie wohnte bis 1957 im Schulgebäude.

Mit 16 Jahren lernte ich meine spätere Frau Krimhild kennen. Sie machte gerade eine Ausbildung zur Sekretärin und Stenotypistin. Mein Vater suchte damals dringend jemanden, der ihm bei der Übertragung von Manuskripten und ähnlichem helfen könnte. Er selbst tippte auf seiner Schreibmaschine mit einem oder zwei Fingern, Krimhild beherrschte Steno und das Zehnfingersystem.

Für meinen Vater war sie die perfekte Assistentin. Wenn er im Wohnzimmer, das auch sein Arbeitszimmer war, auf und ab ging, konnte er ihr seine Gedanken fast druckreif in den Block diktieren, eine große Stärke meines Vaters.

Ich bin mir heute nicht mehr ganz sicher, ob Krimhild schon damals die vorliegenden Kindheitserinnerungen als Urtext erfasst und mit meinem Vater mehrfach korrigiert hat oder erst später.

1957 zog die Familie in die Kleiststraße, in eines der sogenannten „Trauthäuser", das mein Vater gekauft hatte. Nach dem Abitur studierte ich an der mathematisch-naturwissenschaftlichen Fakultät der Uni Hamburg Forst und Holzwirtschaft.

Inzwischen war Krimhild als Sekretärin im Hessischen Kultusministerium in Wiesbaden beschäftigt. Sie arbeitete in der Haushaltsabteilung, die für die Finanzierung der hessischen Hochschulen zuständig war. Zu dieser Zeit führte der damalige Staatssekretär Müller die Fachlehrerausbildung für musisch-technische Fächer neu ein. Krimhild nutzte diese Chance, um sich beruflich weiterzuentwickeln. Sie gehörte zu den ersten Absolventen/innen dieses neuen pädagogischen Ausbildungszweiges.

Mein Vater, ein erfahrener Pädagoge, unterstützte sie geduldig in dieser herausfordernden Phase ihrer Ausbildung. Krimhild schloss 1966 ihr Studium mit den Fächern Sport und Werken ab und arbeitete nach dem Referendariat in beiden Fächern viele Jahre an der Grundschule Bad Camberg.

Wir heirateten 1967. Ich war mitten im Examen, Krimhild bereits Lehrerin im Vorbereitungsdienst. Im November 1969 verstarb mein Vater. Wir hatten zu dieser Zeit bereits zwei Kinder, Ricarda und die zwei Monate alte Ulrike. Wir wohnten in der Nähe von Tübingen, wo ich als junger Diplom-Holzwirt in leitender Position bei einer Fertighausfirma arbeitete.

Im Berliner Testament meiner Eltern hieß es in einem Absatz: „Die Verwaltung und Vertretung meiner literarischen Rechte einschließlich meiner Manuskripte soll mein Sohn Herwarth unmittelbar nach meinem Tod übernehmen und zwar für Rechnung des Vorerben und der drei Nacherben."

Ich kann heute mit Sicherheit sagen: Dass mein Vater bei der Abfassung des Testaments und der Regelung des literarischen Nachlasses an mich und nicht an meine älteren Geschwister gedacht hatte, verdanken wir der guten Zusammenarbeit zwischen Krimhild und ihm. Er hegte die Hoffnung, dass sie mich dabei unterstützen würde. Und so kam es.

Bald fühlten wir uns in Württemberg nicht mehr wohl. In Hessen bestand Anfang der 70er Jahre ein großer Lehrermangel, insbesondere an den Berufsschulen. Über das Diplomandengesetz bewarb ich mich als Lehrer und bekam als Seiteneinsteiger eine Referendarstelle an der Bauberufsschule in Frankfurt.

Wir zogen wieder nach Camberg. Unsere Bemühungen, einen Verlag für zwei unveröffentlichte Manuskripte meines Vaters zu finden, blieben jedoch erfolglos. Romane und Erzählungen, die in den nach dem Zweiten Weltkrieg verlorenen deutschen Ostgebieten spielten, waren nicht mehr gefragt. Also entschloss ich mich, im Selbstverlag zu publizieren. 1980 fand ich im Camberger Verlag Ulrich Lange einen Partner, mit dem ich den Liebesroman „Vincenz und Jadwiga" herausbrachte, der hauptsächlich in der Stadt Posen spielt, heute die fünftgrößte Stadt Polens. Mein Vater war dort zu Beginn des Krieges an der Gehörlosenschule angestellt.

Das Manuskript von „Brücke am Kanal" geriet nie in Vergessenheit, sondern hatte einen festen Platz auf der Liste der unerledigten Projekte. Nach dem plötzlichen und unerwarteten Tod meiner Frau im November 2018 nahm ich die Idee wieder auf, die Kindheitserinnerungen meines Vaters im Selbstverlag zu publizieren. Der Druck der Realisierung lastete nun allein auf meinen Schultern.

Mit Jürgen Siebert, einem Neffen von Krimhild, hatten wir schon früher über eine Veröffentlichung gesprochen. Er hat Erfahrung in diesem Bereich, unter anderem durch das 1994 herausgegebene Heimatbuch „Nur ein Lebenszeichen" von Friedrich Heil, dem Großvater von Krimhild und Urgroßvater von Jürgen.

Er war unserem Vorhaben gegenüber sehr aufgeschlossen, aber das Projekt verlief zunächst im Sande und wurde verschoben. Nachdem Jürgen 2021 ein weiteres Buch mit Texten von Friedrich Heil veröffentlicht hatte („Vom Regen in die Traufe"), kam wieder Schwung in das Projekt „Brücke am Kanal". Jürgen machte mächtig Druck, und das war auch gut so.

Abschließend noch einige Hinweis auf hilfreiche Passagen im hinteren Teil des Buchs, die das Lesen und Verstehen der geschilderten Erlebnisse erleichtern:

- In der erstmals veröffentlichten Erzählung *Liebeserklärung an Camberg* (S. 226 – 231) beschreibt mein Vater den ersten Besuch seiner Wahlheimat, mit der er zunächst fremdelte, um sie schon einen Tag später in sein Herz zu schließen.
- Der *Werdegang* meines Vaters (S. 236 – 239) fasst sein Leben auf vier Seiten zusammen.
- Die *Ahnentafel* (S. 240 – 241 stellt sechs Generationen der Naujok-Familie von 1828 bis heute dar.
- Auf den *Memelland*-Seiten (S. 242 – 245) zeigen vier Landkarten die Orte und Schauplätze, denen mein Vater in seiner Kindheit begegnet ist.
- Die vollständige *Bibliografie* (S. 246 – 249) enthält alle Romane, Herausgeberprojekte und ausgewählte Artikel von Rudolf Naujok.

HERWARTH NAUJOK, JUNI 2024

„Man sollte Bindungen meiden. Bindungen an Menschen, Bindungen an Tiere, Bindungen an Dinge. Wenig zu brauchen ist göttlich. Man soll in Distanz leben. Aber: Lebt man dann? Lebt man dann nicht am Leben vorbei? Ja, so ist es wohl. Wer dem Schmerz ausweichen will, geht dem eigenen Leben aus dem Weg. Der entwickelt sich nicht mehr. Der ist tot, obwohl er lebt."

RUDOLF NAUJOK

Prolog

EIN KIND WIRD GEBOREN. Dieses Kind bin ich. Die nicht alltägliche Geschichte dazu wurde mir später so oft erzählt, dass ich sie fast im Traum wiedergeben kann.

Meine Mutter lag hingebungsvoll in einem weißen Bett, natürlich nicht ohne Furcht. Das Fenster des Zimmers war geöffnet. Draußen sangen die Vögel in einem parkähnlichen Garten, wo die Früchte an den Apfelbäumen glatte Rundungen bekamen. Die Sonne schien, es war eigentlich ein Sommertag wie viele andere.

Vielleicht war es auch schon etwas spätsommerlich, mit einem leichten Hang zur Ruhe und zum Nachdenken. Ich stelle mir immer vor, dass die Atmosphäre des ersten Lebenstages einem Kind auch etwas mitgeben muss.

Der Arzt ging nervös im Zimmer auf und ab. Immer wieder beugte er sich über meine Mutter und lauschte den Herztönen des jungen Lebens.

„Beide leben noch", murmelte er zufrieden. Beide? Das konnte nur bedeuten, dass Zwillinge zu erwarten waren. Der Arzt hatte keinen Zweifel daran gelassen, dass die Geburt sehr schwierig verlaufen würde. Es war eine Erstgeburt, und meine Mutter war schon im fortgeschrittenen Alter. Damals erwartete man von einer Frau in diesem Alter eher etwas Matronenhaftes als eine junge Ehe.

Nun begannen die Wehen und die Unruhe meiner Mutter über so viel unerwartete Brutalität der Natur. Der Arzt, der berühmte *Dr. Hurwitz* aus Memel*, musste seine Erfahrung und sein ganzes Können aufbieten, um der schwierigen Situation Herr zu werden.

Abgesehen davon, dass ich der Erstgeborene war, gab es in den ersten Stunden meines Lebens keine erfreuliche Nachricht. Meine schmächtige Gestalt und mein Gewicht von nicht einmal vier Pfund entlockten dem Arzt nur ein verächtliches Brummen.

„Er ist nicht lebensfähig", flüsterte er der Hebamme zu, „legen Sie ihn vorerst auf das Fensterbrett!" Die Gute hatte Mitleid mit mir und packte mich wenigstens rasch in ein paar Windeln ein.

So lag ich da. Der Wind strich über mich, ich fühlte ihn nicht. Die Vögel sangen, ich hörte sie nicht. Die Sonne schien, ich sah sie

---

*heute Klaipėda, Hafenstadt in Litauen

nicht. Nicht einmal zu einem ersten kräftigen Lebensschrei konnte ich mich aufraffen.

Man hatte mich hier zum Sterben hingelegt. Nach dem medizinischem Wissen der damaligen Zeit sollte ich bald wieder dorthin zurückkehren, woher ich gekommen war. Aber die Schulmedizin vergaß für den Augenblick, was *Pfarrer Kneipp* stets gepredigt hatte: dass frische Luft und Sonne etwas zu leisten vermögen.

Unterdessen erblickte mein Bruder das Licht der Welt und wurde wegen seiner kräftigen Gestalt mit anerkennenden Worten in die Gemeinschaft der Lebenden aufgenommen. Er bekam einen Klaps auf den Hintern, fing an zu schreien und wurde auf die Waage gelegt, worauf der Arzt triumphierend „acht Pfund" verkündete.

Mein Bruder hatte sich also auf meine Kosten rund und fett gefressen und nicht daran gedacht, ehrlich zu teilen. Oder hatte ich mich nicht genügend gewehrt und um mein Recht gekämpft? Zeigte sich hier schon das Gesetz, nach dem ich angetreten war?

Jedenfalls lag er nun in der Wiege, ich auf dem Fensterbrett. Der Arzt wandte sich wieder meiner Mutter zu, wo noch viel zu tun war. Nach einer halben Stunde zog er die Gummihandschuhe aus, wusch sich die Hände, krempelte die Hemdsärmel hoch und schaute in die Wiege.

Die Krankenschwester stellte sich neben ihn, um gemeinsam das Neugeborene zu bewundern. Das Kind lag mit dem Köpfchen auf der Seite und schien zu schlafen. Doch plötzlich wurde der Arzt misstrauisch, griff nach seinem Stethoskop, schob die Kissen beiseite und lauschte den Herztönen.

„Nichts! Das Kind ist tot!", flüsterte er entsetzt. Er stürzte zum Fenster. Dort strampelte ich, nicht sehr energisch, aber immerhin wahrnehmbar, und sendete mit meinen viel zu kleinen Fingern die ersten Zeichen.

„Er lebt! Schnell, Schwester, tauschen wir die Kinder!" So kam ich in die Wiege und mein lieber Bruder leider ins Grab.

Wenn ich später als Patient zu Dr. Hurwitz in die Börsenstraße kam, nun erwachsen und mit normalem Gewicht, sodass man mir die ersten elenden Stunden meines Lebens nicht mehr ansah, klopfte er mir nach der Untersuchung immer leutselig auf die Schulter und sagte: „Wissen Sie eigentlich, dass ich Sie auf die Welt gebracht habe?"

„Ach nee", antwortete ich, „Ich dachte, das war meine Mutter!"
„Ja, aber ohne mich wäre die Geburt schiefgegangen. Du hättest nicht überlebt!"
,Du Filou!', dachte ich mir, denn ich kannte die wahre Geschichte ganz genau.

1 Mein Vater, auf Brautschau

JETZT MÖCHTE ICH von meinem Vater erzählen. Dabei ist mir, als käme ich mit ihm ins Gespräch, obwohl ich ihn fast gar nicht gekannt habe. Er war ein mittelgroßer Mann, der ein wenig hinkte. Wann und wo er sich das Beinleiden zugezogen hatte, konnte ich nie in Erfahrung bringen. Seine Gestalt steht mir nur sehr verschwommen vor Augen, aber seltsamerweise so, dass ich ihn sofort erkennen würde, wenn er in mein Zimmer käme.

Das einzige Erinnerungsstück an ihn ist ein Foto. Ein armseliges Bild, vielleicht auf dem Jahrmarkt in Memel aufgenommen, zu einer Zeit, als das Fotografieren noch eine große Attraktion war. Das Foto ist leider bei der Flucht aus Memel verloren gegangen, aber ich habe es noch gut in Erinnerung.

Da steht er vor mir in einem altmodischen blauen Anzug und trägt eine niedrige blaue Kurenmütze* auf dem Kopf. Er könnte ein Schiffer sein, der Kapitän eines kleinen Dampfers, der Holzflöße hinter sich herschleppt.

Die kräftige, wohlgeformte Nase verleiht dem Gesicht, das in einem dunklen Spitzbart endet, etwas Kühnes. Die Augen hat der Fotograf in Ermangelung besserer Möglichkeiten mit Tusche eingesetzt, dadurch wirken sie etwas stechend und nicht organisch in das Gesicht eingefügt. Dem Bild fehlt das Beseelte, aber es gibt wenigstens die äußeren Züge wieder.

Er war, wenn man den Erzählungen glauben darf, ein stiller Mensch, etwas schüchtern und zurückhaltend, aber liebenswürdig, menschenfreundlich und von tiefsinnigem Humor. Allerlei Sprüche, die darauf schließen lassen, wurden mir noch in meiner Jugend von Menschen erzählt, die ihn gut kannten.

---

*Kuren, baltischer Volksstamm

So etwa diese Lebensweisheit: „Na, hären Se mal, wenn einer die Fünf gerade sein lässt, dann geht's noch. Aber wenn einer die Sieben oder gar die Neun gerade sein lassen will, dann schlägt's dreizehn."

Besonders erwähnt wird seine Güte, die in vielen kleinen Zügen zum Ausdruck kam. Alles Hinterhältige und Intrigante war ihm zuwider. Er hatte keine starren Grundsätze, außer denen, die jeder Mensch braucht, um einigermaßen anständig durchs Leben zu kommen. Politischen und weltanschaulichen Fragen begegnete er mit Großzügigkeit und Toleranz. Er war in keiner Hinsicht besonders aggressiv oder aktiv und sah das Leben lieber wie einen großen Strom an sich vorbeifließen.

Wenigstens ließ er sich nichts gefallen. Wenn er wütend war, konnte er außerordentlich ausfallend werden. In unserem Gasthof verkehrten im Winter viele Holzarbeiter, die, wenn sie betrunken waren, gerne randalierten und aus Tischen und Stühlen Kleinholz machten. Mein Vater brauchte nur die Stirn in Falten zu legen, dann wussten auch die torkelnden Gestalten, dass die Grenze dessen, was sie sich erlauben durften, erreicht war. Mein Vater, der wohl auch einen kleinen Hang zum Jähzorn hatte, war sich nicht zu schade, mit dem Stock dazwischenzufahren. Mehr als einmal hat er einen wild gewordenen Streithahn persönlich aus der Gaststube geworfen. Seine körperliche Kraft war bekannt und gefürchtet.

All das schloss ein feines Gerechtigkeitsempfinden nicht aus. Wenn er im Zorn zu weit gegangen war, unterließ er es nie, sich zu entschuldigen. Er besaß die große Gabe, sich mit allem und jedem zu versöhnen, auch dort, wo er nicht auf ebenbürtige Charaktere traf. Möglicherweise trug sein nicht übertriebenes, aber tief verwurzeltes Christentum zu dieser Haltung bei, die nicht immer angebracht war.

Sein Leben erinnert mich an das mancher amerikanischer Schriftsteller, wie es uns auf der Rückseite von Taschenbüchern nicht ohne verhaltenen Stolz verkauft wird. Da begegnen wir einem Bestsellerautor, der Hafenarbeiter, Tellerwäscher, Maurer, Nachtwächter, Diener, Fischer, Orangenpflücker, Cowboy und – für einen deutschen Geist unfassbar – plötzlich Universitätsprofessor ist.

Nun, zum Professor hat es mein Vater nicht gebracht. Immerhin war er Herrenschneider, Gutsinspektor, Besitzer einer Fischräucherei in Memel, ein Handwerk, das er in Kiel erlernt hatte, zuletzt

Gast- und Landwirt in einer Person. Ob dazwischen noch andere Stationen lagen, die zu nichts führten, weiß ich nicht.

Als er von seinen Wanderjahren müde und wohl auch etwas mutlos zurückkehrte, wohnte er bei seiner Schwester auf dem Gut *Adlig Kackeln* in Dinwethen*. Er verbrachte seine Tage weitgehend tatenlos. Weil er im Leben so vieles versäumt hatte, glaubte sie, ihn mit fünfundvierzig Jahren noch „erziehen" zu müssen. Wenn nur ihr Gesicht am Fenster erschien, so erzählt man sich, ließ er die Schönen aus dem Nachbardorf, zu denen er sich zu einem Schwätzchen gesellt hatte, stehen und humpelte eilig an seine Arbeit.

Das alles behagte ihm nicht sehr. Er sann darauf, seine Wanderjahre in dieser oder jener Form fortzusetzen. Dabei brachte ihn eine Begegnung auf einen ganz neuen Gedanken.

Die Szene ereignete sich bei bedecktem Himmel und leise rieselndem Regen, als mein Vater die große Viehherde hütete, um sich wenigstens etwas nützlich zu machen. Er stand mit seinem Stock unter einigen alten Bäumen, in der Nähe einer Kiesstraße. Er sah einen Mann auf sich zukommen, der ebenfalls unter den Bäumen Schutz suchte, obwohl er einen ledernen Regenmantel trug. Sie kamen ins Gespräch. Mit wem kam mein Vater nicht ins Gespräch?

Und so erfuhr er, dass dieser Mann herumreiste und das tat, was heute Zeitungen und Illustrierte tun: heiratswillige Leute zusammenbringen. Es war ein Heiratsvermittler, und solche Leute werden in der ostpreußischen Literatur der älteren Jahre nicht ohne Humor beschrieben.

Er kramte sogleich eine Menge Fotos aus einer Mappe und überreichte sie meinem Vater unter einem Schwall von Worten. Dieser nahm sie zunächst amüsiert entgegen, in erster Linie, um sich an diesem verregneten Tag die Zeit zu vertreiben. Doch dann kam ihm der Gedanke, dass sich hier vielleicht eine Möglichkeit ergibt, seinen hochnäsigen Verwandten zu entkommen.

Also sah er sich die Offerten genauer an. Da waren junge und ältere Damen und auch lebensfrohe Witwen, die ihn auf verblassten, abgegriffenen Fotos anhimmelten. Schlanke und rundliche, blonde und schwarze, bäuerliche Gesichter, aber auch solche, die kultiviert und attraktiv aussahen. Alles in allem war es keine schlechte Sammlung. Mein Vater wunderte sich, dass diese schönen Frauen es nötig

---

*Dinvečiai (Litauen)

hatten, sich diesem Mann in einer so intimen Angelegenheit zu offenbaren. Vielleicht lag es an der weiten Einsamkeit des Landes. Das ewige Werbelächeln war damals noch nicht erfunden. Auch Lippenstift und Schminke, die man schon in den Gräbern der Etrusker und Ägypter gefunden hatte, waren noch nicht bis in die Einsamkeit des nördlichen Ostpreußens vorgedrungen. Und so wirkten die Gesichter auf den Fotografien sehr natürlich, manche etwas störrisch, als wollten sie sich nur widerwillig fremden Blicken aussetzen – zumindest für diesen Zweck.

Das Wichtigste aber waren, wenn man den Worten des Heiratsvermittlers Glauben schenken durfte, nicht die Bilder, sondern die auf der Rückseite der Fotos eingetragenen Vermögensverhältnisse. Dort standen in der sorgfältigen Handschrift jener Jahre Name und Adresse und gleich daneben die Höhe der Mitgift, das zu erwartende Erbe oder die Größe des Bauernhofs, der Gastwirtschaft, der Ziegelei, denn meist handelte es sich um ländliche Schönheiten.

Der Blick meines Vaters blieb an einem Foto hängen, das eine Frau in den Vierzigern zeigte, vielleicht auch älter. Sie hatte ein freundliches Gesicht, ein entschlossenes Gesicht, das Gelassenheit und Lebenserfahrung ausstrahlte. Dann drehte er die Karte um und sah, dass sie selbst ihre wirtschaftliche Situation ziemlich krakelig und ausführlich auf der Rückseite beschrieben hatte.

Dort stand: „Liesbeth Fleiss, Witwe, Gasthof *Starrischken* am König-Wilhelm-Kanal*, zwei Meilen südlich von Memel, sechzig Morgen Land, vier Morgen Wald, fünf Morgen Sand, Haus, Stall und Scheune, großer Obstgarten, fünf Kühe, zwei Pferde, ein Kutscher, zwei Mägde, ein Instmann** mit Frau in einem zum Gasthof gehörenden Insthaus, viel Kleinvieh und Federvieh, Kolonialwaren und Ausschank, Ausflugsort mit eigenem Anlegesteg am Kanal, Fischereigerechtigkeit, einige Zimmer für Sommergäste."

Mein Vater gab dem Mann zehn Mark und steckte das Foto in seine Brusttasche. Er schlug den Kragen seines Ledermantels hoch und stapfte in den Regen hinaus, während die Kühe ihm mit gesenktem Kopf und nassem Fell nachschauten.

Schwer zu sagen, was meinen Vater an diesem seltsamen Handel gereizt hat. Die Frau, der Besitz, die Möglichkeit, hier wegzukommen

---

* Stariške, am Karaliaus Vilhelmo kanalas (Litauen)
** landwirtschaftlicher Arbeiter mit festem Arbeitsvertrag

und neu anzufangen, oder die schöne Gegend am Kurischen Haff. Er wurde in Feilenhof* geboren und wuchs in dem alten Holzhandelhof in Windenburg** auf der Vogelhalbinsel*** am Haff auf. Vielleicht lockte ihn jetzt die Weite des Haffs, der Geruch von Schlamm, Schilf und Einsamkeit, der Kiefernwald, das Gekrächze der Möwen und jungen Raben, das ihm seit seiner Kindheit im Ohr lag.

Er trieb das Vieh ins Gatter und betrat das Gutshaus noch aufrechter als zuvor, sodass meine Tante schon den frischen Wind spürte und erstaunt den Kopf hob.

„Ich fahre morgen in die Stadt", sagte mein Vater.

„Das passt gut", erwiderte sie. „Es gibt viel einzukaufen. Ich schreibe dir auf, was wir alles brauchen. Nimm den Marktwagen und die beiden Braunen. Trudchen und Grete kannst du auch mitnehmen. Die Kinder brauchen auch mal Abwechslung."

„Ich nehme niemanden mit, denn ich habe persönliche Dinge zu erledigen und kann nicht Gouvernante spielen."

„Das klingt sehr geheimnisvoll", sagte sie spitz.

„Ist es auch", antwortete er kurz.

In der Nacht schlief er schlecht, wälzte sich hin und her und bedachte die Lage im wahrsten Sinne des Wortes von allen Seiten. Ihm fiel das Sprichwort vom Blinden ein, der die Augen auftun solle, denn eine Heirat sei kein Pferdekauf. Mit diesem und anderen gut gemeinten Weisheiten, die im Lesebuch so großartig und im Leben so fragwürdig richtig sind, ging die Nacht zu Ende.

Er rasierte sich gründlicher als sonst und zog seinen besten Anzug an. Zum Frühstück aß er ein Ei, eine große Scheibe Schwarzbrot mit Tilsiter und eine zweite Scheibe mit frischer Weidebutter, auf der goldgelber Honig eigentümliche Rinnsale bildete. Dazu trank er drei Tassen guten Bohnenkaffee. Das, so glaubte er, würde dem Tag seinen inneren Schwung geben.

Die beiden Braunen, Trakehner in den mittleren Jahren, zogen spielend den leeren Wagen auf der kiesgeschütteten Straße. Es war ein herrlicher Augustmorgen, und das flache Land mit seinen Kartoffel- und Roggenfeldern, den Lupinen und dem üppigen Klee sah taufrisch aus. Überall wurde der Roggen gemäht, noch mit der

---

* Kreis Heydekrug, heute Muižė
** Ventė
*** Windenburger Eck (Ventės ragas)

Sense, die Binderinnen in ihren weißen Kopftüchern gingen hinter den mähenden Männern her. Vereinzelt winkten Leute über die Straße. Es lag eine gute Stimmung über dem Land. Erntestimmung.

Er fuhr am Gut Löllen* vorbei, durchquerte Klemmenhof*, gleichfalls ein großes Gut, wo alles in Bewegung war, streifte die Barschken*-Schule, wo die Kinder gerade hinter dem mit Fliederbüschen abgesteckten Hof ihr Frühstücksbrot aßen, und gelangte in die romantischen Bachmanner* Berge. Plötzlich sah er von oben die Stadt.

Die Sonne lag über den roten Dächern der Stadt Memel, über den Kirchtürmen und Fabrikschornsteinen. Dahinter glitzerte und funkelte etwas. War es das Haff oder die Ostsee? Vorn schlängelte sich ein Fluss durch grüne Wiesen, die Dange*. Über das weite Tal schob sich ein Damm, der Bahndamm, auf dem gerade ein D-Zug leicht bremsend in den Bahnhof einfuhr. Woher kam er? Aus Tilsit**, Königsberg*** oder Berlin. Wahrscheinlich war es der Nachtzug, der gestern den Bahnhof Friedrichstraße verlassen hatte und in der Zeit, in der der kleine Zeiger der Uhr das Zifferblatt einmal umrundet hatte, den ganzen östlichen Teil Deutschlands durchquert hatte.

Weiter ging es nicht, jedenfalls nicht für den D-Zug. Drüben, wo die blauen Wälder im Osten den Horizont verstellten, knappe fünfzehn Kilometer von hier, befand sich schon die russische Grenze.

Nun ratterte der Wagen leicht bergab auf die Stadt zu. Links der verträumte Friedhof Wilhelmshöhe, rechts der Fluss, gegenüber die Holzfabrik Luisenhof. Hinter dem Eisenbahntunnel begann die Steinstraße, Kopfsteinpflaster, auf dem die Hufe der Pferde Funken schlugen.

Es roch nach geschältem Holz, da war der Holzplatz Sachs, und es roch auch nach Kamille, reifer Schafgarbe und blauen Lupinen. Die kleinen Holzhäuser von Janischken**** begannen in der Sonne auszutrocknen. Die Frauen zogen die Fensterläden zu. Ein heißer Tag stand bevor.

Mein Vater betrachtete alle Eindrücke der Reise mit großen Augen. Er war in jener seltsamen Stimmung, die der Wirklichkeit einen übertriebenen Glanz verleiht.

---

* Leliai, Klemiškė, Barškiai, Paupis, Dangė
** heute Sowetsk, in der russischen Oblast Kaliningrad
*** Kaliningrad, die vormals deutsche Hauptstadt Ostpreußens
**** Janiškė

Mechanisch zog er den Zettel aus der Tasche, auf dem meine Tante die vielen Dinge notiert hatte, die er mitbringen sollte. Da war es, das *Gut Janischken*, romantisch gelegen an einem großen Teich, in dem die Wasserrosen blühten und das Schilf sich sanft in der Sonne wiegte.

Plötzlich roch es nach Hopfen und gegorener Gerste, ein bitterer und zugleich würziger Geruch, der die Nähe der großen Aktienbrauerei verriet. Er fuhr auf den Hof und ließ drei Achtel Bier auf den Wagen laden, der Vorrat für das nahende Erntedankfest.

Die nächste Station war die Jahnsche Mühle. Er ging ins Büro, kaufte, was auf seinem Zettel stand, und neckte das große, sehr rundliche, strohblonde Fräulein an der Kasse – wie immer. Dann stand er am Wagen und sah zu, wie die Mühlburschen ein paar Zentner Mehl aufluden.

Durch das Steintor, das nur noch dem Namen nach ein Tor war, ging es in die eigentliche Stadt. Sein Ziel war der große Kolonialwarenladen Schütz in der Friedrich-Wilhelm-Straße. Er lenkte den Wagen auf den sehr geräumigen Hof, fand noch einen Platz in der Unterfahrt, stieg aus und spannte die Pferde ab. Nun konnten sie etwas ausruhen. Knapp die Hälfte des Weges war geschafft.

Er sah zu, wie der Bursche den Pferden einen Haufen Klee vorlegte und sie mit einem Eimer voll Wasser tränkte. Dann klopfte er sich den Anzug ab und ging in den Laden, wo er eine Menge einzukaufen hatte, vom Petroleum bis zu den Heringen, vom Peitschenstiel bis zur Stalllaterne.

In der guten Stube, neben dem überfüllten Schankraum, wo die Bauern mit Mütze auf dem Kopf und der Peitsche in der Hand herumstanden, fand er seinen Nachbarn, den *Gutsherrn von Paugen*. Anscheinend kaufte auch er zum Erntedankfest ein. Sie saßen zusammen und tranken einen Grog, denn was für die Kälte gut ist, ist auch für die Hitze gut. Dann sprachen Sie von den polnischen Erntearbeitern und den nahenden Reichstagswahlen, wo zum ersten Mal auch die Litauer einen Abgeordneten durchbringen wollten. Sie unterhielten sich auch darüber, dass unter den Arbeitern, selbst in Ostpreußen, die Sozialdemokratische Partei immer mehr Zuspruch fand.

Der Gutsherr brummte allerlei Flüche und spuckte ungeniert unter den Tisch, während mein Vater tolerantere Gedanken im Kopf hatte. Dann verabschiedete er sich. In der Marktstraße beim Kaufhaus Kadgiehn mussten noch zwei Kleider für die Kinder gekauft werden. Rot, blau, grün und die vielen Blumen, er wurde ganz verwirrt. Schließlich nahm er, nachdem er genug mit dem Maßband gemessen hatte, das, was ihm gerade ins Auge fiel.

Dort der spitze Turm der Johanniskirche, etwas abseits in einem verträumten Winkel am Aschhofgraben gelegen. Hier der Marktplatz, die mächtige Markthalle, die Flachswaage, das Theater und davor das hübsche Mädchenbild des „Ännchen von Tharau"* auf dem Simon-Dach-Brunnen. Sie hatte ihren Liebsten noch nicht nach einem Foto gewählt, und so blieb ihr Hochzeitslied, Text und Melodie, immer lebendig.

Jetzt schlug meinem Vater der beißende Geruch der Zellstofffabrik entgegen, in der ganze Wälder in einer ätzenden Lauge aufgelöst und zu Papier verarbeitet wurden. Hier begann die Schmelz, eine Straße, die sich kilometerlang am Haff entlang nach Süden zog. Rechts das Haff, dessen jenseitiges Ufer der dunkle Wall der Kurischen Nehrung bildete, diesseits ein Holzplatz und ein Sägewerk nach dem anderen. Links die niedrigen Holzhäuser mit den bunten Fensterläden und den kleinen Vorgärten voller Bauernblumen, Sonnenblumen und Fuchsschwanz.

In erträglichen Abständen, meist direkt gegenüber einem Sägewerk, stand eine Gaststätte, erkennbar an den hohen Bäumen im Garten und dem oft primitiv, aber wirkungsvoll bemalten Schild. Jedenfalls gab es hier zweifellos Bier und Schnaps. Wein tranken nur die jungen Holzknechte hinten in der guten Stube; für die Kinder gab es Lakritzstangen und Gummimäuse.

Die Pferde ließen unermüdlich ihre Schenkel spielen, wenn auch die Flanken schon nass wurden. Die Straßenbahn, in Memel „Elektrische" genannt, sauste mit Klingklang und dem bekannten rasselnden und stoßartigen Geräusch vorbei. Zuerst hatten die Pferde vor dem Ungetüm noch gescheut, aber dann erkannten sie, dass es sich um ein technisches Gefährt aus Eisen und Blech handelte, das zudem gezwungen war, in festen Bahnen zu laufen und sie daher weder angreifen noch fressen konnte. Trakehner sind klug.

Der letzte Holzplatz rechts war der von Appelhagen, der letzte Krug links der „Bunte Bock", auf dessen Schild ein Ziegenbock mit

*volkstümliches, ostpreußisches Lied aus dem 17. Jh.

24

ansehnlichen Hörnern eine Biertonne fortzurollen versuchte. Dann kam das Haff ganz nahe an die Mündung der Schmeltelle* heran: Schilf, Möwen, rauschende Pappeln, der Holzhafen voller Flöße, weiße Sommerwolken, die träge dahinzogen, Gänse, die schnatternd die Straße überquerten, Frauen im weißen Kopftuch, die unten am Haff, wo der Schilfwald eine freie Bucht gelassen hatte, aus einem Kahn heraus ihre Wäsche wuschen. Und Wind, Wind überall, und Geruch von Wasser, Holz, Jod und Fischen. Netze trockneten an langen Stangen.

Mein Vater nahm die Mütze ab. Erstens, weil der Wind sie ihm bei der schnellen Fahrt vom Kopf gerissen hätte, und zweitens, weil es ihm guttat, wieder den Wind vom Kurischen Haff in den Haaren und im Gesicht zu spüren, den Wind seiner Kindheit. Er verwandelte sich und wurde fast wieder jung. Sogar die Pferde strafften sich und zogen an, trotz der Mittagssonne, aber der kühle Wind erfrischte sie.

Links der nun allerletzte Krug, *Myrthenhof,* unter melancholisch rauschenden Tannen und Lebensbäumen, daneben die Schule. Auf der anderen Seite die Strommeisterei. Der Strommeister in seiner blauen Uniform mit den blanken Knöpfen stand gerade vor seinem Haus. Mein Vater grüßte ihn, obwohl er ihn nicht kannte, denn er betrachtete ihn schon halb als Nachbarn. Jetzt rollte der Wagen aus der Steinstraße in einen Sandweg, dessen Gleise tief ausgefahren waren.

Es wurde seltsam still. Das monotone Rattern der Wagenräder verstummte. Aber auch sonst schien es, als ob in dieser Sandlandschaft kaum ein Vogel sang. Es ging über die erste Kanalbrücke und dann endlos im Sand am Kanal entlang. Die Pferde gingen oft langsam, Schritt für Schritt, die Sonne quälte sie. Die Weiden am Kanalufer waren noch nicht hoch gewachsen und boten wenig Schatten.

Der Kanal war von französischen Kriegsgefangenen in den 1870er-Jahren gegraben worden, damit die Holzflöße aus dem Memelmündungsgebiet sicher in den Memeler Holzhafen geschifft werden konnten. Das stürmische Haff hatte bis dahin zu große Schäden verursacht.

Rechts mit kümmerlichem Gras bestellte Dünen, dann das Haff. Es war immer ganz nahe. Gehöfte gab es weder rechts noch links.

*auch Schmelzfluss, Küstenfluss bei Memel

Erst nachdem der Kanal eine Biegung gemacht hatte, tauchten einige Bauernhöfe unter alten Bäumen auf. Die Einsamkeit war drückend, der Weg lang.

Endlich, nach fast zweistündiger Fahrt, näherte sich ein Hochwald. Mein Vater hatte das Gefühl, eine Oase erreicht zu haben. Ein Gehöft lag dicht am Kanal. Man konnte es noch nicht erkennen, weil ein Garten mit Obstbäumen es verdeckte. Dann war er da, und er spürte ein wenig Herzklopfen. Es war doch alles zu komisch, fast ein wenig abenteuerlich, und was hatte er sich eigentlich dabei gedacht?

Ein breiter Platz, dahinter ein stattliches, grün gestrichenes Haus mit dem Schild „Gasthof Starrischken" und geradeaus eine überdachte Unterführung für die rastenden Fuhrwerke. Hier fuhr er ein, ließ die Pferde ein wenig von den Sielen und gab ihnen eine Metze Hafer. Niemand empfing ihn.

Der Platz lag in der sengenden Sonne. Ebenso das Haus, dessen Fensterläden geschlossen waren. Alles schien wie ausgestorben. Nicht einmal ein Hund bellte. Er betrat die geräumige Gaststube, in der es etwas dumpf nach Heringslake, Kolonialwaren, Kaffee und Chicorée roch. Die Glocke läutete einmal melodisch.

Dann kam die Erwartete doch. Etwas langsam und gelassen, gähnte einmal in die hohle Hand und schien eben von einem kurzen Nickerchen auf einem Sofa aufgestanden zu sein. Sie warf meinem Vater einen flüchtigen Blick zu und ahnte noch nicht, welch besonderer Gast hier eingetreten war.

Sie nickte kurz zur Begrüßung und murmelte vor sich hin. Im Vergleich zum Foto wirkte sie etwas größer und weniger mollig, blonder und auch etwas älter. Was soll's? Mein Vater hatte sich ohnehin keine Illusionen gemacht. Jedenfalls wirkte sie nicht unsympathisch auf ihn. Auch die Stimme, auf die mein Vater immer besonderen Wert legte, störte ihn nicht.

Nachdem sie ihm das Bierglas hingestellt hatte, entstand ein langes Schweigen, das sie in einer abwartenden Haltung hinter der Theke zu überbrücken suchte. Dann aber siegte wohl die weibliche Neugier, eine gerade bei Wirtinnen durchaus gesunde Veranlagung. Wie sonst sollte ein Kontakt zustande kommen?

„Sind das Ihre Pferde?", fragte sie.

„Das kann man so sagen", wich mein Vater aus. Doch nun kamen noch mehr Fragen, nicht sehr diplomatisch, sondern geradeaus, als hätte sie einen Anspruch darauf, vieles und möglichst alles zu wissen.

Und mein Vater erzählte von einer weiten Reise, ohne genauere Angaben zu machen, von Einkäufen in Memel und von der wunderbaren Hafflandschaft. Und dass er am Haff aufgewachsen sei und sich schon verwandle, wenn er nur den Tang-Geruch des Haffs in die Nase bekäme.

Sie klagte über die Einsamkeit hier und über die Leute, mit denen es schwer sei als alleinstehende Frau. Nachdem sie das dritte Bier gebracht hatte, setzte sie sich zu meinem Vater an den Tisch und trank einen Likör mit ihm. Mein Vater schien nun genug Mut gesammelt zu haben, um sein Ziel ins Auge zu fassen. Er tat es kurz und bündig, indem er das Foto aus seiner Brusttasche zog und es vor ihr auf den Tisch legte.

„Ach", sagte sie und wurde ein wenig rot. „Sind Sie deshalb gekommen?"

„Deswegen!"

„Wegen der Vorderseite oder wegen der Rückseite?", fragte sie geradeaus und drehte das Bild auf dem Tisch um.

„Natürlich wegen des Fotos!", sagte mein Vater. „Ich habe viele Fotos gesehen. Doch auf diesem blieb mein Blick hängen."

„Aber was hier steht" – und sie legte mit der Geste einer wohlhabenden Kaufmannsfrau den Finger darauf – „interessiert Sie doch auch?"

„Natürlich. Ich bin allein und nicht mehr jung. Ich brauche ein bisschen Heimat und eine Aufgabe, der ich mich noch gewachsen fühle."

Das schienen klare Antworten, denn sie nickte. Dann erzählte mein Vater von verschiedenen Berufen und Reisen nach Kiel und Hamburg. Es schien, als ob diese Erzählungen ihre Fantasie anregten und ihn in ihren Augen aufsteigen ließ. Ein Mann, der so viel herumgekommen war, musste auch gewandt sein und nicht so langweilig wie die meisten Leute hier zwischen Wald, Haff und Kanal.

„Kommen Sie, ich zeige Ihnen den Hof und die Wirtschaftsgebäude." War das schon eine Entscheidung?

Er erhob sich und folgte ihr. Als sie sich kurz umdrehte, sah er, wie sie erschrocken stehenblieb.

„Ach, Sie lahmen?"

„Ja, ein bisschen!", lächelte er. „Aber wenn ich mich anstrenge, sieht man es kaum."

Sie hatte sich schnell gefasst und ging weiter. Offenbar hatte sie erkannt, dass es nicht darauf ankam. Auch wenn eine Frau sich natürlich lieber mit einem Mann ohne Fehler in der Öffentlichkeit zeigt. Aber in ihrem Alter ...

„Ein Pfarrer hat mir gesagt, dass ich im Himmel nicht mehr hinken werde", sagte mein Vater. Er konnte manchmal ein wenig zynisch sein.

„Da hat er recht!" sagte sie ernst. Da wusste mein Vater, dass man so mit ihr nicht scherzen sollte. Sie war religiös. Mehr wollte er im Moment nicht wissen. Das war mehr, als man von einer ledigen Gastwirtsfrau erwarten durfte.

Sie kamen durch ein Wohnzimmer und stiegen eine kleine Treppe hinunter in den Garten. Der Garten war groß und ziemlich dicht mit Flieder, Jasmin und Holunder nach außen hin abgeschirmt. Zwischen den Obstbäumen, die mit weiß gekalkten Steinen in Form einer Baumscheibe vom Kiesgarten abgetrennt waren, standen einige Tische für die Sommergäste.

„Der Wald drüben gehört uns!" Sie zeigte über den Gartenzaun. ‚Uns', hatte sie gesagt.

Durch eine Pforte betraten sie den Hof: sehr geräumig, teils von den Wagen zerfahren, teils noch mit einer Grasnarbe, die stark mit Kamille durchsetzt war. Die Scheune stand parallel zum Gasthaus, die Tore der Tenne waren geöffnet, und gerade schaukelte ein mit Garben hochbeladener Wagen herein. Zwei Männer und ein Mädchen mit weißem Kopftuch schauten neugierig herüber. Hier in der Einsamkeit war jeder neue Mensch ein Ereignis.

Mein Vater ging langsam am Stock neben ihr her. Die Leute begannen zu tuscheln. Wahrscheinlich waren ihre Hochzeitspläne durchgesickert. Man fragte sich, ob das der neue Herr sei. Mein Vater hinkte weniger, blieb stehen und grüßte die Leute durch ein flüchtiges Anheben des Stockes. Die Männer zogen ihre blauen Mützen.

Nun gingen sie in den leeren Stall. Oben am Dachbalken nisteten die Schwalben und flogen mit Gezwitscher herein und hinaus.

„Die Kühe sind im Wald und werden von einem Jungen gehütet. Es gibt auch ein paar Ziegen und viele Schafe". Nur die Schweine belebten den Stall, ein weibliches Tier, das mit den säugenden Jungen ein freundliches Familienbild abgab, und einige mittelschwere Tiere.

Die Sonne schien durch einige Löcher im Dach.

„Ne Menge auszubessern!", sagte mein Vater. „Vielleicht sollte man auch neu bauen, denn Holz ist hier billig. Ich habe mich auch mal als Zimmermann versucht!"

Sie nickte und ging weiter. Hinter dem Stall war der Schuppen, ein paar Wagen, ein alter Schlitten, allerlei Gerümpel, Wagenräder und zerrissene Siele an den Wänden. Dann der hölzerne Stall. Die Hühner schienen überall zu sein.

Hinter der Scheune ein Weg am Waldrand und ein Acker, auf dem die Kartoffeln noch blühten. Der Wald zog sich in einem sanften Bogen hinten nach dem Haff zu. Ein Fischerhaus war zu sehen, sonst nichts. Das Haff wurde durch den Wald verdeckt, aber das Gekrächze der Raben hörte man bis hierher, wenn man lauschte.

„Dort die roten Dächer: das Forsthaus", sagte sie. „Der Förster ist einer meiner besten Gäste. Hier treten abends die Rehe heraus."

Dann gingen sie zurück über den Hof und durch das große Tor zum Kanal. Mein Vater sah noch kurz nach seinen Pferden.

„Sie brauchen Wasser", sagte er.

„Ich werde sie gleich tränken lassen!", antwortete sie.

Beide standen am Kanal und schauten hinüber.

„Das Gehöft drüben ist unser Insthaus. Da wohnt der alte *Gyszas*. Nicht mehr viel zu gebrauchen, außer zum Hüten und im Wald ein bisschen herumkramen. Er kutschiert noch gern, und das liegt ihm auch. Pferdeverstand, nicht wahr?"

Mein Vater nickte. Wer in Ostpreußen keinen Pferdeverstand hatte, war überhaupt kein Ostpreuße.

„Drüben dann die Supis*, nur Sand, gelber Sand aus der Eiszeit. Wenn ich ihn verkaufen könnte, wäre ich sehr reich. Aber niemand will ihn haben. Dann links vom Hochwald, der zu Kairinn** gehört, unser Wald, vorne etwas niedriger, aber hinten gute Stämme, das sieht man von hier. Zukünftige Schiffsmasten, wenn man Glück und Verbindungen hat."

Sie wandte sich ab und ging auf das Gasthaus zu.

„Das wäre alles!" sagte sie.

---

* Parzelle von 7,5 ha im Dorf Klein-Szarde (Žardė)
** Kairiai (Litauen)

„Ich muss nun heimfahren." erwiderte mein Vater.

„Aber wir haben doch noch gar nichts besprochen."

„Ich meine, ja, einem Fremden zeigt man das alles nicht."

„Also gut", lachte sie, „aber aus dem Heimfahren wird nichts. Sie haben noch nichts gegessen. Man heiratet doch keine Frau, von der man nicht weiß, ob sie kochen und braten kann. Und übrigens, wenn Sie jetzt gehen, kommen Sie erst weit nach Mitternacht nach Hause." Mein Vater schwieg.

„Haben Sie Laternen mit, oder wollen Sie bei Dunkelheit über den Kanal fahren?"

„Ich habe keine mit. Es hat alles etwas länger gedauert, als ich erwartet hatte".

„Nun, für den Zweck, der Sie hierher geführt hat, ging alles ziemlich schnell. Ich leihe Ihnen keine Laternen. Und ich lasse Sie auch nicht im Dunkeln stehen."

„Dann muss ich wenigstens daheim anrufen."

Das Telefon stand in der Wohnstube. Mein Vater nahm den Hörer, hob das Mundstück am Apparat zu sich und kurbelte am Dreher: „Telegrafenamt Memel. Bitte Dinwethen, Gut Adlig Kackeln."

Nach einer Weile hörte er die Stimme seiner Schwester.

„Ich kann heute nicht mehr heimkommen. Es ist einfach zu spät geworden."

„Um Gottes willen! Wir brauchen die Pferde morgen zur Ernte. Wo bist du überhaupt? Du hast dich doch sonst nie betrunken!"

„Also morgen kurz nach Mittag bin ich da. Ende!"

Am Telefon war er ihr überlegen, während er sich sonst immer vor ihren grimmigen Augen und dem Mundwerk fürchtete.

Er setzte sich in die langsam dunkel werdende Gaststube und hörte, wie nebenan in der Küche Eier in die Pfanne geschlagen wurden. Er hörte auch ihre Stimme, wie sie zu dem Mädchen sagte:

„Bringen Sie eine Flasche Rotwein aus dem Keller, französischen."

Er schaute durch das geöffnete Fenster und sah die große Linde, deren Blätter im Abendwind leicht zu wehen begannen. Und er hatte plötzlich das Gefühl, hier nicht mehr fremd zu sein.

2 *Seine erste Ehe*

NICHT LANGE NACH DIESEM INTERMEZZO heiratete mein Vater und zog nach *Starrischken*. Über die Hochzeitsfeier weiß ich nichts. Ich kann mir nur vorstellen, dass sie mit einigem Aufwand gefeiert wurde, so wie ich es aus meiner Kindheit kenne. Hochzeiten waren in dieser einsamen Gegend richtige Volksfeste, zu denen der Bräutigam alle Nachbarn ringsum einlud. Man tat es nicht unter einem dreitägigen Fest.

Am dritten Tag gab es eine Pflaumensuppe mit Knödeln. Das war das Zeichen, dass die Feier ausklang und man langsam Abschied nehmen musste. Wie feinfühlig konnte Unvermeidliches durch Volksbräuche ausgedrückt werden. Was aber noch mehr in Erstaunen versetzte, war stets die Fülle an Geschlachtetem, Gebratenem und Gebackenem, an Getränken aller Art, die an diesen drei hohen Tagen verzehrt wurden, und schließlich auch die Nervenkraft, die dazu gehörte, so lange zu feiern.

Aber ich erinnere mich, gehört zu haben, dass meine Tante, die Gutsherrin von *Adlig Kackeln*, nicht zur Hochzeit eingeladen worden war. Sie hatte meinen Vater wohl zu sehr verärgert, als dass er sie unter seinen Gästen sehen wollte. Immerhin währte der Ärger nicht lange. Denn am nächsten Geburtstag meines Vaters, einem kalten Wintertag im Januar, war sie mit ihrem Schlitten und den bereits erwähnten Trakehnern den weiten Weg gefahren, um sich die Wirtschaft anzusehen. Ihre Neugier ließ sie nicht bis zum Sommer warten. Und mein Vater hatte es, wie gesagt, immer eilig mit seinen Versöhnungen.

Meine Tante hatte sich bei diesen Besuchen und auch später noch gut informiert, sodass sie eine gute Quelle für das wurde, was ich zu erzählen weiß. Denn diese Zeit liegt einige Jahre vor meiner Geburt. Seltsamerweise empfinde ich sie als eine Art Vorspiel zu meinem Leben. Es ist alles ganz dicht herangerückt, und es muss noch dieselbe Luft gewesen sein, die ich geatmet habe. Die Luft der letzten Jahre des neunzehnten Jahrhunderts. Die Jahrhundertwende!

Manchmal kommt es mir so vor, als könnte ich mich mühelos in die Sechzigerjahre des vorigen Jahrhunderts zurückversetzen. Als fiele es mir nicht schwer, jene Tage in ihrer ganzen Buntheit und versonnenen Ruhe – natürlich im Vergleich zu heute – darzustellen. Und mehr als einmal reizte es mich, ein Buch über jene Zeit zu schreiben.

Ich träume oft von einem schmalen Garten mit sauberen Wegen und niedrigen Beerensträuchern, an dessen Seite ein einstöckiges Holzhaus steht, in dem ein alter Mann auf und ab geht. Aber das muss schon lange her sein, und ich bin überzeugt, dass dieser alte Mann einer meiner Vorfahren ist.

Mein Vater, der damals etwa vierzig Jahre alt war, begann mit bemerkenswerter Tatkraft, den Betrieb auf- und auszubauen. Zuerst kam der baufällige Stall an die Reihe. Er wurde abgerissen, und auf den gleichen Grundmauern entstand ein neuer Stall, wie ich ihn noch aus meiner Jugendzeit kenne.

Die Scheune verlängerte er so, dass sie den Hof nach hinten abschloss. In der Mitte befand sich auf beiden Seiten ein breites Doppeltor, durch das die Erntewagen einfahren konnten. Die Tenne war betoniert, und ich glaube mich nicht zu täuschen, hier noch vier Männer mit Flegeln gesehen zu haben, die das Getreide droschen, die alte Methode, die man vor Erfindung der Maschine benutzte.

Bald danach baute er aber ein Dreschwerk auf dem Hof, das von den Pferden im Kreis bewegt wurde und mittels Stangen und Kurbeln die auf der Tenne stehende Maschine in Bewegung setzte.

Links davon befand sich ein hoher Taubenschlag, ein rundes Häuschen mit spitzem Dach, das auf einem Baumstamm ruhte und mit einem Seil von unten geöffnet und geschlossen werden konnte.

Da schaute ich als Kind gern empor, das Flattern und stolze gravitätische Getue beobachtend. Ich sah auch mit Schaudern, wie diesen lieblichen Tieren der Kopf abgedreht wurde, ohne sie später in der Bratpfanne wiederzuerkennen. Der Schreckensruf „Ein Marder ist im Taubenschlag!" ist mir auch noch in Erinnerung, genau wie das Blutbad, das er manchmal im Stall zwischen Hühnern und Gänsen anrichtete. Der Wald war zu nahe.

Zuletzt baute mein Vater das Gasthaus wieder so auf, wie es heute noch steht und wie es auf vielen Postkarten als Ausflugsziel abgebildet ist. Ein Holzhaus mit einem Frontspieß* , in dem sich zwei Kinderzimmer befanden und nach hinten zu einige Fremdenzimmer. Der Laden befand sich auf der rechten Seite zum Garten

---

*Abwandlung von „Frontispiz": Dacherker

hin, während die gesamte linke Seite von einem Saal eingenommen wurde, der nur selten, bei Festlichkeiten, genutzt wurde.

Nach der Hofseite befanden sich die Privatzimmer, auch die Küche, von wo aus man durch eine Klappe in den Keller steigen konnte. Man musste mit einem brennenden Licht oder mit einer Stalllaterne hinabsteigen. Ich beobachtete als Kind immer mit einiger Furcht diese ganze Prozedur. Immerhin lernte ich bald, dass aus der dunklen Tiefe meistens angenehme Dinge heraufgebracht wurden: Töpfe mit Schmalz, frisch gebackene Brote, Äpfel, allerlei Eingekochtes und Eingemachtes. Daher wurde mir der Keller bald so lieb wie der Laden mit den vielen hohen Gläsern voller Bonbons, Gummimäusen, Lakritzstangen und anderen Leckereien.

Einen Teil der Bretter kaufte mein Vater, immer wenn er trockenes Holz brauchte. Später fällte er mit Hilfe eines Knechtes und des alten *Gyszas* die hohen Bäume jenseits des Kanals und brachte sie in ein Sägewerk nach Schmelz. Eine mühsame Arbeit.

Ich glaube sogar, dass ich noch als Sechsjähriger eine Menge Bretter hinter der Scheune aufgestellt und zum Teil herumliegen sah. In diesem Zusammenhang erinnere ich mich an die ersten wissenschaftlichen Versuche meines Lebens, über die ich kurz sprechen muss.

Ich hatte nämlich gehört, dass Bernstein aus versunkenem Holz entstanden sei. Also vergrub ich hinter der Scheune ein Brett, wartete zwei Tage und schaufelte es dann wieder frei. Es war leider kein Bernstein. Denselben Misserfolg erlitt ich mit der Herstellung von Steinkohle, die auch nicht in kurzer Zeit aus meinen vergrabenen Brettern entstehen wollte.

Um abzuschließen, sei noch an meine Idee eines Perpetuum mobile erinnert, das aus folgender spitzfindigen Überlegung entstand: Wenn ich einen großen Magneten an einer Stange vor den kleinen Handwagen hielt, auf dem ich saß, musste der eisenbeschlagene Wagen eigentlich von ihm angezogen werden und sich folglich bewegen. Da aber der Wagen den Magneten nie erreichen konnte, musste die ständige Anziehungskraft eine ständige Bewegung zur Folge haben.

Auch dieses Experiment schlug fehl. Vielleicht hat meine tiefe Skepsis gegenüber fast allem wissenschaftlichen Fortschritt unbewusst mit dieser ersten kindlichen Erfindungsphase zu tun.

Wie die Ehe meines Vaters verlaufen ist ... dazu kann ich leider nichts erzählen, weil ich kaum etwas darüber weiß. Man hat mir meinen Vater immer nur als einen ewigen Baumeister geschildert, der allein dadurch große Anerkennung im Dorf erlangte. Nur eine Geschichte wird erzählt, die sein Verhältnis zu seiner Frau beleuchtet, eine sehr pikante Geschichte.

Meinem Vater ging es allmählich auf die Nerven, dass seine Frau von Förstern, Landvermessern und anderen Leuten, die anscheinend ältere Rechte hatten, umschwärmt und sogar geduzt wurde. Ein gewisses Misstrauen über ihre lange Witwenzeit kam in ihm auf.

Nun gehörte zum Laden im alten Haus, nur durch eine Rolltür vom Schankraum getrennt, das Schlafzimmer des Ehepaares, in dem ein uraltes Himmelbett stand. Nicht von der Art, wie sie der König von Polen oder der König von Preußen besaßen, aber immerhin mit vier kunstvoll gedrechselten Säulen, die einen vergilbten Plüschhimmel trugen.

Da kam mein Vater auf eine Idee, die seinem Erfindergeist alle Ehre machte und die, soweit ich weiß, in der deutschen Literatur noch nirgends veröffentlicht worden ist. Wenn er morgens in den Wald ging, fing er eine Fliege – an Fliegen mangelte es bei uns nicht –, tötete sie und legte sie mitten auf das Bettlaken.

Wenn er abends todmüde von der harten Arbeit im Wald zurückkam, vergewisserte er sich zuerst, ob die Fliege noch da war, dann aß er sein Abendessen in der ordentlichsten Weise und scherzte mit den Gästen. Es war eine Freude, ihm dabei zuzuhören.

So ging es einige Wochen ganz gut mit der toten Fliege auf dem Bettlaken als Beweis für die Treue seiner Frau.

Doch eines Abends war die Fliege nicht da. Er wurde wütend, suchte herum, warf die Betten durcheinander, worauf der gerade anwesende Waldvermesser einige sarkastische Bemerkungen über den jungen Ehemann machte, ob er etwa seine Pfeife im Bett vergessen habe, und so weiter. Als dann seine Frau kam und über seine Wühlerei auch noch zu lachen anfing, war es mit seiner Geduld vorbei.

Er stürzte sich auf den Waldvermesser, packte ihn am Kragen, warf ihn hinaus und schloss die Tür ab. Dann bedrohte er seine Frau, die fluchtartig in die Küche lief und sich dort einschloss. In großer Wut suchte mein Vater weiter. Und plötzlich – er traute seinen Augen nicht – fand er in einer Ecke eine krabbelnde Fliege.

Besonders pfiffig sah mein Vater in diesem Augenblick wohl nicht mehr aus. Blitzartig wurde ihm klar, dass er die Fliege am Morgen wohl nicht ganz getötet hatte, und dass sie irgendwann weggekrochen war. Er lief an die Küchentür und entschuldigte sich bei seiner Frau. Es sei alles wieder gut. Sie schloss vorsichtig die Tür auf und kam, nicht ohne Misstrauen, heraus.

„Jetzt sag mal, was war das für ein komischer Anfall? So kenne ich dich gar nicht. Der Waldvermesser ist einer unserer besten Gäste. Der kommt nie wieder. Wenn er das weiter erzählt, werden die Förster nur noch bewaffnet zu uns kommen."

Mein Vater, der sein Geheimnis nicht verraten durfte, murmelte etwas von einem starken Ast, der ihm am Morgen beim Holzfällen auf den Kopf gefallen war. Es dauerte eine Weile, bis seine Frau überzeugt war, dass der „Anfall" wirklich vorbei war, und er musste viel Güte aufbringen, um die Stimmung für den Abend zu retten.

Am anderen Nachmittag fuhr er zum Holzvermesser, entschuldigte sich, lud ihn in seinen Wagen und trank mit ihm bis in die tiefe Nacht hinein Brüderschaft auf seine Kosten.

Als mir meine Tante, die Schwester meines Vaters, diese Geschichte viel später erzählte, fragte ich in meiner naiven Art, ob das auf dem Boden wirklich dieselbe Fliege gewesen sei, die er am Morgen aufs Bettlaken gelegt hatte. Meine Tante drehte sich empört um und ging davon.

Es bleibt nicht mehr viel von der ersten Ehe meines Vaters zu erzählen. Sie war auch zu kurz, denn nach einigen Jahren starb seine Frau. Ich weiß nicht woran, und noch weniger, wo sie begraben liegt. Jedenfalls habe ich ihr Grab auf dem Götzhöfener Friedhof, wo sonst alle unsere Verwandten ihre Ruhestätte gefunden hatten, nie gesehen.

Mein Vater war wieder allein. Ohne Kinder. Allerdings mit einer Gastwirtschaft, die eigentlich gar nicht auf die ordnende Hand einer Frau verzichten konnte.

3 Meine Mutter

DIE EINZIGE ABWECHSLUNG in diesen Jahren der Arbeit und des Aufbaus war für ihn die wöchentliche Fahrt nach Memel. Jeden

Samstag fand dort der große Wochenmarkt statt, zu dem Tausende aus der näheren und weiteren Umgebung kamen.

Menschen, die in einer solchen Einsamkeit leben, wie sie die Weite der ostpreußischen Landschaft mit sich bringt, hungern gewissermaßen nach Begegnungen und Gesprächen. Dieses Bedürfnis wurde beim Einkaufen auf dem Markt und in den Geschäften gestillt. Man sah sich wieder und hatte sich viel zu erzählen. Es ist eine alte Erfahrung, dass menschliche Bindungen, die nicht nur auf Sympathie, sondern auch auf gemeinsamen Interessen beruhen, oft die dauerhaftesten Freundschaften im Leben schaffen.

So kaufte auch mein Vater, wie die meisten Ostpreußen, immer an den gleichen Ständen und in den gleichen Geschäften. Es musste schon etwas Außergewöhnliches passieren, damit jemand seinen Lieferanten wechselte.

Mein Vater hatte seine *Vittener* Fischfrau, seinen Käsestand in der Markthalle, seinen Metzger auf der Schmelz, die *Aktienbrauerei*, die Mahlmühle *Jahn*, die *Grüne Apotheke* und die *Unterfahrt** bei *Schütz* in der Friedrich-Wilhelm-Straße. Seine Stoffe kaufte er bei *Waller* oder *Cohn & Eisenstädt* – die Manufakturen waren fast alle in jüdischer Hand. Wenn er sich einmal krank fühlte, ging er zu *Dr. Hurwitz*. Spirituosen holte er sich bei *Otto Jung*, andere Gegenstände bei *Walker* an der Carlsbrücke.

Schon die lange Fahrt am Kanal entlang war für ihn eine Art Erholung. Er konnte träumen, die Pferde fanden ihren Weg allein. Kaum ein Auto begegnete ihm. Allenfalls ein paar Möwen kamen vom Haff, krächzten über dem Gefährt und flogen wieder davon.

Erst an der Strommeisterei, wo die Steinstraße begann, spürte man schon ein wenig den Atem der Stadt. Der Strommeister war schon sein Freund. Er hielt hier immer an, um ein paar Worte mit ihm zu wechseln. Meist kam der Strommeister mit dem Fahrrad über den Treidelsteg am Kanal nach *Starrischken*, eine Art Dienstfahrt. Und wenn er einkehrte, blieb er etwa eine Stunde, aß ein Brötchen, einen Hering und trank ein Glas Bier. Das alles, einschließlich der Zigarre, die nach dieser Mahlzeit fällig war, kostete damals etwa fünfundzwanzig Pfennig. Das entsprach genau den Möglichkeiten eines kleinen Beamten. Darüber konnte auch die schöne blaue Uniform nicht hinwegtäuschen: Er hatte viel zu befehlen und viel Ver-

---

*Einfahrt zum Beladen; heute: Drive-in

36

antwortung, aber wenig zu beißen. Der preußische Staat war am Hungertuch nagend, und diese Aura von Pflichtbewusstsein und Askese war ein unverzichtbarer Teil seines Glanzes.

In diesem Zusammenhang muss ich auch von dem Gendarmen erzählen, der mich in meiner frühen Kindheit mit Furcht und Ehrfurcht zugleich erfüllte. Was für eine menschliche Geborgenheit: Wenn er mit seinem goldglänzenden Helm und dem langen Säbel auftauchte, war ich einfach hin.

Meistens zog er ein schwarzes Buch aus der Brusttasche, zückte einen Bleistift und verhörte mit grollender Stimme meine Mutter oder unsere Töchter, weil es in der Nachbarschaft irgendeinen Diebstahl oder Schlimmeres gegeben habe. Vieles verstand ich natürlich nicht, umso mehr beeindruckte mich alles. Unvergesslich, wie er einen Holzdieb fesselte und ihn zwei Stunden zu Fuß am Kanal entlang nach Schmelz abführte. Oder einen Wilddieb, manchmal auch eine betrunkene Beerensammlerin oder andere für mich interessante Personen, die außerhalb der menschlichen Gesellschaft standen und dementsprechend behandelt wurden.

Wenn das Dienstliche erledigt war, konnte er sehr gemütlich werden. Dann legte er den Gürtel ab, hängte den Säbel an einen Stuhl, legte den goldenen Helm vor sich auf den Tisch und strich sich einmal glatt über den Kaiser-Wilhelm-Bart, dessen Haare im Zorn immer durcheinander gerieten.

Dann aß er wieder ein Brötchen, einen Hering, trank ein Bier und rauchte eine Zigarre, das alles für fünfundzwanzig Pfennig. Und wie interessant konnte er dann erzählen, ich erlebte atemlose Stunden.

Und dann schnallte er sich wieder um und machte ein Beamtengesicht. Ich musste mich erst mal wieder fassen. Nirgends war die Kluft zwischen Dienstlichem und Privatem so tief wie bei einem kleinen preußischen Beamten, ja, es fand eine völlige Verwandlung statt. Mein Onkel *Edwin*, der einen leichten Linksdrall hatte, nannte das „Staatstheater".

Der Gendarm hieß übrigens *Stänke* und wohnte in einem bescheidenen Holzhäuschen, wie ich später erfuhr, in der Nähe des *Anckerschen Holzplatzes* auf der Schmelz. Ich war natürlich enttäuscht, denn ich hatte ihn mir in einem Schloss vorgestellt.

Mit ihm verbindet sich eine heitere Geschichte, ein kindlicher Scherz, den ich mir, natürlich unbewusst, zurechtgelegt hatte. Ich war mit meiner Mutter zu Verwandten nach Tilsit gefahren. Als ich aus dem Fenster auf die Hohe Straße sah, marschierte unten eine Infanteriekompanie mit klingendem Spiel vorbei. Ich hatte noch nie Soldaten gesehen, war ganz berauscht vom Glanz der blitzenden Helme und hielt die vielen Menschen unten für eine seltsame Vervielfältigung meines Freunds *Stänke*. So rief ich aufgeregt: „Mutti, komm ... schau mal ... ganz viele Stänkers!" Dieses Bonmot wurde noch lange in der Verwandtschaft zitiert. Und ich lachte mit, ohne zunächst zu wissen, worüber.

Wenn wir schon bei den Uniformierten sind, möchte ich noch eine Geschichte erzählen. Ich fuhr einmal mit meiner Mutter in der Straßenbahn von Memel bis Ende Schmelz. Der Wagen war voll. Viele Leute hielten sich an den herunterhängenden Lederschlaufen fest und wurden während der Fahrt hin und her geschüttelt.

Plötzlich stieg an einer Haltestelle ein uniformierter Mann ein, der jung und sehr selbstbewusst aussah. Einige Frauen und ältere Männer sprangen auf, um ihm Platz zu machen. Er setzt sich, lächelt, hält das Schwert mit weiß behandschuhten Händen vor sich. Es war totenstill. Ich fragte meine Mutter, was das für eine wunderbare Erscheinung sei. Aber sie hielt mir fast den Mund zu und hauchte kaum hörbar: „Ein Leutnant!" So fuhren wir schweigend, uns unseres niedrigen Standes bewusst, etwa eine halbe Stunde weiter. Erst als er ausgestiegen war und alle ihm nachsahen, wagten einige zögernd, wieder ein Gespräch zu beginnen.

Jetzt wollte ich nur noch Leutnant werden. Als ich später in der Schule im Zusammenhang mit irgendwelchen Unruhen in der Welt das hoheitliche Wort des Kaisers hörte: „Ich schicke einfach einen preußischen Leutnant und zehn Mann hin, dann ist die Sache erledigt!" war es für mich selbstverständlich, dass es nur dieser Leutnant von der Memeler Straßenbahn sein konnte.

Zum zweiten Mal wurde mir der Glanz eines jungen preußischen Offiziers im Zweiten Weltkrieg auf einer Seinebrücke in Paris bewusst. Mit klingendem Spiel zog die Wache auf, und vorneweg ritt ein blutjunger Leutnant, schön, adrett und lächelnd. Das Pferd tänzelte. Die vorbeiziehenden Franzosen blickten mit verkniffenen Gesichtern weg, als wollten sie demonstrieren, dass Glanz und Gloria immer nur im Rahmen ihrer eigenen Nation möglich sein durfte. Ich aber schaute mir alles genau an, dachte an den kleinen Leutnant in der Straßenbahn und wusste, dass solche Aufzüge bald der Vergangenheit angehören würden.

Zurück zu meinem Vater, der mit seinem Hinkebein, seinem Spitzbart und seinem Kleinbürgergesicht nichts vom Glanz der Welt an sich hatte und auch nicht haben wollte.

Es ging also mit dem Wagen die lange Reihe der Schmelz hinauf nach Norden, vorbei an den vielen Gasthäusern und Holzplätzen, bis den Pferden wieder der Geruch der Zellulosefabrik in die Nüstern stieg und sie sich schnaubend schüttelten. Dann tauchte am Ende der Grabenstraße der große Markt mit seinem Lärm auf. Mittendrin, ganz und gar nicht hierher gehörig, lächelte die liebliche Fantasiegestalt *Simon Dachs* auf das ganz und gar unpoetische Treiben herab: *Ännchen von Tharau*.

Als mein Vater die meisten Einkäufe hinter sich hatte, ging er noch einmal schlendernd die Friedrich-Wilhelm-Straße hinauf und bemerkte in der Nähe der Landkirche eine große Wagenkolonne. Es war eine Hochzeit. Nach der Menge der anrollenden Wagen zu urteilen, musste es ein sehr ansehnliches Paar sein, das hier getraut werden sollte. Die Tatsache, dass die Hochzeit in der Jakobikirche stattfand, die nur für die Landbevölkerung bestimmt war, ließ vermuten, dass es sich um einen Gutsbesitzer aus der Umgebung handeln könnte. Mein Vater wurde neugierig, ob es nicht am Ende ein Bekannter war. Er ließ sich also von der Menge mit in die Kirche drängen. Er war auch deswegen gespannt, weil der Pfarrer dieser Kirche einen legendären Ruf hatte. Es war der Pfarrer *Pipirs*, der gewaltig predigte und von dem es hieß, dass er die schlimmsten Krankheiten heilen und fast Tote auferwecken könne.

Mein Vater setzte sich in eine Bank und suchte in einem vor ihm liegenden Gesangbuch die angezeigten Liedtexte. Dann kam ein Herr. Mein Vater machte ihm Platz und rückte etwas weiter in die Bank hinein. Der Herr stand aber wieder auf und ging nach vorn. Offenbar wollte er das Geschehen ganz genau beobachten. An seine Stelle setzte sich eine Frau oder ein Mädchen, nicht mehr ganz jung, aber auch nicht alt, dunkel gekleidet, mit einem frischen sympathischen Gesicht, mit schwarzen Haaren, die hinten in einem Knoten endeten.

Das Brautpaar zog ein, angeführt vom Pfarrer. Es war ein sehr feierlicher Zug mit großer Begleitung, aber mein Vater kannte niemanden. So saß er da und freute sich auf die Predigt, auch auf die Lieder, denn er sang gerne mit. Er träumte vor sich hin. Vor einigen Jahren hatte er selbst geheiratet. Auch eine große Hochzeit. Seitdem war die Zeit mit Arbeiten und Bauen verflogen. Seine Frau war bald ein Jahr tot, und er versuchte, mit einem Knecht und zwei Mägden die Wirtschaft aufrechtzuerhalten. Dabei vermisste er an allen Ecken und Enden die ordnende Hand einer Hausfrau.

Die Predigt war recht bewegend, voller geistreicher Bemerkungen über das Mysterium der Ehe, aber auch sehr konservativ. Für den Pfarrer *Pipirs*, obwohl evangelisch, war die Ehe unauflöslich, das hörte man deutlich heraus.

Dann setzte die Orgel ein. Mein Vater begann zu singen. Als er bemerkte, dass seine Nachbarin zur Linken kein Gesangbuch hatte, reichte er ihr in einer freundlichen Geste das Buch, damit sie mitsingen konnte. Sie zog ihren schwarzen Handschuh aus und hielt das Buch mit der rechten Hand. Mein Vater hielt es mit der linken. Sie benahm sich ganz natürlich und sang mit ihrer klaren, guten Stimme mit, begleitet vom dunklen Bariton meines Vaters.

Er blickte auf ihre Hand, eine kräftige, sympathische Hand mit gut geformten Fingerkuppen. Das alles sprach ihn an, denn er beurteilte einen Menschen weniger nach dem Gesicht, vielmehr nach den Händen und der Stimme. Und sie sangen zusammen:

„Gloria sei dir gesungen
Mit Menschen und Engelszungen,
Mit Harfen und mit Zimbeln schon.
Von zwölf Perlen sind die Tore,
An deiner Stadt wir stehn im Chore
Der Engel hoch an deinem Thron.
Kein Aug hat je gesehn
Kein Ohr hat je gehört diese Wonne
Des sind wir froh, io, io, ewig in dulci jubilo.“

Als das Lied zu Ende war, wusste er, dass eine Verbindung zu dieser fremden Frau entstanden war. Sie nickte und ging. Er folgte ihr in einigem Abstand durch die Menge, ließ sie aber nicht aus den Augen. An der Ecke Marktstraße stieg sie in die Straßenbahn Richtung Schmelz ein. Der Wagen war brechend voll. Mein Vater sprang noch hinten auf, sodass sie, die vorne im Wagen saß, ihn nicht sehen konnte. Aber er konnte sie jetzt genau betrachten. Ein merkwürdig weißes Gesicht, ein wenig breit, mit pechschwarzem Haar, das sich vorn in eigenartigen Locken zu einer mittelhohen Stirn wölbte.

An der Zellulose stieg sie aus, ging auf die gegenüberliegende Straßenseite, wo sich einige Holzhäuschen befanden und verschwand hinter einer Tür, über der sich ein Schild befand. Mein Vater humpelte an seinem Stock langsam vorbei und schaute hinauf. Da stand „Mehlhandlung" und darunter „Inhaber: Johanne Wilhelmine Haseneit, geborene Palm".

War sie schon Witwe? Soweit er sich erinnerte, trug sie keine Ringe. Er stieg in die Straßenbahn und fuhr zurück in die Stadt, setzte sich in seinen Wagen und machte sich auf den Heimweg. Eine halbe Stunde später kam er wieder an dem Mehlladen vorbei. Am liebsten wäre er hineingegangen und hätte eingekauft. Schließlich besann er sich und kutschierte weiter.

Am Rande des Kanals, in der von Heuschrecken und Vogelgezwitscher durchzogenen Einsamkeit, träumte er vor sich hin und summte noch einmal das Lied, das ihm in den Ohren lag:

„Gloria sei dir gesungen
Mit Menschen und Engelszungen,
Mit Harfen und mit Zimbeln schon.
Von zwölf Perlen sind die Tore,
An deiner Stadt wir stehn im Chore ..."

Die weißen Sommerwolken zogen am Himmel dahin. Ein paar Möwen kamen vom Haff herüber und schrien ihn an. Die Pferde spitzten die Ohren, während die Räder des Wagens im tiefen Sand mahlten.

Die nächste Woche verging schnell. Als der Samstag kam, fuhr mein Vater, wie immer an diesem Tag, in die Stadt. Es regnete, alles war nass und verschleiert. Nebelschwaden erfüllten die ganze lange Schmelz. Die Carlsbrücke war hochgezogen, ein großer Frachter aus England schob sich im Dunst hindurch. Vom Hafen trompetete die Nebelsirene unentwegt. Trübselig schoben sich die Menschen über den Markt.

Mein Vater erledigte alle seine Einkäufe der Reihe nach wie immer. Nur die Mehlsäcke kaufte er nicht wie üblich in der großen Mehlmühle Jahn, sondern er wollte sie auf dem Heimweg in dem kleinen Mehlladen erstehen. Darauf freute er sich und war deshalb trotz des trüben Wetters gut gelaunt. Beim Grogtrinken mit den Gutsbesitzern und Bauern machte er seine Witze. Frühzeitig trat er die Heimfahrt an.

Vor dem kleinen Mehlladen hielt er an und zäumte die Pferde an, wenigstens einseitig, damit sie nicht durchgehen konnten. Offenbar beabsichtigte er, länger zu bleiben. Die kleine Glocke schepperte, er trat ein. An der Längsseite des kleinen Raumes verlief eine Keramikbank, dahinter war die Wand mit Regalen vollgestellt, mit Kisten, auf denen in weißen Emailleschildern der jeweilige Inhalt vermerkt war: Mehl, Graupen, Haferflocken, Grieß, Nudeln, Grobmehl, Kleie. Alles wirkte sehr einfach, aber sauber.

Dann kam sie. Sie trug ein dunkles, hochgeschlossenes Kleid und eine Schürze mit weißen Rüschen, wie man sie oft in Bäckereien sieht. Das machte sie noch attraktiver.

Sie sah etwas erstaunt dem fremden Mann entgegen. Sie erkannte ihn nicht. Mein Vater grüßte und verlangte zwei Zentner Mehl und drei Zentner Kleie für das Vieh. Das war fast ein Großeinkauf. Sie war ein wenig erschrocken und sagte:

„Ich verkaufe das Mehl in der Regel nur pfundweise. Zehn oder zwanzig Pfund sind schon sehr viel. Aber natürlich können Sie auch Säcke haben."

Sie ging nach hinten und zog einen Vorhang zur Seite. Dort stand eine Reihe von Säcken, ordentlich nebeneinander gestellt.

„Haben Sie leere Säcke dabei?"

Mein Vater ging zum Wagen zurück und kam mit fünf leeren Säcken über dem Arm in den Laden. Sie schaute ihm etwas verlegen entgegen und sagte: „Aber wir haben keinen Mann im Hause, der die Säcke aufladen könnte."

Er zog seine Jacke aus und meinte, das sei schon in Ordnung. Allerdings hatte er sich für diesen besonderen Besuch zu fein angezogen. Deshalb legte er sich eine Schürze über den Rücken, ging in die Hocke, kippte mit ihrer Hilfe den ersten Sack über, schleppte ihn hinaus und warf ihn auf den Wagen. Es staubte, trotz des nassen Wetters.

In der Jahnschen Mühle hätte er es bequemer gehabt. Dort hatten ihm die Müllerjungen immer die Säcke auf den Wagen gelegt. Aber wenn man liebt, dachte er, muss man leiden – und unter Umständen auch die Wirbelsäule verrenken.

Er atmete schwer, zog seine Jacke an, klopfte die weißen Flecken von seiner Hose und setzte sich auf einen Stuhl. Sie sahen sich eine Weile an und suchten nach Worten. Mein Vater dachte zunächst an das Geschäftliche.

„In der Mühle habe ich immer drei Prozent Rabatt bei Barzahlung erhalten. Wie steht es bei Ihnen?"

„So generös wie eine große Mehlmühle können wir nicht sein. Aber zwei Prozent könnte ich Ihnen zugestehen, wenn Sie weiterhin hier kaufen."

„Natürlich kaufe ich jetzt immer hier!", lächelte er. „Im übrigen sind Sie eine gute Geschäftsfrau. Sie lassen sich nicht die Butter vom Brot nehmen. Kompliment!"

„Und warum wollen Sie jetzt immer hier kaufen?"

„Erstens liegt Ihr Geschäft sehr passend auf meinem Heimweg. Und zweitens – ja, das ist schwer zu sagen."

Sie starrte ihn an. Er machte keine Anstalten zu gehen oder zu bezahlen. Ein seltsamer neuer Kunde, den der Zufall hierher geweht hatte. Worauf wartete er? Auf eine Tasse Kaffee?

Mein Vater unterbrach ihre Gedanken: „Sie kommen mir eigentlich sehr bekannt vor. Wir müssen uns irgendwo schon einmal begegnet sein."

„Nicht, dass ich wüsste."

„Ja, jetzt fällt es mir ein: Wir haben zusammen aus einem Gesangbuch gesungen, vor acht Tagen bei der Hochzeit in der Landkirche. Erinnern Sie sich?"

„Ja, natürlich, so ein Zufall … "

„So ein Zufall ist das gar nicht. Ich habe Sie gesucht!"

Sie starrte ihn ernst an und wurde verlegen.

„Ihre Stimme hat mir sehr gefallen. ‚Gloria sei dir gesungen, mit Menschen- und mit Engelszungen'. Und dann Ihre Hände. Ich liebe schöne Hände."

Sie wurde blutrot, wandte sich ab und lief hinaus. Mein Vater ärgerte sich, dass er zu stürmisch gewesen war. Dann zündete er sich eine Zigarre an und betrachtete die Fächer der Regale. Wie aufreizend waren plötzlich diese Wörter, die da in großen Lettern auf bläulichen Emailleschildern standen – von Graupen über Nudeln bis zu Kartoffelmehl.

Nach einer Weile erschien ihre Mutter, *Johanne Wilhelmine Haseneit*, geborene *Palm*. Eine Frau Mitte der Sechziger, aber noch sehr rüstig. Ein rundliches Gesicht mit bläulichen schwarzen Haaren, die in der Mitte gescheitelt waren. Ein wenig fremdartig wirkten die Augen mit einer schweren, leicht schräg verlaufenden Lidfalte und die etwas hervorstehenden Backenknochen.

Sie sah ihn eine Weile schweigend an und sagte dann langsam, mit eigentümlicher Betonung eines jeden Wortes: „Meine Tochter hat mir von Ihnen erzählt ... Sie werden verstehen, dass uns Ihr Besuch ... so darf man wohl sagen ... sehr überraschend kommt ... Trotzdem ... wenn es Ihnen recht ist, trinken Sie bitte eine Tasse Kaffee bei uns ... Sie haben ... wenn ich meine Tochter recht verstanden habe ... noch einen weiten Weg vor sich ... “.

Mein Vater erhob sich und streckte ihr die Hand hin. „Zwei Stunde. Ich bin der Krugwirt von Starrischken. Selbstverständlich trinke ich gern eine Tasse Kaffee bei Ihnen.“

Er sah noch einmal nach den Pferden und zog ihnen die Decke über den Rücken. Dann breitete er den Ledertambour über die Mehlsäcke, denn es nieselte immer noch leicht.

Er bemühte sich, ohne allzu sehr zu humpeln, durch den Laden in das Esszimmer zu gelangen. Es war ein gemütlicher Raum, in dem sich um einen runden Tisch ein rotes Biedermeiersofa mit passenden Sesseln gruppierte. Die alte Dame holte gerade die Kaffeetassen mit den Kristalltellern aus dem Vertiko.

Dann kam meine Mutter. Insgeheim war die Sache praktisch entschieden, sodass ich fortan „meine Mutter“ sagen darf. Sie brachte eine Schüssel Raderkuchen*. Für unerwarteten Besuch hatte man anscheinend immer etwas Fettgebäck oder Sandkuchen vorrätig, der sich lange hielt.

Sie trug das gleiche schwarze Kleid wie in der Kirche und hatte sich etwas zurechtgemacht. Das sehr glatte, bleiche Gesicht erhielt seinen Reiz durch ein Paar große, kohlschwarze Augen. Der Gesamteindruck war ernst. Das schwarze Haar hing vorn in leichten Locken in die Stirn und war hinten in einem sehr festen Knoten

---

*ostpreußisches Schmalzgebäck

zusammengebunden, wodurch der Nacken, von dem die Ohren abstanden, besonders reizvoll wirkte.

Mein Vater gab sich keine Blöße und erzählte in leichtem Plauderton von seinem Gasthof und dem weiten Weg in die Stadt, von seinen Vorfahren und Verwandten, wobei sich herausstellte, dass die alte Frau, die in Purmallen* geboren war und mit ihrem Mann den Gasthof *Amalienthal* bewirtschaftet hatte, einem damals beliebten Ausflugsort der Memelländer, zumindest dies und jenes über seine Familie wusste. Beide stammten also aus Gastwirtsfamilien, und das über mehrere Generationen hinweg, was zumindest im ersten Gespräch eine angenehme Verbindung schuf.

Dann drehte sich mein Vater zu seiner Auserwählten um und sagte: „Ich muss mich entschuldigen. Was ich in drei Minuten gesagt habe, hätte ich normalerweise auf drei Monate verteilen sollen. Aber ich habe keine Zeit. Bleibe ich hier im Geschäft, dann faulenzen sich meine Leute draußen im Wald und auf den Feldern zu Tode. Gehe ich mit hinaus, dann werde ich an allen Ecken und Enden bestohlen."

Er schwieg eine Weile, dachte nach und fuhr dann fort: „Glauben Sie aber nicht, dass ich mich nur von praktischen Erwägungen leiten lasse oder aus einer gewissen Zwangslage heraus handle. Ich bin zwar ein wenig direkt, nach dem Sprichwort: Frische Fische sind gute Fische. Aber ich habe Ihnen auch schon gesagt, dass Sie mich in der Kirche sehr beeindruckt haben. Es war wunderbar, wie sich unsere Stimmen ergänzt haben. Und überhaupt, dass Sie plötzlich neben mir saßen. Vorher saß dort ein Herr, der dann nach vorn ging und Ihnen Platz machte. Ein Zufall von Sekunden. Sollte man darin nicht einen Wink des Himmels sehen?"

Himmlische Eingriffe gab es praktisch nie in der kleinen Mehlhandlung, wo ein Tag wie der andere verlief. Und so schien es den beiden Frauen wirklich, als sei durch diesen leicht lahmenden Mann mit dem dunklen Kinnbart eine Art Schicksalstor geöffnet worden.

Mein Vater erkannte die günstige Gelegenheit und wandte sich an die alte Dame: „Es hat keinen Sinn, um den heißen Brei herumzureden. Nachdem ich Ihnen meine Verhältnisse dargelegt habe und Sie sich ein Bild von mir machen konnten, möchte ich Ihnen sagen, dass ich mich freuen würde, die Hand Ihrer Tochter zu gewinnen".

*Purmaliai (Litauen)

Auf diese Rede folgte erst mal Schweigen. Dann sah man, wie die alte Frau sich aufrichtete: „Es ehrt uns sehr", sagte sie würdevoll. „Wie Sie wissen, ist meine Tochter nicht mehr die Jüngste. Ich glaube nicht, dass sie noch an eine Heirat dachte. Aber ich sehe von meiner Seite keinen Grund, einen offensichtlich sehnlichen Wunsch von Ihnen abzulehnen".

Meine Mutter saß mit geröteten Wangen und gesenktem Blick da und drehte ein Tüchlein in den Händen. Meine Großmutter stand auf und ging hinaus.

Als sie mit einem Tablett voller Gläser und einer Flasche Portwein zurückkam – Portwein war damals in Memel wegen des regen Handels mit Spanien und Portugal sehr beliebt –, waren sich die beiden offenbar schon einig. Beide strahlten, und mein Vater, der seine Braut nun schon duzte, erklärte mit dürren, aber innerlich bewegten Worten, dass sie sich gerade verlobt hätten. Er lud die beiden Frauen zu einem Besuch nach *Starrischken* ein und versprach, sie an der Straßenbahnhaltestelle abzuholen. Auch den Tag schlug er schon vor.

Inzwischen war es später Nachmittag geworden, und er musste aufbrechen, wenn er nicht in der Dunkelheit nach Hause kommen wollte. Über dem Meer und der Nehrung hatte sich der Himmel aufgehellt, und die untergehende Sonne gab dem grauen Regentag einen Hauch von Glanz, indem sie wie ein Feuerwerk über den vielen Fenstern der ganzen langen Schmelz funkelte.

4 *Zweite Ehe, Tod meines Vaters*

DIE EHESCHLIESSUNG fand am 19. März 1902 auf dem Standesamt in Schmelz zwischen dem Gastwirt *Johann Rudolf Naujok* und der *Anna Marie Catharine Haseneit* ohne besonderen Stand statt. Als Zeugen waren der Küfermeister *Hermann Völker* aus Memel-Althof und der Schiffer *Rudolf Schakowski* aus Memel anwesend. Der Standesbeamte und Bürgermeister *Leschinski*, den ich später noch kennenlernte, war ein großer, sehr stattlicher Mann mit den Allüren eines polnischen Grafen.

Die Welt lag noch in Eis und Schnee. Eine Schlittenkolonne fuhr den Kanal entlang, während die vielen hellen Glocken die zweite Ehe meines Vaters einläuteten. Die Trauung fand in der Reformierten Kirche in Memel durch den Pfarrer *Prieß* statt, der nach den Erzählungen meiner Tante eine sehr eindrucksvolle Rede gehalten haben soll. Die Familie meiner Mutter war reformiert, seit der Urgroßmutter, die aus der Schweiz stammte. Meine Eltern hatten sich für die Trauung das Lied „Gloria sei dir gesungen" ausgesucht und hielten gemeinsam das Gesangbuch, der eine mit der linken, der andere mit der rechten Hand.

Die Hochzeit wurde nicht so groß gefeiert wie vor ein paar Jahren, aber es waren mehr Verwandte da, natürlich auch meine Tante, die durch ihre Anwesenheit jedem Fest die richtige Bedeutung gab.

Da sie gesellschaftlich zu den Gutsbesitzern gehörte, die in Ostpreußen die ungekrönten Könige des Landes waren – sie freilich mit einigen tausend Morgen Land mehr als *Adlig Kackeln* –, erschien ihr die Heirat meines Vaters mit einem älteren Fräulein aus einem kleinen Mehlladen zwar nicht gerade als Mesalliance*, aber doch als eine Tatsache, die sie mit gemessener Zurückhaltung zur Kenntnis nahm. Meine Mutter spürte das natürlich, und das trug dazu bei, dass ihr Verhältnis zur Verwandtschaft meines Vaters auch später immer recht kühl blieb.

Außerdem nahm die väterliche Seite Anstoß daran, dass mein Vater, der in mehreren Berufen total versagt hatte und sich bis zu seinem vierzigsten Lebensjahr als eine Art Weltenbummler ohne festes Einkommen und ohne vernünftige Ehe durchs Leben geschlagen hatte, plötzlich zwei Frauen hintereinander heiratete und einen großen Gasthof wieder aufbaute, als sei er aus einem Dämmerschlaf über Nacht in die volle Aktivität des Lebens gestürzt. Nun, das war seine Sache, aber die weitverzweigte Verwandtschaft konnte ihn nicht mehr überall als unbezahltes Faktotum mit Arbeiten beschäftigen, die sonst niemand machen wollte. Und das war sicher schmerzhaft. Kurz, an sein Selbstvertrauen musste man sich nach allem, was früher gewesen war, erst mit einiger Umstellung gewöhnen, was bekanntlich nie leicht ist.

Die „niedere" Verwandtschaft meiner Mutter dagegen tummelte sich auf der Hochzeit mit lautstarker Lebensfreude, ohne sich durch Rangunterschiede schockieren zu lassen. Sie waren alle rundlich, freundlich, eloquent, witzig und vor allem musikalisch. Einige von ihnen hatten ihre Trompete mitgebracht und schmetterten Tänze

*nicht standesgemäße Ehe

und Hochzeitsmärsche in die Stille, dass der Wald aus seiner Ruhe erwachte und ein bemerkenswert deutliches Echo gab.

Fast alle waren Militärmusiker. Einer von ihnen dirigierte die schnell zusammengestellte Kapelle sogar mit weißen Handschuhen, sodass meine Tante väterlicherseits eine gewisse Erleichterung in Bezug auf deren Rang verspürte. Man muss bedenken, dass in einer Zeit ohne Radio und Fernsehen eine Musikkapelle etwas Außergewöhnliches war. So war es auch nicht verwunderlich, dass sich vor dem Gasthof trotz des hohen Schnees eine Menge Kinder, Dienstboten und Fischer drängten, die sich an den beschlagenen Fenstern die Nasen platt drückten, um etwas von der Musik und dem Glanz der Hochzeit mitzubekommen. Auch die Wirtsstube war voll von unerwarteten Gästen. Mein Vater ließ großzügig einige Achtel Bier ausgeben und erfreute die Kinder mit Glasbonbons – andere gab es damals auf dem flachen Land offenbar nicht.

Die Verwandtschaft väterlicher- und mütterlicherseits war sich einig, dass mein Vater eine Liebesheirat eingegangen war, im Gegensatz zu seiner vorherigen Ehe, die allerdings auch sehr harmonisch gewesen war. Er tanzte ununterbrochen mit meiner Mutter, denn trotz seines lahmen Beines war er ein leidenschaftlicher und guter Tänzer.

„Deine Seite ist großartig", sagte er zu meiner Mutter. Er meinte ihre Verwandtschaft. „Die können was. Meine ist kritischer. Was könnt ihr noch so?"

„Zeichnen", antwortete meine Mutter, „Ich habe einen ganzen Kasten mit meinen Zeichnungen mitgebracht. Wenn wir einmal zur Ruhe kommen, werde ich sie dir alle zeigen."

In der Tat war meine Mutter eine bemerkenswert gute Zeichnerin, nicht Malerin, denn ich habe nie farbige Bilder von ihr gesehen. Ich erinnere mich an eine Schale mit Obst und Weintrauben, die auf mich als Kind einen großartigen Eindruck gemacht hatte. Mit einem weichen tiefschwarzen Bleistift hatte sie Licht und Schatten und alle Konturen so wunderbar herausgeholt, dass man versucht war, nach den Äpfeln zu greifen.

Die fröhlichen Verwandten meiner Mutter, die der Heirat den rechten Schwung gab, waren fast alle Gastwirte und Krüger an der langen Schmelz. Dazu kamen noch einige Bäcker und Gutsbesitzer, sodass mein Vater, wenn er sie alle auf seiner Fahrt nach Memel besuchen wollte, sicher erst spät abends zurückkehren würde. Außerdem war da noch ein Bruder meiner Mutter, Onkel *Edwin*, ein Kaufmann, der in der Nähe des Memeler Marktes ein ansehnliches Geschäft besaß. Er war zu dick und zu bequem, um zu tanzen, und saß in einer weinseligen Stimmung da, die seinen trägen Geist zu einer Reihe von nicht ganz stubenreinen Witzen anregte. Er war immer noch Junggeselle. Sein Lebensstil wurde von der Verwandtschaft mit Besorgnis und sogar mit Vorwürfen zur Kenntnis genommen. Doch in seiner manischen Lebensfreude achtete er nicht auf das Urteil der anderen. Von diesem Onkel *Edwin* wird später noch die Rede sein.

So ging die Hochzeit gegen Morgen zu Ende. Alles fuhr mit Hallo und Schlittengeläut ab. Hochzeitsreisen waren damals in kleinbürgerlichen Kreisen nicht üblich. Der nächste Tag war wieder ein Arbeitstag. Man kaute noch ein paar Tage an den Resten der Torte und richtete sich gemeinsam ein.

Meine Mutter übernahm die Wirtschaft, nicht ohne Stolz auf die ihr zugefallene Aufgabe. Sie hatte auch genug damit zu tun, die Zimmer mit den mitgebrachten Möbeln nach ihrem Geschmack neu einzurichten. Ausgesprochen neu für sie waren die großen Fotos ihrer Vorfahren, die sie geschickt an den vielen freien Wänden verteilte. So bekam ich als Kind schon anhand dieser Bilder eine Vorstellung von einer Unzahl würdiger Tanten in bauschigen Röcken – die Männer schien meine Mutter nicht für besonders aufhebenswert zu halten. Natürlich gab es Männer, aber sie hatten nichts zu bedeuten. Ich kann mich nicht daran erinnern, dass jemals besonders von ihnen die Rede war. Wenn ich heute zurückblicke, kann ich mich des Eindrucks nicht erwehren, in einer besonderen Form des Matriarchats aufgewachsen zu sein.

Meine besondere Aufmerksamkeit erregten die Fotos der großmütterlichen Linie *Palm*, die alle etwas rundlich aussahen, mit weißen Gesichtern und der überall erkennbaren mongolischen Lidfalte. Alle trugen ihr Haar in der Mitte gescheitelt. Es war blauschwarz, eine Farbe, die in unsren Breitengraden nicht oft vorkam. Diese rassische Färbung geht vielleicht auf zwei Überfälle der Mongolen in Ostpreußen im 16. und 17. Jahrhundert zurück, als irgendein Tatarenführer eine meiner Ahnen zu einer gewaltsamen Umarmung zwang, so wie sie noch im letzten Weltkrieg häufig vorkam.

Jedenfalls wirkten diese Frauen besonders schön und fremdartig. Es mag sein, dass meine Freude an chinesischen Weisheiten und meine im ganzen kontemplative Haltung auf eine Droge fremden Blutes zurückzuführen ist.

Wenn auch die Verwandtschaft meines Vaters nicht an den Wänden hing, so ist sie mir doch deutlich in Erinnerung geblieben. Vor allem durch die Erzählungen meiner Tante, die, wenn auch etwas zurückhaltend, so doch insgesamt sehr plastisch von ihrer Jugendzeit in dem großen Gasthaus auf der Halbinsel Windenburg am Kurischen Haff zu berichten wusste. Auf diese Weise wurde ich natürlich auch mit vielen Sitten und Gebräuchen dieser mehr als fremdartigen Gegend vertraut gemacht, was mein Interesse an heimatkundlichen Zusammenhängen, zu denen natürlich auch Flur- und Personennamen gehören, weckte.

Die Pruzzen*, die seit der Bronzezeit ziemlich ungestört und friedlich an der Ostseeküste im Bereich der beiden Haffs wohnten, wurden durch die Christianisierung in der Ordensritterzeit und durch die anschließenden Kämpfe zwar dezimiert, aber keineswegs vernichtet. Sie bilden nach wie vor die gemeinsame Klammer, die das vielschichtige ostpreußische Menschentum seit Jahrhunderten zusammenhält.

Der deutsche Anteil, der seit 700 Jahren das Bild bestimmte, war sehr groß und entscheidend dadurch, dass er dem Lande Kultur und Sprache gab. Die litauische Bevölkerung im Nordosten und die polnische im Südosten der Provinz ging mehr oder weniger im Deutschtum auf, zumal bis zur Mitte des neunzehnten Jahrhunderts nationale Verschiedenheiten ohne Belang waren.

Hinzu kamen Schotten und Engländer, Franzosen aus den Religionskriegen, Salzburger Vertriebene, Holländer als Kolonisten des Flachlandes, Italiener als Künstler und Architekten, sodass sich hier ein Menschentypus mit besonderen biologischen und geistig-seelischen Strukturen entwickelte, der im Kern christlich-abendländisch und ostdeutsch war. Die bestimmende Gesamthaltung war die preußisch-konservative, die aber in den Hafenstädten durch den umfangreichen Seehandel mit England eine starke Neigung zur englischen Demokratie zeigte.

---

*auch Prußen, nach der Eigenbezeichnung Prūsai: baltischer Volksstamm, auf den der Name Preußen zurückgeht

In diese Situation wurde mein Vater hineingeboren, und sie ist atmosphärisch in meiner Familie maßgeblich geblieben: Preußentum mit einem Schuss englischer Demokratie.

Trotz des litauischen Namens sind wir mit Sicherheit ein deutsches Geschlecht, das zugewandert ist. Der Vater meines Urgroßvaters soll als Schiffszimmermann für den Bau der kurischen Keitelkähne aus der Gegend von *Ansbach* zu dem damals bekannten Oberfischmeister des Kurischen Haffs, Wilhelm *Beerbohm*, zugezogen sein. Sein Name, der unbekannt ist, wurde wahrscheinlich lituanisiert, wie es damals in den Kirchenregistern oft geschah.

Niemand in meiner Familie sprach Litauisch. Vater und Mutter hatten sich im Umgang mit Dienstboten und Fischern ein einigermaßen verständliches memelländisches Umgangslitauisch angewöhnt, das mit vielen Germanismen durchsetzt war. Ich erinnere mich noch heute mit großer Freude an diesen – mit zunehmendem Alkoholkonsum immer fantastischer werdenden – Kauderwelsch aus deutschen und litauischen Sprachfetzen. Es war eine Klangwelt voller Saft und Kraft, voller Alltagsrealität und Geschichten, Begebenheiten und Gerüchten, voller Klatsch, Neid und Intrigen, wie es sie überall auf der Welt zu geben scheint, wie sie aber in der Einsamkeit zwischen Kanal und Haff, zwischen Wald und Heide besonders deutlich zutage trat.

Von meinen Großeltern lebte zu meiner Kindheit nur noch die Großmutter väterlicherseits. Die Mutter meiner Mutter, die wir bei der Brautwerbung meines Vaters kurz kennengelernt haben, muss kurz nach der Hochzeit gestorben sein; jedenfalls kann ich mich nicht erinnern, noch mal von ihr gehört zu haben.

Dagegen ist mir die Großmutter väterlicherseits, die weit über achtzig Jahre alt wurde, noch deutlich in Erinnerung. Eine schlanke, hochgewachsene Frau mit einem freundlichen, aber zurückhaltenden Gesicht, gut, fast vornehm gekleidet ... so sehe ich sie aus dem schemenhaften Licht der vielen Jahrzehnte auftauchen. Mehrmals muss ich ihr begegnet sein

Aber nur ein nachmittäglicher Besuch steht mir noch vor Augen. Es war zu der Zeit, als mein Vater nicht mehr lebte. Da meine Großmutter aus verschiedenen Gründen das höchste Ansehen in der weitverzweigten Familie genoss, sah meine Mutter dem Besuch mit einer gewissen Unruhe entgegen und bemühte sich, uns mit guten Belehrungen auf ihr Erscheinen vorzubereiten. Mein Bruder und ich mussten viele Verbeugungen und einige freundliche Begrüßungsworte einüben.

Es war ein großer, feierlicher Tag, ein sonniger Nachmittag, der dort am Waldrand immer sehr still und melancholisch war. Sie kam mit der Kutsche aus *Dinwethen*, hatte also eine lange Fahrt hinter sich. Möglicherweise waren außer dem Kutscher noch meine Tante oder andere Verwandte mitgekommen. Aber ich erinnere mich nicht an sie, denn meine ganze Aufmerksamkeit galt eben der Großmutter, die sich so eindringlich angekündigt hatte.

Der Wagen rollte in den Hof und eine vornehme ältere Dame stieg aus. Meine Mutter bemühte sich so sehr um sie, dass ich sie gar nicht wiedererkannte. Ansonsten verlief die Begrüßung angenehmer als erwartet. Ich weiß nicht mehr, ob ich die Verbeugung und die Begrüßungsworte so hinbekam, wie ich sie geübt hatte. Aber ich sehe noch ihr gutes, mütterliches Gesicht über mich gebeugt und fühle ihre Hand, die über mein Haar streicht.

Sie blieb nur kurz, nur für eine Kaffeestunde, deren Ablauf ich nicht mehr im Gedächtnis habe. Beim anschließenden Spaziergang durch Hof und Garten sah ich sie wieder. Wir standen eine Weile hinter dem Stall, wo es besonders sonnig war, und sie schaute über die Felder zum nahen Waldrand, fragte dies und jenes, während meine Mutter eilfertige, fast devote Antworten gab. Was auch immer sie fragte, ihre Augen blieben stets forschend an uns Kindern hängen, als wollte sie unser Wesen und unsere Art erspüren und sich eine Vorstellung davon machen, was von ihrem Blut hier bleiben würde, während sie sich schon anschickte, in ein anderes Land zu gehen.

Doch was bleibt schon zurück? Dass man in den alten Geschlechtern immer von einem „echten Sowieso" spricht, ist nichts als eine fromme Täuschung. Da die Kinder aus so vielen Erbfaktoren von so vielen Vorfahren zusammengesetzt sind, scheint mir nur jeder für sich „echt" zu sein.

Diese Großmutter hatte ein besonderes Schicksal. Sie wurde am 28. August 1828 als dritte Tochter des ausgesprochen kinderreichen Handwerkers und Fischers Friedrich Maehring in Tattamischken*

---

*Tatamiškiai

am Ruß*-Strom geboren, einem ungewöhnlich stillen und reizvollen Ort, wie ich bei späteren Besuchen feststellen konnte. Wenn man in Ruß auf der Brücke stand, konnte man links am Horizont die hohen alten Bäume des Dorfes sehen.

In jungen Jahren wurde sie von ihrem kinderlosen Onkel aufgenommen, der Inspektor bei dem berühmten Oberfischmeister Wilhelm Beerbohm in Feilenhof** war. Sie hatte das Glück, zusammen mit der Tochter des Oberfischmeisters privat unterrichtet zu werden. Diese Tochter wurde später die Mutter des bekannten Spediteurs und Sudermann-Freundes Ernst Ancker in Ruß.

Meine Großmutter heiratete jung den Gastwirt Carl Rudolf Naujok in Windenburg, dem damals auch der Kreuzkrug und die Mühle in Pawehn*** gehörten. Es ist die Gegend, in der Charlotte Keysers erfolgreicher Familienroman „Und immer neue Tage" spielt und die auch durch die Vogelwanderungen des berühmten Ornithologen Professor Thienemann, dem „Vogelprofessor", weithin bekannt wurde.

Dank ihrer guten Erziehung übertraf meine Großmutter ihre Verwandten an Wissen und Manieren bei weitem. Dazu kamen ihre Klugheit und der Charme ihrer Persönlichkeit, sodass, als sie im hohen Alter starb, die ganze Familie das Gefühl hatte, ihre stärkste Stütze und ihren guten Geist verloren zu haben. Ich nahm als Kind an ihrem Begräbnis teil und lernte bei dieser Gelegenheit nicht nur eine große Verwandtschaft und einen großen Freundeskreis kennen, sondern auch den wunderschönen Memeler Friedhof, den ich später immer wieder gern besuchte, gequält von Gedichten und Geschichten.

Meinem Großvater und Urgroßvater gehörte, wie schon erwähnt, das alte Gasthaus in Windenburg, ein schlossähnliches Gebäude, das damals wegen des vorbeiziehenden Holzhandels immer voll von Fuhrunternehmern, Holzarbeitern und Fischern war, wo es immer etwas zu trinken und zu verdienen gab. Ich hörte immer gern den Geschichten zu, die meine Tante aus dieser Zeit zu erzählen wusste. Wenn man ihr glauben konnte, gab es dort in einsamen Nächten noch einen verborgenen heidnischen Kult, bei dem die Fischer in

---

* Rusnė, Mündungsarm der Memel
** Muiže
*** Povilai

seltsamen Riten zu Perkuno, Potrimpos und Pikollos beteten, den pruzzischen Göttern, die in manchen stürmischen Nächten dem christlichen Gott für einige Stunden das Zepter aus der Hand genommen haben sollen.

Einmal hatte meine Tante zufällig so eine Götterszene am späten Abend miterlebt, aus der Ferne natürlich. Als sie von den Fischern entdeckt wurde, verfolgte man sie, die sich nur mit Mühe zwischen den Steinen und Büschen des noch urwaldartigen Haffufers verbergen konnte. Sie behauptete steif und fest, dass man sie den heidnischen Göttern geopfert hätte, wenn man ihrer habhaft geworden wäre. Dabei waren es die „ruhigen" Fischer, die sie kannte, weil sie täglich im Krug saßen, die sich aber im Banne uralter Riten mit schauerlichen, unverständlichen Gesängen in blutrünstige Dämonen verwandelt hatten.

Diese Fähigkeit der Menschen, sich unter dem Einfluss bestimmter Glaubensvorstellungen völlig zu verändern, hat mich immer sehr abgestoßen und erschreckt. Die Psychologen sprechen von Sozialpsychosen. Aber mit Begriffen lassen sich diese dunklen, unterschwelligen Seelenkräfte nicht bändigen. Wo immer Gruppen und Massen in die Nähe solcher dämonischen Magnetfelder geraten, ist höchste Alarmbereitschaft angesagt.

Mein Urgroßvater soll im Alter erblindet sein. Von meinem Großvater weiß ich nur, dass er bei der Übergabe des Grundstücks an seinen Sohn „sieben Stoof* Branntwein" für sein Altenteil notariell eintragen ließ. Er muss also trinkfreudiger gewesen sein als mein Vater. Das war ihm auch zu gönnen, denn die Winter am Kurischen Haff sind lang und eisig. So ein Alterssitz an der Ofenbank kann mit ein paar Gläsern Grog um manche gemütliche Stunde bereichert werden.

Mein Vater trank, wie gesagt, selten und im allgemeinen mäßig. Natürlich ließ sich das Mithalten bei einem Gastwirt nicht immer umgehen. Für solche Fälle hatte er sich eigens ein Glas mit doppeltem Boden herstellen lassen, das immer voller aussah, als es war. Ein kleiner Trick, der nichts mit Betrug zu tun hatte und offenbar zum Berufsgeheimnis der Gastwirte damals gehörte.

An dieser Stelle muss ich mich nun von meinem Vater verabschieden. Er lebte nur noch drei Jahre nach der Hochzeit, und ich

---

*Volumenmaß in Liefland und Preußen, ca. 1¼ l

war leider zu klein, um ihn näher kennenzulernen. Nur wenige Bilder sind mir in Erinnerung geblieben. So saß ich als Kind oft auf meinem „Thrönchen", und er am Tisch direkt daneben und las Zeitung, was mich sichtlich ärgerte. Ich wollte, dass er sich um mich kümmert. Deswegen formte ich einen Satz, der mir später noch oft vorgehalten wurde: „Zeitung ist Aa*!" Eine verletzende Gleichsetzung für die Presse, den sie aber, da er aus dem Munde eines Dreijährigen kam, sicher sehr gelassen aufnehmen kann. Dass ich diesen ersten Aphorismus meines Lebens im späteren Leben zu korrigieren versuchte, beweisen meine vielfältigen Kontakte zu Zeitungen und Redakteuren.

Dann sehe ich mich im Bett meines Vaters. Er lag neben mir und hatte auf der Brust, in der Herzgegend, eine gelbliche Stelle, wahrscheinlich eine Vereiterung. Jemand kam und stach mit einer Nadel dort hinein. Das war alles.

Nach den Erzählungen war mein Vater in den letzten Jahren nicht mehr so aktiv wie früher. Er hat noch die Wirtschaftsgebäude fertiggestellt und dann soll er sich mehr seinen Neigungen zugewandt haben. Dazu gehörte die Fischerei, zu der er am Kanal und am Haff die besten Möglichkeiten hatte. Er konzentrierte sich besonders auf die aalartigen Neunaugen und erwarb sich den Ruf, diese sehr schmackhaft zu räuchern. Die Herren der Stadt kamen zu *Starrischken* nur zum Neunaugenessen.

Ich erinnere mich an die langen Tiere, die auf Blechen im Ofen lagen, und ich habe noch den angenehmen Rauchgeruch in der Nase. Auch der Geschmack ist mir gegenwärtig, vor allem das furchtbare Völlegefühl, wenn man einige gegessen hatte, denn sie lagen einem wahrhaft wie Steine im Magen. Neunaugen sind wohl das am schwersten verdauliche Essen, das ich je gekostet habe, obwohl sie natürlich eine Delikatesse sind.

Ansonsten war mein Vater ein unruhiger Mensch. Er streifte durch die Wälder, sammelte Beeren und Pilze, hütete sogar die Kühe im Staatsforst, zu dem wir immer Zutritt hatten, und ließ sich von allen Männern und Frauen, die er traf, Geschichten erzählen.

Die Wälder am Haff waren reich daran. Ein junger verheirateter Fischer war plötzlich mit einer Frau aus der Stadt, die zu den Sommerferien gekommen war, in die Welt hinausgezogen. Ein junges

*kindersprachlich: feste Ausscheidung

Mädchen versank im Moor und man wusste nicht, ob es Zufall oder Absicht war. Ein Förster, der den Verstand verloren hatte, lieferte sich mit den Gendarmen, die ihn in eine Heilanstalt bringen wollten, eine Schlacht, dass der ganze Wald dröhnte. Ein Forstgehilfe, der nur noch Kant las, gefiel sich in dunklen, übertriebenen Reden. Ein Lehrer wurde plötzlich strafversetzt, und man munkelte allerlei, ohne etwas Sicheres zu wissen. Wilddiebe, Holzdiebe und Raubfischer beschäftigten die Fantasie. Eine alte Frau, die Beeren und Pilze las, verkündete als Wahrsagerin den Beginn eines großen Krieges.

Die Leute hatten auch ohne Rundfunk und Fernsehen genug Stoff für ihre Unterhaltung. Mein Vater hörte sich solche Geschichten still an und machte sich darüber seine Gedanken.

Im kalten Winter von 1905 auf 1906 muss er sich beim Holzschlagen stark erkältet haben. Er nahm die Krankheit nicht sonderlich ernst. Grog als ländliches Heilmittel versagte, genauso der warme Strickstrumpf um den Hals, wie auch die Wärmflasche. Die Waldbewohner waren oft stolz darauf, ein Leben lang ohne Medizin und Arzt auszukommen. Außerdem gab es oft in dem weitläufigen Gebiet eines preußischen Kreises kaum mehr als einen Arzt; in der Stadt natürlich.

Dann brach er zusammen und wurde in das Memeler Stadtkrankenhaus gebracht. Der bekannte Medizinalrat *Dr. Ernst Gessner* stellte eine Rippenfellentzündung im fortgeschrittenen Stadium fest. Die Operation brachte etwas Erleichterung und er muss noch einmal nach Hause gekommen sein. Aus dieser Zeit habe ich die bereits erwähnte Erinnerung, dass ich etwas Gelbes auf seiner Brust sah, wahrscheinlich die vereiterte Wunde. Dann verschwand er aus meinem Gedächtnis.

Er starb am 16. April 1906 im Krankenhaus Memel und wurde auch dort in der Nähe begraben. Nicht auf dem schönen alten Memeler Friedhof in der Alexanderstraße, sondern auf einem kleinen, von Kiefernrauschen und Krähengeschrei umwehten Friedhof, der zum Gut Götzhöfen gehörte, östlich der Schmelz. So war er uns etwas näher.

Damals war es bei uns politisch sehr unruhig. In Lettland und Estland gab es eine Revolution gegen die baltischen Barone, die nachts mit Sack und Pack über die Grenze kamen. Das war der Beginn der Rückwanderung des Deutschtums, die nach dem Ersten

Weltkrieg noch einigermaßen aufgehalten wurde. Sie endete nach dem Zweiten Weltkrieg mit dem Verlust des gesamten deutschen Ostens.

5 Fantasievolle Kinderjahre

NACH DEM TOD MEINES VATERS begann für uns eine schwere Zeit. Ich erinnere mich, dass ich meine Mutter viel weinen sah. Die kurze Ehe, diese vier Jahre, in denen andere Leute ein Verhältnis oder eine Liaison pflegen, sind ihr tief zu Herzen gegangen. Sie waren sicher der Höhepunkt ihres, wie wir sehen werden, auch sehr kurzen Lebens.

Immerhin waren da zwei Kinder, außer mir noch mein Bruder Henry, ein sehr lebhafter, quecksilbriger Bursche, mit großen, funkelnden Augen, die auf Intelligenz schließen ließen. Meine Schwester Charlotte wurde erst zwei Monate nach dem Tode meines Vaters geboren. So kam es, dass meine Mutter in dieser Zeit neben ihrer großen Trauer noch den Belastungen einer zu Ende gehenden Schwangerschaft ausgesetzt war.

Davon wusste ich damals natürlich nichts. Aber die trübe Stimmung im Hause hat mich als Kind belastet. Vielleicht machte mich das zu einem ernsten Menschen, wie viele behaupten, obwohl ich auch genügend Humor und Heiterkeit besitze, wie ich glaube.

Da ich der Älteste war, wandte sich meine Mutter immer an mich. Während ich auf ihrem Schoß saß, weinte sie oder erzählte mir von ihrem Vater. Dieses Thema war für sie unerschöpflich. Heute weiß ich, dass sie sich dadurch innerlich befreit hat. Sie redete sich die Seele aus dem Leib. Ich hörte zu und verstand nichts außer dem klagenden Ton ihrer Worte.

Vielleicht weiß ich deshalb von meinem Vater, dass er ein Lieblingslied hatte: „Das Mädchen spann, die Träne rann, doch nie kam der Freiersmann."* Wahrscheinlich hatte meine Mutter, die gut singen konnte, es ihm oft vorgesungen. Ich wusste nicht, was „spinnen" und was ein „Freiersmann" war, aber es schien mir alles sehr bedeutungsvoll. Mein Vater hatte auch ein paar Sprichwörter oder eigene Sprüche auf Lager. Einer davon lautete: „Leise kommen, leise gehen". So hatte er es wohl in seinem Leben gehalten.

---

*„Mägdlein in dunkler Nacht", Volkslied aus Schweden, 19. Jhd.

Man muss sagen, dass meine Mutter den Anforderungen eines Groß-
betriebes in keiner Weise gewachsen war. Neben den drei kleinen
Kindern, die ihre Zeit und Kraft stark in Anspruch nahmen, war
da noch der große Laden, im Sommer einige Kurgäste, die Felder
und der Wald, die Fischerei und so vieles mehr, worum sie sich zu
kümmern hatte, und was ihr über den Kopf wuchs.

Mit dem Finanziellen war es auch nicht zum Besten bestellt.
Das väterliche Vermögen für die drei Kinder war mündelsicher angelegt. Wir hatten einen Vormund bekommen, einen Gutsbesitzer,
der jenseits des Kanals wohnte und dessen Namen ich vergessen
habe. Vielleicht hieß er Füllhaase. Ich erinnere mich, dass ich dort
als Kind mit meiner Mutter an einer großen Feier teilnahm. In einem
unbeobachteten Moment stibitzte ich von einem hoch beladenen
Teller einen Raderkuchen, der es mir angetan hatte und den ich in
einer Ecke des Gartens auffutterte – ohne Gewissensbisse.

Als meine Mutter in wirtschaftliche Schwierigkeiten geriet,
setzte sie dem Vormund so lange zu, bis er sich widerwillig bereit
erklärte, das den Kindern zustehende Vermögen herauszugeben.
Natürlich wollte meine Mutter es zurückgeben, aber sie konnte es
nicht mehr, teils weil sich die Lage nicht besserte, teils weil sie uns
durch ihren frühen Tod entrissen wurde.

An Angestellten gab es zwei Mägde auf dem Hof und einen
Knecht, dazu den alten *Gyszas*, den ehrlichsten und treusten von
allen, der ihr immer mehr zur Vertrauensperson wurde. Er war aber
leider schon zu alt und selbst hinfällig und zu wenig gewandt, um
ihr eine nennenswerte Hilfe zu sein.

Da meine Mutter eine Stütze brauchte, suchte sie in ihrer Verwandtschaft danach. Bald war diese oder jene Tante bei uns, bald
dieser oder jener Vetter, die ebenso wenig etwas von einer großen
Wirtschaft verstanden und auch nicht daran dachten, sich in sie
einzuarbeiten. Im Gegenteil: Es kamen Geschichten mit den Mädchen vor. Rechnungen der Aktienbrauerei, für die meine Mutter das
Geld mitgegeben hatte, stellten sich nach einem halben Jahr als
unbezahlt heraus. So musste meine Mutter energisch werden, was
ihr schwerfiel, und verschiedene Verwandte an die Luft setzen. All
das führte zu manchen bitteren Auseinandersetzungen.

Sie geriet in einen Strudel von Sorgen und Irrtümern. Ich habe
damals wenig verstanden. Aber ich sehe noch vor mir, wie sie die

Zahl der unbezahlten Biere mit Kreide auf der Theke festhielt, wo die betrunkenen Leute dann - mit überschüttetem Bier und angeblich einer zufälligen Ellenbogenbewegung im Gespräch - die flüchtig notierten Rechnungen abwischten.

Der Gasthof und der Verkauf waren in mehrfacher Hinsicht schwierig zu führen. Erstens kauften die Leute aus dem Dorf viel auf dem Markt in der Stadt. Dann war das „Anschreiben" eine schlechte Angewohnheit. Meine Mutter wagte es nicht, Rechnungen zu verschicken, weil sie fürchtete, ihre Gäste zu verlieren. Was für ein Geschäft!

Am meisten aber setzten ihr manche Sommer zu. Da meldete sich mitten in der Woche ein Verein aus Memel, der am Sonntag mit dem Dampfer kommen wollte. Meine Mutter fuhr in die Stadt und besorgte Proviant für hundert Leute. Am Sonntag regnete es, das Telefon ging, und meine Mutter erfuhr zu ihrem Entsetzen, dass der Dampfer mit den vielen Leuten doch nicht kommen würde. Solche Tage waren die reinste Katastrophe. Und wir mussten zwei Wochen lang auf dem trockenen Bäckerkuchen herumkauen, ganz zu schweigen von den vielen Braten, die man damals, als es noch keine Kühlschränke gab, nicht aufbewahren konnte.

Natürlich gab es auch den umgekehrten Fall, der genauso tragisch war. Nach einer verregneten Woche, in der wir auf nichts vorbereitet waren, legten am Sonntag bei strahlendem Wetter mehrere Dampfer unangemeldet an. Die Passagiere fielen wie Ameisen über uns herein. Was für ein Geschrei dann kurz darauf, als nicht genug Speisen serviert werden konnten. Der Ruf des Gasthofes als Ausflugslokal erlitt dadurch einen irreparablen Schaden.

Auf diese wirtschaftlichen Dinge, die meine Mutter quälten und die ich natürlich erst später einigermaßen verstehen und bewerten konnte, möchte ich jetzt nicht weiter eingehen. Sie sollen nur den äußeren Rahmen und etwas von der Stimmung im Hause wiedergeben.

Ich kannte meine Mutter zu wenig, um beurteilen zu können, welche Kräfte ihr zu Hilfe kamen. Ob sie religiös war, ob die besonders schöne und einsame Landschaft sie tröstete. Ich weiß es nicht. Ich weiß nur, dass sie gut singen und noch viel besser zeichnen konnte. Und dass sie mit diesen künstlerischen Talenten als alleinstehende Geschäftsfrau die falsche Beschäftigung hatte.

Standen die Sorgen auch dicht vor der Tür: Über die Schwelle schafften sie es nicht, zumindest nicht in unserer frühen Kindheit. Wir haben keine Not gelitten. Was sich sonst so an Bedrohungen um uns auftürmen mochte, wir sahen es noch nicht und wuchsen, wie das bei Kindern so ist, in unserer eigenen Welt auf.

Da war der große Laden, in dem allerlei bunte Gläser, hohe Blechbüchsen, Kästen und Kisten standen – alle vollgefüllt mit Sachen, die unser Kinderherz erfreuten. Wie duftete es nach Gewürzen, nach Zichorie und Kaffee, nach Tabak und Schokolade, ja, nach Petroleum und Heringslake. All diese Gerüche erfüllten meine frühe Kindheit und erweckten in mir die Vorstellung eines großen Reichtums. Jedenfalls fühlte ich mich als Kind all den Bauern- und Fischerkindern überlegen, in deren Häuser sich kein solcher Überfluss türmte. Außerdem: Die Leute mussten zu uns kommen, wir brauchten nicht zu ihnen zu gehen. Es entwickelte sich so etwas wie ein frühkindliches Selbstbewusstsein, das später meiner Umgebung viel zu schaffen machte.

Von der Decke des Ladens hingen Eimer und Besen, Spaten und allerlei Handwerkszeug, Pudelmützen, Körbe, Peitschenstiele, Stalllaternen und alles, was zu einem alten Bauernladen gehörte. Wenn ich morgens aus dem Schlafzimmer in das Geschäft kam, schien die Sonne so schön auf all diese blanken Dinge, dass ich sie mit Staunen und Verwunderung betrachtete. Irgendwie sprachen sie zu mir. Was sind Dinge überhaupt? Ihre Farben und Formen, sie bilden eine stille Persönlichkeit mit einer Ausstrahlung, die mich ergriff. Ich war ein sensibles Kind. Ich fühlte mich von allem angesprochen, entweder fasziniert oder leicht verwirrt. Der Laden war wunderbar.

Ich sah, wie die Leute einkauften, hörte, wie sie mit meiner Mutter sprachen, vernahm Geschichten aus dem Dorf, von denen ich die wenigsten verstand, und reimte alles zu einem kindlichen Mosaik zusammen. Später, als ich schon Begriffe erfassen konnte, sprach meine Mutter mit den Kunden in einem hanebüchenen deutsch-litauischen Kauderwelsch, damit ich nichts verstand. Das hat mein Verhältnis zur litauischen Sprache von Anfang an negativ beeinflusst. Auch wenn ich durch die litauischen Lieder der Mädchen, durch die Geschichten, die sie mir erzählten, ein heimatliches Gefühl für diese Sprache entwickelt habe, ohne sie – bis auf ein paar gelernte Phrasen – sprechen zu können.

Wie alle Kinder wollte ich „groß" sein, und zwar so schnell wie möglich. Die Welt der Erwachsenen stellte ich mir als ein einziges Übermaß an Freiheit, Vergnügen und Geheimnissen vor. Hätte ich damals auch nur geahnt, wie kläglich und bedrückend die „Wirklichkeit" manchmal ist, ich hätte meine so fantasievollen Kinderjahre endlos in die Länge gezogen.

Zum Erwachsensein gehörte natürlich auch, dass ich anfing zu „verkaufen", ohne dass mich jemand dazu aufgefordert hätte. Das geschah meistens so, dass ich auf die Leiter stieg und den Leuten von oben freiwillig alles zuwarf, was sie haben wollten. Selten in meinem Leben habe ich so viel Beifall und Zustimmung geerntet. Meine Kunden verschwanden schnell mit den erbeuteten Päckchen und erst später merkte ich an den Ohrfeigen meiner Mutter, dass irgendetwas an dieser Art des Verkaufs nicht stimmte.

Es war auch zu schwierig zu verstehen. Da beobachtete ich oft, dass die Leute meiner Mutter nur ein Geldstück reichten, und meine Mutter ihnen unverständlicherweise drei, vier oder gar mehr Geldstücke zurückgab, was mich stets erheblich aufregte. Ich konnte zwar schon etwas zählen, aber das System von Mark und Pfennig hatte ich noch nicht verstanden. Ich war ein sehr langsames Kind im Praktischen und ein sehr hellhöriges in allem, was meine Fantasie anregte.

Vom Laden führte eine Tür ins Wohnzimmer und von dort eine kleine Treppe in den Garten. Er war groß in meiner Vorstellung, voller Flieder, Schneeball und Jasmin, was ihm im Frühling nicht nur einen betörenden Duft verlieh, sondern fast etwas Schmetterlingshaftes, als wollte er davonfliegen. Zwischen den Bäumen standen auf sauber geharktem Kies die Gartentische, an denen sich bei schönem Wetter die Gäste niederließen. An schönen Sommernachmittagen kam gelegentlich ein Fuhrwerk, ein Motorboot, ein kleiner Dampfer mit Gästen, sodass aus dem Garten nicht nur lebhafte Gespräche, sondern auch Lachen und Fröhlichkeit schallten. Die damals weiß gekleideten jungen Mädchen mit ihren großen bebänderten Hüten erweckten ebenfalls den Eindruck, als wollten sie vor Lebensfreude davonfliegen.

Beim Abendessen mussten die Gäste allerdings aufpassen, dass unsere Hunde nicht eine Ecke vom Schinkenbrot und unsere Hühner nicht ein paar Kuchenkrümel erwischten. Manche Hühner waren so frech, dass sie aufflogen und in die Hand pickten. Im Sommer gab es oft ein sehr ländliches Abendessen, worauf die Gäste aus der Stadt Wert legten: Aal in Gelee, geräucherte Flunder oder Räucheraal, Aal in grüner Soße, dicke Milch, Quark mit Obst oder Erdbeeren mit Milch.

Es war schön, wenn in der Dämmerung die Sommerfrischler in ihren weißen Kleidern am Kanal standen, sich unterhielten, scherzten oder sangen, und dann langsam auf den Dampfer stiegen, der sich mit einem inbrünstigen Heulen, das in unseren Wäldern immer wieder zu hören war, in Bewegung setzte. Wir standen und winkten. Ich habe in meinem ganzen späteren Leben nicht mehr so viel gewunken wie in diesen frühen Kinderjahren. Und wenn der Dampfer weg war – das heißt, wir konnten ihn wegen des geraden Verlaufs des Kanals noch mindestens eine halbe Stunde sehen – wurde es unglaublich still. Ich erinnere mich, dass mich dieser Übergang vom Lärm zur unwahrscheinlichen Stille des Abends immer sehr traurig gemacht hat.

Die Obstbäume des Gartens standen in einem Rondell, das mit weiß gekalkten Steinen eingefasst war. Ein Birnbaum ist mir in Erinnerung geblieben. Jeden Morgen, bevor ich zur Schule ging, füllte ich meinen Schulranzen mit den süßen, aromatischen Früchten, ohne auf meine Hefte oder mein Lesebuch zu achten.

Wenn ich unten zwischen den gelben Blättern nichts fand, kletterte ich auf den Baum und schüttelte ihn kräftig. Da geschah es einmal, dass ich rückwärts herunterfiel, natürlich auf die Steinumrandung, und mir Kopf und Rücken so zerschmetterte, dass ich drei Tage nicht sprechen konnte.

Fast fünfzig Jahre später besuchte ich im Taunus einen alten Pfarrer, mit dem man gut über religiöse Dinge reden konnte. Wir standen im Garten und ich sah unter einem Baum einige Birnen liegen. Ich hob eine auf und biss hinein, und im selben Augenblick spürte ich den Duft und das Aroma meiner Kindheit. Ich sah den Garten vor mir, das Haus, den Kanal, alles war gegenwärtig. Seit Jahrzehnten hatte ich diese Birne nirgendwo mehr gegessen, und nun hier, durch einen kleinen Zufall.

Auf der linken Seite des Hauses befand sich der sogenannte Saal, in dem ein Flügel stand. Hier fanden die Sommerfeste der Fischer statt. Da ging es hoch her, und ich sah und hörte manches, was für mich zu früh war und meiner weiteren Entwicklung nicht gut tat. Zu Neujahr wurde hier gewürfelt: um große Kuchenfladen, Marzipanherzen, Flaschen mit Rum und mit *Mampe*, einem dunklen Magenlikör aus Bitterorangen.

Ich erinnere mich auch an eine politische Versammlung. Es muss vor einer Reichstagswahl gewesen sein. Die Litauer hatten einen eigenen Kandidaten aufgestellt. Der Saal war brechend voll mit Fischern und Bauern. Es roch nach Pfeifen und Rum, sogar nach Hoffmannstropfen, dem Herzstärkungsmittel der Frauen damals. Immer wieder ertönte der Schlachtruf: Hier Strekies, hier Schwabach. Strekies war ein Bauer aus dem Kreis Heydekrug, den ich später kennenlernte, und Schwabach ein Geheimrat aus Berlin, der das Memelgebiet erobern wollte. Ich glaube, er kam mit dem Auto. So sah ich zum ersten Mal ein Fahrzeug, das sich aus eigener Kraft fortbewegen konnte.

Zum ersten Mal spürte ich auch, dass in meiner Heimat zwei Arten von Menschen lebten: Deutsche und Litauer. Die Fischer vom Haff sprachen auch Kurisch und bildeten sogar eine dritte, wenn auch sehr kleine Gruppe. In meiner kindlichen Einfalt glaubte ich, das sei überall auf der Welt so. Aber irgendwie spürte ich schon etwas Bedrohliches, etwas Ungewöhnliches. Vielleicht sollte ich in diesem Zusammenhang eine kleine Geschichte erzählen.

Ich saß am Ufer der Gracht, als plötzlich ein Mann vor mir stand. Er setzte sich und begann, aus seinem Rucksack zu frühstücken: Schwarzbrot und Speck, den er mit einem Taschenmesser schnitt. Er starrte vor sich hin und beachtete mich kaum. Schließlich kamen wir doch ins Gespräch und ich sagte kindlich und stolz: „Der Kaiser ist das Höchste auf der Welt!" Er schüttelte den Kopf und sagte: „Nein ... der Zar!" Dieses dunkle Wort beunruhigte mich. Doch als ich ins Haus lief, um meine Mutter zu fragen, hatte ich das fremd klingende Wort vergessen.

Erst einige Jahre später, als ich in die Schule ging, sprach der Lehrer einmal von Russland und dem Zaren. Da fiel mir plötzlich wieder ein, dass ich dieses dunkle Wort damals von einem fremden Mann erstmals gehört hatte. Wer war das? Sicher einer der Spione, die schon Jahre vor dem Krieg die Grenzgebiete durchstreiften. Einer von den Nihilisten oder Kommunisten kann es kaum gewesen sein, sonst hätte er sich nicht so zum Zaren bekannt.

Der Saal wurde auch für Familienfeiern genutzt. So fand hier immer die Weihnachtsfeier statt. Da er sonst unbenutzt und ungeheizt war, konnte der Weihnachtsbaum hier lange stehen bleiben. Ich erinnere mich, dass noch am Geburtstag meines Bruders, also am 27. Februar, der Baum zum letzten Mal angezündet wurde.

Einer der stärksten Eindrücke war das Insthaus jenseits des Kanals, wo der alte *Gyszas* mit seiner Frau wohnte. Ich lief manchmal allein hin. Der dumpfe Geruch, der Lehmboden, der offene Herd, das dunkle Zimmer mit dem Spinnrad, das Himmelbett mit seinen bunten Gardinen ... das alles beeindruckte mich mehr als die Atmosphäre eines Märchens. Wenn die beiden Alten auf der Bank unter den riesigen Sonnenblumen saßen, vom niedrigen Strohdach fast berührt, dann kamen sie mir wie Gespenster vor, wie Schemen, die schweigend und zerknittert auf den Tod warteten. Voller Grausen wandte ich mich ab und lief über die Kanalbrücke zurück in unsere hellere Welt. Diese Szene mit den beiden alten Leuten kommt in vielen meiner Bücher in abgewandelter Form vor, ein Zeichen, dass sie tief in mein Unterbewusstsein gedrungen sein muss.

6 Abenteuer Kanal und Brücke

DER KANAL GEHÖRTE fast wie ein Lebewesen zum Haus. Immer war er irgendwie im Spiel, immer war es interessant, zu ihm zu laufen und zu schauen, was in der Welt passiert.

Er war nach dem Krieg von französischen Kriegsgefangenen gebaut worden, damit die großen Holzflöße sicher und unter Umgehung der gefährlichen Windenburger Ecke zum Holzhafen Memel geschleppt werden konnten. Memel lebte zu einem großen Teil vom Holz. Davon wird noch die Rede sein.

Bei den Erdarbeiten, die, man glaubt es kaum, alle mit dem einfachen Spaten ausgeführt wurden, hatten einige französische Kriegsgefangene rebelliert. Einer wurde von einem Aufseher mit dem Bajonett erstochen. Vielleicht waren es auch zwei.

Dieses schreckliche Ereignis beschäftigte meine Fantasie sehr. Ich empfand es als unerhört, was dort geschehen war. Mein Gerechtigkeitssinn stellte mich vorbehaltlos auf die Seite der Franzosen. Unweit von uns, Richtung Schmelz, stand ein Gedenkstein für die Getöteten. Ich schlich immer mit einem Schauder daran vorbei.

Etwa alle sechs bis sieben Kilometer führte eine Brücke über den Kanal. In Schmelz war die erste Brücke, wenn man von Norden kam. Unsere Brücke trug auf dem roten Backsteinpfeiler die große Zahl 2. Ich sehe sie noch vor mir.

In der Mitte der Brücke, die zu beiden Seiten allmählich ansteigt, befanden sich Klappen, die an einem Eisenring hochgehoben werden konnten. Für uns Kinder natürlich viel zu schwer. Außerdem war es verboten, damit zu hantieren. Aber wenn Dampfer oder Segelschiffe kamen, deren Schornsteine oder Masten höher waren als die Brücke, dann kam ein Matrose vom Schiff, nahm die Ketten von den beiden Geländern, öffnete die Klappen und ließ das Schiff langsam hindurchgleiten. Danach schloss er die Luken und sprang von der vorspringenden Brüstung unter der Brücke wieder auf das Schiff oder ließ sich von einem kleinen Kahn abholen.

Die gesamte Szene dauerte einige Zeit. Sobald wir Kinder merkten, dass ein Schiff in Sicht war, ging es mit Hallo zur Brücke, um alles genau zu beobachten. Etwas Interessanteres konnte es in der Einsamkeit nicht geben. Die fremden Menschen, der Geruch von Rauch und Teer, die Kommandos des Kapitäns – das alles war eine fremde Welt zwischen den Wäldern. Die Stadt, um die unsere Sehnsucht und auch unsere Fantasie ständig kreiste, streckte gleichsam schon ihre Arme nach uns aus.

Es gab einen kleinen Dampfer namens „Alfred", ein Schlepper, der große Holzflöße hinter sich her zog. Der Kapitän war mit uns bekannt. Und so nahm er mich großmütig mit, wenn ich gerade unter der Brücke stand. Meine Mutter oder eines der Mädchen setzte mich auf den Dampfer, der übrigens den Schornstein nach hinten klappen konnte und auf diese Weise unter der Brücke durchkam, ohne dort anzuhalten. Ich lief dann schnell auf die Kommandobrücke, grüßte militärisch und übernahm mithilfe des Kapitäns das Steuer. Was für eine Freude für einen kleinen Jungen! Dann durfte ich ein ganzes Stück mitfahren und wurde später mit einer kleinen Barkasse ans Ufer gebracht, wo ich über den Treidelsteg nach Hause lief, nicht ohne einen großen Bogen um die Franzosensteine zu machen.

Treidelstege* gab es auf beiden Ufern. Sie wurden angelegt, damit mehrere starke Männer Lastkähne an Tauen langsam hinter sich herziehen konnten. Man denke an die Wolgatreidler, eine schwer

*Uferwege für die Schiffszieher oder Treidler

arbeitende Gruppe von Männern in zerlumpter Kleidung. Zu meiner Zeit gab es das nur noch selten, höchstens wenn ein Gemüse- oder Torfkahn wegen Windstille nicht von der Stelle kam.

Die Ufer des Kanals verliefen schnurgerade und waren mit kräftigen, in den Boden gerammten Holzbohlen befestigt. Davor lagen Faschinen, aus Weidenzweigen gedrehte Wälle, die das Ufer schützten. Oft kam ein Prahm, ein flaches Arbeitsboot, von der Strommeisterei aus Schmelz. Es war auch für uns eine Freude, den Arbeitern zuzusehen, wenn sie Feuer machten, Teer kochten oder ins Wasser stiegen.

Ich saß gern im tiefen Sand vor dem Kanal und schaute auf die Stadt. Der Sand war schmutzig und ich sah oft aus wie ein Schornsteinfeger. An den Tagen, an denen meine Mutter in der Stadt war, konnte ich es kaum erwarten, dass sie wieder nach Hause kam. Sie brachte, wie alle Mütter auf der Welt, immer etwas mit, was ein Kinderherz erfreute.

Der tiefe Kanal vor der Tür war eine ständige Sorge für meine Mutter. Wie oft rannte sie aus dem Haus, weil sie Angst hatte, wir könnten ins Wasser gefallen sein. Einmal war meine kleine Schwester verschwunden. Ich habe meine Mutter noch nie so verzweifelt gesehen. Sie lief am Kanal auf und ab, mit ihr alle Angestellten. Sie starrte in das dunkle Wasser und glaubte, hier und da etwas zu sehen. Sie krempelte die Ärmel ihrer Bluse hoch und durchsuchte alle Regentonnen im Hof. Alles vergebens.

Schließlich brachte ein Mann aus dem Nachbardorf Kairinn die Ausreißerin zurück. Sie war einem Mann mit einer Kuh gefolgt, die sie fälschlich für unsere gehalten hatte. Ein befreiendes Lachen beendete die schrecklichen Stunden.

Das erste dunkle Eis auf dem Kanal im November, die Bläschen in der kristallklaren Decke, das ungewohnte Gefühl, einfach auf die andere Seite schlittern zu können, auch wenn das noch junge Eis sich bog oder bedrohlich knackte, die Fische unten, mit ihren zierlichen Nasen an die Eisdecke stupsend und anscheinend genauso erstaunt über die Veränderung der Welt waren wie wir Kinder ... all das ist mir gut in Erinnerung. Es war ein männliches Vergnügen, im Gegensatz zur drückenden Hitze und der Windstille im Sommer, wenn wir nackt durchs Wasser wateten und Stichlinge fingen.

Der Schnee war über alle Maßen hoch, prächtig und voller glitzernder Kristalle. Man konnte ihm nur mit zugekniffenen Augen begegnen. Dass die Wälder unter seiner Last ächzten und die Rehe des Abends ruhig hinter unserer Scheunenwand standen, wo wir ihnen immer etwas Heu oder Rüben hielten, waren nur zwei typische Begleiterscheinungen.

Eines unserer Pferde hieß *Max*. Es war schwarz, gutmütig und von großer Intelligenz. Oft wurde ich zum Reiten auf seinen Rücken gesetzt. Er ging dann so vorsichtig, als hätte er eine Ahnung von der besonderen Aufgabe, die er gerade zu erfüllen hatte. So wurde ich mit diesem schönen Tier sehr vertraut, steckte ihm Zucker aus dem Laden ins Maul und besuchte es im Sommer auf der Weide und im Winter im Stall.

Am Sonntagmorgen, nachdem wir uns ordentlich angezogen und gefrühstückt hatten, machten wir immer einen kleinen Spaziergang am Kanal entlang. Meine Mutter ging mit einer Tante voraus, in ein Gespräch vertieft. Wir versuchten, einen möglichst bunten Blumenstrauß zu pflücken. Auf den Böschungen aus diluvialem Kies wuchsen sehr spärliche, aber würzig duftende Kräuter und Blumen, während unten am Kanal vor allem Vergissmeinnicht wucherte.

Als ich älter wurde, durfte ich kleinere Aufgaben erledigen. Ich nahm Bestellungen im Dorf auf oder lieferte irgendetwas aus. Was habe ich manchmal auf dem Rückweg durch den dunklen Wald für Angst und Schrecken erlebt! Ich hatte eine blühende Fantasie. Als man mir erzählte, der Storch bringe die Kinder aus dem Wasser, sah ich eines Abends den ganzen Kanal voller großer, qualliger Kinderköpfe, die mich mit aufgerissenen, hinterlistigen Augen anstarrten. Mich grauste es vor diesem Heer der noch Ungeborenen.

Meine Mutter pflegte immer gute Kontakte zu den Nachbarn. Tagsüber hatte sie dafür wenig Zeit, aber abends musste sie manchmal zum Dorfschneider oder zu einer Kranken.

An einem Winterabend gingen wir einmal gemeinsam am Kanal entlang, weit, sehr weit, so kam es mir jedenfalls vor. Die Fischergehöfte lagen wie dunkle Flecken im Schnee. Ein gläserner Himmel zog seine Bahn über uns, die Sterne funkelten. Weit entfernt von den Gehöften heulten die Hunde, und der Wald gab das Echo zurück, als schrien die Wölfe ihre heiseren Antworten.

Dann kam eine Ahnung in meine Brust, wie weit die Welt war, wie groß und geheimnisvoll. Dass hinter jedem Dorf ein neues, hinter jeder Stadt eine andere wuchs, und so weiter, und so weiter, alles ohne Ende. Das erfüllte mich mit Angst. Ich konnte meine Mutter mit kindlichen Fragen quälen, die aber doch auf ein Fernes und Letztes zielten. Ich war immer ganz erschüttert, wenn ich aus diesem großen Erlebnis der Sternennacht in eine dumpfe Schneiderstube oder an ein Krankenbett kam, wo man über Alltägliches sprach, das in keinem Verhältnis zur Unendlichkeit des Himmels stand, und wo alles so furchtbar armselig, eng und menschlich war.

In dieser Zeit begann ich, Prophezeiungen zu machen, wovon einige in Erfüllung gingen. So behauptete ich einmal, als wir zufällig im Stall waren, dass unsere Ziege übermorgen Zicklein bekommen würde, ohne mir etwas darunter vorstellen zu können. Meine Mutter sagte nur: „Dummer Junge!" Aber das Wunder geschah und am dritten Tag waren drei schneeweiße Zicklein da. Seitdem galt ich als irgendwie mit höheren Mächten verschworen.

Dazu gehört auch die Geschichte mit Tante *Frieda*. An einem sonnigen Spätsommernachmittag saßen unsere Mädchen bei offener Scheunentür auf der Tenne und lasen Kartoffeln aus. Ich half ihnen, halb im Spiel. Gegenüber der Scheune befand sich das Küchenfenster, und die Abendsonne beleuchtete die blanken Scheiben wie ein Feuerwerk.

Plötzlich sah ich Tante Frieda am Fenster stehen und winken. Voller Freude stürmte ich ins Haus und dachte, sie sei zu Besuch gekommen. Aber die Küche war leer. Meine Mutter saß ruhig im Wohnzimmer am Fenster und strickte. Ganz aufgeregt erzählte ich ihr, dass ich gerade Tante Frieda am Küchenfenster gesehen hätte, sie lächelte und winkte mir zu. Meine Mutter ließ sich von meiner Aufregung anstecken, durchsuchte alle Zimmer und ging sogar vor das Haus bis zum Kanal. Niemand war da und niemand schien zu kommen. Alles lag still in der warmen Nachmittagssonne.

Am nächsten Tag kam eine Depesche, dass Tante Frieda gestern zur Abendzeit gestorben sei. Meine Mutter sah mich seltsam an und ging zum Wäscheschrank, um ein Taschentuch für ihre Tränen zu suchen.

Es kam nun die Zeit, dass ich meine Mutter zur Stadt begleiten musste, denn ich war sieben oder acht Jahre alt und konnte schon etwas kutschieren oder zumindest die Zügel halten, wenn sie ihre Einkäufe machte. Wir fuhren stundenlang im tiefen Sand am Kanal hin, über die erste Kanalbrücke, durch die lange Schmelz, jenen

Weg, den mein Vater immer zum Markt gefahren war, und den ich immer wieder beschrieben habe.

Aber für mich war es neu und voller Überraschungen: Die Stadt, die Elektrizität, die Holzplätze, der stechende Geruch der Zellulose, die Schiffe, die Brücken, die Kirchen und vor allem die Menschen, die mich schon immer interessiert hatten. Vom Wagen aus konnte man sie sehen, wie sie gingen, sich unterhielten, wie sie gekleidet waren, wie die Kinder auf den Plätzen spielten.

Es war Samstag, der große Markttag in Memel, wo sich alles über den Platz drängte und schob. Ich saß mit den Kaufleuten und Bauern in den kleinen Stuben der Unterfahrten, sah sie handeln und schlendern, Grog trinken und Skat spielen und oft genug ziemlich schwankend in die Wagen steigen, um in die Einsamkeit ihrer Dörfer zurückzukehren.

Es dauerte sehr lange, bis meine Mutter mit den vielen Einkäufen fertig war. Von einem Kaufhaus zum anderen zu fahren, mit dem Wagen vor den Geschäften zu stehen, das zog sich oft bis in den späten Nachmittag hin. Die Heimfahrt mit der voll beladenen Kutsche dauerte wohl mehr als eine Stunde die lange Schmelz hinunter und dann noch eine Stunde am Kanal entlang.

Die Heimfahrt brachte aber auch manche Abwechslung, denn hier saßen alle Verwandten meiner Mutter auf ihren Bänken gegenüber den Holzplätzen, und sie wären sicher böse gewesen, wenn wir einfach so vorbeigefahren wären, ohne „Guten Tag" zu sagen. So machten wir oft Rast, was auch den Pferden gut tat.

„Klingklang" läuteten überall die Ladenglocken, wenn wir eintraten. Und dann gab es ein großes Begrüßen und Umarmen, bis sich die erste Aufregung langsam gelegt hatte und wir irgendwo in einem Wohnzimmer platziert waren. Es waren immer einige Tanten da, die auf einem roten Biedermeiersofa saßen und hörbar mit den seidenen Taillen raschelten. Hatte der Jugendstil in den Großstädten schon den Kampf um Möbel, Kleidung und vor allem die Befreiung der Frau gewonnen, so hielt man sich hier noch an das Altväterliche, wie es um die Mitte des vorigen Jahrhunderts üblich gewesen war.

Ich musste immer wieder eine tiefe Verbeugung machen, tausendmal sagen, wie ich hieße und wie alt ich nun schon sei, wurde bewundert und abgeküsst und bekam auf diese Weise eine hohe Vorstellung von dem Wert meiner Persönlichkeit.

Wenn man bedenkt, dass diese Begrüßungszeremonie sich an jedem Samstag in fast dem gleichen Ausmaß abspielte, so muss man schon anerkennen, dass sich die Familien der damaligen Zeit – neben dem Staat und der Kirche – ein bemerkenswertes Milieu geschaffen hatten. Mir wurde er langsam zuwider, weil ich an seine Echtheit nicht glaubte. Ich kann auch heute überschwängliche Begrüßungen oder Abschiede nur schwer ertragen.

Als Belohnung für mein vollendetes Auftreten gab es immer etwas Süßes, denn in den Gasthäusern war man um Lakritzenstangen, Gummimäuse, Pfefferminzstangen und Knallbonbons natürlich niemals verlegen. Obwohl wir das zu Hause auch alles hatten, schmeckte es hier doch irgendwie anders und besser.

Besonders gern hielt ich bei einem Bäcker, der nur entfernt mit uns verwandt war und bei dem mir die Abküsserei erspart blieb. Während meine Mutter Kaffee trank – wie viele Tassen muss sie wohl auf einer solchen Heimfahrt und bei den vielen Besuchen getrunken haben – musste ich mich durch wahre Berge von Kuchen, von Napoleonschnitten* bis zu Amerikanern**, hindurchessen, bis ich mich ganz süß und klebrig fühlte und mir nur noch die herben, männlichen Salz- und Kümmelstangen eine letzte Zuflucht boten.

Dann gab es noch eine Haltestelle, die nichts mit Frohsinn zu tun hatte. Das war der Kirchhof, auf dem mein Vater lag. Es war meistens schon dunkel, der Wind sang melancholisch in den alten Kiefern. Eine Schar Raben krächzte über dem Wipfelmeer. Wir hielten im tiefen Sand an, ich nahm die Zügel. Meine Mutter kletterte aus dem Wagen, um sich hinter den dunklen Büschen meinem Blick zu entziehen. Lange, sehr lange blieb sie dort. Ich hörte nur das Zwitschern der Vögel und den Wind. Wenn meine Mutter zurückkam, hatte sie verweinte Augen. Auf der langen Rückfahrt sprach sie kaum ein Wort, sodass ich still vor mich hin träumen konnte, erschöpft von zu vielen Bildern eines langen Tages.

---

* Gebäck aus Blätterteig mit einer Schicht Vanillecreme zwischen Deckel und Boden
** rundes Kleingebäck aus Rührteig (Backtriebmittel: Hirschhornsalz) mit dickflüssige Zuckerglasur

7 Onkel Edwin

VON EINEM MITBEWOHNER unseres Hauses habe ich bisher nicht gesprochen. Ich habe ihn nur bei der Hochzeit meiner Mutter kurz erwähnt. Es war Onkel Edwin, der Bruder meiner Mutter, klein, rundlich, zu allerlei Scherzen aufgelegt, aber eigentlich einsam. Die Erinnerungen, die mich mit ihm verbinden, sind nicht sehr zahlreich.

Umso mehr hat man mir von ihm erzählt. Er war Kaufmann in Memel gewesen, Lebensmittel oder Kolonialwaren, wie man damals sagte, und hatte es zu einem großen Geschäft am Marktplatz gebracht, ein dreistöckiges Haus, von unten bis oben voll mit Waren und voller Angestellter. Das war der Höhepunkt seines Lebens. Er galt als reich und angesehen.

Leider trank er und hatte das Unglück, in die Hände einer Angestellten zu geraten, der er sich völlig unterwarf. Er überließ ihr die Kasse und die Leitung des Geschäftes und konnte sich trotz zunehmender Warnungen von allen Seiten nicht von ihr trennen, bis kein Pfennig mehr in der Kasse war und das stolze Kaufhaus in einer großen Pleite endete. Danach verließ sie ihn. Er zog in ein obskures Hotel am Friedrichsmarkt, wo er, ständig von Alkoholdunst benebelt, seine Tage verbrachte. Schließlich war er völlig mittellos und musste sein Zimmer räumen, ohne zu wissen, wohin.

In dieser Notlage war mein Vater in seiner Gutmütigkeit sein Retter. Er fuhr einfach vor, nahm die wenigen Möbel in Empfang, packte den völlig Willenlosen in den Wagen und brachte ihn nach *Starrischken*.

Es müssen zwischen meinem Vater und meiner Mutter Auseinandersetzungen darüber stattgefunden haben, ob man diesen Schritt wagen sollte. Meine Mutter war dagegen, sei es, weil ihre Bindungen zu ihrem Bruder sehr schwach waren, sei es, weil sie befürchtete, er würde in ihrem Hause sein Unwesen treiben und zu einer Quelle ständiger Unruhe und ständigen Ärgers werden. Vielleicht war sie auch der Meinung, dass nur die letzte bitterste Not ihn noch einmal zu einem vernünftigen Menschen machen könne.

Diese Argumente hielt mein Vater für durchaus angebracht, aber sein Wunsch, hier zu helfen, war stärker. Und so kam Onkel Edwin. Er bekam ein Zimmer und lebte ziemlich zurückgezogen. Jedenfalls achtete meine Mutter darauf, dass er sich wenig zeigte und von den Verlockungen des Restaurants ferngehalten wurde.

Niemand konnte damals ahnen, dass mein Vater so früh sterben würde. Nach seinem Tod hätte man annehmen können, dass Onkel Edwin meiner Mutter hätte helfen müssen. Aber das war nicht der Fall. Ich erinnere mich, dass oft heftige Streitereien zwischen ihnen ausbrachen, ohne dass sie wussten, worum es eigentlich ging.

Sonst war Onkel Edwin, wenn er aus seiner Einsamkeit herauskam, ein Spaßvogel, der mit uns Kindern humorvoll und heiter umging. Einmal setzte er uns drei in die Gaststube und gab jedem ein Gläschen Bier und ein Stück Käse mit Salz und Kümmel, von dem wir uns mit dem Messer große Stücke abschneiden sollten. Wir mussten uns gegenseitig zuprosten und uns ganz wie Erwachsene benehmen, was uns nicht schwerfiel, denn wir hatten oft genug die Förster, Holzvermesser, Kapitäne und Lehrer am Stammtisch beobachtet.

Als die Szene einigermaßen einstudiert war, ließ er meine Mutter kommen, um sich die Aufführung anzusehen. Sie war nicht sehr begeistert, wahrscheinlich weil sie fürchtete, er wolle uns zu seinem Lebensstil erziehen. Sie nahm uns das Bier weg und schickte uns zum Spielen in den Garten. Doch Onkel Edwin lachte sich halb tot über unsere schauspielerischen Fähigkeiten.

Bald wurde er krank und siechte dahin. Kein Arzt schien ihm helfen zu können. Da rief man in der Not den alten Pfarrer *Pipirs* aus Memel, der Wunder tun und fast Tote auferwecken konnte. Er kam und trieb alle aus dem Krankenzimmer hinaus. Nur mich, den kleinen Jungen, hatte er übersehen. Ich drückte mich still in eine dunkle Ecke hinter einen Schrank, um nicht entdeckt zu werden.

So wurde ich Zeuge der Heilung. Ich sah, wie der Pfarrer seinen Talar anzog und vor dem Bett niederkniete, um zu beten. Er sprach mit Gott in jener unbefangenen Weise, die uns an die Propheten erinnert. Seine Stimme wurde immer inbrünstiger, sodass es mir durch und durch ging und ich fast laut zu weinen begann. Er sprach bald deutsch, bald litauisch. Ich verstand weder das eine noch das andere. Schweißgebadet stand er auf, gab dem Kranken einige Tropfen seiner eigenen Medizin und ging.

Onkel Edwin wurde wieder gesund, aber es war wohl nur vorübergehend. Seine Todesqualen waren schwer und brachten uns alle in Bestürzung. Schließlich fand er seinen Frieden und wurde im großen Saal aufgebahrt. Die Lichter brannten feierlich neben seinem Haupt. Onkel Erwin starb etwa drei Jahre nach meinem Vater. Er war der erste Tote meines Lebens, dessen Heimgang ich bewusst miterlebte. Ich weiß, dass ich in den Nächten, da er so aufgebahrt lag, große Angst ausstand.

Bilder von seiner Beerdigung sind mir nicht im Gedächtnis geblieben. Ich weiß auch nicht, wo er begraben wurde, jedenfalls nicht auf dem kleinen Friedhof in Schmelz, wo mein Vater seine letzte Ruhestätte fand.

Etwa zwanzig Jahre später wurde ich wieder an Onkel Edwin erinnert, als ich in dem Geschäft, das ihm gehört hatte, einkaufen ging. Eine alte Frau, der ich mich zu erkennen gab, nannte mir im Gespräch auch den Namen seiner damaligen Geliebten, die ihn ins Unglück gestürzt hatte.

„Wenn Sie sie sehen wollen, gehen Sie in die Markthalle. Dort hat sie einen kleinen Käsestand, Nummer 14, davon lebt sie."

Am nächsten Samstag war ich dort, zwischen den vielen Menschen, die sich zwischen den Fleischständen drängten, einkauften und plauderten. Es fiel gar nicht auf, dass ich eine Weile stehen blieb und alles betrachtete.

Und so konnte ich auch sie beobachten. Es war eine mittelgroße, etwas rundliche Frau mit einer hohen Stirn und immer noch schwarzem Haar, das in der Mitte gescheitelt war. Ihr Gesicht hatte noch keine Falten. Sie wirkte eigentlich gar nicht alt. Ich sah, wie sie freundlich lächelnd mit ihren Kunden verkehrte, große Stücke aus den mächtigen runden Käselaiben herausschnitt, abwog, einpackte und das Geld entgegennahm, um es in ihre Kasse zu legen.

Eine Frau wie alle anderen, dachte ich. Ich bin noch oft in der Nähe stehengeblieben, wenn ich die Markthalle besuchte, und habe sie beobachtet. Ich habe oft darüber nachgegrübelt, welcher Dämon von dieser so einfachen, alltäglich und kleinbürgerlich erscheinenden Frau ausgegangen sein müsse, dass sie imstande war, einen Mann um Vermögen, Ansehen und Gesundheit zu bringen.

In diesem Zusammenhang möchte ich auch ein paar Worte über den zweiten Bruder meiner Mutter verlieren, den ich nur einmal gesehen habe. Es war Onkel *Friedrich*, ein Holzhändler, der als reich galt, sich aber kaum um seine Verwandten kümmerte. Als es meiner

Mutter wirtschaftlich schlecht ging, muss sie versucht haben, von ihm einen billigen Kredit zu bekommen. Aber er lehnte jede Hilfe ab. Auch auf spätere Bitten meiner Tante, etwas für die Ausbildung von uns Kindern zu tun, reagierte er nicht.

Fast dreißig Jahre später, kurz vor dem Zweiten Weltkrieg, erfuhr ich durch Zufall seine Adresse und besuchte ihn in Tilsit. Es war eine merkwürdige, fast gespenstische Szene. Ich fand ihn, weit über achtzig Jahre alt, aber noch rüstig, in seinem Sessel sitzend. Er schien sich über meinen Besuch zu freuen. Onkel Friedrich hatte eine Wirtschafterin bei sich, die offenbar sein ganzes Leben mit ihm geteilt hatte, eine recht stattliche, aber nun schon alte Frau, die etwas beunruhigt über den unerwarteten Besuch auf und ab ging und mir schließlich eine Tasse Kaffee anbot.

Unser Gespräch konnte sich ja nur auf längst vergangene Zeiten beziehen. Er schien das Bedürfnis zu haben, sich zu entschuldigen und führte aus, dass er sich mit meiner Mutter nicht verstanden habe. Außerdem sei er als wohlhabender verschrien gewesen, als er in Wirklichkeit war. Und weil er dauernd von allen Seiten mit Geldanliegen belästigt worden sei, brach er alle Beziehungen zu Verwandten ab. Tatsächlich war er auch nicht beim Begräbnis meiner Mutter dabeigewesen.

Ich nickte schweigend, denn ich wollte ihn nicht kränken. So lenkte ich das Gespräch auf den Memeler Holzhandel, der mich mehr interessierte. Ich ließ mir eine Menge Einzelheiten erzählen, die ich später in einem großen Artikel im „Memeler Dampfboot" verwendet habe. Die Holzkaufleute mit ihren weltweiten Verbindungen waren die angesehenste Schicht in Memel. Da gab es viel zu erzählen über ihr Glück im Handel und über ihre Familien, die vielen Leuten bekannt waren.

Es waren seltsame zwei Stunden, die ich mit ihm verbrachte. Als ich merkte, dass er immer unruhiger wurde, verabschiedete ich mich und sah ihn nie wieder.

Ich muss noch etwas über meine Mutter erzählen, was mir als kurze, aber dramatische Szene in Erinnerung geblieben ist. Sie war damals etwa vierundvierzig Jahre alt, hatte sich vom Tod meines Vaters und den Geburten erholt und sah sehr gut aus.

In dieser Zeit tauchte ein netter Herr auf, fast 50 Jahre alt, der offenbar um sie warb. Meine Mutter wurde sehr unruhig und schien einen schweren inneren Kampf zu führen. Ich konnte das alles natürlich noch nicht verstehen und weiß nicht, ob sie etwas für ihn empfand oder ob vielleicht wirtschaftliche Überlegungen im Vordergrund standen. Zweifellos brauchte der Betrieb eine männliche Hand. Vielleicht war der Herr auch wohlhabend und konnte den Betrieb wieder auf Vordermann bringen.

Jedenfalls kam er immer mit einem zweispännigen Wagen, brachte uns Kindern viele Süßigkeiten mit und saß mit meiner Mutter in der Stube, während das Mädchen auf uns aufpasste. Ich mochte ihn nicht, denn ich ahnte Unheil und hatte das Gefühl, dass sich nun alles ändern würde und ich meine Mutter an ihn verlieren könnte. Da war wohl auch ein bisschen kindliche Eifersucht im Spiel. Wenn er wegging, bekam meine Mutter einen roten Kopf, schloss sich ein und sprach überhaupt nicht mehr mit uns.

Einmal kam er zu Weihnachten in einem wunderschönen Klingelschlitten. Aber er hatte die Glocken abnehmen lassen, denn es sollte eine Überraschung sein. Der Kutscher blieb mit den Mädchen in der Küche, während die Pferde in den Stall geführt wurden.

Nachdem einige Stunden vergangen waren, machte ich mich von der Aufsicht der Mädchen frei und lief in das Zimmer, in dem sie saßen.

„Ich konnte ihn nicht zurückhalten!", sagte das Mädchen entrüstet.

„Ach, lassen Sie nur", erwiderte meine Mutter und richtete sich auf dem Sofa auf, wobei sie ein wenig von dem Herrn abrückte.

„Der Weihnachtsbaum brennt", sagte ich vorwurfsvoll, „und du hast uns nicht gerufen!"

„Ich habe Besuch, mein Kind."

Ich hatte eine Fotografie in der Hand, denn wir hatten eben mit dem Mädchen das Familienalbum betrachtet. Ich lief zu ihr hin, stützte mich auf ihre Knie und sagte: „Sieh mal, Mutti, das ist der Papa!"

„Aber ich kenne ihn doch, du Dummerchen!"

„Ja, kennst du ihn?"

„Es ist doch das Bild, das als Vergrößerung neben dem Klavier hängt. Ich sehe es doch jeden Tag", sprach sie gepresst und wurde sehr unruhig.

„Das ist ein Onkel", sagte sie und deutete auf den Herrn.

„Aber er ist doch fremd", entgegnete ich.

„Zuerst war der Papa auch fremd. Alles auf der Welt ist zuerst fremd." Ich dachte eine Weile über diese rätselhaften Worte nach. Dann winkte ich ärgerlich mit der Hand ab: „Papa und wir sind überhaupt nicht fremd."

Was sollte man zu so einem freundlichen Eigensinn sagen? Sie schaute etwas verlegen auf das Foto, dann auf den Abgebildeten mit dem kleinen Spitzbart und der klaren Stirn. Es war ein gutes, charaktervolles Gesicht, ein Bild aus der letzten Zeit seines Lebens.

Wahrscheinlich fühlte sie jetzt auch die Fremdheit gegenüber dem Herrn, der neben ihr auf dem Sofa saß, der noch vor ein paar Minuten ihre Hand gehalten und mit dem sie sich auf dem letzten Fest des Hausfrauenvereins so amüsiert hatte.

Irgendwie entstand ein langes Schweigen, eine Veränderung, und auch ich spürte ein Unbehagen und wollte am liebsten fortlaufen.

Der Fremde strich sich über das Haar, stand auf und sagte: „Die Lichter sind niedergebrannt, ich werde nun gehen."

„Ja", antwortete sie.

Meine Mutter begleitete ihn in den Flur und hielt das Foto wie einen Talisman in der Hand. Als er den Pelz angezogen und den Hut genommen hatte, sagte sie: „Ich hoffe, Sie verstehen mich. Das Band zwischen meinem Mann und mir ist unzertrennlich. Ich wusste das nicht. Ich habe es erst in diesem Augenblick gespürt".

Er verbeugte sich leicht und sagte: „Er ist stärker als ich, die Toten sind immer stärker!"

Als er vor das Haus trat, stand der Schlitten schon bereit. Er stieg ein und deckte sich mit der großen Pelzdecke zu. Das Mädchen hatte dem Kutscher in der Küche ein paar Grog gemacht. Er war guter Dinge. Die Pferde hatten sich erholt und scharrten mit den Hufen im Schnee. Ihr Atem stieg weiß in die Luft.

„Sie können die Glocken wieder anbringen", sagte der Herr zum Kutscher. Dann winkte er, und sie fuhren mit hellem Geläut in den dunklen Winterabend.

Wenn ich heute an die Szene zurückdenke, dann weiß ich nicht, ob ich mit meinem voreiligen Eindringen in das Zimmer und mit meinem sibyllinischen* Gerede etwas Gutes getan habe. Sicher wäre

---

*rätselhaft

meine Mutter nicht so früh gestorben, wenn sie noch einmal geheiratet hätte. Vermutlich hätte die ganze Entwicklung einen anderen, besseren Verlauf genommen.

Meine Mutter wurde in der Folgezeit wieder ruhiger, aber auch einsamer. Ihre Fähigkeit und Kraft, mit den täglichen Plackerein fertig zu werden, nahmen eher ab als zu.

8 Schule, Mehrröckigkeit, Bubenstreiche

INZWISCHEN HATTE MEINE SCHULZEIT begonnen. Im Winter wurde ich mit dem Schlitten zur Schule gebracht und wieder abgeholt, denn der Schulweg von einer Stunde war für ein sechsjähriges Kind im Kalten sehr beschwerlich. Im Sommer musste ich laufen.

Der Weg führte am Waldrand entlang, sodass ich mir Zeit nahm, Erdbeeren, Blaubeeren und Hasenklee zu suchen. Wenn der von der Morgensonne langsam erwärmte Wald zu rauschen und zu glitzern begann, wenn die großen Farnbüsche sich bewegten und daneben die Kaddigbüsche* wie vermummte Bettler in kleinen Gruppen standen, als ob sie eine Konferenz abhielten, dann erfüllte das mein Herz mit großem Staunen.

Eine Kiesstraße bog nach links zum Fischerdorf Schäferei** ab, von dem ich schon gehört hatte, doch es lag zu weit abseits. Obwohl ich einige Male allein den Weg dorthin gewagt hatte, zwang mich die Einsamkeit des Waldes immer wieder zur Umkehr.

Rechts stand ein Birkenwäldchen, sehr licht, sehr hell durch die weißen Stämme und das bräunlich verschleierte Grün, das im Frühling wunderbar duftete.

Dahinter fiel mein Blick wieder auf den dunklen Wald, in dem die Raben ihre Nester hatten und unermüdlich mit krächzendem Geschrei um ihre Nester kreisten. Auf der anderen Seite lag die Försterei mit ihren roten Dächern, den hohen Bäumen im Garten und dem großen Wirtschaftshof. Wenn man hier vorbeikam, roch es nach Räucherschinken, im Herbst nach Äpfeln. Sonst sah man immer Mägde mit vollen Milcheimern über den Hof laufen. Die Hunde kläfften, als wollten sie die atonale Musik aus den Rabennestern auf ihre Weise vervollständigen.

* Kaddig, auch Kaddick oder Kadick: Heide-Wacholder
** Lūžija

An dieser Stelle war der Wald sehr schmal. Zwischen den Bäumen sah man schon die blaue Weite des Kurischen Haffs. Dort hörte der Wald ganz auf und der Blick fiel über die weite Wasserfläche auf den dunklen Saum der Kurischen Nehrung.

Die Dorfstraße führte nun dicht am Haff entlang. Zu beiden Seiten lagen in Abständen Fischerhöfe mit ihren Ziehbrunnen und den auf langen Stangen getrockneten Netzen. Unten am Haff war eine Bucht, schilfumsäumt, sehr flach. Dort schaukelte der zum Hof gehörende Kahn, schwarz geteert, mit flachem Boden.

Die Fischergehöfte sahen ziemlich unordentlich und damit auf eine besondere Art romantisch aus. Die wenigen Bäume waren vom Wind zerzaust. Steine, Bretter und Holzstücke lagen herum, ein paar Kirschbäume grünten im Garten, dessen kaputten Staketenzaun kein Hund zu überwinden vermochte. Um das Bild zu vervollständigen, lagen über dem Zaun rot karierte Betten zum Lüften; meist hing auch noch das Nachtgeschirr schief auf einer Zaunlatte. Die kleinen Bretterhäuschen mit den eingeschnittenen Herzen, durch deren Ritzen der Wind pfiff, gehörten ebenso zum Gesamtbild wie der Wagenschuppen, die windschiefen Hühnerställe, die Hundehütte und die Scheune.

Der ewige Wind, der Geruch nach Fisch, nach Netzen, nach geräucherten Flundern und Aalen, und ein helles, gleißendes Sonnenlicht, das jedes Malerauge entzücken musste und deshalb viele berühmte deutsche und ausländische Maler auf die Kurische Nehrung gezogen hatte, strich über die Haffuferlandschaft.

Sie war etwas Besonderes. Als Kind konnte ich das natürlich nicht beurteilen, aber jetzt, da ich diese Zeilen schreibe, drängt es mich, es deutlich zu sagen.

Es lag etwas unendlich Freies, Heiteres und Natürliches über dem Dorf und seiner versandeten Landstraße, auf der Enten und Gänse watschelten. Vor allem hatten die einfachen Leute Zeit, viel Zeit. Die Fischer gingen barfuß, in einfachen Leinenhosen und im Hemd. Die Frauen trugen weiße Kopftücher und faltige Kurenröcke. Man erzählte sich, dass sie mehrere Röcke übereinander trugen, nach einem alten Brauch dieser Gegend.

Dies alles und noch viel mehr auf meinem Schulweg zu beobachten, kostete natürlich Zeit. Deshalb kam ich meist unpünktlich zur Schule und konnte nur durch langwierige Ermahnungen und

Beschwerden der Lehrer bei meiner Mutter langsam an ein etwas zügigeres Tempo gewöhnt werden.

Die Schule war ein rotes, recht stattliches Gebäude mit einem großen Hof und einigen kleinen Stallungen dahinter, die für die kleine Viehhaltung eines Landschullehrers ausreichen mussten. Natürlich gab es in Ostpreußen recht ansehnliche Schulen mit Landbesitz, halbe Bauernhöfe, besonders in den Kirchdörfern. Aber das kleine Fischerdorf Starrischken konnte seinem Lehrer nicht viel mehr bieten als das, was alle hier reichlich besaßen: Wind, gleißende Sonne, Fischgeruch und Rabengeschrei.

Eine Treppe aus Granit, auf der wir ABC-Schützen unsere Griffel durch Hin- und Herreiben spitzten, führte in einen kleinen Flur, von dem aus man rechts in das Klassenzimmer und links in die Lehrerwohnung gelangte. Es war eine einklassige Volksschule mit drei Gruppen, die der Lehrer abwechselnd unterrichtete oder von Helfern unterrichten ließ, die er unter den begabten Schülern rekrutierte. Er selbst schwebte immer ein wenig über dem Ganzen, konnte alles, wusste alles, lobte die Guten, bestrafte die Schlechten. Er war der Horizont, der das Helle vom Dunklen, den Himmel von der Hölle trennte. Ich hatte großen Respekt vor ihm, oft auch Angst.

Früher, als ich ihn bei uns am Stammtisch sah, schien er mir nur ein Mensch unter vielen zu sein. Jetzt war er mehr, und ich ging ihm immer aus dem Weg, wenn er sich näherte. Bis er sich bei meiner Mutter beschwerte und ich die Anweisung bekam, ihm jederzeit entgegenzulaufen und ihn zu begrüßen. Das ging mir sehr gegen den Strich. Außerdem sollte ich seine Fragen kurz und schlau beantworten – wer konnte das schon!

Mein erster Lehrer hieß Cryè. Er war eine schlanke, nach vorn gebeugte Paganini*-Gestalt mit einem hohen weißen Kragen, einem schwarzen Querbinder und struppigen, nach oben gekämmten Haaren. Ein französischer Typ, den weiß Gott welcher Wind an die Küste des Kurischen Haffs geweht hatte.

Er blieb nicht lange und wurde von einem jungen Lehrer abgelöst, der wahrscheinlich Laaser hieß und der Herkunft nach sicher Salzburger war. Eine breitere, etwas vierschrötige Gestalt, Typ preußischer Offizier. Und alles wurde gleich besser, nur ich nicht.

---

*in Anlehnung an den schwarz gekleideten und von Krankheit gezeichneten Geigenvirtuosen Niccolò Paganini (1782–1840)

Ich hatte immer zu viel zu sehen und zu betrachten: Die großen Wandkarten, den Globus, den Stock, die Bilder, die breiten Gesichter der Fischerjungen, die vielen blonden oder auch schwarzen Fischermädchen, die oft ein schwarzes Samtband im Haar trugen.

Außerdem hatten sie, wie die erwachsenen Frauen, auch mehrere Röcke an. Dieser Brauch der Mehrröckigkeit ist inzwischen durch den Roman „Die Blechtrommel" von *Günter Grass* literarisch weltberühmt geworden. Natürlich sind wir nicht wie Oskars Großvater unter diese Röcke gekrochen, sondern haben sie manchmal heimlich durch einen Schlitz in der Schulbank nach hinten gezogen und leise festgenagelt, sodass so ein armes Ding, wenn es bei einer Frage des Lehrers aufstehen musste, mit einem Wehlaut nach hinten zusammengesackt ist. Das war immer ein Skandal.

Zuerst war ich nur Mitläufer bei solchen Bubenstreichen, auch wenn ich die Nägel aus unserem Laden mitbrachte. Aber ich lernte schnell, auch außerhalb des schulischen Unterrichts, und konnte bald mit den größeren Kameraden in ähnlichen Streichen und kleinen Frechheiten mithalten.

Herr Laaser war verlobt und ging mit seiner blonden Braut in den Pausen eng umschlungen auf dem Schulhof auf und ab, ein Anblick, der den Fischerjungen so ungewohnt war, dass sie mit offenem Mund und tiefem Schweigen den Spaziergängern nachsahen. Sie war die Tochter eines Großgrundbesitzers von jenseits des Ärmelkanals, wirklich hübsch wie aus dem Modealbum. Das war Grund genug, bei ihrem Anblick das Frühstücksbrot links liegenzulassen.

Allmählich wurde das lautlose Anstarren dem jungen Paar zu viel. Laaser ordnete an, dass wir uns vor dem Schulhaus aufhalten sollten, wenn er hinter dem Haus promenierte und umgekehrt. Da er aber mit seiner Braut von der Straße bis an den hinteren Zaun selig lustwandelte, so ergab es sich, dass wir mit großem Hallo bald nach vorn, bald nach hinten stürmten und auf diese Art ein Spiel mit dem Paar trieben, etwa so wie „Wer hat Angst vorm schwarzen Mann?"*

Schließlich entzog er uns das süße Bild seiner Braut und beaufsichtigte das Geschehen auf dem Pausenhof vom geöffneten Fenster

---

*Fang- oder Laufspiel; der Schwarze Mann ist an die mythische Figur gleichen Namens angelehnt, als Schreckgestalt oder Personifizierung des Todes

aus, wobei er sich, wenn er nicht gerade mit ihr beschäftigt war, aus dem Fenster beugte und Befehle über den Hof schrie.

Die Sommerferien setzten diesem für ihn sicher sehr anstrengenden Dienst ein Ende. Und als wir nach den langen Ferien in die Schule zurückkehrten, war er schon verheiratet. Wir sahen die junge Frau nur noch beim Einkaufen, Fensterputzen und Hühnerfüttern, was uns zu keinen besonderen Ovationen mehr veranlasste.

Den Heimweg von der Schule vertrödelte ich noch mehr als den Hinweg, auf dem ich immerhin eine Art Uhr hatte, nämlich den guten alten Dampfer „Cranz", der Punkt sieben von Memel abfuhr und etwa um halb acht bei uns an der Nehrungsseite vorbeifuhr. Eine genaue Zeitangabe war das allerdings nicht, denn man konnte ihn auf dem großen Haff nach beiden Seiten zu weit sehen, sodass ich mich oft um eine Viertelstunde verschätzte.

Ein paar Jungen waren immer um mich herum. Wir durchstreiften zuerst den Rabenwald am Haff und fingen junge Vögel, die aus dem Nest gefallen waren. Oft nahm ich so ein krächzendes, borstiges, schwarzes Federbüschel mit nach Hause, weil ich gehört hatte, man könne ihm das Sprechen beibringen. Aber da ich damals von den kniffligen Gesetzen der Artikulation noch nichts wusste, kam nichts Gescheites dabei heraus.

Die Welt am Kanal und die Welt am Haff waren trotz der räumlichen Nähe sehr unterschiedlich. Vormittags in der einen, nachmittags in der anderen Welt zu sein, war für mich in den ersten Schuljahren eine angenehme Abwechslung.

Meine liebsten Spielgefährten waren natürlich meine Geschwister, die auch langsam größer wurden, denen ich aber durch meine frühere Einschulung immer etwas überlegen blieb. Alle Spiele, die viel Fantasie und Abenteuer erforderten, gefielen mir am besten. Eine Weihnachtsfeier in der Dorfkirche von Kairinn hatte einen großen Eindruck auf mich gemacht. Das Spiel zwischen Pfarrer und Gemeinde, das Hin und Her von Orgel, Gesang und Bibelwort versetzte mich in einen entrückten Zustand, der mir eine erste Ahnung von der Kraft des Heiligen vermittelte. Kein Wunder, dass ich fortan „Pfarrer" spielen wollte.

Ich hing mir meinen Lodenmantel um und las mit erhobener und tiefer Stimme aus meinem Lesebuch vor. Mein Bruder hatte den Trichter des Grammofons ergriffen und verkörperte die Orgel und den Gemeindegesang in einer Person. Meine kleine Schwester aber musste das alles andächtig und zum Teil kniend über sich ergehen lassen.

Ich erinnere mich, dass aus dem Spiel manchmal Ernst wurde, dass mich meine Worte erschütterten und ich mir die Tränen abwischen musste. Das war meine erste Erfahrung mit der Macht des Wortes, auch wenn es nur aus einem Kinderlesebuch stammte.

Übrigens hat sich die Aufgabenverteilung zwischen uns drei Geschwistern im späteren Leben mehr oder weniger bestätigt. Ich habe viel geredet, mein Bruder hat sich um die Orgel und den Chor gekümmert, während meine Schwester zum „Zuhören" verdammt war.

Auch „Holzfäller" spielten wir gern; es war ein männlicher Zeitvertreib. Wir holten uns Schwarzbrot und Speck aus der Speisekammer, nahmen eine kleine Axt auf den Rücken und gingen vorsichtig und ganz langsam über die Brücke, um auf unserem Feld jenseits des Kanals ein paar junge Kiefern zu fällen. Ich fällte auch ein paar, merkte aber, dass es nicht so einfach war, Holzfäller zu sein. Also gingen wir schnell zum angenehmeren Teil ihrer Arbeit über, setzten uns in einen Graben und fingen an, mit großem Vergnügen den Speck gegen den Daumen zu schneiden, wie wir es oft bei den Waldarbeitern gesehen hatten.

Das waren überhaupt raue, knorrige Burschen. Am Freitagabend, wenn sie ihren Lohn in der Tasche hatten, machten sie in unserem Gasthof einen Tumult, der oft in ein allgemeines Besäufnis oder gar eine Schlägerei ausartete. Solange mein Vater lebte, sorgte er für Ruhe und Ordnung. Wie aber sollte eine Frau diese wilden Gesellen bändigen?

Ich erinnere mich, dass die Waldarbeiter einmal in der Gaststube mit lautem Geschrei im Kreis liefen und sich mit Messern bearbeiteten. Meine Mutter stand aufgeregt im Nebenzimmer, schloss die Tür auf, zog einen Verwundeten herein und verband ihn. Sie wollte ihn dann auf ein Chaiselongue betten, aber der bestand darauf, wieder in den Kampf zu ziehen. So ließ sie ihn laufen und zog einen anderen herein, um ihn gleichfalls zu verbinden. Ich stand daneben und bewunderte meine Mutter, wie geschickt sie alles machte, ebenso aber auch die wilden Kerle, die imstande waren, so eine spannende Abwechslung in unseren stillen Gasthof zu bringen.

Wenn eine Partei geflohen war, gingen alle. Die einen stiegen taumelnd auf ihre Fahrräder – Blutproben waren damals noch nicht erfunden – und fuhren zum Teil in den Kanal, wo sie sich ausreichend ausnüchterten. Andere marschierten in Gruppen Richtung Schmelz. Noch lange hörte man ihre preußischen Kampflieder oder das niederländische Dankgebet für den erneuten Sieg.

Dann aber öffneten wir vorsichtig die Türen und gingen in die Gaststube, sammelten die zerbrochenen und abgerissenen Stuhlbeine und die zerschlagenen Biergläser auf und wunderten uns, dass nicht noch mehr zu Bruch gegangen war.

Natürlich passierte das nicht allzu oft, und es hatte auch keinen Sinn, die Polizei in Schmelz zu rufen. Bis der alte Stänke in der Dunkelheit hier angekommen wäre, hätten sich alle verflüchtigt. Und wenn nicht, was sollte er tun? Gegen einen solchen Volksaufstand war auch der preußische Ordnungshüter machtlos.

Oft begnügten sich die rauen Gesellen damit, ein Achtel Bier am Spund mit den Zähnen hochzustemmen, einen Tisch an einem Bein zu balancieren, jemand samt seinem Stuhl hochleben zu lassen, ein halbes Pfund Schniefke* in die Nasenlöcher zu stopfen und mit ähnlichem, immerhin noch erträglichem Unfug. Ihre Bärenkräfte brauchten eben Auslauf.

Wenn sie dann fort waren, kam die Aufregung bei meiner Mutter erst nach, denn sie fing an zu weinen und über die Einsamkeit zu klagen und schlief die ganze Nacht nicht.

Erfreulicherweise fanden diese Holzeinschläge samt der dazu gehörenden Schlägereien nur im Winter statt. Im Sommer hatten wir von unseren vornehmen und dezenten Kurgästen nichts zu befürchten.

Überhaupt waren die langen, dunklen Nächte im Herbst und Winter etwas bedrückend. Wenn draußen die Stürme tobten und es überall an den Häusern krachte, hatte meine Mutter einfach Angst. Und ihre Stimmung übertrug sich auf uns, besonders auf mich, weil ich der Älteste war und länger bei ihr blieb. Auch nachts, wenn sie glaubte, dass auf dem Hof etwas nicht stimmte, stand sie in ihrem Morgenrock am Fenster und lauschte und wusste nicht, was sie tun sollte. Manchmal öffnete sie leise die Fensterläden und gab mit ihrem sechsschüssigen Revolver einige Schüsse über den Hof

---

*Schnupftabak

ab, die vom Wald verstärkt widerhallten. Dann legte sie sich wieder ins Bett, ohne natürlich schlafen zu können.

Natürlich waren die Abende oft auch schön und gemütlich, wenn die Petroleumlampe brannte und ein kreisrundes Licht auf den Tisch malte. Es reichte gerade zum Lesen oder für ein Spiel. Meine Mutter spielte keine Karten, aber sie würfelte gern. Sie las auch viel. Während mein Vater sich mit der Zeitung begnügte, besaß sie viele Bücher, die noch aus ihrer Jugendzeit stammten. Wenn es Bildbände waren, blätterte auch ich darin. Es war die Zeit der „Gartenlaube"*, die schon kleinen Kindern etwas geben konnte. Aber am meisten faszinierte mich eine dicke Hausbibel mit wunderschönen bunten Bildern. Und wenn ich sie vor mir aufschlug, kam meine Mutter nicht zum Lesen, weil ich tausend Fragen hatte.

War die Lampe im Erlöschen begriffen, so ließ ich nicht locker, bis der Docht nachgeschnitten und der Zylinder geputzt war und sich wieder eine behagliche Helligkeit über dem Tische ausbreitete, die allerdings für die Ecken des Zimmers nicht ausreichte. Es zeigte sich schon damals eine Eigentümlichkeit meiner Konstitution, dass ich morgens mürrisch und wenig ansprechbar war und abends meistens sehr lebhaft, gemäß dem Sinnspruch: „Morgens miserabel, mittags passabel und abends aimabel".

9 Fräulein Augenweide, Flegeljahre

VON DEN LEUTEN, die unseren Hof bevölkerten, ließe sich viel erzählen. Da war der alte *Föge*, der meist als Tagelöhner bei uns arbeitete und große Holzstapel zersägte. Mit der nötigen Ruhe, versteht sich. Selten konnte ein Mensch Arbeit und Vergnügen so zu seinen Gunsten einteilen.

Bevor er zu sägen begann, schüttete er sich etwas Schnupftabak aus dem Ziegenhorn auf die geballte Faust und sog den „Prieske" mit rollenden Augen genüsslich in die Nasenlöcher. Dann fuhr er sich mit der Hand mehrmals über die Oberlippe und wischte den Rest mit einer unnachahmlichen Handbewegung um das Gesäß herum an der Hose ab.

Dann schaute er nachdenklich in der Gegend herum und überlegte, was er noch tun könnte, bevor er mit der Arbeit begann. Er

---

* „Die Gartenlaube", erste deutsche Zeitschrift, gegr. 1853; erschien bis 1984

zog ein Messer aus der Tasche und eine Schachtel mit Kautabak-
röllchen, die aussahen wie schwarze Regenwürmer. Er schnitt ein
Endchen von einer Rolle ab und schob es zwischen die Zähne. Das
alles geschah sehr langsam und mit immer gleichen, fast kultischen
Bewegungen.

Auch jetzt war er noch nicht in der Stimmung, zur Säge zu greifen. Nun suchte er nach dem klebrigen Tabaksbeutel und stopfte
sich in aller Ruhe ein Pfeifchen, das er sich aus Holunderholz selbst
geschnitzt hatte, denn wer konnte in jenen Zeiten echt Brujère*
rauchen? Eine Weile nahm dann noch das Suchen nach der Streich-
holzschachtel in Anspruch und das Anzünden des Streichhölzchens,
das mehrfach vom Wind gelöscht wurde.

Erst dann griff er ganz langsam und bedächtig zur Säge, wobei er
immer wieder zur Küchentür hinausschaute, ob nicht schon eines
unserer Mädchen mit einem halben Pfund Fleischwurst oder Käse
mit Mostrich und einem guten Weißen zum Frühstück kam ... das
er natürlich, auf einem Holzstapel sitzend, wegen seiner wenigen
Zähne nur in kleinen Portionen zu sich nehmen konnte.

Ich habe ihm als Kind immer gern zugesehen. Und wenn ich
heute daran denke, verstehe ich nicht, warum die Welt davon überzeugt war, die Preußen hätten durch ihren Fleiß und ihre Tüchtigkeit
das Gefüge Europas erschüttert. Nein, der alte Föge war in diesem
Sinne nicht schuld am Untergang Europas.

Die Mädchen bei uns waren meist Fischertöchter und sprachen
Deutsch und Litauisch durcheinander. Oft sangen sie ihre schwermütigen Dainos**, wenn sie an Winterabenden vor dem Herd saßen
oder beim Schein der Stalllaterne, die ich ihnen gern hielt, das Vieh
fütterten. Einige konnten auch Geschichten erzählen und bevölkerten mein Hirn und mein Herz mit einem Schwarm gespenstischer
oder komischer Gestalten, ohne jemals E.T.A. Hoffmann gelesen
zu haben.

Einmal hatten wir ein kleines, verwachsenes Dienstmädchen,
das durch allerlei Eigenheiten auffiel. Wenn meine Mutter nicht da
war, schlug sie uns gern wegen der geringsten Vergehen. Schließlich durften wir nur noch schweigend und mit gefalteten Händen
dasitzen.

* Wurzelholz der Baumheide aus den Küstenregionen des Mittelmeerraums
** ostpreußische Volkslieder

Wenn wir dann die Mutter nach Hause kommen hörten, fingen wir wie auf Kommando an, fürchterlich zu schreien. Dann hob sie ihre vielen Röcke hoch und begann einen wilden Tanz, bei dem sie sich abwechselnd mit der flachen Hand auf einen bestimmten, völlig entblößten Körperteil schlug. Das sah so lustig aus, dass wir anfingen zu lachen, und damit hatte sie ihr Ziel erreicht.

In den Landgasthäusern war es damals üblich, junge Mädchen als Kellnerinnen einzustellen. Diese sogenannten „Fräuleins" hatten städtische Allüren, rümpften über alles die Nase und hielten es in unserer Einsamkeit nicht lange aus. Sie beschäftigten sich am liebsten damit, Zigaretten zu rauchen, Likör zu trinken und den ganzen Tag das Grammofon laufen zu lassen, sehr zum Ärger meiner Mutter.

Nicht so „Fräulein Augenweide". Sie war auch sehr stattlich und hübsch. Aber im Gegensatz zu unseren früheren Fräuleins schwärmte sie ständig von der Schönheit der einsamen Landschaft. Sie hielt sich nicht nur im Laden auf, sondern versuchte auch, in der Landwirtschaft behilflich zu sein, allerdings auf ihre Art, die etwas an das Benehmen von Sommergästen auf einer Alm erinnerte.

Einmal nahm sie mich mit, als sie „arbeiten" ging. Sie trug ein kurzes, leuchtend rotes Seidenkleid und rauchte eine Zigarette. Mit nackten Füßen scharrte sie im warmen Sand des Weges und rief immer wieder: „Himmlisch!" Ich hatte noch nie so lange weiße Beine gesehen, zumal unsere Fischermädchen lange Röcke trugen und ihre Beine von der Sommersonne tief gebräunt waren. Ich fragte daher neugierig, was sie anhabe?

„Ich trage weiße Strümpfe!", lachte sie und tanzte vor mir her. So gingen wir über die Kanalbrücke. Ich als ihr siebenjähriger Begleiter, man muss schon sagen: Verehrer. Ich war völlig fasziniert von ihr.

In der Mitte der Brücke beugte sie sich über das Geländer, spuckte ein paar Mal kräftig ins Wasser und freute sich, wie es unten aufklatschte. Ich machte das natürlich sofort nach. Wir spuckten eine Weile um die Wette und amüsierten uns, als die Fische unten danach schnappten.

Auf dem Kies des jenseitigen Kanalufers wuchs langes, scharfes Sandgras, sodass sie wie ein Frosch von einer freien Stelle zur anderen hüpfen musste, um sich nicht die Füße aufzuschneiden. So kamen wir zu unseren Kühen, die hier in Reichweite ihrer Ketten das Gras abgezupft hatten und nun umgebunden werden sollten.

Sie hatte jedoch Angst, und jedes Mal, wenn eine Kuh den Kopf hob, lief sie kreischend davon. Ich fühlte mich zu männlicher Hilfe berufen, denn ich wollte nicht, dass unser Fräulein von einer Kuh aufgespießt würde. In einem Anflug von Heroismus hielt ich die Kühe am Schwanz fest, während sie sich vorsichtig den Ketten näherte. Auf diese Weise banden wir die Kühe langsam weiter.

Nur eine riss sich los und lief fort, wir mit großem Geschrei hinterher. Aber die Kuh war klüger als wir. Sie rannte nur zu einer Furt am Kanal und soff sich voll. Dann ließ sie sich ruhig an der eisernen Kette auf die Weide führen.

Das Einrammen der Eisenstöpsel erledigte unser Fräulein mit großem Hallo und mächtig ausholenden Armbewegungen. Ich wunderte mich nur, dass ihr dabei das allzu enge Kleid nicht aufriss.

Auf dem Rückweg machten wir einen kleinen Abstecher an den Waldrand und aßen uns an Erdbeeren und Heidelbeeren satt. Dann zündete sie sich noch eine Zigarette an, was damals sehr unüblich war, wobei sie sich kein bisschen darum kümmerte, dass hier wegen der Waldbrandgefahr im Sommer nicht geraucht werden durfte. Damit hatte sie ihre Vormittagsarbeit erledigt. Sie schnüffelte am Küchenfenster herum, was es wohl zum Mittagessen geben würde.

Mit ihr, daran bestand kein Zweifel, hatten wir Erfolg. Von weither kamen die jungen Förster, Lehrer, Holzvermesser, Kapitäne und wohlhabenden Fischersöhne, um sie in ihrem roten Kleid tanzen zu sehen. Und das Bier schmeckte noch viel besser, von ihrer zarten Hand kredenzt. Sie sangen: „Lindenwirtin, du Feine" und „Es kam ein Knab' gezogen" und „Ein Kerl von Samt und Seide, nur schade, dass er suff" und waren bis Mitternacht gar nicht aus dem Honoratiorenzimmer herauszubekommen.

Wenn sie endlich fort waren, klimperte unser Fräulein mit den vielen Groschen in der Schürzentasche, gähnte und ging schlafen. Einige Ständchen vor ihrem Fenster, die ihr ganz Unentwegte brachten, interpretierte sie als Wiegenlied und schlief umso schneller ein.

Sogar ein älterer Wirt aus dem Nachbardorf – ich glaube, er hieß Bracks – kam und trank bei uns statt bei ihm, wo er viel billiger hätte trinken können. Das war natürlich der Höhepunkt des Erfolges und hat sich herumgesprochen. Herr Bracks war ein harmloses Männchen, das immer ein Säckchen mit Kaffeebonbons bei sich trug. Wir Kinder liebten ihn nicht nur deswegen und sahen über einige seiner Eigenheiten großzügig hinweg. Zum Beispiel, dass er immer zwei Schritte vor und dann drei zurück ging, was uns sehr beeindruckte. Ich frage mich heute noch, wie er auf diese Weise die Kanalbrücke überqueren konnte. Ich erinnere mich, dass wir gerne „Bracks" spielten, also versuchten, auf die gleiche Weise wie er durch die Welt zu kommen. Vielleicht war er ein tiefgründiger Philosoph, denn in Wahrheit ist es das Schicksal aller Menschen, im Leben zwei Schritte vor und drei zurück zu gehen.

Dieser Herr bewunderte also unser Fräulein auch sehr und nannte es immer „seine Augenweide". Der Ausdruck bürgerte sich bei uns ein. Herr Bracks hatte das Bonmot von seinem Freund Moses Schimmelpfennig, bei dem er einkaufte, und der einen großen Laden auf dem Friedrichsmarkt in Memel besaß. In Memel gab es offenbar viele „Augenweiden".

Als meine Mutter fort war, steigerte sich die Ausgelassenheit so sehr, dass ich außer der Grammophonmusik nur noch Geschrei, Gesang und Gläserklirren hörte. Im Augenblick höchster Ekstase sprang Fräulein Augenweide auf den großen Eichentisch, fegte mit bloßen Füßen über die Gläser und tanzte mit hochgeschlagenem Rock etwas Wildes quer durch die Schallplattenmusik, worauf ein Orkan männlicher Zustimmung losbrach. Dann nahm einer sie vom Tisch und warf sie in die Luft, dass sie fast mit dem Kopf gegen die Decke schlug. In diesem Moment wunderte ich mich, dass sie eine Riesenangst vor Kühen hatte aber keine Furcht vor betrunkenen Männern.

Schließlich wurde sie fuchsteufelswild, was ich ihr gar nicht zugetraut hätte, warf alle Männer aus dem Lokal und schrie, sie sollten im Kanal weitertrinken, der sei breit genug dafür.

Am nächsten Morgen saß sie mit strahlendem Gesicht und fast frommem Blick im Laden, rauchte eine Zigarette und betrachtete nachdenklich die Eimer, Stalllaternen, Pudelmützen, Äxte und Sägen, die von der Decke hingen und in denen die Morgensonne glitzernde Kapriolen schlug. Ja, ich bewunderte sie sehr.

Als sie aus irgendeinem Grund, den ich nie verstand, unser Haus verlassen musste, schluchzte ich fassungslos in mich hinein. Unter Tränen sah ich sie durch den Laden gehen, in einem schwarzen Kostüm mit einer schwarzen Haube und einem dunklen Schleier vor dem Gesicht, der sie ganz fremd, vornehm und unnahbar mach-

te. Sie stieg in einen gelblichen Landauer und fuhr mit einem unbekannten Herrn davon, ohne sich auch nur einmal nach meiner
Mutter oder nach mir umzudrehen.

Ich lief auf die Brücke, spuckte in den Kanal und rannte zu den
Kühen, die ich an den Schwänzen riss. Aber es half nichts. Erst als
mir der alte Föge zeigte, wie man aus saftigem Weidenholz eine
Flöte schnitzte, und als die ersten Flötentöne dem kleinen Kunst-
werk entquollen, fühlte ich, wie mein Schmerz mit ihnen über den
Kanal und den Wald davonzog.

Einmal war ich krank und musste einige Tage das Bett hüten.
Mein Lesebuch und mein Religionsbuch leisteten mir Gesellschaft.
Zufällig fiel mein Blick auf den Text des Kirchenliedes „O Haupt
voll Blut und Wunden". Ich konnte noch nicht gut lesen, und jedes
Wort war für mich wie ein schwerer Balken, den ich mit aller Kraft
anheben und wegtragen musste.

So ließ ich mir die Worte „voll Schmerz" und „voller Hohn" langsam sozusagen auf der Zunge zergehen, und plötzlich war es, als
ob etwas von dem wirklichen magischen Gewicht dieser Worte auf
mein Herz drückte, und ich wusste nun, was da stand. Schaudernd
nahm ich die Dornenkrone in meine kleinen Hände und wusste:
Was hier geschah, war das wahre Leben. So würde es sein, so würde es mir widerfahren, so würde es jedem Menschen widerfahren.
Der Edle würde leiden, der Menschliche würde gepeitscht werden,
und jeder, der Leidende und auch sein Peiniger, würde glauben, im
Namen Gottes zu handeln.

Als meine Mutter ins Zimmer kam, um mir ein Medikament zu
geben, fand sie mich in Tränen aufgelöst vor. Aber was sollte ich
sagen? Wie sollte ich erklären, dass ich soeben mit jenem unbe-
stechlichen Kinderblick, den kein beschwichtigendes Geschwätz
täuschen konnte, sehr klar in meine Zukunft, ja in die Zukunft aller
Menschen geblickt hatte?

Ich war leicht empfänglich für das Gute, aber nicht weniger für
das Böse, das man bekanntlich erst im Rückblick ganz erkennt.

Einmal fand ich einen schönen roten Apfel, den eine Bäuerin aus
ihrem Korb verloren hatte. Kauend trat ich ins Haus. Als ich auf die
Frage meiner Mutter antwortete, ich hätte ihn gefunden, bekam ich
ein paar kräftige Ohrfeigen. Seit Anbeginn des Paradieses hat sich
bei den Menschen die Vorstellung gehalten, dass Äpfel nur gestoh-

len sein könnten. Ich kann es meiner Mutter nicht verübeln, dass sie dieser Massensuggestion erlegen ist.

Was diesen Apfel betraf, so war ich wirklich schuldlos. Aber für die unzähligen anderen Äpfel und Birnen in unserem Garten, für einige Schachteln Zigaretten und viele Tafeln Schokolade, die ich dem großen Hütejungen in den Wald geschleppt hatte, kamen diese Ohrfeigen gerade noch rechtzeitig, wenn nicht zu spät.

Niemand wurde von seinen Mitschülern so umschmeichelt wie ich. In keinem Bauern- oder Fischerhaus gab es all das, was Kinder sich wünschten, so reichlich wie bei uns: Bonbons und Schokolade, Limonade und Obst, Kuchen und Süßigkeiten aller Art, Gummimäuse und Lakritzstangen, Zigaretten und Schokoladenzigaretten. Mit allem Möglichen versuchte man, mit mir in einen schwungvollen Tauschhandel zu treten. Wenn das nicht mehr half, wurde ich zum Räuberhauptmann befördert und hatte die heilige Pflicht, meine Kumpane im Wald nicht verhungern zu lassen. Meistens waren es Burschen, die größer waren als ich, die mich anführten und mich mit Bitten, Drohungen und Schmeicheleien dorthin zu bringen wussten, wo sie mich haben wollten.

Im Grunde ist es das alte Spiel, das auch bei den Erwachsenen in Wirtschaft und Politik und überall, wo Menschen zusammenkommen, mit sehr ähnlichen Mitteln gespielt wird.

Zuerst hatte ich Gewissensbisse. Doch bald gewöhnte ich mich daran, es als selbstverständlich anzusehen, dass ich Kisten mit Bonbons und Zigarettenschachteln in den Wald schleppte. Zu romantisch war es auch, am Lagerfeuer zu liegen, von allen Kameraden respektiert und geehrt, gestohlene Heringe über einem Draht zu rösten, gestohlenen Speck mit gestohlenen Messern zu schneiden und die Luft absoluter Freiheit zu atmen. Schillers „Räuber" und der „Schinderhannes" haben es jedenfalls nicht viel anders gemacht. Nur waren sie keine acht Jahre alt.

Ich musste zu Hause so viel schummeln, lügen und betrügen, dass mein Charakter zwangsläufig gröber und zweifelhafter wurde. Meine Mutter spürte das und war entsetzt. Sie machte sich Sorgen um meine Erziehung. Da sie selbst zu keiner Entscheidung kam, fragte sie ihren Pfarrer, Pastor *Prieß* von der reformierten Kirche in Memel, um Rat.

Östlich von Memel, am romantischen Abhang des Dange-Tals, lag das Waisenhaus *von-Goese-Bachmann*, das in früheren Zeiten eine Art fremdsprachiges Gymnasium gewesen war, in das sogar Londoner Kaufleute ihre Kinder zur Erziehung und zum Erlernen der deutschen Sprache schickten. Es war nicht mehr das, was es einmal gewesen war, aber es hatte immer noch einen guten Ruf. Da meine Mutter mich aus wirtschaftlichen Gründen nicht woanders unterbringen konnte, wurde es auch mein Schicksal.

Als sie es mir sagte, war ich fassungslos. Ich sah nur das eine: dass sie mich von zu Hause fort und in die Fremde schicken wollte. Was verstand ich schon von ihrer Erklärung, dass mir die strenge Hand des Vaters fehle und dass es so nicht weitergehen könne! Zuerst war ich untröstlich, dann wurde ich trotzig und sprach kaum noch ein Wort mit ihr oder meinen Geschwistern. Wie viel Kummer ich ihr damit machte, kann ich nur ahnen.

An einem kalten Wintertag fuhren wir mit dem Schlitten zur Prüfung in die Anstalt. Vorn saß der alte *Gyszas* und kutschierte. Meine Mutter und ich saßen hinten, von warmen Pelzdecken beschützt. Wir fuhren durch Memel, wo der Schlitten mangels Schnee auf den Steinen der Straßen sehr quietschte, erreichten dann über Janischken wieder flaches und damit schneereiches Land und fuhren auf den Hof der Anstalt.

Ein stattliches Gebäude mit einem Denkmal vor dem Eingang empfing uns. Wir wurden ins Privatzimmer des Inspektors geführt, der meine Mutter sehr zuvorkommend behandelte.

Ich gab lustlose Antworten, weil ich erstens zu wenig wusste und zweitens keinen Wert darauf legte, diese Prüfung zu bestehen. Mein Diktat muss schrecklich gewesen sein, denn der Inspektor wiegte seinen Kopf und meine Mutter bekam rote Flecken am Hals vor Aufregung über alles, was ich nicht konnte.

Schließlich kam die Frau Inspektor mit dampfendem Kaffee und einem Teller Raderkuchen herein. Das war sicher das beste, was sie tun konnte. Wir tranken Kaffee, ich trat dann ans Fenster und sah draußen eine Menge Jungen auf dem Hof schneeballieren. Hinter mir hörte ich ein eingehendes Gespräch, das sich zum Teil auch auf mich bezog. Die Jungs hatten mich inzwischen entdeckt, versammelten sich vor dem Fenster und zeigten mit dem Finger auf mich, indem sie einander zuriefen: „Ein Neuer!" Zuerst wurde ich verlegen und wollte mich hinter den Gardinen verstecken. Dann aber überkam mich ein Trotz, und ich stellte mich mitten vor das Fenster und ließ mich anstarren.

Meine Mutter war auf der Heimfahrt sehr schweigsam. Ich war sehr fröhlich, denn ich bildete mir ein, durch die Prüfung gefallen zu sein. Nach einigen Wochen stellte sich heraus, dass das ein Irrtum war. Meine Mutter bekam die Aufforderung, mich zu Ostern dort einzuschulen. Zugleich lag eine Liste dabei, was an Wäsche, Kleidern und Schuhen mitzubringen sei. Es war eine Menge, und wir mussten wieder nach Memel fahren, wo mich meine Mutter im großen Kaufhaus *Waller* in der Marktstraße von Kopf bis Fuß neu einkleidete, und zwar mehrfach.

Der große Betrieb, die vielen lächelnden Verkäuferinnen und der Chef selbst, der meine Mutter bei jedem Wunsch mit einer kleinen Verbeugung „Ihr Diener" nannte, zogen mich in ihren Bann und lenkten mich von meinem Kummer ab. Außerdem fühlte ich mich in den neuen Anzügen wie ein junger Herr.

Auf dem Heimweg aß ich mich wieder durch die Kuchenberge der vielen Verwandten. Meine Mutter besprach mit ihnen, bis zu welcher Station ich mit der Straßenbahn fahren sollte, wenn ich sonntags aus der Anstalt kam, und von wo ich mit unserer Kutsche abgeholt werden sollte.

Am Friedhof von Götzenhöfen hielten wir wieder an. Die Raben krächzten in der beginnenden Dunkelheit. Der Wind in den Kiefernkronen wehte so melancholisch wie immer. Ich wollte die Zügel festhalten, aber meine Mutter sagte, ich solle mitkommen.

Wir gingen auf den schmalen Stegen um die Gräber herum, in denen auch Verwandte und Bekannte lagen, bis zu einem Platz mit drei mittelgroßen Lebensbäumen. Auf einem Marmorkreuz las ich den Namen meines Vaters, der nun schon sechs Jahre tot war. Neben ihm ruhten die Mutter meiner Mutter und mein kleiner Zwillingsbruder.

Meine Mutter betete, und ich stand dabei und sah, wie sie an den Gräbern herumkratzte und ein paar Blumen hinlegte.

„Da ist noch Platz für mich", sagte sie, indem sie auf die freie Stelle neben meines Vaters Grab wies.

Auf dem Nachhauseweg im Dunkeln war sie ganz still, aber ich sah, wie sie sich ab und zu verstohlen die Tränen wegwischte. Alles war wieder zu viel für sie: mein bevorstehender Abschied und die Sorgen um die wirtschaftliche Lage.

Die wenigen Wochen bis zu meiner Abreise vergingen schnell. Nach Ostern kam der letzte Tag in meinem Elternhaus. In der Nacht, als ich nicht schlafen konnte, nahm mich meine Mutter in ihr Bett. Ich hörte sie seufzen und weinen und ahnte, dass sie einen schweren Seelenkampf ausfocht.

Früh am Morgen wurde ich sorgfältig angekleidet. Es war ein Donnerstag, der 11. April 1912. Auch meine Geschwister wurden aus dem Schlaf gerissen und umringten mich mit Verwunderung, dass ich nun fortgehen sollte.

Mein Herz war schwer. Ich konnte nicht mal ein paar Schlucke Kaffee trinken. Auch zwei große Koffer mit Kleidung, Wäsche, Kuchen und Süßigkeiten waren kein Trost für mich.

Meine Mutter fühlte sich krank und kam nicht mit. Sie lief nur schweigend durch die Zimmer und versuchte, mir immer wieder etwas zuzustecken.

Endlich fuhr der alte Gyszas mit dem Wagen vor. Ich trug die Koffer hinaus und stieg in den Wagen. Gyszas saß mit unbeweglichem Gesicht auf dem Kutschbock. Es war ein diesiger Apriltag. Meine Geschwister standen ratlos herum und wussten nicht, was sie sagen sollten.

Meine Mutter versuchte, mich an sich zu ziehen und mir einen Abschiedskuss zu geben. Ich aber kehrte mich trotzig ab und sagte: „Fahren!" Da zog Gyszas seufzend die Zügel an, und es ging durch das Hoftor hinaus.

Ich ahnte nicht, dass dies der endgültige Abschied von meinem Elternhaus war und dass ich meine Mutter nie wiedersehen würde. Das Schicksal hatte ein ganzes Drama von Tod, Abschied und Zusammenbruch in diese drei Tage gelegt. Und auch ein Gefühl von später Reue, dass ich mich so trotzig von meiner Mutter abgekehrt hatte.

Der Weg war weit, und wir fuhren schweigsam. Alles erinnerte mich an viele Fahrten, die ich mit meiner Mutter zusammen unternommen hatte, und wo es abends immer eine Rückkehr gab. Auch der alte Gyszas wusste nichts, was mich trösten konnte.

Nach stundenlanger Fahrt kamen wir gegen Mittag im Hof des Waisenhauses an. Der Inspektor, den ich schon ein wenig kannte, nahm mich freundlich bei der Hand und führte mich durch alle Räume, die so merkwürdig nach frischem Fußbodenöl rochen und von denen ich anfangs kaum etwas mitbekam. Die anderen Schüler waren noch nicht aus den Ferien zurück. Er führte mich in den großen Speisesaal, wo ich ganz allein an einem großen Tisch Platz nahm.

Dann kamen seine Frau und seine Töchter, um mich zu begutachten und mir freundliche Fragen zu stellen, die ich einsilbig beantwortete. Sie waren sehr nett zu mir, aber auch sie konnten mir das Fremde nicht nehmen, das mir die Kehle zuschnürte.

Wie im Traum sah ich den alten Gyszas wieder auf den Wagen klettern und nach Hause fahren. Das große Anstaltstor schlug knallend hinter ihm zu.

Am Abend füllte sich das Haus mit den heimkehrenden Schülern. Alles fremde Gesichter, die mich anstarrten, was mich in meinem Schmerz am meisten quälte. Durch die hohen Fenster im ersten Stock sah man die hellen Lichter der Stadt. Selbst der Himmel nahm mit einem hellen Widerschein am Lichterfest teil. Dort, jenseits der Stadt, musste meine Heimat sein.

Der Inspektor zeigte mir den Kleiderschrank, meinen Wäscheschrank und ein Regal im Schuhputzraum, wo ich meine Schuhe abstellen konnte. Die Betten im großen Schlafsaal standen in Reihen nebeneinander und hatten hinten eine Stange zum Aufhängen der Kleider. Ein hartes Keilkissen, eine Decke, das war alles. Es sah alles sehr militärisch aus. Ich verstand diese Art von Ordnung noch nicht, sie widersprach so sehr dem Familienstil.

Still lag ich in meinem eisernen Bett, hörte überall neben mir Flüstern und weinte mich langsam in einen unruhigen Schlaf. Mein letzter tröstlicher Gedanke war, so schnell wie möglich von hier fortzukommen.

Doch dazu kam es nicht. Zwei Tage später – zwei Tage, die mir wie eine Ewigkeit vorkamen – erschien plötzlich meine Tante, schwarz gekleidet und verschleiert. Ich wurde in das Wohnzimmers des Inspektors gerufen, wo damals meine Prüfung stattfand. Alle sahen mich merkwürdig an. Es wurde ganz still, als ich eintrat.

„Du kannst jetzt mit mir heimfahren!" sagte meine Tante. Der Inspektor nickte dazu. Ich wusste nicht, wem ich diese neue Wendung in meinem Leben zu verdanken hatte. Sollte meine Mutter ihre Meinung geändert haben und mich doch zu Hause behalten wollen? Mir fiel nur auf, dass meine Tante seltsam einsilbig blieb, wenn ich sie nach meiner Mutter fragte und warum sie nicht selbst gekommen war, um mich abzuholen.

Wir fuhren in einem Mietwagen nach Memel. Im Leben meiner Tante hatte sich auch eine Wendung ergeben. Ihre älteste Tochter hatte geheiratet. Die Eltern hatten dem jungen Ehepaar das Gut *Adlig Kackeln* übergeben und waren selbst nach Memel gezogen, ohne sich in der für sie ungewohnten Stadt wirklich wohl und heimisch zu fühlen.

In der folgenden Nacht schlief ich in der Wohnung meiner Tante in der Wiesenstraße. Es war eine große behagliche Wohnung, und einige Cousinen schwirrten um mich herum, waren sehr freundlich und antworteten auf alle meine Fragen nur stereotyp: „Morgen fahren wir alle nach Starrischken."

Wir sind früh aufgestanden. Überall war ein geschäftiges Kommen und Gehen. Ich stand herum und griff nach der Zeitung, die auf dem Frühstückstisch lag. Ich konnte noch nicht so gut lesen. Auf der Rückseite sah ich eine große, schwarz umrandete Anzeige, die mich fesselte. Langsam buchstabierte ich ...

Plötzlich durchzuckte es mich jäh. Da stand der Name meiner Mutter, auch ihr Mädchenname ... sie war am 13. April ... sanft entschlafen.

Ich rätselte noch ein paar Sekunden herum, was „entschlafen" eigentlich bedeutet, und was das Wort „sanft" meint. Doch dann wusste ich es. Meine Mutter war tot.

Irgend jemand hatte mich beobachtet, und auf einmal standen alle in betretenem Schweigen um mich herum. Ich sah sie an und las auch in ihren Augen die Bestätigung dessen, was in der Zeitung stand.

Ich ging langsam ins Nebenzimmer, stellte mich ans Fenster und weinte still in mich hinein. Den letzten Abschiedskuss, den sie haben wollte, hatte ich ihr nicht gegeben ... nicht gegeben ... nicht gegeben. Trauer und Schuld waren unendlich groß. Ich war sehr klein und musste das ertragen. Nur gut, dass niemand zu mir trat, dass niemand mit banalen Worten zu trösten versuchte, wo nicht zu trösten war.

Endlich kam meine Tante, nahm mich in die Arme und sagte: „So, mein Kind, jetzt gehen wir."

Im Esszimmer, wo sich nun alle zum Aufbruch bereit machten, hörte ich noch einen Aufschrei meiner Tante: „Kein Pfennig in der Kasse ... kein Pfennig ... und sonst nur Schulden ... mehr als die Ziegel auf dem Dach ... und das Mündelgeld auch verbraucht ... was hat sie sich nur gedacht ... alles zusammengebrochen!"

Mein Onkel Hermann warf ihr einen strafenden Blick zu. Sie verstummte jäh. Aber ich hatte alles verstanden. Auch wenn ich die Tragweite dessen, was in dem Aufschrei meiner Tante zum Ausdruck gekommen war, nicht übersehen konnte. Es war sowieso alles wie im Traum. Es schien mir, als sei ich selbst eigentlich gar nicht richtig dabei. Vier Tage nach meiner Abreise mit dem alten Gyszas kehrte ich in das Haus meines Vaters zurück. Nur war es ein ganz anderes geworden. Irgendwelche Hände schoben mich und meine beiden Geschwister in den großen Saal, wo meine Mutter aufgebahrt war. Der Sarg war schon geschlossen. Blumen und Kränze mit ihrem süßen Duft und dem herben Tannenduft flimmerten vor meinen Augen. Der Saal war brechend voll. Auch draußen vor dem Haus stand eine große Menschenmenge.

Ich sah die Förster und die Holzvermesser, ich sah meinen Lehrer und einige Kapitäne. Viele Fischer aus dem Dorf und vor allem viele Frauen, die ich zum Teil kannte, nahmen an der Beerdigung teil. Der frühe Tod meiner Mutter, nachdem vor einigen Jahren bereits mein Vater gestorben war, hatte großes Aufsehen und viel Mitleid mit uns Kindern erregt. Die Verwandtschaft meiner Mutter, die nun nichts mehr zu sagen hatte, weil meine Tante die Herrschaft übernahm, stand streng getrennt von den Verwandten väterlicherseits. Fräulein Augenweide in ihrem schwarzen Kostüm und dem koketten kleinen Käppi mit dem Schleier war auch da. Sie sah schöner aus als je zuvor. Hinten weinten die Mädchen, und draußen standen, wie mir ein Blick durchs Fenster zeigte, auch meine Kameraden aus der Räuberhauptmannszeit und versuchten betrübt, einen Blick von mir zu erhaschen.

Der Pfarrer sprach von einer guten Mutter, die sich viel Sorge und Mühe gemacht hatte, und der alles zu schwer gewesen war. Die Trauernden weinten und sangen: „Jesus, meine Zuversicht", deutsch und litauisch durcheinander.

Dann wurde der Sarg hinausgetragen. Der Trauerzug formierte sich auf dem weiten Platz vor dem Kanal. Während wir herumstanden, drängte sich der Gastwirt Bracks heimlich an mich heran und steckte mir eine Tüte mit Kaffeebohnen-Bonbons in die Tasche. Das werde ich ihm nie vergessen.

Wir Kinder saßen gemeinsam mit unserer Tante im Wagen. Der Trauerzug bewegte sich stundenlang Schritt für Schritt am Kanal entlang. Noch vor kurzem war ich hier mit meiner Mutter entlang gefahren. Mein armes Herz konnte es nicht begreifen, dass sie nun nicht mehr da war.

Zu dem Schrecken des Todes gesellte sich noch eine große Sonnenfinsternis. Die ganze Landschaft sah im phosphoreszierenden Licht aus wie eine verbrannte, verdorrte Wüste. Zusammen mit den schwarzen Pferden und den schwarz gekleideten, schweigenden oder leise flüsternden Menschen war es wie ein Zug in die Unterwelt.

Dann kam der Friedhof, wo meine Mutter oft am Grab meines Vaters geweint hatte. Die Lebensbäume, die sie gepflanzt hatte, waren unter den Erdmassen des aufgeworfenen Grabes fast verschwunden. Ich sah apathisch zu, wie der Sarg in die Tiefe sank.

Die Jahre meiner frühen Kindheit endeten mit einem Paukenschlag. Sie ließen mich halb betäubt zurück. Wenn ich mein Vaterhaus später noch manchmal sah, so waren es immer nur kurze Besuche. Was ich aus diesen Jahren mitnehmen konnte, war nicht mehr als - Erinnerungen.

10 Der Alltag im Internat

DA ICH IN MEINEM LEBENSGEFÜHL immer sehr abhängig von der mich umgebenden Landschaft war, gewann ich nach der Katastrophe das erste Vertrauen zu den alten mächtigen Bäumen, die im Park der Anstalt standen. Wenn am Morgen die Sonne vielfältig auf dem giftgrünen Laub spielte, wenn die Stille des Mittags in den Kronen brütete, oder der Wind in ihnen sang, überkam mich etwas von der Ruhe und Gelassenheit dieser großen Bäume, die ich gleichzeitig als lebendige Vorbilder spürte.

Die Landschaft gehörte zum Urstromtal der Dange, die als plätschernder Bach jenseits der russischen Grenze ihren Quellen entsprang und in einem großen Bogen durch die Stadt Memel floss. Dann mündete sie, Schiffe tragend, unter Brücken hindurch, an

Speichern vorbei in das Kurische Haff, und zwar in dessen Ausgang, der als „Memeler Tief" für die kleine Stadt einen fast zu gewaltigen Hafen bildete.

Es ist ein lieblicher Fluss, der sich in romantischen Windungen durch weite Wiesen schlängelt und in seinem Urstromtal von sanften Hügeln umgeben ist, die zum baltischen Höhenzug gehören. Von den deutschen Mittelgebirgen aus gesehen, sind es nur Hügel, aber dort empfand man sie als Berge, deren schwerer Lehmboden Roggen, Weizen und Hafer, Gerste und Lupinen, Kartoffeln und Rüben in fruchtbarer Üppigkeit trug.

In langen Reihen sah man die Frauen mit ihren Hacken durch die Rübenfelder ziehen. Sie trugen weiße Kopftücher, ihre grauen Flanellblusen waren über den Rücken gespannt und durchnässt vom Schweiß der Arbeit auf den schattenlosen, sonnigen Feldern. Dahinter saß der Gutsinspektor auf seinem Pferd, sah ihnen eine Weile zu und ritt dann langsam davon, um sich einer anderen Gruppe von Arbeitern zuzuwenden. Ein archaisches Bild, wenn man an die damaligen Formen der Landwirtschaft und der sozialen Verhältnisse denkt. Wenn es stimmt, dass der Erkenntnisfortschritt der Menschen von 1910 bis heute mindestens so groß ist wie der von der Steinzeit bis zur letzten Jahrhundertwende, dann habe ich und mit mir meine Generation in allen Lebensbereichen geradezu Ungeheures an Veränderungen erlebt.

Zurück zur Dange. Kaum ein Mensch in Deutschland kennt ihn. Dabei ist es ein lieblicher Fluss, der etwa an die Lahn zwischen Marburg und Limburg erinnert. Große Viehherden grasten auf den Wiesen. Im Sommer roch es weit und breit nach den schweren, von Fliegen umschwärmten Tieren, nach Milch. Am Nachmittag sah man die Mädchen mit ihren Milcheimern auf die Weide gehen, um die Kühe zu melken. Sie saßen auf dreibeinigen Schemeln, den Kopf tief gebeugt, und holten mit kräftigen Bewegungen die Milch aus den schweren Eutern. In der Nähe stand ein Wagen mit den Milchkannen. Der *Schweizer*, ein respektabler Mann in einer rötlich gestreiften Bluse, war der Herr über die großen Rinderherden und offenbar auch über die Mägde, die zu ihnen gehörten.

Dann trug er die Milchkannen zum Wellblechhäuschen der Kleinbahnstation, die direkt unterhalb des Anstaltsparks lag, und schon kam die Bahn langsam, pfeifend und klingelnd vom Hügel herab, hielt an, nahm die klappernden Kannen und einige Fahrgäste auf und verschwand in einem sanften Bogen über die Luisenhöfer Brücke in Richtung Stadt. Dieses Läuten und Pfeifen der Bahn gehörte einfach zum Sommer und trug wesentlich zur Stimmung des Tages und zur Zeiteinteilung bei.

Meine Starrischker Heimat lag südlich der Stadt zwischen Haff und Kanal, zwischen Kiefernwäldern und Sandheiden auf einem dunkelsandigen leichten Boden, wo in kümmerlichem Gras die Heuschrecken und Zirpen geigten. Ein sehr stilles, abseitiges und versonnenes Land. Nun befand ich mich östlich der Stadt in einer lieblichen Flusslandschaft voll üppigem Grün und mit Hügelketten, die von weiten, von Bächen durchrieselten und bewaldeten Tälern durchzogen waren.

Am Rande des Flusstals lagen in regelmäßigen Abständen alte Gutshöfe, einst pruzzische Fliehburgen, dann Rittergüter des Deutschen Ordens oder der Schwertbrüder. Alles war so ganz anders, als ich es bisher gewohnt war.

Aber es war auf eine besondere Weise lieblich und schön, wenn in den Niederungen die Wildtauben gurrten, wenn an Regentagen der Pirol sang, wenn in den Büschen der Sprosser, die ostpreußische Nachtigall, schlug und an Sommerabenden ein endloses Konzert der Frösche vom Fluss herüberdrang. Ein paar Bäume am grünen Hang, ein Hain, und ich fühlte mich in eine fast südliche Landschaft versetzt, nach Arkadien*, wo in der Stille Gott Pan die Flöte blies und die Götter neben ein paar Rindern in der seligen Hirtenexistenz der Antike ruhten.

Langsam, ganz langsam wuchs mein Herz in diese Landschaft hinein und gewann wieder Mut und Lebenssicherheit. Erst als das geschehen war, konnte ich mich aus einer dumpfen Niedergeschlagenheit aufraffen. Ich hatte ein Trauma erlebt. Alles war zusammengebrochen, meine Existenz in ihren Grundfesten erschüttert. Das konnte nicht geschehen, ohne tiefe Spuren im Seelengefüge zu hinterlassen.

War ich früher oft fröhlich und frech, sehr selbstbewusst und ziemlich selbstsicher im Umgang mit meiner Umwelt, so wurde ich nun weinerlich, leicht depressiv, oft sogar melancholisch und über meine Kinderjahre hinaus ernst und nachdenklich. Ich glaubte we-

*bildungssprachlich: Schauplatz glückseligen, idyllischen [Land]lebens

nig, was die Erwachsenen sagten, und überprüfte alles an meinen eigenen Erfahrungen.

In der ersten Zeit träumte ich viel von meiner Mutter. Es waren schreckliche Träume, in denen ich ihr begegnete, mit ihr sprach und doch wusste, dass sie tot war. Einmal stieg sie aus ihrem Grab, ging mit mir spazieren, gab mir Ratschläge, und ich begleitete sie mit einem leichten Grauen zurück in ihre Grabkammer. Ich glaubte auch, ihre Stimme zu hören. Das alles verfolgte mich bis in den hellen Tag hinein.

Ich wusste nun etwas vom wirklichen Leben, vom Leiden, vom Vergehen dessen, was man für beständig gehalten hatte, und machte damit allzu früh eine Urerfahrung der Menschheit. Das wirkte sich nicht nur in meiner Haltung aus, sondern auch beim Unterricht. Plötzlich fiel es mir wie eine Binde von den Augen. Ich verstand auf einmal, was die Bibel meint, wenn sie von Hiob spricht, dessen Gottesbeziehung durch Unglücksnachrichten auf die Probe gestellt wurde. Ich verstand die Sprüche. Es war, als ob sich die Satzkonstruktionen vor mir entblätterten und mich in ein Inneres blicken ließen. Ich erkannte den Symbolgehalt in der Sprache und in den Lebensvorgängen. Mein Inspektor staunte im Unterricht über die Antworten, die ein Kind meines Alters gab, vor allem in Religion, das zu meinem Lieblingsfach wurde, aber auch in Deutsch und Literatur.

Alles Frühere versank vor mir. Ich wusste, dass ich arm und allein war. Meine beiden Geschwister waren unter Verwandten aufgeteilt worden. Meine Tante, die sich in der Stadt nicht wohl fühlte, hatte die Gelegenheit ergriffen, das Kruggrundstück meiner Eltern billig zu übernehmen. Für jedes Kind blieben ein paar tausend Mark, die zwei Jahre später als Kriegsanleihe gezeichnet wurden, und damit war alles weg.

Das heißt, so ganz verschwinden kann auf dieser Erde wohl nichts, jedenfalls nicht im preußischen Staat. Denn rund 25 Jahre später kam plötzlich eine Geldanweisung aus Berlin. Es war die aufgewertete Kriegsanleihe. Es reichte gerade, um ein paar Kleidungsstücke zu kaufen, zum Beispiel einen guten schwarzen Wintermantel, den ich heute noch besitze - trotz der Flucht. Wenn ich ihn im Schrank hängen sehe - zum Tragen ist er längst zu alt - dann weiß ich, dass hier noch unsichtbar etwas vom Fleiß und Besitz meines Vaters steckt.

Ich sehe mich also an einem Nachmittag, der sonnig in unseren Arbeitsraum strahlte, mit vielen Jungen um einen Tisch sitzen. Es war die Nachmittagsstunde. Ich besaß einen eigenen kleinen Tisch mit einer Schublade, in der die ersten Bücher lagen, und einen Stuhl, ganz einfaches Holz, fast wie ein Schemel. Nichts wurde hier verschenkt, und das Notwendigste war das Erhabene im Sinne des alten griechischen Wortes: Nichts bedürfen ist göttlich.

Der Tag war streng geregelt, fast militärisch, und es gab jetzt kein Herumstreifen mehr am Haff und in den Wäldern am Kanal. Es war unmöglich, die Hausaufgaben nicht zu machen. Man konnte sie schlecht oder besser machen, aber getan mussten sie sein.

Wir mussten ein Lied lernen: „Ich bin ein Preuße, kennt ihr meine Farben?" Leider mussten wir es aus einem Liederbuch lernen, in dem der Text unter die Notenzeilen geschrieben war. Das verwirrte mich unendlich. Ich verhaspelte mich mit meiner schwachen Lesefähigkeit in den Zeilen und wusste schließlich weder ein noch aus. Ich wusste nicht, was ein „Preuße" und was eine „Fahne" war und warum sie plötzlich wehte. Ich wusste nichts mit der „Freiheit meiner Väter" anzufangen, die eine magische Identität mit den Farben Schwarz und Weiß und dem Heldentod eingingen.

Jedes Mal, wenn mich solche Schwierigkeiten überfielen, wollte ich am liebsten weglaufen. Aber wohin sollte ich jetzt gehen, wo ich keine Heimat und kein Zuhause mehr hatte? Also hieß es durchzuhalten. Die Preußen in ihrem Lied hatten es mir vorgemacht: Man muss auf etwas stolz sein, etwas leisten, weitermachen. Was ich vor mir sah, war keine Fahne, sondern mein Leben. Man muss sich zwingen, man muss das Leben zwingen. Ich wusste nicht wohin, ich tappte im Dunkeln. Also musste ich einen festen Stein in das Chaos des Lebens setzen, zum Beispiel eine Liedzeile: „Ich bin ein Preuße". Es gibt sicherlich klügere Lieder, aber es war immerhin ein Halt.

Die Aufsicht in dieser nachmittäglichen Arbeitsstunde führte ein junger Hilfslehrer. Er saß vor mir an einem Pult und sollte eigentlich unsere Schularbeiten beaufsichtigen. Aber er hatte etwas anderes zu tun. Er schrieb lange Briefe. Offenbar waren es Liebesbriefe, denn einer der größeren Jungen, der die Briefe zum Postkasten bringen musste, hatte uns irgendwann im Vertrauen erzählt, dass sie immer an die gleiche Dame gerichtet seien, an Fräulein Lilo Gebühr in Memel.

Das war also seine „Augenweide", dachte ich. Ob sie auch mit den bloßen Füßen auf einem Tisch tanzen konnte? Oder war es eine feine Dame, die so etwas nicht tat. Jedenfalls beobachtete ich den jungen Lehrer mit wacher Neugier. Er gefiel mir auch.

Er war groß und schlank und hatte ein freundliches, wenn auch nicht sehr ebenmäßiges Gesicht. Er wirkte eher männlich und etwas kräftig. Das Schönste an ihm waren seine dunkelbraunen Locken, die sich fast mädchenhaft über seine hohe Stirn wölbten. Ob sie echt waren oder das Ergebnis der Kunst eines raffinierten Friseurs, wusste ich nicht. Aber von den Haaren und überhaupt von dem ganzen Mann ging der Duft von Pomade aus. Da ich in dem kleinen Fischerdorf Starrischken noch nie solche Düfte wahrgenommen hatte, war das allein schon berauschend.

Seine Hände waren schmal mit langen, etwas knochigen Fingern. An der linken Hand trug er einen silbernen Ring mit einem gedrechselten Totenkopf. An der anderen Hand trug er einen Siegelring mit den verschlungenen Initialen „P.P.". Er hieß Peter Panteleit.

Und so saß er vor mir in der stillen Nachmittagsstunde und schrieb einen Liebesbrief. Er war dabei so vertieft, dass er manchmal lächelte oder vor sich hin sprach oder einen roten Kopf bekam, jedenfalls Äußerungen eines sehr bewegten Inneren vor mir ausbreitete, die mich zu fesseln begannen.

Die anderen Jungen achteten nicht darauf. Entweder kannten sie das schon oder es interessierte sie nicht. Ich aber war von Fräulein Augenweide sozusagen aufgeklärt worden und wusste vieles, wenn auch nicht alles.

Zum Schluss versiegelte er seinen Brief. Vor ihm stand eine Schachtel mit Siegellackstäbchen in allen Farben. Es war einfach wunderbar, wenn er vorsichtig das rote Stäbchen nahm, ein Streichholz anzündete und den Lack wie rotes Blut auf die Rückseite des weißen Umschlags tropfen ließ. Es war eine Art Opfer, das die Liebe brachte. Er versiegelte den Brief an den vier Ecken und in der Mitte und drückte seinen Siegelring in die warme Masse, bis sie erstarrte. Ein mittelalterlicher Fürst oder Bischof hätte es nicht feierlicher tun können.

Dann schickte er einen großen Jungen zum Briefkasten. Ich wäre gern für ihn gelaufen, schon um dem Preußenlied zu entgehen und überhaupt etwas von der Welt jenseits des Anstaltszauns zu sehen.

Manchmal klebte er auf die Rückseite des Briefes fünf Herzchen, die er aus einer Duftdose nahm und die rot waren wie der Siegellack. Und manchmal schrieb er sogar mehrere Briefe an einem Nachmittag. Konnte er so verrückt sein und gleichzeitig mehrere „Augenweiden" haben? Ich zerbrach mir den Kopf darüber. Das war viel interessanter als zum Beispiel das Einmaleins mit zweien, das ich schon wegen des eintönigen Fortschreitens in Zweierreihen äußerst langweilig fand. Überhaupt hatte das Einmaleins etwas Strammes, Geordnetes, Militärisches, wie das ganze Leben in der Anstalt, das ich gar nicht mochte. Manchmal weinte ich, wenn ich an meine Freiheit in den Wäldern am Kanal dachte.

Einmal gab es einen freien Nachmittag. Herr Panteleit sollte mit uns nach Memel marschieren, um uns dort einige Sehenswürdigkeiten zu zeigen, vielleicht im Rahmen des Heimatkunde-Unterrichts. Er aber tat es im Rahmen seiner Liebe zu Fräulein Lilo und ließ uns machen was wir wollten. Jubel und Geschrei quittierten seinen Entschluss. Punkt sechs sollten wir an der Post sein, sozusagen Urlaub auf Ehrenwort, um gemeinsam heim zu laufen.

Die meisten Knaben hatten noch eine lebende Mutter und fast alle stammten aus der Stadt. Nur ich war Vollwaise und hatte niemand in der Stadt, den ich besuchen konnte. Es blieb ihm also nichts anderes übrig, als mich mitzunehmen.

Er wohnte im dritten oder vierten Stock eines Hauses irgendwo im Hafenviertel, vielleicht in der Lotsenstraße oder in der Holzstraße. Anscheinend hatte er auch keinen Vater mehr, denn wir wurden von einer freundlichen weißhaarigen Dame empfangen. Er wartete nicht einmal auf eine frisch gebrühte Tasse Kaffee, sondern verschwand eiligst.

So saß ich mit der alten Frau allein, immerhin in einer privaten Familienatmosphäre und freute mich, hier sein zu dürfen. Sie fütterte mich mit Kuchen und fragte alles mögliche, bis sie mein ganzes Schicksal erfahren hatte.

Übrigens erinnerte mich die Szene an die vielen Verwandten in den Krügen auf Schmelz, wo ich immer so herzlich empfangen und mit Kuchen gefüttert worden war. Sie waren alle plötzlich wie vom Erdboden verschwunden, und ich habe nie mehr etwas von ihnen gehört. Offenbar fürchtete jeder, etwas für „die armen Waisenkinder" tun zu müssen ... und spielte „Vogel Strauß".

Nach dem Kaffee ging ich ans Fenster und konnte von oben fast den ganzen Hafen überblicken. Es war ein schöner, klarer Sommertag. Große Schiffe kamen von See herein und ließen ihre Sirenen ertönen. Der Lotsendampfer fuhr mehrmals hinaus. Am Roten Leuchtturm gab es Flaggensignale, ebenso am Weißen Leuchtturm. Ich sah die Sandkrugfähre zur Nehrung fahren und die kleine Süderspitzfähre. Ich sah den Dampfer „Cranz" von Königsberg heimkehren, den ich auf meinem Schulweg immer bei der Hinfahrt gesehen hatte. Tränen traten mir in die Augen.

Sehr spät kam Herr Panteleit zurück. Seine Mutter schimpfte. Wir eilten zur Post, wo einige Knaben schon herumstanden, aber bei weitem nicht alle. Er war sehr aufgeregt und lief nervös in einige Nebenstraßen, um Ausschau zu halten. Zu guter Letzt waren dann doch alle da, und in der Dunkelheit marschierten wir heim.

Er verließ bald darauf die Anstalt und soll im Krieg gefallen sein. Jedenfalls enden hier meine Erinnerungen an ihn.

An dieser Stelle möchte ich auch auf die anderen Hilfslehrer eingehen. Sie sind mir in ihrer Eigenart merkwürdigerweise stark im Gedächtnis geblieben. Bis zum Ausbruch des Ersten Weltkrieges gab es übrigens nur Hilfslehrer. Danach waren sie alle an der Front, und unser Inspektor musste sehen, wie er mit uns zurechtkam.

Der nächste, der kam, war Herr Rupsch. Er sah gut aus, hatte ein markantes Gesicht, und wenn er einen Frack getragen hätte, wäre er wie der Gesandte einer fremden Macht erschienen. Zuerst gingen wir sehr vorsichtig um ihn herum, denn wir hatten den Eindruck, dass man mit ihm auf keinen Fall Pferde stehlen konnte. Aber es war ganz anders.

Eines Abends erschien er völlig betrunken und wurde von den großen Jungen in sein Zimmer gezerrt. Der Inspektor, der sich bereits in seine Privatwohnung zurückgezogen hatte, bemerkte nichts. Am nächsten Morgen unterrichtete uns Herr Rupsch mit glasigen Augen und verbreitete einen Geruch, der das ganze Klassenzimmer leicht einnebelte. Das kannte ich von zu Hause.

Danach war es mit seiner Autorität vorbei. Die großen Jungs gaben verrückte Antworten auf seine komischen Fragen, alle lachten und kugelten sich. Schließlich tanzten wir auf den Schulbänken. So etwas hatte es noch nie gegeben. Es blieb ein Rätsel, warum der Inspektor, der doch sonst alles mitbekam, nicht eingriff.

Auch mit Herrn Rupsch machten wir nun einen Ausflug nach Memel und kehrten gegen Abend wieder heim, wobei er leise singend vor uns hertorkelte. Wieder ging es gut. Die großen Jungen brachten ihn ungesehen in sein Zimmer, legten ihn mit Kleidern auf sein Bett und deckten ihn zu.

Allmählich schien der Inspektor etwas zu ahnen. Er verlängerte den Dienst des Hilfslehrers bis spät in den Abend und verbot ihm jeglichen Ausgang. Wir erfuhren auch, dass er hierher strafversetzt worden war. Die Behörde schien der Ansicht, dass er in einer Anstalt noch am besten unter Kontrolle gehalten werden könne.

Doch das war ein Irrtum. Er verstand es, zwei große Jungen so für sich einzunehmen, dass sie ihm eine Kanne voll Schnaps aus dem nächsten Gasthaus holten. Es war ein alter verfallener Krug in Wilhelmshöhe, hoch über dem Ufer der Dange, ein wunderschönes Fleckchen Erde. Es gab dort sicher nichts Besseres als reinen Sprit oder Weißen. Aber es genügte ihm.

Die Jungen trieben weiterhin ihr Allotria mit Rupsch, wenn sie allein waren. Er ließ alles mit einer wahren Schafsgeduld über sich ergehen. Wir fanden im „Deutschen Flottenkalender" eine von Versen begleitete heitere Bilderserie, die davon handelte, dass ein Elefant ein Fässchen Rum in der Wüste entdeckte, sich vollsoff und allerlei Kraftstücke aufführte. Das wurde nun auf ihn umgedichtet und ging etwa so:

„Rupsch, der gelehrte Elefant,
  entdeckt ein Fässchen Rum im Sand.
  Er hob das Fässchen auf am Spund
  und goss den Inhalt in den Schlund."

Und dann folgte Abenteuer über Abenteuer. Es gab niemand in der Anstalt, der die vielen Verse nicht aufsagen oder sogar nach einer flotten Melodie singen konnte.

Eines Abends – die anderen Jungs schliefen schon – hörte ich ihn in seinem Zimmer stöhnen. Dann stimmte er eine Art Gesang an, den schrecklichsten, den ich je gehört hatte. Es war eine Beschwörung der dämonischen Kräfte in ihm, ein Aufbrechen der letzten menschlichen Tiefen, ein Blick in einen schrecklichen Abgrund. Ich hielt mir die Ohren zu und wollte weinen. Dann hörte ich, wie er seine Stühle zerschmetterte und das Bett im Zimmer herumschob. Danach war alles still.

Am nächsten Morgen muss es eine Auseinandersetzung mit dem Inspektor gegeben haben. Wir saßen schüchtern im Klassenzimmer. Als ich irgendwann nach draußen lief und kurz danach zurückkam, sah ich ihn mit seinem kleinen Koffer weggehen. Er trug einen dunklen, fadenscheinigen Mantel und hatte den Kragen hochgeschlagen. Ich fing einen Blick aus seinen tief liegenden, von buschigen Brauen umrahmten Augen auf, den ich bis heute nicht vergessen habe. Das war das Ende.

Der Hilfslehrer jedoch, der am meisten Eindruck auf mich machte, hieß Orthband. An den Vornamen erinnere ich mich nicht mehr genau. Ich glaube Johannes. Ich weiß nur, das er aus Berlin kam, und das allein machte ihn schon zum Gegenstand besonderer Aufmerksamkeit. Diese Stadt besaß für den deutschen Osten eine derartige Ausstrahlungskraft, dass jeder Berliner davon profitierte.

Der Inspektor hatte immer eine besonders feierliche Art, wenn er jemanden einführte. Und so ließ er bei dieser Gelegenheit gleich die ganze Reichshauptstadt vor unseren Augen erstehen. Herr Orthband erschien plötzlich in dem alten Park, in dem wir spielten. Es muss im Spätherbst gewesen sein. Er lief mit einer rührenden Naivität durch alle Wege, ohne uns zuerst zu beachten, und betrachtete die großen Bäume mit einer Begeisterung, als hätte er noch nie etwas Ähnliches gesehen.

Er war von kleiner, zarter Gestalt und hatte ein seltsam weißes Gesicht, dem alles Männliche und Sonnengebräunte fehlte. Bemerkenswert und nahezu dämonisch wirkte seine mächtig gewellte schwarze Haarlocke. Die Hände waren schmal und langfingerig und die Nägel spitz zugeschnitten, als wären sie lauter kleine Speere.

Mit ihm verbreitete sich eine neue Atmosphäre in der Anstalt, eine literarische. Was sein Künstlerkopf schon angedeutet hatte, was wir aber noch nicht erkennen konnten, begann sich allmählich zu offenbaren. Abends versammelte er uns und las uns aus Jugendbüchern vor, aus großen Jugendbüchern.

Ich erinnere mich sehr gut an diese Stunden, denn eine neue Welt tat sich vor mir auf. Ich konnte plötzlich alles verstehen. Mir wurde fast schwindelig bei dem Gedanken, dass ich mit den Büchern die ganze Welt erfassen könnte, alles, was ist und war, alles, was die Menschen je gedacht, erfunden und geplant haben, alles, was noch kommen wird, kurz: ein Universum des Wissens.

Und das alles mit Hilfe von kleinen, abgegriffenen Büchern aus unserem Bücherschrank, die bisher kaum jemand beachtet hatte, die tot waren. Aber der neue Hilfslehrer schlug sie auf, und unter seiner Stimme erwachte alles zum Leben.

Er konnte gut vorlesen, mit allen Feinheiten der Modulation, laut und leise, kraftvoll und zurückhaltend, heiter und schrecklich. Aber das war nicht alles. Auch wenn er sehr einfach oder unbeholfen gelesen hätte, wäre der Erfolg der gleiche gewesen. Es war einfach etwas an ihm, das uns fesselte. Und was mich betraf, so spielte er auf der Klaviatur meiner noch unentwickelten Gefühle wie ein großer Meister.

Sehr oft kam es vor, dass ich mitten in seiner Dichterlesung hinauslaufen musste, weil mich die Rührung überkam. Dann stand ich draußen im Dunkeln, hörte die alten Bäume des Parks rauschen und trocknete meine Tränen. Wenn ich wieder hereinkam, schämte ich mich meiner Gefühle und versuchte, sie zu verbergen, was mir nicht immer gelang.

Ich erinnere mich an ein Buch, das uns alle ungewöhnlich in Atem gehalten hat. Es war „Das edle Blut" von Ernst von Wildenbruch. Es handelte von zwei Brüdern in einer Kadettenanstalt, von denen der ältere die Schuld des jüngeren auf sich nahm und daran zugrunde ging. Wir lernten das ungemein ergreifende Gefühl der Tragik kennen.

Es konnte nicht ausbleiben, dass Herr Orthband mich entdeckte und mich bevorzugt mit Lesestoff aus dem alten Bücherschrank versorgte. Dass er ein Dichter war, wussten wir nun alle. Was uns sein langer Haarschnitt noch nicht mit aller Deutlichkeit vor Augen geführt hatte, waren seine seltsamen Manieren.

Wenn er stundenlang mit hängendem Kopf umherging, wenn er nicht hörte, was wir ihn fragten, wenn er ohne ersichtlichen Grund dramatische Selbstgespräche führte, wenn er lange in das dunkle Laub der Bäume blickte und in Verzückung geriet, sobald der Wind dort oben in den Wipfeln zu singen begann – dann wurde uns das mehr als deutlich. Was konnte er anderes sein als ein Dichter?

Der Inspektor betrachtete ihn mit mäßiger Sympathie und verhaltener Neugier. Nicht nur wegen seiner ungewöhnlichen Erscheinung, sondern auch, weil er eigentlich kein Lehrer, sondern nur eine Art Diakon oder Erzieher war. Sein Umgang mit den großen Geistern entsprach so gar nicht seiner Bildung, und das alles hinterließ eine Stimmung, die bei seinem Anblick stets zwischen Hochachtung und leisem Lächeln schwankte. „Dichter" sagten die einen mit vor Pathos überschäumender Stimme, „Dichterling" meinten andere mit abfälliger Handbewegung.

Ich selbst liebte ihn einfach, wie ich überhaupt eher zur Anerkennung als zur Kritik neigte. Auch wenn er nachts aufstand, das Haus verließ und ans Meer ging, um dort auf der Memelmole im Rauschen der Wellen in manischer Verzückung Versfragmente zu rezitieren und am nächsten Tag völlig erschöpft war, hielt ich das für normal. Es gab so viele Bürgerliche, die nachts gut schliefen. Warum sollte nicht einer, der von Gott und der Welt zutiefst erschüttert war, im Mondschein stammelnd von seiner Erschütterung sprechen?

Er nahm mich oft mit in sein Zimmer und las mir aus seinen Romanen vor. Einer spielte in Berlin. Es war oft von einem Theater die Rede. Da saßen Damen und Herren kaffeetrinkend bei einer Vorführung. Es muss wohl der Wintergarten gewesen sein, wo man auch etwas genießen konnte. Man sah einen Vorhang aufgehen und alle möglichen Szenen auf der Bühne. Leider wusste ich damals weder genau, was ein Theater war, noch warum dort ein Vorhang auf- und zugezogen wurde, noch verstand ich, warum die Damen und Herren dort mit geradezu kultischer Besessenheit an ihren Kaffeetassen oder Weingläsern nippten und dabei ununterbrochen zweideutige und hinterhältige, um nicht zu sagen niederträchtige Reden schwangen.

Besser gefiel mir ein anderer Roman mit dem Titel „Die Steinklopfer". Da sah ich sie in langen Reihen hinter einem Windschutz aus Strohmatten an den Straßenrändern sitzen und Steine klopfen. Einer aber schwärmte bei Sonnenschein, Regen oder Sturm in mir noch unverständlichen Seelenregungen. Wahrscheinlich ging es um Liebe und soziale Probleme.

Die meiste Zeit saß ich schweigend da und wagte es nicht, meine Unwissenheit durch Fragen zu offenbaren. Herr Orthband erkannte sicher, dass ich das Wesentliche empfand, nämlich den Zauber der fließenden Sprache. Er hatte auf dem Schreibtisch einen Totenkopf vor sich stehen. Wenn es mit dem Schreiben nicht weiterging, schob er ihn unter die Achselhöhle. Das inspiriere ihn, wie er sagte. Auf mich wirkte das ebenso grausig wie eindrucksvoll. Daher beschloss ich, das Dichten auch mit Hilfe eines Totenkopfes zu versuchen, wenn ich erwachsen sein würde.

Das Verhältnis zwischen dem Inspektor und Herrn Orthband wurde gespannter. Einmal hatte er ihn in Geografie geprüft. Da Herr Orthband sowieso keine Fähigkeit besaß, einfache Fragen an Kinder zu stellen und zudem die ganze Nacht am Meeresstrand verbracht hatte, kam nichts Gescheites dabei heraus. Außerdem war er, vielleicht gegen seinen Willen, zum Schwarm einiger hübscher Lehrer- und Bauerntöchter aus der Umgebung geworden, die in ihrer Einsamkeit das Erscheinen eines Poeten, noch dazu aus Berlin, lebhaft begrüßten. Vielleicht hatte der Inspektor ein Haar in der Suppe gefunden.

Dann kamen die ersten heißen, unendlich aufregenden Augusttage des Kriegsbeginns. Die Welt veränderte sich in wenigen Minuten. Herr Orthband blieb noch einige Zeit bei uns. Doch dann erhielt auch er seinen Einberufungsbefehl. Er schien mir etwas nachdenklicher und nicht so siegesgewiss wie die anderen, die ich kannte. Er verabschiedete sich von mir wie von einem erwachsenen Freund. Dann war er weg, und ich habe nie wieder von ihm gehört.

11 Frank Zander

MEIN ANSTALTSINSPEKTOR WAR EIN GUTER LEHRER. Er hatte nicht das Genie eines Herrn Orthband oder die dämonischen Kräfte eines Herrn Rupsch, sondern war sehr solide und bürgerlich, ruhig und gelassen, dazu fleißig und pünktlich, sodass er sicher die besten Grundlagen für die Erziehung von Kindern mitbrachte.

Er hieß Frank Zander und stammte von Salzburgern ab, die im ersten Drittel des 18. Jahrhunderts aus Glaubensgründen ihre alpenländische Heimat verlassen hatten und denen der preußische König Friedrich Wilhelm I. in der von der Pest entvölkerten Provinz Ostpreußen eine neue Heimat gab. Er hatte damit einen hervorragenden Griff getan.

Der Inspektor war von großer Gestalt, neigte zur Fülle, wirkte schwer, aber nie überheblich. Gegenüber den Kindern war er freundlich und oft humorvoll. Er verstand es, jedem Tag ein besonderes Gesicht zu geben, sodass in der großen Abgeschlossenheit, in der wir lebten, nie der Eindruck von Langeweile aufkam.

Seine Frau stammte aus einem ostpreußischen Försterhaus und brachte etwas von dessen Atmosphäre mit. Jedenfalls war sie resolut und zupackend und kam mit den zwei Hausmädchen und den etwa 15 Buben gut zurecht. Ihr unterstanden die Küche, die Wäscherei, zum Teil auch die Kleiderkammer und natürlich die Reinigung des großen Hauses, und dabei verlangte sie den beiden Hausmädchen aus heutiger Sicht unendlich viel ab.

Außerdem waren sehr oft zwei Schneiderinnen im Haus, die sich um unsere Wäsche kümmerten; ab und zu kam ein alter Schuster, und in der Nähstube stand die Maschine selten still. Wir trugen alle die gleichen Anzüge, die wie Uniformen aussahen, die gleichen schwarzen Schuhe und die gleichen Schirmmützen. Zuerst wollte ich mich dieser Eintönigkeit entziehen, was mir natürlich nicht gelang. Wenigstens am Sonntag durfte ich meine eigenen Kleider anziehen.

Der Inspektor hatte drei Kinder. Die älteste Tochter, Fräulein Grete, war damals gerade dabei, ihr Lehrerinnenexamen zu machen. Die zweite, Fräulein Käthe, befand sich im Teenageralter, früher nannte man Mädchen in diesem Lebensalter „Backfische". Sie war in der Tat sehr reizend und hüpfte mit ihren langen blonden Zöpfen und dem leicht sommersprossigen Gesicht munter durch Haus und Hof, wobei sie auf ihre Weise das strenge, fast militärische Zeremoniell der Anstalt sanft umwandelte und ins Familiäre wendete. Die großen Knaben hatten alle ihr Herz an sie verloren und behaupteten mit männlicher Prahlerei, von ihr Briefe oder gar feste Heiratsversprechen für die Zukunft erhalten zu haben. Alle diese Hoffnungen scheinen sich nicht erfüllt zu haben.

Das jüngste Kind war ein Sohn namens Richard, ein sehr hübscher, gesunder Knabe mit freundlichen Manieren, der zum Leidwesen seines Vaters auf dem Luisengymnasium in Memel keine gute Figur machte. Wir alle hatten ihn als Spielkameraden sehr gern. Er hatte einen Vetter namens Kurt, der aus dem Memelland stammte und auch hier die Schule besuchte. Er war begabt, galt aber als jähzornig und wurde von allen mit einer gewissen Vorsicht behandelt. Später studierte er in Königsberg und ist wahrscheinlich im Zweiten Weltkrieg gefallen.

Es gab also genug Menschen in dem großen Haus und damit Möglichkeiten für viele Freundschaften, aber auch für Zerwürfnisse und Auseinandersetzungen, die wohl überall, wo Menschen zusammenleben, unvermeidlich sind.

Für mich wurde der Unterricht am Vormittag allmählich zum liebsten Teil des Tages, denn im Gegensatz zu den ersten Schuljahren in *Starrischken* begann ich mich für alles zu interessieren, was mir an Wissen vermittelt wurde. Ja, es war nicht genug, und ich begann, mich auf jedes Buch zu stürzen, das mir in die Hände fiel. Zuerst waren es die Groschenhefte von Clemens Ruby und seinem Diener Fritz Hagen. Ich vergoss viele Tränen für diese beiden, die mit ihren Gewehren durch Afrika zogen, die Verbrecher jagten, die Guten belohnten und immer im rechten Augenblick durch eine unwahrscheinliche Heldentat das Gleichgewicht der Welt wiederherstellten. Natürlich gingen diese Hefte nur heimlich von Hand zu Hand und wurden auf dem Klo oder hinter den letzten Büschen im Park gelesen. Fiel dem Inspektor zufällig ein solches Heft in die Hände, konfiszierte er es gnadenlos und nannte es kurz und bündig „Mist". Ich war da anderer Meinung. Jedenfalls habe ich mit diesen Heften fließend lesen gelernt.

Der Unterricht des Inspektors fesselte stets durch eine lebendige und plastische Darstellung. Wenn er das Bild von den Bienen aufhängte und von all ihrem ungewöhnlichen Leben und Treiben erzählte, war es eher eine Märchenstunde, auch wenn „Naturgeschichte" im Stundenplan stand. Er hatte selbst Bienen und nahm mich oft mit, damit ich ihm bei der Arbeit helfen konnte.

Einmal im Frühling, als alles blühte, lernten wir Lenaus* Gedicht „Der Postillon". „Lieblich war die Maiennacht, Silberwölkchen flogen, ob der holden Frühlingspracht, freudig hingezogen. ..." Ich musste die Verse tagelang vor mich hinsprechen und konnte so gut verstehen, dass der Postillion immer wieder am Friedhof anhalten musste, um seinem toten Kameraden das Leiblied zu blasen. Lenaus dunkle Melancholie stieß in mir eine Tür auf und führte mich zum ersten Mal in die feierliche Halle der reinen Poesie. Und nun schwärmte ich von Joseph von Eichendorff und Chamisso, von Eduard Mörike und Uhland.

Vieles verdanke ich der Bibliothek, die ich dort vorfand. Es waren wirklich alte Bücher, sie rochen seltsam nach Leim und vergilbtem Papier. Sie haben mich gelehrt, dass Poesie zu einem großen Teil

---

*Nikolaus Lenau (1802–1859), österreichischer spätromantischer Schriftsteller

Vergangenheit ist und dass das „Es war einmal" immer unsichtbar in ihr mitschwingen muss.

Aus diesen alten Büchern also stiegen Ritter und Heilige, die Türken und Tataren, Robinson und Rübezahl, Münchhausen und Till Eulenspiegel hervor, Dichter und Helden, Könige und Revolutionäre, Mönche und Mätressen, Glaubensritter und Märtyrer. Unendlich war diese Schau, erschütternder und bildgewaltiger als jeder Film. Kein Wunder, dass ich bald Assistent des Bibliothekars wurde und dann viele Jahre lang die Bibliothek verwaltete und dafür sorgte, dass die Bücher in gutem Zustand waren und genügend neue Bände angeschafft wurden.

Die Atmosphäre in der Anstalt war sehr stark religiös. Wir begannen morgens mit Gesang und Gebet und hörten abends damit auf. Ich kann noch unzählige Kirchenlieder mit vielen Strophen auswendig, ebenso viele Bibelverse, die Psalmen, die Bergpredigt, die Gleichnisse. Die biblischen Geschichten haben wir Wort für Wort aufgesagt, was aus heutiger Sicht eine hervorragende Gedächtnisleistung war. Aber es war mehr. Wer einmal biblische Texte frei oder gar in Jargon vorgetragen gehört hat, weiß, dass mit dem Verlassen der biblischen Sprache nicht nur poetischer Glanz, sondern auch echte religiöse Substanz verloren geht.

So war nicht nur der Tag, sondern der ganze Jahreslauf stark religiös geprägt. Wenn der Bußtag oder der Totensonntag nahte, wurde auch die Stimmung gedämpfter, und der Advent brachte eine Freude, die wir heute nicht im Entferntesten nachempfinden können, ebenso Ostern oder Pfingsten. Die Kirchenlieder zu diesen Festen lagen gleichsam in der Luft und färbten sie.

Der Inspektor war – bei aller Toleranz und Liberalität – eine echt religiöse Persönlichkeit, und er sang auch sehr gerne. Mit seiner sonoren Stimme leitete er morgens den Tag ein und schloss ihn abends ab. Dann sangen wir: „Nun ruhen alle Wälder" oder „Breit' aus die Flügel beide."

Es gehört wohl zur unbeschreiblichen Macht des Wortes, dass, wenn wir gesungen hatten: „Dieses Kind soll unverletzlich sein", wir dann auch wirklich unverletzbar waren, in der Nacht, am folgenden Tage, an vielen Tagen. Eine Sicherheit trug uns, die jene dünne Schicht, die jeden Menschen vom Chaos trennt, unzerbrechlich machte.

Erst später, als Zweifel und Verzweiflung aufkamen, gerieten wir ins Wanken. Doch im Grunde hatte diese religiöse Erziehung, trotz mancher Schattenseiten, allen einen festen Halt gegeben.

Der Inspektor hatte den Himmel mit seinen Engeln und seinem tiefen Frieden so faszinierend beschrieben, dass ich eines Tages sterben wollte. Ich war vielleicht etwas mehr als neun Jahre alt und erinnere mich, dass ich mich abends mit der festen Überzeugung zu Bett legte, dass ich morgen früh nicht mehr aufwachen würde. Eine feierliche Stille umgab mich. Und all die gewöhnlichen Dinge des Alltags hatten bereits einen Widerschein der Ewigkeit. Ich wunderte mich nur, dass die anderen es nicht merkten und ununterbrochen ihr gewöhnliches Zeug redeten.

Der Inspektor sagte wie immer: „Gute Nacht", worauf wir im Chor antworteten: „Gute Nacht". Dann stand er schon an der Tür: „Schlaft gut!" Und wir alle wie immer: „Danke!" Danach legte ich mich auf den Rücken und lauschte erwartungsvoll in die Dunkelheit. Draußen fiel dichter Schnee, eine matte Helligkeit geisterte durch das Zimmer, und alles war sehr seltsam.

Selten in meinem Leben war ich so enttäuscht wie an diesem Tag, dass ich noch am Leben war und dass die tägliche Mühsal des Waschens, Zähneputzens und Lernens wieder begann. Ich hatte es mir wohl etwas bequemer gewünscht.

Mit der Zeit wurden meine kleinen Aufsätze und Niederschriften bekannt. Die anderen Kinder wollten sie lesen oder zumindest von ihnen abschreiben. Darin war ich sehr großzügig, denn ich fand immer neue Möglichkeiten, einen Aufsatz zu beginnen und ihn in Abschnitte einzuteilen, sodass ich nicht knausern musste.

Am Abend haben mich alle gebeten, eine Geschichte zu erzählen. Dann erzählte ich, was ich gelesen hatte, und schmückte manches mit meiner Fantasie aus. Alle schliefen gut ein. Als ich „Die Gartenlaube" kennengelernt hatte, konnte ich sogar ganze Romane vortragen. Da gab es eine gewisse Gerda, die von ihrem Mann verlassen wurde. Wie habe ich sie geliebt, mit Herzklopfen und allem, was zu einer echten Liebe gehört. Und wie hasste ich ihre Nebenbuhlerin und den Mann, der mit der fremden Frau in die weite Welt zog. Ohne mit der Wimper zu zucken, hätte ich ihn erschossen.

Ja, meine Kameraden schliefen gut ein, wenn ich erzählte. Aber ich lag noch allzulange wach. Der Inspektor sagte am anderen Tag, ich sähe aus wie „Braunbier mit Spucke". Und als er herausbekam, worauf das zurückzuführen war, verbot er mir, vor dem Einschlafen Geschichten zu erzählen.

Doch die Zeit, in der fremde Romane auf mich einwirkten, gehört eher in die späteren Jahre, als ich dreizehn oder vierzehn war. Zunächst aber möchte ich auf die beiden letzten Jahre vor dem Ersten Weltkrieg zurückkommen, jene eigentümliche Zeit der Sorglosigkeit und des Wohlstandes, der sich auch bis in unsere, sonst sehr spartanischen Verhältnisse, auswirkte.

Wir bekamen ein einfaches, aber sehr schmackhaftes Essen, weil Frau Zander eine gute Hausfrau war und das auch beweisen wollte. Wir hatten auch immer Appetit, weil wir jung waren und sehr früh aufstehen mussten. Morgens gab es heiße Milch und ein Butterbrot, zum Frühstück ein Marmeladenbrot oder wenn wir gerade Frühjahrsarbeit im Garten hatten, sogar Schinken oder geräucherten Speck, was für uns immer ein Fest war. Wahrscheinlich kann man niemandem erklären, was Kindern und Jugendlichen schmeckt.

Das Mittagessen war gutbürgerlich: Gemüseeintopf mit Rindfleisch, Königsberger Klops, Bratklops, Spiegeleier, häufig Fisch, wobei der schmackhafte Dorsch aus der Ostsee oder im Sommer die Flunder eine besondere Rolle spielten. Immer gab es auch etwas Leckeres, etwas Pudding, etwas Obst, einen Eierkuchen mit Marmelade oder ähnliches. Aber das war nur in den zwei Jahren vor dem Krieg so. Danach ging es rapide bergab.

Der Inspektor konnte mit uns auch Feste feiern. Er hatte keine Angst vor dem Pathetischen, vor dem Gefühlvollen, vor einer etwas überbetonten Ethik. Es schien uns, als wüsste er genau, was die „Wahrheit" und was das „Gute" ist, denn er sagte es klar und deutlich. Und wir fühlten uns glücklich, dass er uns erkennen ließ, was wir noch nicht waren, was wir aber annähernd erreichen konnten. Er setzte sich selbst Ziele und Maßstäbe, und damit setzte er sie auch für uns.

Ich glaube, es war im Frühling, als das Gründungsfest der Anstalt gefeiert wurde. Der Inspektor erschien morgens im Cutaway*, wir in dunklen Anzügen. Sein Pult war mit Frühlingsblumen geschmückt, er legte ein Manuskript auf die schräge Platte und begann zu sprechen, wobei er hin und wieder einen Blick auf die

*aus dem Gehrock entwickeltes formelles Kleidungsstück für Herren

Ausarbeitung warf. Er sprach immer sehr ruhig und eindringlich, Satz für Satz. Seine Gesten waren sparsam und bedächtig. Ich hörte immer atemlos zu.

Die Gründerin der Anstalt war, wenn ich mich recht erinnere, eine ostpreußisch-baltische Adelige, die trotz dreier Ehen kinderlos starb. Es muss um die Wende zum 18. Jahrhundert gewesen sein. Zuerst heiratete sie einen *Freiherrn von der Osten-Sacken*, dann einen *Freiherrn Koschkull* und schließlich einen Herrn *von Goese*. Sie überlebte alle und vermachte vor ihrem Tod ihren Besitz der Erziehung von Waisen und Halbwaisen.

Leider dauerte es Jahre, wenn nicht Jahrzehnte, bis die Regierung den Willen der großherzigen Frau tatsächlich umsetzte. Zu den verbliebenen Gütern gehörten das Gut Lindenhof, nördlich von Memel an der russischen Grenze, der Lappenischker Forst und das Gut Bachmann. Aus den Erträgen dieser Güter wurde die Anstalt unterhalten. Der Kurator der Stiftung war der Landrat von Memel, damals der Landrat Cranz, ein älterer, jovialer Herr, der jedes Jahr zu Weihnachten zu uns kam und den wir sehr mochten.

Vor der Anstalt stand in einem eingezäunten Rondell das Denkmal der Stifterin mit der Inschrift: „Dem Andenken der Frau von Goese-Bachmann". Dann folgte die Jahreszahl, es könnte 1848 gewesen sein, vielleicht auch früher.

Nach dem Vortrag mussten wir uns vor dem Denkmal aufstellen. Der Älteste trug ein Gedicht vor, das die Großherzigkeit und Kinderfreundlichkeit der Stifterin pries. Wo sie begraben liegt und vieles andere aus ihrem bewegten Leben, von dem uns der Inspektor erzählte, ist mir entfallen.

Kurz darauf folgte eine zweite Feier, der Geburtstag des Inspektors am 6. Mai. Auch sie verlief nach einem strengen Ritual, was uns aber nicht daran hinderte, uns auf diesen Tag zu freuen. Am Abend vorher wurde der ganze Speisesaal mit frischen, duftenden Birkenreisern geschmückt, die wir manchmal nur mit Mühe auftreiben konnten, denn es gab Jahre, in denen Anfang Mai kaum etwas Grünes zu sehen war.

Die ganze Girlanden- und Blumenaktion konnte natürlich nicht ganz verborgen bleiben, aber der Inspektor tat so, als hätte er nichts gesehen. Spät abends, als er schon zu Bett gegangen war, wurde seine Schlafzimmertür noch bekränzt.

Vor Aufregung konnte ich in der Nacht kaum schlafen. Den anderen ging es wohl nicht viel besser. Schon um sechs Uhr morgens eilten wir auf Strümpfen die Treppe hinunter und stellten uns vor seinem Zimmer auf. Die Tür wurde leise geöffnet, und aus reinen Knabenkehlen erklang das Lied: „Erwacht aus süßem Schlummer, gestärkt durch sanfte Ruh' ...".

Es klang sehr getragen und feierlich. Wir hatten das Glück, immer gute Sänger unter den Knaben zu haben, sodass der zweistimmige Chor fast vollendet und sehr eindrucksvoll wirkte. Auch ich hatte als Kind eine gute Stimme und musste oft Solopartien singen.

Solange wir Hilfslehrer hatten, leiteten diese die Feiern. Später mussten es die Ältesten des Hauses tun. Auch mir fiel diese Aufgabe in den letzten Jahren mehrfach zu. Ich habe mich dann immer sehr gefreut, wenn alles gut geklappt hat.

Nach dem Singen schlossen wir wieder leise die Tür und schlichen uns ebenso leise in unsere Betten, wo aber an Schlaf nicht zu denken war. Das Aufstehen war dann ein Ereignis, denn wir zogen zum ersten Mal einen neuen Anzug, neue Schuhe und neue Unterwäsche an. Ich glaube, ich habe schon erzählt, dass wir jeden Frühling und Herbst neu eingekleidet wurden. Die Sommerkleidung durften wir zum ersten Mal am Geburtstag des Inspektors tragen. Es war also wirklich viel los an diesem einen Tag.

Zum Kaffee gab es frischen Streuselkuchen, Raderkuchen und Berliner, und der Kaffee duftete sogar ein wenig nach richtigen Kaffeebohnen. Danach versammelten wir uns in der Klasse und warteten, bis der Inspektor vor sein blumengeschmücktes Pult trat. Er wurde mit einem Lied empfangen, dem eine Ansprache des Hilfslehrers oder des Ältesten folgte. Der Inspektor bedankte sich in einer Rede, die zwischen Rührung und leisem Humor schwankte. Er war an diesem Ehrentag überhaupt ganz väterliche Güte und Großherzigkeit.

Um neun Uhr gab es statt des obligatorischen Marmeladenbrotes ein Stück Kuchen und ein Glas Wein. Der Älteste musste einen Trinkspruch auf den Inspektor ausbringen, was mehr oder weniger gut gelang und oft Anlass zu kleinen Frotzeleien gab. Ansonsten benahmen wir uns an diesem Tag wie kleine Gentlemen, auch diejenigen, die sich sonst eher ungezogen benahmen.

Der Höhepunkt war dann die Wanderung nach Tauerlauken* auf den Höhen entlang der Dange, vorbei an alten Gutshöfen, alten Friedhöfen, durch Schluchten. An Zweierreihen war heute nicht zu denken, wir durften uns austoben wie junge Füllen. Allein der gute neue Anzug zwang uns zu gemessenem Schritt.

Wer etwas lernen wollte, blieb in der Nähe des Inspektors. Er war ein großer Heimatkundler und wusste zu jedem Fleckchen etwas Interessantes zu erzählen. Endlich gelangten wir in das moorige Tal, in dem das Gasthaus *Klein-Tauerlauken* stand. Zuerst besichtigten wir den Teufelsstein, einen erratischen Block**, den der Teufel mit dem Gutsherrn von Tauerlauken als Spieltisch benutzt hatte. Der Gutsherr Claus Turlack gewann das Kartenspiel, weil er listiger war als der Teufel, der vor Wut mit seiner flachen Riesenhand auf den Stein schlug und in Gestank und Pulverdampf verschwand.

Der Abdruck der Hand mit den fünf Fingern war deutlich zu erkennen, und ich zweifelte nicht daran, dass sich hier eine der merkwürdigsten Begebenheiten zwischen der irdischen Welt und der Unterwelt zugetragen hatte. Es erfüllte mich mit großer Genugtuung, dass ein Mensch, also einer von uns, es so erfolgreich mit dem Teufel aufgenommen hatte.

Das Denkmal der Königin Luise hinter dem Gasthaus gehörte damals weniger ins Reich der Sage als in die jüngere Geschichte. Hier hatte sich die Königin mit ihren beiden Söhnen in den Sommern 1807 und 1808 gern im Schatten einer Eiche aufgehalten, in jenen unglückseligen Jahren, als der preußische Hof vor Napoleon bis nach Memel fliehen musste. Königin Luise war in Memel fast eine Nationalheilige. Unzählige Geschichten und Begebenheiten wurden hier noch erzählt, als wäre es erst gestern gewesen. Und auch der Inspektor erzählte vor dem Denkmal zwei Anekdoten aus der Königszeit.

„Damals lebte in Memel der berühmte Astronom Friedrich Wilhelm Argelander. Er war bei einer Feier auch zu Hofe eingeladen, wo ihm der König mit der leutseligen Frage auf die Schulter klopfte: 'Nun, mein lieber Argelander, was gibt es denn Neues am Himmelszelt?' Der Gelehrte lächelte verschmitzt und fragte zurück: ‚Kennen denn Majestät eigentlich das Alte schon?'"

---

* Tauralaukiai
** Findling; ein vom Gletscher verfrachteter Felsblock

Der Inspektor lächelte auch und fügte hinzu: „Und das nenne ich Mannesmut vor Königsthronen."

Und die andere Anekdote ging etwa so: „Der zweite Sohn der Königin, der spätere *Kaiser Wilhelm I.*, der in Versailles gekrönt wurde, ließ seine Schuhe bei einem biederen alten Schuhmacher in Memel besohlen. Eines Tages erhielt der königliche Hof folgende Rechnung: ‚Seine Königliche Hoheit, den Prinzen von Preußen, total versohlt und vernagelt – sechs Silbergroschen.'"

Jetzt lachten wir alle und fühlten uns in die damalige Zeit zurückversetzt. Dann stürmten wir das Gasthaus, tranken Limonade, kauften Süßigkeiten und ließen das Grammofon laufen. Andere suchten in den Waldgründen Anemonen und Veilchen. Die Mutigsten krempelten die Hosen hoch und begannen am Ufer der Dange, mit der hohlen Hand Stichlinge zu fangen, was oft damit endete, dass die Hosen nass wurden und hernach wenig feierlich aussahen.

Hier befand sich auch die Anlegestelle für eine Fähre, die an einem Drahtseil, das über die Dange gespannt war, ans andere Ufer gelangte. So konnten wir auch „Fährmann" spielen und schrien laut: „Hol über!"

Auf dem langen Heimweg war es teilweise sehr heiß und staubig. Lärmend kamen wir zu Hause an, machten uns kurz frisch und gingen dann in den Speisesaal, wo ein großes Festessen mit Suppe, Schweinebraten und Pudding auf uns wartete.

Am Nachmittag gingen wir in Gruppen spazieren. Den Abend verbrachten wir mit Spiel und Musik, denn wir hatten eine kleine Kapelle aus *Hohner*-Mundharmonikas und einem Schlagzeug. Es war ein unvergesslicher Tag für uns, und ich kann mich nicht erinnern, dass jemals ein schlechter Ton diesen Festtag getrübt hätte. Auch das Wetter war meist schön, ein seltsam heller, nordischer Frühlingstag, der durch das duftende erste Grün einen besonderen Akzent erhielt.

Nach Pfingsten freuten wir uns auf den Jahrmarkt in Memel, für den wir einen Nachmittag frei bekamen. Alle Jungen waren schon sehr aufgeregt. Der Inspektor zahlte jedem 25 Pfennige und mit diesem „großen" Kapital konnten wir uns einen schönen Tag nach unserem Geschmack machen.

Schon in der Alexanderstraße, der ehemaligen Lindenallee, die eine kleine Nachahmung des berühmten Berliner Boulevards war,

kamen uns Kinder mit Luftballons, Trompeten, Trommeln, Schieß-
gewehren und allerlei buntem Jahrmarktskram entgegen, mit roten,
aufgeregten Gesichtern, schief sitzenden Mützen und lauten Gesten.
Die ganze Stadt pfiff und flötete die neuesten Jahrmarktschlager.

Wie soll man jemandem erklären, welches Glücksgefühl einen
kleinen Jungen an einem solchen Tag durchströmen konnte! Ich
hatte die Fähigkeit geerbt, mich unendlich zu freuen, aber auch tief
zu leiden. Diese labile Stimmungslage hat sich in meinem ganzen
Leben nicht wesentlich geändert.

Nun also war Jahrmarkt! Schon an der Börsenbrücke hörte man
die Musik der vielen Karussells und sogar die der riesigen russischen
Luftschaukel. Nur kurz über die Carlsbrücke, und schon tauchte
man kopfüber in den Trubel.

Der Jahrmarkt fand hinter der Markthalle auf einem Platz statt,
der von der Dange und dem alten Festungsgraben umgrenzt war.
Drüben auf den Wällen hatte die erste Burg der Memeler Ordensritter gestanden, die „Mimeleburg" mit der Kapelle St. Marien. Die
Ordensritter hatten bei ihrem Erscheinen am 1. August 1252 die Mündung des Kurischen Haffs mit der Mündung der Memel verwechselt,
die in Wirklichkeit etwa fünfzig Kilometer südlich von hier lag und
daher ihrer Stadtgründung den Namen des Stromes „Mummel" oder
Memel gegeben.

Es war ein seltsames Gefühl, in diesem Jahrmarktstrubel gleichzeitig an ehrwürdige geschichtliche Ereignisse denken zu müssen.
Ich spürte schon damals, dass die Freude des Anstaltsinspektors
an heimatkundlichem Wissen auf mich abzufärben begann und ich
gerne fragte: „Und was war hier früher?"

Zunächst aber machte ich mir Gedanken, wie ich meine 25
Pfennig am besten anlegen sollte. Schließlich entschied ich mich
für folgende Ausgaben: Für fünf Pfennig eine halbe Rolle Thorner
Steinpflaster, für fünf Pfennig eine Fahrt mit dem Pferdekarussell,
für fünf Pfennig zwei Lakritzstangen mit Pfefferminz, die in Form
von kleinen Spazierstöcken verkauft wurden, für fünf Pfennig eine
Limonade und für fünf Pfennig eine Schaubude, zum Beispiel die
„Frau ohne Unterleib" oder etwas Ähnliches.

Aber das Wichtigste war das Sehen und Hören, das Sich-treiben-
lassen im Schwarm der fröhlichen Menschen. Und dann die Szenen
mit den starken Männern, die den *Lukas* in die Luft beförderten

oder ihre Mädchen in den Schiffschaukeln, dass ihnen die Röcke über dem Kopf zusammenschlugen. Überhaupt war es ein Tag für Liebespaare oder solche, die es werden wollten. Man sah, wie einige Herren ihrer Auserwählten als zartes Zeichen der Zuneigung ein wenig Konfetti ins Gesicht streuten, während andere Paare schon eng umschlungen oder mit hochrotem Kopf vorbeischlenderten. Und dann waren da noch die drallen Bauernmädchen vom Lande, die, rüde umarmt, schreiend vor ihren stürmischen Liebhabern in Richtung Dangeufer flohen.

Mit heiseren Stimmen schrien die Clowns und Ansager von den Podesten der Schaubuden. Die Karussells orgelten die Schlager der Zeit, zum Beispiel: „Komm in meine Liebeslaube, in mein Paradies". Vom Kopfsteinpflaster der Straßen war nichts mehr zu sehen, alles watete knöcheltief im Konfettistaub.

Zum Schluss hatte ich auch einen roten Kopf vor Lebenslust und Freude über den Reichtum von 25 Pfennig und sah zu, dass ich gegen Abend irgendeinen Kameraden fand, mit dem ich nach Hause gehen konnte.

Wie seltsam, dann wieder in die einsame Graslandschaft des Dangetals einzutauchen, die Frösche unaufhörlich quaken zu hören und allmählich einzuschlafen, während es draußen noch dämmert von den hellen Tagen der Sommersonnenwende.

Einmal im Jahr wurden wir von dem Besitzer der „Apollo-Lichtspiele" am Kaiser-Wilhelm-Platz eingeladen, meistens im Herbst. Mit seltsamer Erregung betrat ich die gepflegten Räume, setzte mich auf einen Stuhl in der Dunkelheit, spürte den fremden Geruch des Hauses und sah mit Erwartung dem großen Erlebnis entgegen, das sich auf der Leinwand vor mir auftun würde.

Es war die Zeit der Stummfilme, in denen die schlanke, charmant lächelnde *Henny Porten** die Szene beherrschte. Hinter einem Vorhang schluchzte eine Geige, lieblich oder dramatisch, heiter oder melancholisch, je nachdem, wie die Bildfolge oben ablief. Es war der Memeler Kapellmeister Willy Ludewigs, den ich später kennenlernte und sehr bewunderte. Jedenfalls verzauberten mich das Bild und das Geigenspiel so sehr, dass ich wie aus einem tiefen Traum seufzend erwachte und noch lange in einem Zustand der Verzückung verharrte.

---

*1890 – 1960, Schauspielerin, Star des deutschen Stummfilms

Einmal sah ich einen Film von den Ordensrittern, wie sie in ihren weißen Mänteln mit dem schwarzen Kreuz von den Dünen zum Meer hinabstiegen, wie sie auf dem Eis der Flüsse und Seen gegen die Pruzzen und Litauer kämpften, wie sie Burgen bauten und sie verteidigten, wie sie Kirchen bauten und in langen Zügen, fromm wie die Mönche, in sie einzogen. Solche historischen Themen haben mich sehr beeindruckt.

Und dann Weihnachten, der Höhepunkt des Anstaltslebens. Im ersten Jahr, als ich neun Jahre alt war, nahm mich der Anstaltsinspektor eines Tages mit nach Memel. Das war eine Auszeichnung, und ich spürte es. Wir stapften durch den tiefen Schnee. Alles war mir noch sehr fremd. Es war Abend, und die Lichter verwandelten die Welt. Schließlich kamen wir an der Post in der Alexanderstraße vorbei, und plötzlich wusste ich, dass ich hier schon einmal mit meiner Mutter gewesen war. Sie hatte ein Paket zur Post gebracht und ich hatte es getragen. In dem Paket war eine Weihnachtsgans für irgendeinen Verwandten. Und jetzt sah ich deutlich den Weg, den wir damals gegangen waren. Wehmut schlich sich in mein Herz, und ich weinte still vor mich hin, immer bemüht, meine innere Bewegung vor dem Inspektor zu verbergen.

Er kaufte ein, drückte mir eine Tüte mit Marzipanbonbons in die Hand, und dann gingen wir durch den Schnee wieder heim.

Schon zu Beginn der Adventszeit kündigte sich das Weihnachtsfest durch die Lieder an, die wir sangen. Und durch die Gedichte, die wir aufsagten. Ich liebte es, Gedichte vorzutragen, wobei ich ein feines Gespür dafür hatte, ob sie gut und wirkungsvoll waren. Einmal hatte ich ein Gedicht bekommen, das ziemlich holprig von Zacharias am Räucheraltar und der Erscheinung des Engels handelte. Es gefiel mir nicht, denn für mich musste ein Gedicht immer mehr sein als ein „Bericht". Ich trug es deshalb so schlecht vor und benahm mich so eigenartig, dass der Inspektor mir schließlich ein anderes zuteilte.

Abends wurde gesägt und gebastelt, ausgeschnitten und geklebt, gemalt und einige kleine Szenen einstudiert, sodass ich mich die ganze Zeit in einer gehobenen inneren Stimmung fühlte. Die großen Jungs wurden zum Geschenke-einpacken gerufen. Alles geschah ganz heimlich. Der Festsaal war verschlossen. Selbst die Fensterläden waren verhängt, sodass wir Kleinen von dem ausgebreiteten

Glanz nichts sehen konnten. Umso mehr spürte ich die Spannung in mir und konnte den Tag kaum erwarten.

Endlich war er da! Baden, frische Wäsche, dunkler Anzug und danach warten in der Klasse, oft stundenlanges Warten. Die Dämmerung brach herein, der Schnee bekam bläuliche Streifen. Die großen Jungs standen oben auf dem Dach, um zu erspähen, ob der Anstaltsdirektor in seiner Equipage mit den beiden Schimmeln schon zu sehen war. Dann ein Freudenschrei: Er kommt!

Antreten! Zu zweit wurden wir in den Festsaal geführt. Die Lichter am großen Baum brannten schon. Es roch nach Tannengrün und Wachs. Wir nahmen auf Stühlen Platz. In der Mitte des Raumes stand eine lange Tafel, weiß gedeckt, mit bunten Tellern und Geschenken beladen. Davor stand ein gekröntes Pult für den Inspektor, auf dem seine Geige lag. An der Wand standen zwei Sessel für den Landrat und seinen Assessor, den er oft mitbrachte.

Dann betraten die beiden Herren den Saal. Wir standen alle auf. Sie winkten uns freundlich zu und setzten sich. Der Inspektor griff mit feierlicher Würde zu seiner Geige, gab den Ton an, und schon erklang das erste Weihnachtslied aus reinen Knabenkehlen, klar und sicher.

Dann trat der Inspektor hinter das Pult und hielt seine Weihnachtsansprache. Ich weiß nicht mehr, was er sagte, nur das Gefühl der Rührung ist mir geblieben. Es folgten abwechselnd Lieder und Gedichte.

Ich war sehr aufgeregt, weil ich nach vorne gehen und mein Gedicht vortragen musste. Die vielen Lichter und Gerüche machten mich fast schwindelig. Ich ging zum Rednerpult, verbeugte mich vor dem Landrat und fing an. Erstaunlich, es klappte. Meine Stimme war klar und erfüllte den Raum, und in dem Maße, wie ich das merkte, gewann ich meine Sicherheit zurück. Ich hatte ein Gefühl für Satzstrukturen, wusste zu betonen, zu verbinden, Zäsuren zu setzen, die Stimme in der Schwebe zu halten und die Zuhörer irgendwie zu fesseln.

Nach der Zeremonie gingen wir zu den Bunten Tellern und packten die Geschenke aus. Der Landrat schritt von einem zum anderen und stellte kurze Fragen. Endlich klemmte er das Monokel vors Auge und schnarrte mit rauchiger Stimme: „Lübe Künder, verderbt euch nur nicht den Magen an dem schönen Marzipaaan!"

Das war Jahr für Jahr seine Weihnachtsansprache. Wir kannten sie schon auswendig und ahmten sie oft nach, wenn er nicht da war. Immerhin war sie wirkungsvoll, wenn man die Haltung eines alten preußischen Rittmeisters dazudenkt.

Dann begleitete ihn der Inspektor zu seinem Wagen. Die Schimmel zogen an und er verschwand durch das große Anstaltstor. Wir mochten ihn, trotz seiner kleinen Eigenheiten, und er bemühte sich immer, den Entlassenen eine möglichst gute Stellung im Berufsleben zu verschaffen.

Bis zum Schlafengehen ging es dann hoch her. Jeder zeigte jedem seine Geschenke und sprang herum. Es waren kleine Geschenke: ein Paar Schlittschuhe, ein Messer, eine *Hohner*-Mundharmonika, ein Paar bunte Fausthandschuhe. Aber unsere besondere Aufmerksamkeit galt dem bunten Teller, der uns zunächst unerschöpflich erschien.

Später, im Krieg, wurde er kleiner und weniger üppig. Auch die Geschenke verloren ihren Glanz. Nur das Feiern blieb immer gleich. Als ich zwölf Jahre alt war, durfte ich schon ein eigenes Gedicht vortragen. Es handelte von einem sterbenden Soldaten, dem in der Weihnachtsnacht ein heimatlicher Lichterbaum erscheint und dem ein Engel letzten Trost spendet. Es war Krieg und alle unsere Gedanken kreisten um ihn.

Als ich dann mein Gedicht vortrug, das der Inspektor als mein eigenes angekündigt hatte, setzte der Landrat wieder sein Monokel vors Auge und sah mich erstaunt an, ohne dass ich mich irritieren ließ. Nach der Zeremonie sprach er ein paar eindringliche Worte des Lobes und drückte mir die Hand.

12 Zerstückelte, absurde Welt

ICH HATTE VON KLEIN AUF mehr Kontakt zu Erwachsenen als zu Gleichaltrigen, war wohl ein frühreifes Kind. So interessierten mich auch in der Anstalt die Hilfslehrer mehr als meine Kameraden.

Als ich nach dem Tod meiner Mutter hier ankam, verstört und dem Zusammenbruch nahe, stießen sie mich von Anfang an durch ihren Lärm und ihre Neugier ab. Es waren Stadtkinder mit einem entschlosseneren Mundwerk und einer viel gewandteren Haltung, als ich sie aus meiner ländlichen Einsamkeit mitgebracht hatte.

Es dauerte also eine Weile, bis ich mit ihnen warm wurde. Zwei von ihnen waren mit mir aufgenommen worden, und wir bildeten eine kleine Abteilung in der Klasse. Einer von ihnen hieß *Wilhelm Pieck*, ein Name, der berühmt wurde. Aber er war nur ein Namensvetter des ersten Präsidenten der Deutschen Demokratischen Republik.

Bald ging er mir auf die Nerven. Und da ich schwächer war als er, musste ich mir manche Rüpeleien von ihm gefallen lassen. So schnitt er mir die Hosenknöpfe ab, weil er sie für ein Spiel brauchte, stahl mir die Zahnbürste und gab mir ohne Vorwarnung von hinten einen Stoß, worauf ich kopfüber in den Dreck flog.

Bis ich mich eines Tages wutentbrannt auf ihn stürzte und ihn mit Fäusten und Füßen traktierte. Natürlich bekam ich mehr ab als er, aber auch er war völlig zerkratzt und zerschlagen. Auch hatte ich die Genugtuung, dass seine Nase eine halbe Stunde lang blutete und dick angeschwollen war. Seitdem hatte ich etwas Ruhe vor ihm. Später verstanden wir uns ganz gut.

Pieck hatte eine katzenhafte Gewandtheit. Er konnte zum Beispiel auf dem hohen Schwebebalken, von dem die Kletterstangen herabhingen, freihändig laufen, ohne dass ihm schwindlig wurde. Alle starrten erschrocken auf. Auch der Inspektor kam bleich vor Schreck herbeigeeilt, wagte es aber nicht, ihn anzuschreien, sondern zog ihn von der Stange, als hätte er es mit einem schlafwandelnden Mondsüchtigen zu tun.

Im Herbst mussten wir im Park antreten, um Äpfel zu ernten, ein sehr angenehmer Zeitvertreib. Mein Gegner Wilhelm Pieck saß immer ganz oben in den Baumkronen und schüttelte die obersten Äpfel herunter. Unten durften wir der Reihe nach drei auflesen, solange der Vorrat reichte.

Wir hatten wunderbare Äpfel im Park. Ich denke noch oft an die saftigen Gravensteiner und den Roten Jonathan. Natürlich schlichen wir uns auch oft heimlich davon und versorgten uns mit den leckeren Früchten, besonders später im Krieg, als wir zu hungern begannen.

Alle Jungen bei uns hatten Spitznamen, die jeder kannte, und die manchen oft das ganze Leben lang anhingen. Ich hieß „Star", weil ich aus Starrischken gekommen war. Doch der kurze Name wurde bald in „Piepmatz" umgewandelt. Wenn im Frühling die Stare im Park eintrafen und ein tolles Konzert anlässlich des Wiedersehens mit der alten Heimat veranstalteten, war ich an der Reihe. Von morgens bis abends schallte mein Spitzname hinter mir her. Das ließ ich mir natürlich nicht gefallen, und so kam es zu Raufereien.

Wilhelm Pieck hieß „Murr" nach dem Roman „Kater Murr" von E.T.A. Hoffmann. Der dritte in meiner Gruppe, der eigentlich Ernst Struwe hieß, trug den Spitznamen „Floh", vielleicht weil er einen etwas hüpfenden Gang hatte.

Er war der Älteste von uns dreien und hatte daher, wenn der Inspektor mit der Oberabteilung irgend etwas Besonderes vorhatte, die Aufsicht, was er ziemlich anmaßend exerzierte, sodass ich mich ärgerte. Einmal musste er uns die Texte von religiösen Liedern abfragen. Eines der Lieder endete in seinen Strophen mit dem Refrain: „Herr, erhöre mein Flehen". Als ich an der Reihe war, sagte ich: „Herr, höre doch mein Flöhen!" „Flehen!" korrigierte er. „Flöhen!" antwortete ich unbeirrt, denn sein Spitzname war „Floh". „Flehen!" schrie er außer sich und lief rot an. „Flöhe!" konterte ich ungerührt.

Darauf lief er spornstreichs aus der Klasse, holte den Inspektor und erzählte ihm, sich fast überschlagend, die komische Geschichte. Der Inspektor sprach mit ruhiger Würde: „Nun, mein Kind, sag' mal das Lied auf!" Ich konnte es und endete mit dem Satz: „Herr, höre doch mein Flehen!"

„Na, siehst du", sagte der Inspektor versöhnlich zu ihm, „er kann es ja und sagt es auch ganz richtig", und damit ging er hinaus.

„Noch einmal!" schrie mich mein Konterpart an, als der Inspektor verschwunden war. „Herr, höre doch mein Flöhen!" wiederholte ich und schüttelte mich, als hätte ich den ganzen Rücken voller Flöhe. Er war sprachlos und ging zu einem anderen Kirchenlied über, bei dem sich leider keine Gelegenheit bot, ihn zu ärgern.

Wenn ich heute an diese Episode zurückdenke, weiß ich nicht, ob mein Humor oder meine Boshaftigkeit im Vordergrund stand. Heute, wo es glücklicherweise kaum noch Flöhe gibt, hätte diese Geschichte vielleicht auch einen zoologischen und kulturgeschichtlichen Aspekt.

Von den anderen Kameraden ist mir nicht viel in Erinnerung geblieben. Der Älteste hieß damals Ernst Kroll, ein netter Bursche, der mit vierzehn Jahren noch Bettnässer war und sich deshalb allerlei Hänseleien gefallen lassen musste. Er war auch als Helfer bei den Kleinen eingeteilt.

Einmal hatte ich einen Aufsatz geschrieben, der sein Aufsehen erregte, und mit dem er begeistert zum Inspektor eilte. Auch der nickte zustimmend, nachdem er den Text gelesen hatte. Bei dieser Gelegenheit ging mir zum ersten Mal auf, dass ich etwas konnte, was offenbar nicht jeder beherrschte.

Viele der Jungs stammten aus dem Hafengebiet und gingen später zur See. Andere wurden Kaufleute. Jedenfalls haben es die meisten infolge ihrer strengen, konsequenten und guten Erziehung zu etwas im Leben gebracht. Leider haben die beiden Weltkriege viele von ihnen früh dahingerafft.

Da war ein dicker, gutmütiger Bursche, er hieß Karl Adomeit. Er mochte mich. Kaum aus der Anstalt entlassen, wurde er schon eingezogen. Vielleicht war er auch freiwillig gegangen. Im September 1914 sandte ich ihm ein Paket nach Frankreich. Einen Monat später erhielt ich es zurück mit der Bemerkung: Adressat gefallen! Ich weinte um ihn und habe ihn lange nicht vergessen.

Es gab andere nette Jungen, die mich sonntags zu ihrer Familie mitnahmen. So lernte ich andere Leute kennen. Aber eine Freundschaft für längere Zeit oder gar fürs Leben hat sich nicht entwickelt. Vielleicht weil wir uns zu früh getrennt haben und ganz verschiedene Wege gegangen sind.

Zu den Festen, von denen ich schon erzählt habe, gehörten in gewissem Sinne auch die großen Sommerausflüge. Im ersten Jahr ging es nach Nimmersatt*, einem stillen Badeort an der Ostsee, dem nördlichsten Flecken des damaligen Deutschen Reiches. Deshalb stand auf den Ansichtskarten auch: „Nimmersatt, wo das Deutsche Reich sein Ende hat."

Wir fuhren mit dem Zug nach Deutsch-Crottingen** und wanderten dann auf der Chaussee Richtung Meer. Ich war den Strapazen des heißen Tages und des langen Weges nicht gewachsen und erinnere mich, dass mich der Inspektor auf einen Bauernwagen setzte, der in die gleiche Richtung fuhr.

So erreichten wir die russische Grenze. Der Schlagbaum war heruntergelassen. Auf der anderen Seite saßen Kosaken mit Bärenfellmützen auf ihren zottigen Pferden. Ihre Lanzen ragten drohend in den Himmel. Erschrocken von diesem Anblick, von der wilden

---

* Nemerzatė oder Nimerzatė, Ortsteil des litauischen Kurortes Palanga
** Kretingalė

Landschaft und den fremden Gerüchen, die herüberwehten, prägte ich mir alles genau ein.

Was war eine Grenze? Etwas, das fast in der Luft lag, das die Atmosphäre trennte und erst recht die Menschen, ihr Denken, ihre Sprache, ihre Konfession. Intuitiv spürte ich etwas davon und grübelte in der flirrenden Hitze des Julitages vor mich hin.

Dabei war es nur eine kleine, gewöhnliche Frage. Aber welche Wirkungen ging von ihr aus. Sie war viel zu klein, als dass sie jene Hekatomben* von Blut, die ihretwegen vergossen wurden, hätte aufnehmen können.

Die besagte Grenze stammte aus dem Jahre 1422** und war die zweitälteste, bis dato unbestrittene Staatsgrenze Europas. Im Jahre 1923*** wurde sie durch die Angliederung des Memellandes an Litauen illusorisch. Dann richtete Hitler sie für einige Jahre wieder auf, bis die Grenzlinie 1945 von den Landkarten fortgewischt wurde, als wäre sie nie vorhanden gewesen.

Das also war mein größtes Erlebnis des Ausfluges. Ich vergaß es auch nicht, als wir das Meer sahen und im schönen Kurhaus *Nimmersatt* bei Kaffee und Kuchen saßen.

Ein Jahr später ging es nach *Schwarzort***** auf der Kurischen Nehrung, diesem seltenen Eiland zwischen Meer und Haff, das durch seine Wanderdünen, durch verschüttete Dörfer, durch seine Elche sowie durch eine Malerkolonie, die ihre Bilder in Dresden, München und Düsseldorf ausstellte, weltberühmt geworden war.

Wir wanderten am Meer entlang. Bald war ich krebsrot, von der Sonne verbrannt. Ich konnte mich nur noch mühsam vorwärts schleppen. Zwanzig Kilometer waren wohl zu viel für einen schwächlichen Zehnjährigen.

Doch in Schwarzort entschädigte der hohe Tannenwald, in dem oben die Reiher horsteten und unten reichlich Heidelbeeren wuchsen, für alle Strapazen.

Mit dem weißen Bäderdampfer fuhren wir zurück, erlebten Haff und Nehrung in jener seligen Stunde des Spätnachmittags, wenn die Sonne lange Schatten wirft und alles stiller wird.

---

* im antiken Griechenland ein Opfer von 100 Rindern; heute, bildlich: gewaltiger Verlust an Menschen
** 27. Sep. 1422: Frieden vom Melnosee zwischen Polen und Litauen
*** 10. Jan. 1923: „Klaipėda-Revolte"
**** Juodkrantė

Die Maschinen des Dampfers stampften unaufhörlich. Ich saß im Windschutz der Schornsteine und blickte auf das Ostufer. Da war Starrischken, meine Heimat. Mit bloßem Auge konnte ich den Wald erkennen. Als mir jemand ein Fernglas reichte, sah ich alles ganz deutlich: die rote Försterei, die Fischerhöfe, die Kähne in den schilfumsäumten Buchten, die Schule und die Fenster unseres Klassenzimmers. Ich dachte an Herrn Cryè und Herrn Laaser mit seiner Braut aus dem Modealbum. Es schien mir, als wäre ich eine Ewigkeit von der Zeit entfernt, in der meine kleinen Füße über den sandigen Weg des Fischerdorfes zur Schule eilten.

Ich erinnere mich noch an einen anderen großen Ausflug, es muss 1915 gewesen sein. Diesmal ging es mit der uns wohlbekannten Kleinbahn durch schönes Ackerland nach Dawillen* und Laugallen**, abgelegene Kirchdörfer an der Grenze. Die russische Grenze war überall. Und als wir dort ankamen, sah ich die ersten Ruinen meines Lebens. Ein großes Gasthaus war zusammengeschossen. Im Garten lagen aufgerissene Betten umher. Möbel und Küchengeräte, schon von Brennnesseln überwuchert, vermoderten unter alten, halb geborstenen Bäumen.

Der erste Eindruck einer zerstückelten, absurden Welt erschütterte mich. Aber es war, wie man weiß, nur der Anfang einer schrecklichen Reise durch blutige Jahrzehnte.

Sonntags, wenn alle anderen Jungen nach Hause zu ihren Müttern gingen, blieb ich allein in der Anstalt und musste mir die Zeit vertreiben. Meistens tat ich das mit Lesen, und hatte oft einen dumpfen Kopf von der Fülle der Eindrücke und Erkenntnisse, die ich den Büchern entnahm

Manchmal spielte ich auch allein. Ich erinnere mich an einen windigen Herbsttag. Der Sturm brauste in den Kronen der alten Bäume. Die Wolken flogen über den Himmel, und die Erde wurde mal von strahlendem Sonnenschein, mal von dunklen Schatten überflutet.

Wir hatten einen alten Handwagen. Da der Park ziemlich abschüssig zu einer Schlucht hin lag, konnte ich mit ihm die Wege des Parks hinunterrollen. Die einzelnen Rasenflächen, die durch die Wege getrennt waren, wurden in meiner Fantasie zu Provinzen.

---

* Dovilai
** Laugaliai

So fuhr ich durch Ostpreußen und Westpreußen, durch Pommern und Posen nach Berlin, ging durch das Brandenburger Tor, machte einen kurzen Besuch beim Kaiser in seinem Schloss, um schließlich in einem Theater zu landen, wie ich es aus den Erzählungen von Herrn *Orthband* gut kannte. Ich spielte mit solcher Hingabe, dass ich das Mittagessen und alles um mich herum vergaß.

In unserer Freizeit spielten wir auch andere Spiele, am liebsten Schlagball und Völkerball. Fußball war damals noch nicht so in Mode. Im Herbst bauten wir uns oft sehr hohe Stelzen und liefen auf Kothurnen* sicher über den Hof. Oft wurden auch Zweikämpfe ausgetragen, mit dem Ziel, den Gegner von den Stelzen zu stoßen, was manchmal nicht ganz ungefährlich war.

Eines Tages kamen wir auf die absurde Idee, auf Stelzen durch die Jauchegrube zu gehen, deren Inhalt vom Stall abfloss. Hier, in einem abgelegenen Winkel der Anstalt, wuchsen ein paar Schweine und eine Hühnerschar auf, die dem Inspektor persönlich gehörten. Später, im Krieg, erwies sich das als geradezu lebensrettend.

Während ich also durch die Jauchegrube stelzte, gab mir mein „Freund" Wilhelm Pieck den üblichen Schubs von hinten, und ich landete kopfüber in der zähen Brühe. Eine Szene, wie aus einer Wilhelm-Busch-Geschichte.

Die Jungen waren ziemlich erschrocken, zogen mich heraus, entkleideten mich und stellten mich unter die Pumpe, wo ich mit Seife vom stinkenden Dreck und allem anderen befreit wurde. Vor allem durfte der Inspektor nichts merken. Hinter der Toilette wurde ich wieder angezogen.

Als Entschädigung für mein Leid hatte ich wenigstens die Genugtuung, dass Pieck unter dem Druck der anderen meine Kleider waschen musste, bis er wunde Finger hatte. Dann musste er sie in einer Ecke des Parks in der Sonne und im Wind trocknen lassen und sie am Sonntag seiner Mutter zum Bügeln bringen. Das alles tat er ohne Murren, was meinen Ärger allmählich verstummen ließ.

Im Sommer gingen wir fast jeden Tag zur Dange, um zu baden. Das gehörte zum Turnunterricht. Wir besaßen dort ein Floß mit einem Geländer und einem Sprungbrett und konnten uns zwei Stunden lang in Wasser, Luft und Wind tummeln.

---

*Kothurn: geschnürter Schuh mit erhöhter Sohle, in der antiken Tragödie von Schauspielern getragen

Einmal stand ich am Rand der Plattform, noch ängstlich vor der dunklen Flut, bekam einen Schubs und stürzte ins Wasser. Wenn ich nicht ertrinken wollte, musste ich schwimmen, was ich in den gefährlichen Minuten schnell lernte. Für diesen Anstoß war ich meinem „Freund" Wilhelm Pieck fast dankbar. Überhaupt hat er mich auf alle hinterhältigen Schläge von hinten, die das Leben einem versetzt, so gut vorbereitet, dass ich sie später verhältnismäßig gut ertragen habe.

Der Weg zum Floß führte bergab am Gutshaus und an einer Schmiede vorbei, vor der, von Unkraut überwuchert, umgedrehte Eggen, alte Pflüge, verrostete Maschinen in einem bunten Durcheinander lagen.

Eines Tages, als wir gerade am Baden waren, kam ein Knecht mit einer Stangenschleife vom Gutshof. Das war ein niedriges, schlittenartiges Gefährt, auf dem Wasserfässer transportiert wurden. Weil es stark abschüssig war, gerieten die Kufen den jungen Pferden zwischen die Hufe. Sie bäumten sich auf, rissen sich los und brannten in vollem Karacho durch. Der Mann sprang ab. Wir sprangen erschrocken in die Gräben, drückten uns an den Drahtzaun des Gutsparkes und sahen, wie die Pferde mit gewaltigen Sprüngen in das Eisenfeld vor der Schmiede gerieten.

Im Nu waren die Läufe zerfetzt, und ein Pferd schlitzte sich sogar den Bauch an einem umgedrehten Pflug auf, sodass die Eingeweide heraushingen. Wir waren wie erstarrt und hörten die Pferde schreien, fast wie Menschen, vielleicht noch herzzerreißender.

Alles lief durcheinander, alles schrie, bis der Gutsinspektor vom Hof mit seinem Gewehr kam und den edlen jungen Trakehnern den Todesschuss gab. Es war eine Sache von Minuten. Wir hatten keine Lust mehr zu baden.

Ansonsten war das Badefloß der Mittelpunkt unserer sommerlichen Freuden. In der Nähe mündete ein Bach, von hohen Bäumen gesäumt. Überall weideten Kühe. Drüben war die Holzfabrik Luisenhof und die Luisenhöfer Brücke, über die der Kleinbahnzug fuhr.

Wir fingen Fische, ritten auf treibenden Baumstämmen, sonnten uns auf der Wiese und ließen uns braten. Eines Tages hörten wir ein lautes Geschrei von der Brücke. Wir liefen hin und erfuhren, dass eine der Fabrikarbeiterinnen ertrunken war. Die Mädchen badeten dort auch gerne in der Mittagspause.

Männer in einem Kahn fischten sie mit langen Stangen heraus. Da lag sie nun auf der Wiese, mit aufgeblähtem Leib und blauem Gesicht, das von Minute zu Minute schwärzer wurde. Die Fliegen summten um sie herum. Es war ein hübsches junges Mädchen. Dann kam ein Wagen, sie wurde aufgeladen und zugedeckt.

Das hat mich sehr berührt. Es ist doch trostlos, an einem hellen Sommertag, der ganz der Freude am Dasein gewidmet ist, dem Tod zu begegnen. Erschüttert erkannte ich, wenn ich es nicht schon durch das frühe Ableben meiner Eltern gewusst hätte, wie nahe Leben und Tod beieinanderstehen, wie erbarmungslos und unvorbereitet das Schicksal zuschlägt.

Ich habe noch oft Ertrunkene an dem sonst so lieblichen Ufer der Dange liegen sehen, jeder ein Schicksal für sich, von dem zu erzählen hier wohl zu weit führen würde.

Im Winter wurde das Floß zerlegt und auf unserem Schulhof unter einem großen Baum gelagert. Dort lagen die dicken Eichenbalken, nass und schwarz, bis der Wind sie getrocknet hatte.

In unserer Fantasie verwandelten sich die Holzbalken in ein Kriegsschiff. In dem von uns absichtlich freigelassenen Hohlraum zwischen den Balken hatten wir unsere Kajüte, säuberlich getrennt in Offiziers- und Unteroffiziersmesse, wie es uns die klassenbewusste Gesellschaft vor dem Ersten Weltkrieg vorgelebt hatte. Auf dem Deck liefen die Wachen umher, fantastisch verkleidet. Auf dem Baum, der unser Mast war, saß auf Brettern, die kunstvoll in die Astgabeln gesteckt waren, der Lugposten, der alles meldete, was er von oben sah. Vor allem, wenn sich der Inspektor näherte. Er wurde begrüßt durch das Antreten der gesamten Mannschaft auf dem Oberdeck und die vorschriftsmäßige Meldung des Ersten Offiziers. Er spielte gezwungenermaßen mit, indem er dem Kriegsschiff noch eine halbe Stunde Kaperfahrt durch südliche Meere gestattete.

Sonntags, wenn alle Kameraden nach Hause gegangen waren, übernahm ich ganz allein die Führung des gewaltigen Kriegsschiffes über die Ozeane. Nach waghalsigen Abenteuern mit Gefangenen, Sklaven oder einer Ladung schöner hawaiischer Mädchen kehrte ich zurück. Sogar zum Mittagessen ging ich nicht an Land. Durch meine Hartnäckigkeit gelang es mir, dass die Frau Inspektor das Mittagessen durch das Anstaltsmädchen an Bord servieren ließ, wo es mir noch besser schmeckte.

An einem Sonntag war auf dem Memeler Sportplatz am Bahnhof ein Flugtag. Alles strömte dorthin. Auch der Inspektor mit seiner Familie machte sich auf, nicht ohne mich mitzunehmen.

Vorn gingen Richard Zander, sein Vetter und ich. Ich trug ausnahmsweise meinen Privatanzug. Dann folgten die beiden Töchter und hinten der Inspektor mit seiner Frau. So stellten wir eine bürgerliche deutsche Familie auf dem Sonntagsnachmittagsausflug nahezu in Reinkultur dar.

Mir fiel auf, dass der Inspektor, wenn er mit uns Kindern spazieren ging, viel lebendiger und aufgeschlossener war, als wenn er sich im „Schoß seiner Familie" befand. Offensichtlich war er dort nicht so angesehen und konnte sich nicht so entfalten wie bei uns, und damit teilte er wohl das Schicksal der meisten deutschen Familienväter.

Anlässlich des Flugtages sollte uns ein berühmter Flugkapitän, dessen Namen ich leider vergessen habe, seine Künste zeigen. Der gefeierte Flugpionier Otto Lilienthal konnte es nicht gewesen sein, denn der war schon um die Jahrhundertwende abgestürzt.

Eine riesige Menschenmenge drängte sich um den Sportplatz, und ich musste mich zwischen den Beinen der Erwachsenen hindurchzwängen, um überhaupt etwas zu sehen. Da stand eine wackelige Kiste auf Holzstangen, die mit Leinwand bespannt war. Plötzlich begann sie zu rollen, erhob sich schwankend und zelebrierte einige Schleifen über den Kiefern der Plantage*, um dann ziemlich asthmatisch wieder zu landen.

Der Jubel war groß. Wenn man bedenkt, dass zwei Jahre später solche Kisten mit Bordwaffen ausgerüstet aufeinander losgingen und so berühmte Namen wie Richthofen** und andere dabei waren, kann man ermessen, wie rasant sich die Technik auf diesem Gebiet entwickelt hat.

Wir erholten uns von den Strapazen in Königswäldchen, einem beliebten Ausflugsort der Memeler auf dem Wege nach Tauerlauken. Bis hierher war König Friedrich Wilhelm III., der Mann der Königin Luise, dem russischen Zaren Alexander entgegengeritten, als er von Polangen her zu einem Besuch in Memel eintraf.*** Hier hatten

---

* Stadtwald von Memel
** Lothar von Richthofen (1894–1922), deutscher Jagdflieger im 1. Weltkrieg
*** am 10. Juni 1802

sich die Majestäten, einig im Kampf gegen Napoleon, umarmt und sich ihrer gegenseitigen Treue versichert, die durch den Gang der Ereignisse und durch die Tatsache, dass schließlich doch jeder sich selbst der Nächste ist, nicht gehalten werden konnte.

Die damals gepflanzten Eichen und Buchen rauschten nun mächtig im Sommerwind. Im Musikpavillon sang die „Memeler Liedertafel" unter ihrem Dirigenten Jahow. Die Damen in ihren langen Schleppkleidern, die Herren in schmalen Beinkleidern, mit Strohhüten und einem dünnen Spazierstock mit silbernem Griff, schlenderten durch die Gänge.

An einem Tisch tranken wir Kaffee. Dann bekamen wir eine Tüte Süßigkeiten und gingen auf den Spielplatz hinter dem Haus, wo wir auf einer großen Schaukel versuchten, mindestens die Höhe des Flugzeugs zu erreichen, das wir gerade gesehen hatten. Familienausflüge, vor allem sonntags, konnte ich aus unerfindlichen Gründen nur schwer ertragen.

In den Sommerferien vor dem Krieg wurde ich zu meinen Verwandten nach Dinwethen eingeladen. Ich erzählte schon, dass meine Tante das Gut ihrer ältesten Tochter, die sich verheiratet hatte, nach der Hochzeit übergab.

Es war ein altes, geräumiges Herrenhaus, in dem ich ein eigenes Zimmer hatte, dessen Fenster auf den parkähnlichen Garten hinausgingen. Im Garten befand sich ein ziemlich großer Teich, dessen Ufer mit Schilf bewachsen war und auf dessen dunklem Wasser gelbe Seerosen, die wir „Mummeln" nannten, blühten und einen berauschenden, leicht nach Bier riechenden Duft verbreiteten. Hier konnte ich auch mittags ungestört baden, lernte die Knechte und Mägde kennen, durchstreifte die Ställe und lebte zumindest für fünf Wochen ein ungebundenes Burschenleben auf dem Lande. Es waren lebhafte Wochen auf dem Gut, beginnend mit der Heuernte, endend mit der Roggenernte in der ersten Augustwoche und dem anschließenden großen Erntedankfest.

Dann standen meine Cousine und ihr Mann auf der Freitreppe vorm Haus und nahmen die Erntekrone und den Erntekranz von den Schnittern und Binderinnen entgegen, in einem feierlichen Ritual mit uralten überlieferten Worten und Gedichten. Später, beim Tanz auf der Tenne, machte ich mich nützlich, indem ich die Biergläser herumreichte, wozu ich von Kindheit an prädestiniert war.

Der Mann meiner Cousine, ein angeheirateter Vetter also, stammte von einem Gut im mittleren Memelland. Er hatte einen trockenen Humor und war sehr ausgeglichen. Ich mochte ihn. Wir gingen zusammen auf die Jagd, das heißt, er schoss und ich trug die Hasen, Rebhühner, Fasane und Enten, die der Jagdhund apportiert hatte. Dabei lernte ich nicht nur die weite Landschaft rund um das Gut kennen, sondern auch die benachbarten Grundbesitzer.

Die meisten Güter waren damals verschuldet. Das im industrialisierten Westen vorherrschende Bild von den wohlhabenden, protestantischen *Ostelbiern und Junkern** traf zumindest auf die kleineren Gutsbesitzer nicht zu, die sich sehr schwer taten.

Ich übernahm einige Arbeiten, die ich schon konnte. So führte ich das Pferd beim Kartoffelhäufeln oder ritt nebenher. Meistens aber hütete ich die große Rinderherde. Es waren wohl dreißig bis vierzig Kühe und einiges Jungvieh. Zwei Hunde standen mir treu zur Seite.

Trotzdem konnte ich nicht verhindern, dass einige freche Kühe in die benachbarten Kleefelder einbrachen oder gar ein Getreidefeld niederwalzten. In der Hitze und gejagt von den lästigen Blutsaugern, die wir „Bremsen" nannten, wurde die ganze Herde oft unruhig.

Eines Tages hoben die Kühe wie auf Kommando ihre Schwänze und rannten davon, sodass der Staub auf den Straßen und Feldern in Wolken aufstieg. Weder ich noch die Hunde konnten sie aufhalten.

Als ich niedergeschlagen nach Hause kam, stand die Herde seelenruhig im Gatter vor dem Hofeingang und käute verträumt wider. Offenbar hatten sie nur den kühlenden Schatten der alten Bäume gesucht.

Ein anderes Mal schnappte sich eine Kuh meine abgelegte Jacke und rannte damit kauend davon. Als ich sie ihr aus dem triefenden Maul reißen konnte, war der Stoff von den Zähnen perforiert. Es war mir sehr peinlich, die Jacke später in der Anstalt zu tragen. Obendrein wurde ich auch noch gescholten, weil ich sie überhaupt zum Hüten mitgenommen hatte.

Auf dem Gut lebten noch einige alte Leute, die meinen Vater gekannt hatten. Ich ließ mir von ihnen einiges erzählen. Einer zeigte

---

*als „ostelbische Junker" wurden (adlige) Grundbesitzer bezeichnet,
  oft im Sinne von „reaktionär"

mir sogar den Baum auf dem Feld, unter den sich mein Vater an jenem Regentag geflüchtet hatte, als ihm der Heiratsvermittler das Foto seiner späteren ersten Frau in die Hand gedrückt hatte.

An einem schönen Spätsommertag fuhren wir nach *Starrischken*. Meine Tante hatte Geburtstag und sollte überrascht werden. Ich war sehr gerührt, dass ich nach zwei Jahren meine Heimat wiedersehen durfte.

Ich saß neben dem Kutscher auf dem Bock und konnte die Welt von oben betrachten. Hinten saßen meine Cousine und ihr Mann. Es war derselbe Weg, den mein Vater nahm, wenn er zur Brautschau nach Starrischken fuhr. Es ging an den Kleinbahnschienen entlang, und schon von weitem sah ich zwischen den alten Bäumen das Gebäude der Anstalt und dann das Tal der Dange.

Bald rumpelte der Wagen über das Kopfsteinpflaster der Memeler Vorstadt. Die Kaufleute, bei denen wir einkauften, standen vor ihren Geschäften und verbeugten sich tief vor unserer eleganten Equipage.

Als ich den Geruch der Memeler Zellulose in der Nase hatte und das Rattern der Elektrischen auf Schmelz hörte, wurde ich unruhig, denn die Bilder der Vergangenheit stürmten auf mich ein. Da war auch der kleine Mehlladen, aus dem mein Vater meine Mutter geholt hatte.

Ich bat meinen Vetter, auf dem Kirchhof die Gräber meiner Eltern besuchen zu dürfen. Er wollte zunächst nicht die Erlaubnis dazu geben, denn wir hatten uns schon etwas verspätet. Ich setzte jedoch meinen Willen durch. Der Kutscher bog links in den kleinen sandigen Weg und hielt schließlich vor dem Friedhof.

Die Raben kreischten. Der Wind sang melancholisch in den Kiefern, zwischen denen die Grabkreuze leuchteten. Wir gingen alle hin und fanden nach einigem Suchen die Gräber unter den hohen Lebensbäumen. Meine Tante hatte auch für meine Mutter ein Grabkreuz aufstellen lassen, was mich überraschte. Am Grab meines Vaters war eine tiefe Mulde, wahrscheinlich hatte sich dort ein Fuchs oder Iltis eingenistet. Der Gedanke entsetzte mich. Ich ging nicht eher fort, bis ich das Loch mit Steinen ganz vollgefüllt hatte, die ich vom Weg, wo der Wagen stand, herbeischleppte.

Wir fuhren nun am Bassin entlang, wo der scharfe Haffwind in den hohen Pappeln rauschte, dass sogar die Pferde ihre Ohren spitzten. An der Stommeisterei grüßte ich den Strommeister, der in seiner blauen Uniform mitten auf dem Hof stand. Aber ich sah an seinem verdutzten Gesicht, dass er mich nicht erkannte.

Mit klopfendem Herzen sah ich den Kanal und die Brücke näher kommen. Der Wald, der Garten, alles war noch da. Wir fuhren auf den Hof und wurden mit großem Hallo von meiner Tante und den vielen hübschen Cousinen begrüßt. Die Überraschung war perfekt, auch für mich.

Denn alles war anders, alles sah anders aus, alles roch anders. Ich war Zeuge einer seltsamen Metamorphose, die mein Herz nicht begriff. Auch mein Bruder, der mit meinem Onkel aus Memel gekommen war, schien mir verändert. Ebenso meine Schwester. Es dauerte eine Weile, bis wir die alte Vertrautheit wiederfanden.

Onkel Hermann hatte die ganzen Gaststätte umgebaut. Der große Saal, der sich links vom Eingang befand, lag nun zum Garten hin. Das war sicher bequemer, denn nun konnten die Gäste direkt vom Garten in den Saal gehen. Es war übrigens ein schöner Saal geworden, mit großen neuen Fenstern, vielen gemütlichen Ecken, guter Beleuchtung und einem schwarzen Flügel vor der Wand. Der Laden dagegen befand sich nun dort, wo früher der Saal gewesen war.

Oben wurden neue Gästezimmer eingerichtet. Nur die Küche schien mir die alte, wenn auch nicht so verräuchert wie damals. Jenseits des Kanals war ein neuer Anlegesteg errichtet worden.

„Wie gefällt es dir?" fragte meine Tante.

„Gut, aber fremd", antwortete ich.

„Nun, du wirst dich schon daran gewöhnen", lachte sie.

Ich lief mit meinem Bruder zum Kanal, um Onkel Wilhelm zu begrüßen. Er trug eine blaue Kurenmütze und fischte mit stoischer Ruhe. In einer Dose zappelten ein paar Regenwürmer, in einem Eimer mit Wasser schwammen ein paar Barsche.

Onkel Wilhelm war der jüngste Bruder meines Vaters und lebte seit einigen Wochen als pensionierter Lehrer in Memel. Ich kannte ihn kaum. Auch jetzt näherte ich mich ihm mit einem gewissen Unbehagen. Er war sehr kritisch (übrigens nur gegenüber anderen, wie fast alle Kritiker auf der Welt) und hatte daher viel an mir auszusetzen, an der Sprache, an den Umgangsformen, an allem.

Von ihm wird später noch oft die Rede sein. Heute fand ich ihn anlässlich des großen Familienfestes in recht angenehmer Stimmung. Wir saßen alle an einer großen Kaffeetafel, die meine Tante mit Kuchen und geistreichen Bonmots versorgte.

Aus den versteckten Andeutungen am Tisch entnahm ich, dass Onkel Hermann vor kurzem versucht hatte, sich ihrer Tyrannei zu entziehen, um jetzt, im hohen Alter, unter den sanften Fittichen eines Fischermädchens Schutz zu suchen.

Meine Bibelkenntnisse sagten mir, dass der alternde König David es nicht viel anders gemacht hatte. Und so nahm ich die kleinen Spötteleien, von denen man glaubte, dass ich sie nicht verstand, wohl nicht so ernst, wie sie gemeint waren.

13 Erster Weltkrieg

DANN KAM DER KRIEG. Plötzlich war alles anders. Von Tag zu Tag verdüsterte sich die Atmosphäre, die Stimmung wurde seltsam hektisch. Etwas Neues und Schreckliches lag in der Luft.

Zwar hatte es schon den ganzen Juli über, seit den Schüssen von Sarajevo*, am politischen Himmel gewittert, aber ich als Kind hatte davon nichts gespürt und meine Ferien auf dem Lande in gewohnter Weise genossen.

Entfernt drangen noch die Spannungen des Burenkrieges in meine frühe Jugend, dann die Revolution in Kurland, die uns als Nachbarn berührte, und schließlich erinnere ich mich dunkel an die ewigen Unruhen auf dem Balkan, an die Fahrten des Kaisers auf seiner Jacht „Hohenzollern" und an die großspurigen Reden aus seinem Munde, die allgemein kritisiert wurden.

Die Augusttage waren heiß. Allerlei Gerüchte machten die Runde, zum Beispiel, dass ein Goldtransport von Frankreich nach Russland durch Deutschland führe. Jeder versuchte, dem geheimnisvollen Transport auf die Spur zu kommen. Es kam zu merkwürdigen Vorfällen. Harmlose Bürger wurden plötzlich als Spione verhaftet.

Übrigens gab es in ganz Europa die gleichen Gerüchte und auch fast die gleichen Stimmungen von Begeisterung oder Depression, wie ich später erfuhr.

Man erzählte uns, russische Patrouillen seien in der Nacht bis kurz vor Memel vorgestoßen. Das war bei der geringen Entfernung

---

*28. Juni 1914: ein serbischer Nationalist erschießt das österreichische Thronfolgerpaar; Auslöser der Julikrise, die zum Ersten Weltkrieg führte

von fünfzehn Kilometern bis zur Grenze für einen berittenen Spähtrupp durchaus möglich.

In der folgenden Nacht wurden wir durch heftiges Maschinengewehrfeuer geweckt. Der Inspektor kam sofort und beruhigte uns. Es kehrte tatsächlich wieder Ruhe ein.

Am nächsten Morgen lagen sieben junge Pferde tot auf der Wiese. Wir liefen hin, um sie uns anzusehen. Sie waren, wie immer, in einer übermütigen Kavalkade in Richtung Luisenhöfer Brücke davongejagt. Dort hatten die Posten in der dunklen Nacht den Angriff eines russischen Geschwaders vermutet und geschossen.

Das waren die ersten Toten. Es war beklemmend, die jungen Tiere in der heißen Augustsonne liegen zu sehen, von Fliegen umschwärmt.

Die Luisenhöfer Brücke war mit Stacheldraht und spanischen Reitern verbarrikadiert. Ich eilte hin, es war wohl Sonntag, um mir das anzusehen. Etwas ängstlich zwängte ich mich durch die Lücken zu einem Posten.

Er trug die neue feldgraue Uniform, die ich zum ersten Mal sah. Neugierig betrachtete ich das Koppel mit dem Wahlspruch „Mit Gott für Kaiser und Vaterland", die beiden neuen, prall gefüllten Patrontaschen, das Gewehr mit dem aufgepflanzten, blinkenden Bajonett, die blitzblank gewichsten Stiefel und die Hose, die sogar einen Hauch von Bügelfalten erkennen ließ.

Es war ein blutjunges Gesicht, das mich unter dem Helm musterte, offenbar ein Soldat des Infanterieregiments 41, das in Memel stationiert war. Irgendwann entspannte er sich sonntäglich, verlor etwas von seiner Heldenpose, legte das Gewehr auf den Brückenbogen, stützte sich mit beiden Ellbogen auf das Geländer und spuckte nachdenklich und in regelmäßigen Abständen in den Fluss.

Das kannte ich schon von der Kanalbrücke. Ich nahm die gleiche entspannte Haltung ein. Und so schauten wir uns eine Weile an. Schließlich ließ ich meiner Neugier freien Lauf.

„Und wenn die Franzosen kommen?"

„Die machen wir fertig!"

„Und wenn die Engländer kommen?"

„Die jagen wir auf ihre Insel zurück!"

„Und wenn die Italiener kommen?"

„Ach, die Makkaronifresser, die loofen von selbst!"

Und wenn ... und wenn ... und wenn ... er fegte die feindlichen Armeen mit herrischer Geste nur so vom Brückengeländer. Ich war begeistert. Es gab für mich keinen Zweifel, dass wir stärker und besser waren als andere, als alle unsere Feinde.

Es war die gleiche bedenkenlose Haltung, wie in den Parolen auf den Zugwaggons: „Jeder Schuss – ein Russ', jeder Stoß – ein Franzos', jeder Tritt – ein Brit'!" Ich hatte das zwar nicht selbst gesehen, aber die Zeitungen waren voll mit diesen überheblichen Knittelversen.

Schließlich marschierte der junge Soldat auf der Brücke energisch auf und ab und sang: „Als die Rosen blühten im August, hat die Garde fort gemusst", ein Lied, das gerade von Berlin bis hierher durchgedrungen war.

Jeden Tag gegen Abend erschien in Memel ein Extrablatt. Der Inspektor beauftragte zwei große Jungen, das Blatt zu besorgen. Dann mussten wir antreten und der Inspektor las es vor. Wenn ein Sieg verkündet wurde, schrien wir dreimal: „Hurra!". Am Anfang kamen wir aus dem Hurra-Rufen gar nicht mehr heraus, weil es nur Siege waren. Es begann mit *Ludendorffs* Handstreich auf die Festung Lüttich*.

Herr *Orthband* blieb noch einige Tage da, dann wurde er einberufen. Nichts erinnerte mehr an ihn, außer der Visitenkarte an der Tür seines Zimmers, die sich in der Dämmerung und im Mondschein in einen Totenkopf verwandelte. Eines Tages hatte ich genug davon und nahm sie ab.

Die Frau Inspektor sah ich oft mit verweinten Augen. Sie hatte einen großen Verwandtenkreis und kam daher aus dem Abschiednehmen nicht heraus.

Einmal sah ich einen ihrer Neffen im Flur stehen. Er stand mit dem Rücken zum Fenster. Die Sonne spielte in seinem blonden, gewellten Haar. Er hatte die Arme verschränkt und sah uns ruhig und freundlich an. Er war ein Bild von einem Mann und erinnerte mich an Theodor Körner und die Lützower Jäger**, die ich aus der Literatur kannte. Ich betrachtete ihn aufmerksam, mit einer Mischung aus Heldenmut und Beklemmung, denn es hieß, er sei gekommen, um Abschied zu nehmen, und ziehe nun in den Krieg.

---

* 4. – 16. Aug. 1914: erste größere Angriffsoperation der deutschen Streitkräfte unter der Leitung von General Erich Ludendorff
** „Lützows wilde Jagd", Gedicht von Theodor Körner (1791–1813)

Drei Wochen später hörte ich die Frau Inspektor herzerweichend schluchzen. Der junge „Lützowsche Jäger" war nicht mehr. Niemals mehr würde er am Fenster stehen, und niemals mehr würde die Nachmittagssonne in seinem blonden Haar funkeln.

Auch eine Menge ältere Schüler unserer Anstalt kamen, um sich von dem Inspektor zu verabschieden. Ich lernte sie bei dieser Gelegenheit kennen und hörte ihre Namen. Flüsternd wurde von ihren Jugendstreichen erzählt, als sie noch hier weilten. Jetzt waren sie junge Männer und zogen in den Krieg.

Der Inspektor sprach mit ihnen mit ruhiger Würde und begleitete sie immer bis zum Anstaltstor, was er sonst nie getan hatte. Wenn ich mich nicht täusche, war er stiller und lebensmüder geworden und begann zu altern. Er war erst Ende fünfzig.

Eines Tages kam ein Fotograf und machte Fotos von uns allen. Jeder Deutsche musste nun einen Personalausweis haben. Das war ganz neu, denn bis dahin hatte niemand irgendeine Legitimation nötig. Man brauchte sie einfach nicht.

In dieser Zeit änderten sich auch die Grußformeln. Statt „Adieu" sagte man nun „Auf Wiedersehen".

Inzwischen waren zwei große russische Armeen in Ostpreußen eingefallen, allerdings südlich der Memel. Das Memelland blieb zunächst völlig unbehelligt, sozusagen eine stille Insel. Aber wir fühlten uns sehr unbehaglich, weil wir eingeschlossen waren. Es gab nur noch den Seeweg nach Deutschland. Doch lagen ein paar Linienschiffe auf der Reede vor Memel und ließen ab und zu ein dumpfes Grollen hören, was uns neuen Mut einflößte

Eines Tages vernahm ich aus der Ferne pausenloses Donnern, wie ein Gewitter. Es war ein schöner heißer Augusttag. Ich lauschte mit angehaltenem Atem. Dann legte ich mich auf den Bauch und drückte mein Ohr auf den Erdboden. Jetzt konnte ich es genauer hören: Kanonendonner! Ein paar Tage später wusste ich, was das war: die *Schlacht bei Tannenberg**.

---

*26. – 30. Aug. 1914. Die Kämpfe fanden südlich von Allenstein (heute: Olsztyn) zwischen deutschen und russischen Armeen mit insgesamt 344 Tsd. Soldaten statt und endete mit einem Sieg der deutschen Truppen. Anfänglich in der Presse als „Schlacht bei Allenstein" bezeichnet, wurde sie aus Propagandagründen in „Schlacht bei Tannenberg" umbenannt, um die gleichnamige Niederlage der Ritter des *Deutschen Ordens* gegen die *Polnisch-Litauische Union* im Jahr 1410 aus den Geschichtsbüchern zu verdrängen.

Bald tauchte der Name *Hindenburg** wie ein leuchtender Meteor am deutschen Himmel auf. Von den Kaffeetassen sowie von den Taschenspiegeln strahlte sein Bild, nichts blieb ihm erspart. Besonders dankbar waren ihm die Ostpreußen, denn er hatte ihre Heimat gerettet und Hunderttausende von Flüchtlingen wieder zurückgeführt. Der Sieg von Tannenberg wirkte schließlich so gewaltig nach, dass trotz des verlorenen Ersten Weltkrieges der deutsche Osten, wenn auch mit Einbußen, erhalten blieb.

Besonders erschüttert hat mich die Nachricht, dass General *Samsonow*, der russische Heerführer bei Tannenberg, Selbstmord begangen hat. Der Vergleich mit der *Schlacht im Teutoburger Wald***, wo Varus in ähnlicher Verzweiflung aus dem Leben schied, drängte sich auf. Umso erfreulicher war es für mich, dass die deutsche Regierung seiner Witwe erlaubte, über Schweden einzureisen und nach dem Leichnam ihres Mannes zu suchen.

Mit dem Ausbruch des Krieges änderte sich alles. Lebensmittelkarten und Kleiderkarten zwangen jeden, sich einzuschränken. Bis weit in das Jahr hinein liefen wir barfuß. An einen Sommer- und Winteranzug innerhalb eines Jahres war nicht mehr zu denken.

Besonders eigenartig erschien mir, dass ein bekannter Memeler Pfarrer in seinem schwarzen Anzug ebenfalls barfuß lief, um ein gutes Beispiel zu geben. Wo er auftauchte, schauten ihm die Leute kopfschüttelnd hinterher.

Das Wort *Talleyrands*** „Wer nicht vor der Französischen Revolution gelebt hat, kennt nicht die Süße des Lebens" ließ sich auch gut auf die europäische Schicksalswende im August 1914 übertragen. Nicht wegen des Wohlstandes: Den haben wir heute in der Bundesrepublik nicht nur erreicht, vermutlich sogar übertrieben. Aber die Unschuld der Menschen und Völker ist verloren gegangen.

Unser Leben in der Anstalt wurde karger und arbeitsreicher. Holzsägen, Park und Hof reinigen, die Kartoffeln ausnehmen, große Gemüsefelder anlegen, … das alles mussten wir jetzt selbst machen. Die Läden aus Memel lieferten nicht mehr. Wir fuhren mit einem Handwagen in die Stadt und kauften selbst ein.

---

* Paul von Hindenburg (1847 – 1934), dt. General und Politiker, Befehlshaber in der Schlacht bei Tannenberg
** auch Hermannsschlacht, zweite Hälfte des Jahres 9 n. Chr.
*** Charles-Maurice de Talleyrand (1754 – 1838), franz. Staatsmann

Doch mit der Arbeit war auch viel Freude verbunden. Kinder unterscheiden kaum zwischen Spiel und Arbeit. Mir hat sie nur gutgetan, ich wurde dadurch stärker und gewandter.

Da überall Hilfskräfte fehlten, mussten wir auch bei fremden Leuten Erntearbeiten verrichten. Einmal haben wir bei einem Bauern die Rüben ausgegraben. Am Morgen war es schon bitterkalt und die Rübenblätter waren gefroren. Wir froren erbärmlich in unseren dünnen Kleidern. Aber dann gab es zu Mittag einen guten Eintopf mit Fleisch, was wir in der Anstalt kaum bekamen. Damit waren alle Mühen und Unannehmlichkeiten vergessen.

Überhaupt: So ein Tag auf dem Feld, wie abwechslungsreich war er doch! Der Wald in der Ferne, die Heide, die sanften Hügel, die Krähenschwärme, die Sonne, die von Stunde zu Stunde wärmer schien, die Gräben, die kleinen Wäldchen, wo man sich unter Bäumen ein paar Minuten ausruhen konnte. Ich war begeistert, das alles zu sehen und zu erleben. Die Landschaft, so öde und eintönig sie auch schien, wirkte immer anziehend auf mich.

Besonders stimmungsvoll war die Abenddämmerung, wenn man mit einer seltsamen körperlichen Müdigkeit den Sonnenuntergang und das Ende der Arbeit erlebte. Wenn die Schatten nach allen Dingen griffen, und der Herbstmond blutrot am Horizont auftauchte, glaubte ich mich in ein Märchenland versetzt.

Wir arbeiteten bis zum Einbruch der Dunkelheit. Niemand verlangte einen Achtstundentag. Danach marschierten wir auf den Hof, wo es schon verheißungsvoll nach einer Obstsuppe roch, die ich besonders gerne aß. Später krochen wir in unser Strohlager, und ich sah den Mond hinter den Bäumen des Gartens seine Bahn ziehen.

Was ist die Welt? Was ist das Leben? Wer bin ich selbst? Diese quälenden, ewig unbeantworteten Fragen begannen mir zuzusetzen. Manchmal stieg eine leise Angst in mir auf, weil ich nicht wusste, was das Leben war und wer ich war.

Und diese Fragen bleiben immer die gleichen, egal ob man auf einem Strohlager von schwerer Feldarbeit ausruht oder etwa im weichen Bett eines Luxushotels schläft.

Ja, es schien mir, als sei man auf einem Kartoffelfeld den existenziellen Dingen, über die ich grübelte, irgendwie näher. Vielleicht weil man durchgehend den Himmel sah, und weil der Wind oder der Regen einen berührten.

Eines Morgens traf ich unseren jungen Bauern auf einem Feldweg. Er weinte. Ich fragte ihn, was ihn bedrücke. Schließlich brachte er es über die Lippen: Er hatte den Einberufungsbefehl erhalten.

Er stammelte: „Fortgehen. Die Tür zumachen und niemals mehr heimkommen. Die Frau nicht mehr sehen, die Kinder nicht mehr sehen, den ganzen Bauernhof ... "

Ich versuchte ihn mit jenen banalen Worten zu trösten, die in aller Welt so leicht wiegen: dass nicht jede Kugel treffe. Er warf mir einen merkwürdigen Blick zu und ging davon. Im Winter hörten wir, dass er gefallen sei.

Ich erinnere mich an diese Begebenheit, weil ich bis dahin aus den Zeitungen und aus der Begeisterung der Massen gelernt hatte, dass es ein Vergnügen sei, des „Kaisers Rock" anzuziehen. Dieser junge Bauer lehrte mich, dass die Wirklichkeit anders aussieht. Ich wurde danach nachdenklicher und vorsichtiger in meinem Urteil.

Trotz aller Arbeit blieb noch Zeit zum Spielen. Kein Wunder, dass in diesen verhängnisvollen Jahren das Soldatenspiel im Vordergrund stand. Wir fertigten uns im Werkraum Holzgewehre an, die sogar einen Verschluss hatten, auf den man ein Bajonett aus Holz aufpflanzen konnte.

Einer der Jungen, der aus einer kleinen Möbelfabrik stammte, entwendete seiner Mutter ein paar Gurte, die uns als Koppel dienten. Mit schwarzer Tusche hatten wir „Mit Gott für Kaiser und Vaterland" darauf gemalt. Die Kopfbedeckung wurde aus Papier oder Pappe hergestellt. Es kam gar nicht darauf an, dass der eine ein Ulanenkäppi*, der andere eine Husarenmütze und der dritte einen Infanteriehelm aufhatte.

So ausgerüstet, führten wir unzählige Sturmangriffe in den Schluchten und Bergen unserer Umgebung durch, verteidigten den Übergang an der Dange oder die Kleinbahnstation, bauten im Winter aus Schnee Unterstände und Schützengräben, die wir mit Wasser bespritzten, sodass sich die Sonne im Frühling besonders anstrengen musste, sie wieder zu schmelzen. Jedenfalls befanden wir uns lange in einer stetigen Angriffsstimmung und in einer geradezu euphorischen Siegerlaune.

Irgendwann brachte jemand einen Offiziersdegen mit, den der Älteste als Kommandeur trug. Bald hatte ich es bis zum Fahnen-

*auch Tschapka: militärische Kopfbedeckung polnischen Ursprungs

träger gebracht und genoss mit meiner schwarz-weißen Preußen-
fahne mehr Bewegungsfreiheit. Während die anderen exerzierten,
schlenderte ich herum.

Sobald ich aus einem Gebüsch oder hinter einem Baum hervor-
trat, erstarrten alle vor Ehrfurcht und salutierten militärisch, bis
ich wieder verschwunden war. Das tat meinem Selbstvertrauen
gut. Jetzt wusste ich, was das Lied bedeutete: „Ich bin ein Preuße,
kennt ihr meine Farben?"*

Aber als die Russen dann tatsächlich kamen, nützte uns unsere
„Ausbildung" wenig. Plötzlich waren wir wieder Kinder, die Angst
hatten. Es muss der 17. März 1915 gewesen sein, ein Mittwoch. Von
der Grenze her war Artilleriefeuer zu hören. In der Nacht erhellten
brennende Bauernhöfe den Himmel im Osten.

Es hatte schon oft Geplänkel an der Grenze gegeben, sodass wir
den Vorgängen zunächst wenig Beachtung schenkten. Doch am
nächsten Tag, als ein feines Schneetreiben eingesetzt hatte, stau-
ten sich auf der Chaussee nach Memel die Flüchtlingswagen. Die
Bauern von der Grenze suchten mit Sack und Pack in der Stadt
Schutz oder wollten auf die Kurische Nehrung übersetzen.

Das Gesicht des Inspektors wurde immer ernster. Wir hatten
keinen Unterricht mehr und richteten im Dachboden der Anstalt
einen Doppelposten ein. Schließlich schlugen die ersten Granaten
in einen Wald ein, der sich ungefähr auf der Höhe der Bachmanner
Berge befand.

Der Inspektor gab den Jungen ihre besten Kleider und entließ
sie zu ihren Müttern. Unterdessen begann er mit seiner Familie
zu packen. Die Flüchtlingstrecks auf allen Straßen wurden immer
größer. Wir bereiteten uns auf den Aufbruch vor. Ich ging noch einmal durch alle Räume und staunte, wie sie sich verwandelt hatten,
als gehörten sie gar nicht mehr zu uns, als hätten sie plötzlich ihre
Fähigkeit, zu behüten und zu schützen, verloren und seien zu ent-
seelten Höhlen geworden. Die Mauern waren nur noch Steine und
Lehm, sonst nichts.

Schließlich, etwa gegen zwei Uhr, verließen wir die Anstalt und
machten uns auf den Weg nach Memel. Wir waren voll beladen
mit Kleidung und Lebensmitteln, denn niemand wusste, wie es
weitergehen sollte.

*Preußenlied, 1831 (Text: Dr. Bernhard Thiersch, Melodie: August Neidhardt)

Der Kanonendonner wurde immer lauter. Während sich die Sonne an diesem schönen Wintertag feierlich im Westen neigte, zeigte der Osthimmel ein blutig flammendes Abendrot über den brennenden Dörfern.

Die Dange war noch zugefroren. Jenseits der Luisenhöfer Brücke grub sich gerade ein Trupp des Landsturms ein, um den Übergang am Fluss zu verteidigen. Ich schaute eine Weile zu und bemerkte, wie entmutigt die alten Leute dastanden, gestikulierten und schimpften. Das alles machte einen deprimierenden Eindruck auf mich. Ich ahnte plötzlich, dass die Stadt nicht zu halten sein würde.

Aber auch meine durch viele Zeitungsartikel genährte Vorstellung, die deutschen Truppen seien immer enthusiastisch und siegessicher, erfuhr eine gewaltige Korrektur.

Über der Straße zuckten plötzlich rötliche Wölkchen auf. Zuerst wirkte es spielerisch, fast grotesk. Die Bauern schlugen auf ihre Pferde ein und versuchten, im Galopp durch die Gefahrenzone zu kommen. Auch wir eilten im Laufschritt durch die Zone des Schrapnellfeuers und fanden dann Schutz in den Straßen der Stadt, in der eine seltsame fieberhafte Stimmung herrschte.

In Scharen versuchten die Leute über das Eis des Haffs die Kurische Nehrung zu erreichen. Dampfer, Kähne und Boote pendelten durch die offene Fahrrinne hin und her. Es stellt sich die Frage, wie die Menschen dort leben wollten, denn es gab weder genügend Raum noch Verpflegung. Wahrscheinlich flüchteten sie in Richtung Schwarzort und Nidden* oder versuchten sogar, Königsberg zu erreichen.

Der Inspektor entschied sich schnell, in der Stadt zu bleiben. Mein Bruder und ich liefen zu Onkel Wilhelm. Aber seine Wohnung am Libauer Tor war verschlossen. Möglicherweise war er nach *Starrischken* geflohen.

So mussten wir durch die plötzlich leeren, von gelegentlichen Granateinschlägen bedrohten Straßen, in denen trotz der Dunkelheit ein rötliches Licht geisterte, zum Zufluchtsort des Inspektors zurückkehren.

Es war mir unangenehm, in der inzwischen von Flüchtlingen überfüllten Wohnung Unterschlupf zu suchen. Aber wo sollten wir bleiben? Ich bemerkte auch eine leichte Verstimmung, als wir wie-

---

*Nida, Ortschaft auf der Kurischen Nehrung

der auftauchten. Aber der Inspektor behielt die Ruhe und sagte in seiner väterlichen Art, dass dort, wo so viele Menschen lebten, auch wir beide schließlich noch eine Bleibe finden würden.

Die Wohnung gehörte einem älteren Herrn, einem entfernten Verwandten der Frau Inspektor. Sie lag in der Töpferstraße, genau gegenüber der katholischen Kirche. Es war ein einfaches Holzhaus mit großen, gemütlichen Räumen, die, wie nicht anders zu erwarten, mit alten Möbeln ausgestattet waren. Hinter dem Haus befand sich ein Hof mit einem alten, nicht mehr benutzten Brunnen, einem Garten und einem kleinen Hofhäuschen.

Im großen Zimmer zur Straße hin lagen Matratzen auf dem Boden. Dort schliefen wir Jungen. Draußen hörten wir Schüsse, Schreie, sahen den feuerroten Himmel matt durch die Vorhänge schimmern, lauschten den Stimmen im Nebenzimmer und wussten nicht recht, ob wir in dem, was gerade geschah, ein Abenteuer oder eine tödliche Bedrohung sehen sollten. Wir waren noch Kinder.

Am nächsten Morgen hörten wir, dass in Althof*, einer südlichen Vorstadt von Memel, eine Schlacht stattgefunden haben soll. Die Gerüchte überschlugen sich. Man sprach von Plünderungen, Erschießungen und Transporten von Zivilgefangenen nach Russland. Die russischen Soldaten sollen sich größtenteils in der Kaserne versammelt haben.

Wir blieben den ganzen Tag über in der Wohnung und wagten es nur ab und zu, durch das vorsichtig geöffnete Hoftor auf die Straße zu blicken.

Am frühen Nachmittag stürmte ein Trupp Russen über den Hof und drang durch die Küche in unsere Wohnung ein. Es war sehr dramatisch. *Barri*, unser Bernhardiner, sprang den ersten Russen, der die Tür öffnete, mit solcher Wucht an, dass der Mann der Länge nach hinfiel und sein Gewehr mit aufgepflanztem Bajonett auf dem Küchenboden landete. Wäre der Inspektor nicht so schnell herbeigeeilt und hätte den Hund am Halsband zurückgezogen, hätte er dem Soldaten sicher die Kehle durchgebissen.

Entsetzt verfolgten die Erwachsenen diesen unerwarteten und sehr gefährlichen Zwischenfall. Der Inspektor verschwand mit dem Hund im Hof und sperrte ihn in einen Stall ein. Die anderen eilten herbei, richteten den Soldaten auf, klopften ihn und redeten ihm

---

*Sendvaris, Stadtteil von Memel

gut zu. Käthe reichte ihm mit einem hübschen Lächeln das her-
untergefallene Gewehr. Wie sie mit ihren langen blonden Zöpfen
freundlich vor ihm knickste, sah wirklich so aus, als würde Mutter
Germania einem fremden Soldaten eine besondere Ehre erweisen.

Der Soldat fuchtelte wütend mit dem Gewehr herum und schrie
in gebrochenem Deutsch: „Hund tot, oder alle tot!" Die Frau Inspektor klopfte ihm besänftigend auf die Schulter und reichte ihm
eine leckere Rauchwurst. Andere stopften ihm Kuchen, Schokolade
und Bonbons in die Taschen. Ich war erstaunt, wo all die guten
Sachen herkamen, denn ich hatte sie seit Kriegsbeginn aus dem
Gedächtnis verloren.

Der Soldat war ein Unteroffizier. Die übrigen fünf Soldaten hinter
ihm hatten es nicht gewagt, sich zu rühren. Nun wurden sie auch
lebendig.

Die Erwachsenen mussten antreten und wurden nach Uhren
und Schmuck durchsucht. Dabei wurde ihnen das spitze Bajonett
unter die Nase gehalten. Herr Mann, der Wohnungsinhaber, der
noch den Krieg 1870/71 miterlebt hatte, schäumte vor Wut über
diese Behandlung. Er zitterte am ganzen Körper, schimpfte in den
unflätigsten Ausdrücken und machte Anstalten, dem Soldaten das
Gewehr zu entreißen. Die Frau Inspektor und die anderen schrien
ihn an, er solle den Mund halten. Aber es schien über seine Kräfte
zu gehen, sich zu beruhigen. Die Situation drohte sehr gefährlich
zu werden.

Währenddessen durchbohrten die Soldaten mit ihren Bajonetten
die Betten, sodass die leichten Daunenfedern wie Schnee durch die
Stube wirbelten. Einige nahmen Lebensmittel aus der Küche oder
suchten unter den Betten und hinter den Möbeln nach verstecktem
Geld und Schmuck.

Auch wir Jungen mussten antreten und unsere Hosentaschen
auskrempeln. Da kam zum Vorschein, was Buben immer in ihren
Taschen haben: ein altes Messer, viel Bindfaden, ein paar Knöpfe,
ein paar Kupferpfennige. Mit großer Verachtung und einer edlen
Geste überließ uns der junge Soldat unser Eigentum und unterhielt
uns in seinem gebrochenen Deutsch auf eine fast heitere Art.

In der Zwischenzeit machte der Unteroffizier Fräulein Käthe,
die mit ihren sechzehn Jahren und dem vor Aufregung geröteten
Gesicht wahrhaft appetitlich aussah, den Hof. Sie wurde in eine

Ecke geführt und durfte all ihren Schmuck behalten. Er streichelte ihr Gesicht, betrachtete aufmerksam ihre langen blonden Zöpfe, prüfte ob sie auch echt seien, und küsste dann mit der Grandezza eines baltischen Barons ihre beiden Hände.

Schließlich jagte er alle Soldaten hinaus und verkündete in gebrochenem Deutsch, am Abend allein wiederzukommen. Endlich stolperten die ungebetenen Gäste durch die Küchentür über den Hof auf die Straße, wahrscheinlich um einer anderen Familie ihren „Besuch" abzustatten.

Wir waren erschüttert und verwirrt. Dieser Auftritt war wie ein Albtraum gewesen. Nur der penetrante Geruch der fremden Uniformen, der noch wie eine Wolke in den Räumen hing, bewies, dass es sich um die reine, wenn auch kaum glaubhafte Wirklichkeit handelte.

Die Frauen weinten. Fräulein Grete deutete immer auf einen Wandspruch und sprach mit deutlichem Nachdruck das aus, was sie ihrem Beruf als angehende Lehrerin schuldig war: „Sorge, aber sorge nicht zu viel. Es kommt doch alles wie Gott will." Dieser Spruch wirkte beruhigend auf uns.

Fräulein Käthe war die Heldin des Tages. Sie hatte in einer bedrohlichen Situation rettend eingegriffen, aber dadurch eine zweite Gefahr heraufbeschworen. Sie selbst war so naiv und einfältig, dass sie es nicht bemerkte. Bildlich gesprochen: Sie verlangte nach Kuchen und Schokolade, obwohl sie gerade festgestellt hatte, dass diese leckeren Sachen irgendwo versteckt sein mussten.

Den ganzen Abend ging es hin und her. Man beriet, was man mit dem Hund machen sollte und wie man sich verhalten sollte, wenn der Soldat wirklich allein zurückkäme. Sollte man Fräulein Käthe verstecken oder in ein Nachbarhaus bringen? Dann würde er vielleicht vor Wut um sich schießen und ein Blutbad anrichten.

Zu guter Letzt unternahmen wir gar nichts, blieben bis gegen zwölf Uhr auf und schliefen dann erschöpft ein. Offenbar kam niemand mehr.

Am folgenden Morgen gab es eine Reihe bestürzender Neuigkeiten. Das Fenster in unserem Zimmer war eingeschlagen, und neben unseren Betten lag eine russische Handgranate, die nicht explodiert war. Der Inspektor ergriff sie vorsichtig, lief in den Hof und ließ sie in den tiefen Brunnen fallen, wo sie wie ein Stein versank.

Erst jetzt wurde uns bewusst, welcher Gefahr wir entronnen waren. Im Tiefschlaf hatten wir Jungen nichts davon mitgekriegt. Kurze Zeit später erschütterte mich eine zweite Nachricht. Unser treuer Bernhardiner, der Freund aller Anstaltskinder, war tot. Der Inspektor hatte ihn im Stall mit dem Beil erschlagen und im Garten begraben. Er hatte es getan, um mögliche Gefahren von seiner Familie und von uns allen abzuwenden.

Gleichwohl war ich sehr aufgewühlt und fast wütend auf ihn. In den ersten Tagen konnte ich ihm diese Bluttat weder glauben noch verzeihen. Erst als ich sah, wie blass er dasaß, begriff ich, wie schwer ihm diese Entscheidung gefallen sein musste. In mir stieg eine dunkle Ahnung auf von der Härte des Lebens, von der Notwendigkeit, etwas zu tun, was normalerweise nicht dem eigenen Charakter entspricht.

Nachbarn huschten herein und brachten Schreckensnachrichten. Namen von Deportierten wurden genannt, die jeder kannte. Dieser und jener sei erschlagen worden.

Gegen Mittag kam dann der Unteroffizier, der Fräulein Käthe seinen Besuch angekündigt hatte. Zum Glück war er sternhagelvoll. Und weil die Häuser hier alle gleich aussahen, fand er nicht den Eingang zu unserer Wohnung. Stattdessen torkelte er fluchend über den Hof und durch den kleinen Garten, legte sich schließlich neben den Brunnen und schoss mit seinem Gewehr geradewegs in den Himmel, als wolle er den lieben Gott für alles verantwortlich machen, was ihm nicht gefiel.

Wir waren mucksmäuschenstill. Irgendwann hatte er alle seine Patronen verschossen, legte sein Gewehr – bekanntlich die „Braut des Soldaten" – friedlich neben sich und schlief im tiefen Schnee ein. Wir bewachten seinen Schlaf aus der Ferne und haben uns selten im Leben so ruhig verhalten.

Am späten Nachmittag erwachte er, stand auf, schlug die Arme über Kreuz, wie es die Waldarbeiter tun, um sich zu wärmen, stapfte eine Weile durch den Schnee, schulterte sein Gewehr und verschwand durch das Hoftor.

Am Abend zogen russische Truppen über unsere Straße nach Norden. Eine vage Vermutung machte sich breit, dass deutsche Patrouillen bereits im Süden der Stadt sein müssten. Wir hörten Schüsse und fernes Artilleriefeuer.

Unendlich schien uns die Menge der russischen Soldaten. Sie marschierten schweigend, ernst, offenbar niedergeschlagen und müde von dannen. Da die Gaslaternen auf der Straße leuchteten, wurden die Konturen ihrer Gesichter mit den hohen Schirmmützen und die Gewehre mit den Dreikant-Bajonetten wie Schattenrisse auf die Fenstervorhängen projiziert. Noch heute sehe ich einzelne Gesichter so deutlich vor mir, dass ich sie zeichnen könnte.

Etwa zwei Stunden dauerte dieser schweigsame Vorbeimarsch. Wir saßen gespannt und regungslos in unseren Zimmern und starrten wie gebannt aus den Fenstern.

Der nächste Tag verlief ruhig und ohne Zwischenfälle. Es war Sonntag, der 21. März 1915. Der Frühling brach an. In den alten Bäumen auf dem Hof zwitscherten die Stare verheißungsvoll. Eine wohltuende Wärme lag über der Erde. Der Schnee begann zu schmelzen. Gegen Abend wurde der Kanonendonner aus südlicher Richtung wieder lauter.

Als wir am nächsten Morgen beim Kaffee saßen, stürmten ein paar Nachbarinnen herein und riefen: „Die Deutschen sind da! Die Deutschen sind da!"

Wie elektrisiert sprangen wir auf. Alle weinten, alle fielen sich in die Arme. Im selben Augenblick schlugen Granaten in der Nähe ein. Wir warfen uns auf den Boden. Dann hörten wir Schreie und Schüsse von draußen.

Durch das Fenster sahen wir Szenen eines Straßenkampfes. Ein junger Russe hämmerte mit den Fäusten gegen unsere Tür und schrie auf Deutsch und Russisch um Hilfe. Wir wollten ihn schon hereinlassen. Aber der Inspektor schrie mich an, die Tür verschlossen zu lassen. Kurz darauf hörten wir gellende Todesschreie, dann war es still. Offenbar war er durch mehrere Bajonettstiche getötet worden. Deutsche Soldaten rannten über die Straße, warfen sich hinter den Staketenzaun, der den Platz an der katholischen Kirche einfriedete, und schossen vor dort aus in Richtung Ferdinandplatz. Allmählich verebbte der Kampflärm.

Ich war entsetzt und hatte Mühe, meine Empörung im Zaum zu halten. Im ganzen Haus herrschte betretenes Schweigen. Man war wie gelähmt und wusste nicht, ob man richtig gehandelt hatte.

Nach einer Weile ging der Inspektor hinaus und kam bedrückt zurück. Alle Augen starrten ihn an. „Ein junger russischer Soldat …

er ist tot!" sagte der Inspektor tonlos. Aber er ließ uns nicht hinaus, um den Toten zu sehen.

Geraume Zeit später kam ein Lastwagen. Wir sahen durch das Fenster, wie der Tote auf einen Berg von Leichen geworfen wurde. Als wir hinausgingen, fanden wir vor der Tür nur noch eine Blutlache vor. Der Schnee schmolz und das Wasser in der Gosse färbte sich hellrot.

Nun waren wir befreit. Aber mitten im Jubel erfüllten mich Angst und Schrecken. Tief im Innern ärgerte ich mich, dass die deutschen Soldaten den jungen Russen nicht gefangen genommen hatten, denn er wehrte sich offensichtlich nicht mehr. Sein Todesschrei war mir noch lange in den Ohren.

Ich nahm es auch dem Inspektor übel, dass er mir verboten hatte, die Tür zu öffnen. Vielleicht hätte man ihn retten können. Oder hatte ich mich von meinen Gefühlen zu einer Haltung hinreißen lassen, die man „weltfremd" nennt?

Doch irgendwann riss mich die allgemeine Begeisterung mit, die alle Menschen in der Stadt erfüllte. Die Frau Inspektor steckte uns ein paar belegte Brote in die Tasche. Dann liefen wir hinaus, um uns die Spuren der Kämpfe anzusehen. Mein Bruder und ich rannten über den Platz der katholischen Kirche, durch die Polangenstraße und bogen in die Libauer Straße ein, die Hauptstraße Memels.

Der Schnee schmolz so stark, dass das Wasser in kleinen Bächen in den Rinnsteinen davon strömte. Es war rot gefärbt. Mit der Befreiung erlebten wir den ersten Frühlingstag. Die Sonne schien und alle hatten das Gefühl, dass ihnen ein neues Leben geschenkt worden war.

Bilder des Schreckens gab es genug. Da und dort lagen tote Russen an den Hauswänden. Man hatte ihnen die Stiefel ausgezogen, das Schneewasser umspülte ihre schmutzigen Füße. Von weitem sahen die Leichen aus wie zerfledderte Lumpen. Mützen, Gewehre, Patronentaschen, Lederriemen lagen verstreut auf der Straße.

Im Metzgerladen von Petroschka war die große Schaufensterscheibe eingeschlagen. In der Auslage lagen zwei tote Russen, friedlich im Tode umarmt. Ihre nackten Füße hingen heraus. Offenbar hatten sie hier Schutz gesucht.

Auf der Straße waren Gruppen gefangener Russen damit beschäftigt, die Straßen zu reinigen. Man hatte ihnen Strauchbesen in die Hand gedrückt sowie Schaufeln und Karren. Daneben stand der Gefangenenaufseher mit aufgepflanztem Bajonett.

Mein Bruder und ich haben uns jede Gruppe genau angesehen. Gestern waren sie noch die Herren der Stadt gewesen. Jetzt mussten sie hier niedere Arbeiten verrichten und konnten froh sein, überhaupt zu leben. Man sah ihnen an, dass sie mit ihrem Schicksal zufrieden waren. Einige begannen sich neugierig umzuschauen oder drehten sich aus schmutzigem Zeitungspapier die erste Zigarette nach der Katastrophe.

Am Kaiser-Wilhelm-Platz lagen viele Tote. Hier war besonders heftig gekämpft worden. Es gibt auch ein in Memel sehr bekanntes Gemälde* von *Prof. Carl Storch-Königsberg*, das die Szene recht naturalistisch wiedergibt.

Wir eilten weiter durch die Friedrich-Wilhelm-Straße zum Steintor hinaus, um das Schlachtfeld bei Althof zu besichtigen. Hier sah es wüst aus. Viele Häuser an der Straße waren niedergebrannt, darunter mein Geburtshaus. Meine Mutter war von Starrischken hierher gekommen, um im Hause eines Verwandten die Geburt abzuwarten. Ich war oft mit ihr hier gewesen. Jetzt stand ich mit meinem Bruder in den Ruinen, über denen der Rauch aufstieg.

Überall schwelte es noch. Die Häuser sahen leer aus. Trotzdem war die Straße voller Menschen, die den Kriegsschauplatz sehen wollten. Auf den weiten Feldern des Gutes Althof hatte der Landsturm versucht, die eindringenden Russen aufzuhalten. Zerborstene Kanonen, tote Pferde, Wagen ohne Räder, allerlei deutsche und russische Ausrüstungsgegenstände lagen hier herum, der Schnee war blutig.

Tote Deutsche sahen wir nicht mehr. Sie wurden schon weggetragen. Die Russen dagegen lagen fein säuberlich in einer Reihe übereinander gestapelt, ein Leichenberg von etwa hundertfünfzig Metern Länge und über einem Meter Höhe.

Wir gingen die Reihe entlang und sahen uns alles an, mit einem Gefühl des Grauens. Die Stiefel der Soldaten waren ausgezogen, wie überall; die nackten Füße ragten aus dem Leichenhaufen heraus. Die Gesichter waren blau, denn die Toten hatten schon mehr als drei Tage dort gelegen. Wir sahen schreckliche Wunden, fehlende

---

*Druckgrafik „Die Vertreibung der Russen aus Memel am 21. März 1915",
Leipzig, 1915 (Deutsches Historisches Museum, Berlin)

Arme und Beine, aufgerissene und ausgeblutete Leiber, gespaltene Köpfe. Die offenen, gebrochenen Augen starrten ins Leere. Die Mienen waren verzerrt, manchmal aber auch friedlich, so als hätte beim Hinübergehen in eine andere Welt die Bereitschaft zur Aussöhnung mit den Menschen gesiegt.

Angewidert und von den seltsamsten Gefühlen hin und her gerissen, verließen wir das Schlachtfeld. Da die deutschen Toten fehlten, die ein Gleichgewicht hätten schaffen können, hatte ich einfach nur Mitleid mit den russischen Gefallenen. Sie lagen da, ihre Frauen und Kinder wussten noch nichts von ihrem Schicksal und würden es vielleicht nie erfahren. Es waren einfache Leute, wie mir schien, Bauern, Handwerker und Arbeiter.

Wir liefen durch die Stadt zurück zum Kirchhof in der Alexanderstraße, weil wir gehört hatten, dass dort die Russen begraben werden. Einige Leute wohnten der Beerdigung bei. Gefangene Russen betteten die Toten in langen Reihen in ein riesiges Grab. Da ruhten sie eng beieinander und wurden mit einer dicken Kalkschicht bestreut, um ansteckende Krankheiten zu vermeiden.

„Auf Wiedersehen im Massengrab!" murmelte ein Mann hinter mir. Die deutschen Soldaten versuchten, uns Kinder zu vertreiben. Ich wehrte mich nicht, denn ich hatte genug gesehen. Ich nahm meinen Bruder bei der Hand und wir gingen langsam durch die Stadt nach Hause – in die Töpferstraße.

Es wurde erzählt, dass die Russen auf der Straße nach Polangen durch Beschuss der beiden deutschen Kreuzer „Goeben" und „Breslau"* entsetzliche Verluste gehabt haben sollen. Außerdem hörten wir viel von Verschleppungen nach Russland, von Ermordungen, von wundersamen Rettungen. Jeder hatte etwas Besonderes erlebt und zu erzählen. Fremde Menschen sprachen miteinander wie alte Bekannte. Es war ein eigenartiger, durchaus ungewöhnlicher Tag, dieser 22. März. Viele erinnerten auch an den Geburtstag des alten Kaisers und nahmen es als eine besondere Schicksalsfügung, dass Memel gerade an diesem Tag befreit worden war.

---

*Ein Gerücht. Tatsächlich operierten die Kreuzer SMS Goeben und SMS Breslau zu dieser Zeit unter osmanischer Flagge im Schwarzen Meer, wo sie am 29. Okt. 1914 den Seekrieg mit Angriffen auf die russ. Häfen Noworossijsk, Odessa und Sewastopol eröffneten, was am 2. Nov. 1914 zur russischen Kriegserklärung an das Osmanische Reich und am 3. November zum Angriff der Royal Navy auf die Dardanellen führte.

Um es vorweg zu nehmen: Der 22. März war für Memel in doppelter Hinsicht von historischer Bedeutung. An diesem Tag im Jahre 1939 verließen die Litauer nach sechzehnjähriger Besatzung die Stadt, und die deutschen Truppen rückten von Süden her ein.

Doch zurück in das Jahr 1915. Am Tag nach der Befreiung zogen große deutsche Truppeneinheiten durch die Stadt in Richtung Osten. Ich stand am Kaiser-Wilhelm-Platz und sah den unendlichen Vorbeimarsch, Infanterie und Artillerie, Treck und Pioniere. Es waren junge Soldaten, sehr siegessichere Fronttruppen, die schon viele Kämpfe hinter sich hatten und die daher einen viel festeren und entschlosseneren Eindruck machten als etwa der Landsturm, den ich vor einigen Tagen an der Luisenhöfer Brücke beobachtet hatte. Es war Abend und die Straßenlaternen beleuchteten die jungen Gesichter. Etwas Hektik lag in der Luft. Die ganze Stadt veränderte ihr Gesicht. Überall jubelte man den schweigend vorbeiziehenden Formationen zu.

Es kursierten Gerüchte, dass russische Einheiten einen neuen Vorstoß auf die Stadt Tilsit begonnen hatten, und zwar vom historischen Ort Tauroggen* herkommend, wo 1812 der preußische General Yorck und der russische General von Diebitsch eine Konvention** schlossen, die den Befreiungskrieg einleitete.

Als ich am nächsten Tag mit meinem Bruder durch die immer noch von aufgeregten Menschen bevölkerten Straßen bummelte, erlebte ich eine Kundgebung in der Marktstraße. Vor dem Hotel „Berliner Hof" standen zwei Posten, während sich auf der Freitreppe ein junger Offizier, der die Hand hob, mit einer Ansprache an die Menge richtete. „Der Prinz Joachim", ging es ehrfürchtig von Mund zu Mund. Ich hatte noch nie einen Prinzen gesehen und drängte mich daher näher heran, um ihn aus der Nähe betrachten zu können. Er hatte das berühmte Hohenzollerngesicht. Er sprach ganz normal, ohne das berühmte Schnarren der preußischen Leutnants, und überbrachte den Bewohnern der nun wieder befreiten Stadt Memel Grüße von seinem Vater, dem Kaiser, sowie von General Hindenburg. Mit wenigen Worten erinnerte er an die Zeit, als sein Urgroßvater in Preußens dunkelster Epoche als Junge hier gelebt

---

* Tauragė
** Konvention von Tauroggen, 30. Dez. 1812: Ein Waffenstillstand während des Russlandfeldzugs, abgeschlossen vom preuß. Generalleutnant Johann David Ludwig von Yorck und dem russ. Generalmajor Hans Karl von Diebitsch

hatte. Dieser Urgroßvater war der Prinz, den ein biederer Memeler Schuster „total versohlt und vernagelt" hatte.

Als er geendet hatte, trat ein älterer Offizier aus seinem Gefolge nach vorne und rief: „Seine Majestät, unser allergnädigster Kaiser und König, Hurra, Hurra, Hurra!" Die Menge stimmte ein und sang mit entblößtem Haupt das Deutschlandlied.

Zufrieden und stolz schlenderte ich mit meinem Bruder weiter. Überall gab es etwas zu sehen und zu hören. Wir gingen zur Post, denn dort hatte sich in der Russenzeit eine besondere Geschichte zugetragen, die später unter dem Titel „Das Fräulein Memel" in den Lesebüchern ihren Platz fand.

Die schnelle Befreiung der Stadt war einem Memeler Mädchen, einer Telefonistin, zu verdanken. Sie floh nicht, sondern blieb allein in dem großen leeren Postamt und informierte das deutsche Hauptquartier Ost über alles, was geschah. So hatte sie die Ehre, mit den Generälen Hindenburg und Ludendorff* zu sprechen. Die Russen hielten das rote Backsteingebäude der Post mit seinem Türmchen irrtümlich für eine Kirche. Sie stellten sich auf, beteten und trotteten weiter, anstatt die Kabel zu durchschneiden. Das „Fräulein Memel" musste einige Tage hungern, frieren und Ängste durchleben, bis die Russen schließlich in das Postgebäude eindrangen, ohne ihr jedoch etwas anzutun. Später erhielt sie einen Dankesbrief mit einem Geschenk von Reichspräsident Hindenburg und eine goldene Uhr vom Kaiser. Ihren richtigen Namen habe ich vergessen.

An dieser Stelle möchte ich einige allgemeine Bemerkungen zu den damaligen Ereignissen machen. Aufgrund der fast zweihundertjährigen preußisch-russischen Freundschaft war der Krieg gegen Russland zunächst keineswegs populär. Es war ein Krieg ohne Hass, jedenfalls bei den Ostdeutschen.

Von einer Diffamierung der Russen, wie sie etwa durch den Rassenwahn der Nationalsozialisten praktiziert wurde, konnte keine Rede sein. Zwar war man der Ansicht, dass es sich um ein kulturell noch nicht entwickeltes Volk handelte, was wohl demografische Gründe hatte, denn die Landbevölkerung bestand zu 75 Prozent, in abgelegenen Gebieten bis zu 90 Prozent aus Analphabeten.

Die russischen Kriegsgefangenen liebten es, mit den Kindern zu spielen. Sie schnitzten ihnen mit ihrem handwerklichen Geschick

---

*Erich Ludendorff (1865 – 1937), dt. General und Politiker

155

Spiele aus Holz. Sie galten als kinderlieb, waren gute Landarbeiter und wurden auf den Bauernhöfen sehr geschätzt und dementsprechend gut behandelt. Wenn sie abends mit ihren schönen Stimmen ihre melancholischen Lieder sangen, versammelte sich das ganze Dorf.

Die Werke der russischen Dichter Gorki, Gogol, Dostojewski und vor allem Leo Tolstoi, der erst 1910 unter dramatischen Umständen, an denen ganz Europa fieberhaft Anteil nahm, gestorben war*, standen in fast jedem deutschen Bücherschrank.

Die Russen, die Memel erobert hatten, waren zum Teil Deutschbalten aus den Regionen Libau und Riga, Reichswehrbataillone und Marineinfanterie, die deutsch sprachen. Darüber hinaus Letten und Esten, die sich alle verständigen konnten, wenn auch in gebrochenem Deutsch.

Natürlich war Krieg und es wurde hart gekämpft, aber der Kontakt von Mensch zu Mensch war keineswegs abgebrochen oder unmöglich geworden wie im Zweiten Weltkrieg.

Dies alles muss man wissen, um die Situation einigermaßen richtig beurteilen zu können.

In den ersten Augusttagen ereignete sich im südlichen Ostpreußen folgendes: Als der Pfarrer eines Dorfes zum Gottesdienst gehen wollte, kam der Küster bleich vor Schreck angelaufen und flüsterte ihm zu, dass bis an die Zähne bewaffnete Russen in die Kirche eingedrungen seien. Der Pfarrer war entsetzt, fasste sich aber, nahm seine Bibel und ging zielstrebig zum Altar. Da saß die Dorfgemeinde wie jeden Sonntag. Nur hinten in den Bänken saßen Russen, und überall an den Wänden standen sie, das Gewehr vor sich auf dem Boden. Der Pfarrer begann mit zitternder Stimme aus der Bibel vorzulesen, und dann setzte mit mächtigem Schwung die Orgel ein. Wer kann sein Erstaunen beschreiben, wie sich die Atmosphäre von Angst und Feindseligkeit in Wohlwollen und echte Herzlichkeit wandelte, als die „Russen" mit ihren sonoren Stimmen die deutschen Kirchenlieder mitsangen, ohne ein Gesangbuch zu haben, und das Vater-

---

*Aufgrund staatlichen Willkürmaßnahmen und familiäre Konflikte verließ Lew Nikolajewitsch Tolstoi mit seinem Arzt und seiner jüngsten Tochter die Familie zu einer letzten, spektakulären Reise in den Süden. In einem offenen Zug erkrankte er an einer Lungenentzündung und starb am frühen Morgen des 20. November 1910 im Haus des Bahnhofsvorstehers in Astapowo (heute: Lew Tolstoi), umlagert von der Weltpresse.

unser und das Glaubensbekenntnis laut und deutlich in deutscher Sprache mitbeteten. Es waren Wolgadeutsche.

Sie wurden vom ganzen Dorf eingeladen, verbrachten den Nachmittag mit den Dorfbewohnern und zogen gegen Abend, sich entschuldigend, als Feinde gekommen zu sein, in die Schlacht bei Tannenberg. Für die meisten dürfte es der letzte Gottesdienst gewesen sein.

14 Marita

LAUT POLIZEIVERORDNUNG durften die Landflüchtlinge in den ersten Tagen die Stadt nicht verlassen, da noch viele Russen in den Wäldern und Dörfern Unterschlupf gefunden hatten. Die Bauern ließen sich jedoch nicht aufhalten, denn der Frühling war plötzlich da und die Felder mussten bestellt werden. Außerdem waren sie neugierig, wie die Welt zu Hause wohl aussehen würde.

So machte sich auch der Inspektor bereit, mit seiner Familie in die Anstalt zurückzukehren. Er eröffnete meinem Bruder und mir, dass wir die Osterferien bei unserer Tante in *Starrischken* verleben sollten. Die Frau Inspektor füllte unsere Taschen mit wohlschmeckenden Broten und gab jedem eine kleine geräucherte Wurst mit, sodass wir für den weiten Weg gut versorgt waren.

Es war ein schöner Tag. Wir fuhren mit der Straßenbahn bis zur Endstation Schmelz und wanderten dann langsam in Richtung Kanal. Es war der Weg, den ich schon oft als Kind gefahren war. Wie heimatlich sah die erste Kanalbrücke aus. An den Franzosensteinen blieben wir stehen und lasen, was hier geschehen war. Wir wussten nun, was Krieg war, und wie er aus der Nähe aussieht.

Aber je näher wir dem Haus meines Vaters kamen, desto langsamer gingen wir. Ich wusste, dass wir keine willkommenen Gäste sein werden. Meine Tante war der Ansicht, dass wir auch in den Ferien in der Anstalt bleiben sollten, wobei der Inspektor natürlich seine Ruhe haben wollte. Die Meinungsverschiedenheiten wurden, wie so oft, auf dem Rücken der Schwächsten ausgetragen. Mein Bruder war noch zu klein, um das alles so zu empfinden. Seine Unbefangenheit war mir aber auch eine gewisse Hilfe.

So saßen wir lange auf den noch schneebedeckten Böschungen des Kanals und wagten uns erst abends, als es unangenehm kalt wurde, in das Haus, das doch unser Vaterhaus war und in das wir nun als Fremde einkehrten.

Meine Tante schrie auf, als sie uns sah: „Mein Gott, die Kinder sind da!" Die Kinder, das waren wir. Und dann standen sie alle um uns herum und schauten uns genau an. Bald wurde es etwas familiärer. Wir bekamen unser Abendbrot und mussten ununterbrochen erzählen, denn wir hatten genug erlebt, um einen großen Kreis zu unterhalten.

Unsere vielen Cousinen, alle sehr hübsch und im Backfischalter, waren überaus freundlich zu uns. Allmählich tauten wir auf.

Nun erfuhren wir auch, dass die Russen nur bis in die Gegend der Zellulosefabrik vorgedrungen waren, und der ganze südliche Teil der Vorstadt Schmelz feindesfrei war. Im Gasthaus Starrischken hatten Hunderte von Flüchtlingen Unterschlupf gesucht. Deshalb waren Küche und Keller bei unserer Ankunft leer.

Ich hörte noch Tante und Onkel miteinander flüstern, dann gingen wir schlafen, oben in einem der Gästezimmer. Ich sah den Kanal in der Dunkelheit, sah die Brücke, hörte den mächtigen Wald rauschen und wurde von tausend Kindheitserinnerungen überwältigt, die sich in meinen Träumen fortsetzten. Die Mutter war wieder da und redete mir gut zu, obwohl sie selbst immer große Mühe hatte, mit den Unebenheiten des Lebens fertig zu werden. Ich nickte immer und sagte zu allem ja; und ich würde alles so machen, wie sie es wollte.

Am anderen Morgen sagte meine Tante beim Frühstück, dass es besser wäre, wenn wir zurückgingen. Sie hätten keine Lebensmittelkarten für uns und ihre Vorräte seien durch die Flüchtlinge völlig aufgebraucht. Ich wagte in einer gewissen Lethargie nicht zu widersprechen, es ließ sich wohl auch nichts ändern.

Wir bekamen ausreichend Proviant und jeder eine Mark für die Straßenbahnfahrt. Dann nahm ich meinen Bruder bei der Hand und wir verließen unser Vaterhaus. Zuerst war ich sehr traurig. Dann aber wurde es ein schöner Tag. Wir ließen Steine über die glatte Wasserfläche des Kanals schlittern, beobachteten die vielen Wasservögel am Teich, tranken Limonade im Bunten Bock, trauten uns aber nicht in all die Gasthäuser, in denen ich früher bis zum Überdruss mit Kuchen vollgestopft worden war. Ich hatte irgendwie mein Selbstvertrauen fast verloren.

Am Nachmittag stromerten wir durch die Stadt. Gegen Abend gingen wir über die Luisenhöfer Brücke und sahen zwischen den hohen, noch kahlen Bäumen die Anstalt. Wir warteten, bis es dunkel wurde, schlichen uns in den großen Speisesaal und ließen uns müde auf eine lange Bank um einen Tisch sinken.

Wir hörten die Frau Inspektor herumlaufen, rührten uns aber nicht. Durch einen Zufall kam sie mit einer brennenden Lampe herein und schrie genauso auf wie meine Tante: „Mein Gott, die Kinder!"

Sofort war auch der Inspektor zur Stelle. Wir erhoben uns ehrfurchtsvoll von unserer Bank.

„Warum seid ihr denn zurückgekommen?" fragte er, aber nicht ungehalten, sondern mit väterlichem Tonfall.

Ich antwortete: „Meine Tante sagt, die Lebensmittelkarten seien hier, und sie sei von den vielen Flüchtlingen vollständig ausgeraubt, und wir sollten wieder in die Anstalt zurückkehren."

Die Frau Inspektor murmelte etwas vor sich hin. Er aber fragte, ob wir schon gegessen hätten, nahm uns an der Hand und führte uns in sein Wohnzimmer. Dort bekamen wir zu essen und mussten erzählen, erzählen, erzählen.

Dann gingen wir schlafen, oben im großen Schlafsaal. Es war unheimlich, so allein zwischen all den Betten. Ein Gefühl von Ekel und Hilflosigkeit stieg in mir hoch. Ich weinte mich in den Schlaf.

Am nächsten Tag ging es mir schon besser. Die Sonne schien, der Frühling brach an, die Stare kehrten in ihre Nistkästen zurück, die wir im Werkunterricht gebaut hatten. Sie machten einen solchen Lärm, dass ich sogar meinen Kummer vergaß. Es gab viel zu tun, denn überall lagen noch Kleidungsstücke und allerlei Sachen von den Kämpfen herum.

Gegen Mittag kamen zwei deutsche Landser, schon mit grauen Bärten, und behaupteten, sie hätten den Befehl, die Keller nach versteckten Russen zu durchsuchen.

Wir standen vor der Kellertür. Ich mit klopfendem Herzen: Was würde geschehen? Der eine Landwehrmann steckte sich in großer Ruhe seine Pfeife an und entsicherte sein Gewehr. Der andere legte sein Bajonett an. So stiegen sie die Treppe hinunter.

„Aber auf keinen Fall dürfen Sie einen töten, der sich ergeben will!" rief ich ihnen zu. Die Szene mit dem jungen Russen vor unserer Haustür lag mir noch schwer auf dem Herzen.

Ich hörte die Soldaten durch die Keller stampfen. Dann kamen sie wieder nach oben, ohne dass ein Schuss gefallen war. Niemand war glücklicher als ich. Ich begleitete sie zum Herrenhaus, wo die gleiche Zeremonie begann. Es schien mir, als stiegen sie in eine bedrohliche Unterwelt hinab.

In den folgenden Tagen wurde die Anstalt von einer durchziehenden Kompanie besetzt. Es waren Elsass-Lothringer, schon ältere Leute, wahrscheinlich Landwehr. Untereinander sprachen sie oft französisch, was uns sehr fremd vorkam.

Immerhin sahen wir nun aus nächster Nähe das Leben der Soldaten im Alltag, wie sie ihre Kleider und Schuhe putzten, wie sie ihre Gewehre und Maschinengewehre säuberten, wie sie ihre Hemden an der Pumpe wuschen. Wir sahen die dampfende „Gulaschkanone" ihren Eintopf kochen, bekamen etwas davon ab und waren bald mit allen befreundet.

Einmal sah ich, wie sie eine große Schale mit Froschschenkeln, die noch zuckten, von der Dange brachten. Sie häuteten die Schenkel ab und gaben das weiße Fleisch in den großen Kessel. Auf meine Bemerkung, dass mir ein solches Gericht zuwider sei und vor allem, dass es Tierquälerei sei, antworteten sie lachend, dass die Froschschenkel nachwachsen würden, was ich natürlich nicht glaubte. Später sah ich auch, wie sie die Frösche einfingen, die langen Hinterbeine mit einer Schere abschnitten und den so verstümmelten Froschkörper ins Wasser fallen ließen - zum Nachwachsen.

Inzwischen zogen die deutschen Truppen, den russischen Einfall auf Memel beantwortend, nach Norden hinauf. Bald fielen Libau, Riga und Dünaburg.

Als wir eines Tages im August den Weizen von unserem kleinen Feld einfuhren und viel damit zu tun hatten, die Mäuse zu fangen, die sich in den aufgestellten Garben warme Nester gebaut hatten, kam die Nachricht, dass Kowno, das spätere Kaunas, die Hauptstadt Litauens, gefallen sei. Wir riefen wie immer dreimal Hurra, aber es gab keinen Feierabend mehr, denn bei den vielen Siegen hätten wir sonst dauernd feiern müssen. Das böse Wort vom „Totsiegen" ist, glaube ich, in dieser Zeit entstanden.

Das ganze Leben in der Anstalt wurde ernster, arbeitsreicher und auch schwerer, wie in ganz Deutschland. Butterbrot gab es nur noch am Samstagabend, sonst aßen wir trockenes Brot. Es war

Gott sei Dank selbst gebackenes Bauernbrot, so dass es wenigstens schmackhaft blieb, bis später Maismehl und andere immer undefinierbarer werdende Zutaten beigemischt wurden. Zu Mittag gab es meist nur drei Pellkartoffeln, und wenn eine schlecht war, musste man sich damit abfinden.

Vor dem Einschlafen, im Dämmerzustand, suchten mich Hungerträume heim. Sie waren keineswegs unerfreulich, sondern sehr farbenfreudig und plastisch. Zum Beispiel sah ich oft eine Schale mit Käsebrötchen vor mir, natürlich mit Tilsiter, um im heimatlichen Raum zu bleiben. Ich hatte nur mit dem Essen zu tun und wurde nie satt.

Ein anderer Traum kehrte häufig wieder. Ich war Lehrer an einer Landschule und befand mich mit Pferd und Wagen auf dem Heimweg vom Memeler Markt. Hinter meinem Sitz war der ganze Wagen vollgeladen mit Raderkuchen, Pfannkuchen, Streuselkuchen und Rosinenkuchen. Während ich mit der einen Hand das Pferd lenkte, hatte ich mit der anderen nur damit zu tun, die Kuchenstücke zum Mund zu führen. So betrachtete ich kauend die Landschaft, meist den mir so vertrauten Weg am Kanal entlang.

Solche Träume waren, wie gesagt, bunt und fröhlich. Man hätte sie malen können. Ich kam mir bald vor wie ein Neandertaler in seiner Höhle, der riesige Büffel an die Steinwände malte, nicht aus künstlerischem Bedürfnis, sondern weil er Hunger hatte.

Auch Kleidung und Schuhe wurden allmählich knapp. Einmal bekam ich für den Winter einen alten Soldatenmantel, der vorne noch einige Bajonettspuren aufwies und ansonsten mit großen, kaum abgewaschenen Blutflecken verziert war. Ich lehnte ihn ab und zog es vor, im Anzug zu gehen, bis mir der Inspektor ein besseres Stück besorgte, das ebenfalls vom Schlachtfeld stammte, aber immerhin gereinigt und gefärbt war.

Um diese Zeit stellte uns der Inspektor einen Streifen Land zur Verfügung, auf dem wir Gemüsebeete anlegen konnten. Ein wahrer Wetteifer entstand unter uns. Wir lernten, Karotten, Radieschen und Rettiche anzupflanzen. Unser ewig hungriger Magen spornte uns zu fleißiger Arbeit an. Am Abend schleppten wir Eimer und Kannen voll Wasser heran und lustwandelten in unserer Parzelle, indem wir mit sachverständigen Blicken die Leistungen unserer Nachbaren beurteilten.

Meine Spezialität waren Gurken und Kürbisse. Vor allem die Kürbisse konnten nicht groß und gelb genug sein, mich zu entzücken. Ich schenkte sie der Frau Inspektor und bekam dafür dann ein Glas eingemachter, kandierter Früchte.

Eines Tages sah ich im Gutsgarten einen Strauch mit großen roten Früchten, die wie Äpfel aussahen. Sehr verlockend. Ich wusste nicht, wie sie hießen.

In einem günstigen Augenblick sprang ich über den Zaun und griff nach dem roten Ding. Es roch nach nichts. Ich biss hinein, verzog das Gesicht und warf die so mühsam erbeutete Frucht in weitem Bogen von mir.

Es war die erste Tomate meines Lebens, die ich gekostet hatte und die damals „Liebesapfel" genannt wurde. Sie war in jenen Jahren bis nach Ostpreußen vorgedrungen. Bald belebte sie überall das Abendbrot. Ich fand sie dann mit Zwiebeln, Salz und Pfeffer ebenfalls sehr schmackhaft.

Unsere Spiele hatten sich vom Krieg abgewandt. Seit wir ihn kannten, hatte er seine Faszination verloren. Dafür gab es, besonders im Herbst, Straßenkämpfe zwischen uns und den Gutskindern, an denen sich auch die beiden Töchter des Gutsherrn beteiligten. Das machte den besonderen Reiz aus, denn sie waren hübsch und mutig zugleich.

Wenn ich sah, wie unsere Jungen ihnen mit Latten auf den Kopf schlugen und sie ebenso unbarmherzig zurückschlugen, fand ich das barbarisch und gefährlich zugleich. Da waren mir die Kastanienschlachten lieber, die blaue Flecken und ab und zu ein blaues Auge einbrachten. In den Schluchten rund um die Anstalt hallte unser Siegesgeschrei wider.

In den Herbstferien hütete ich unsere Gänse. Es waren wohl sechs oder sieben, die der Inspektor zur Verfeinerung des Kriegsmenüs angeschafft hatte und die auf den weiten Stoppelfeldern genügend Nahrung fanden. Ich tat es gern, denn es war eine besinnliche Beschäftigung, die mich mitten in die Einsamkeit der Landschaft versetzte. Gleichzeitig konnte ich lesen. Die vielen Hefte von „Krieg und Liebe", die das grausame Geschehen irgendwie vermenschlichten, oder die rotgebundenen Ullstein-Kriegsbücher.

Ich hatte aber auch Zugang zur Privatbibliothek des Inspektors und lieh mir Storm, Tolstoi, Gorki, Hauptmann und andere Dichter der Zeit aus. Besonders die Russen mochte ich. Dann kamen die Norweger und Schweden, Selma Lagerlöf, Ibsen, der skandalumwitterte Strindberg, schließlich die Franzosen Balzac, Flaubert, Zola, Romain Rolland, der trotz des Krieges ein Freund der Deutschen war, und Anatol France. Die Heimatdichter, wie Hermann Sudermann mit seiner „Frau Sorge", fesselten mich ebenfalls. Vieles verstand ich noch nicht, aber ich las weiter. Ein seltsames Spiel der Fantasie: Je weniger man etwas versteht, desto mehr wühlt es das Herz auf.

Das heißt, je gebildeter man ist, desto fader erscheint einem das Leben. Die Intellektuellen unserer Zeit empfinden das als absurd. Ja, Aufklärung hat eine bedrohliche Kehrseite.

Einmal stand auf einem anderen Berg ein Mädchen im roten Rock und hütete ihre Gänse. Sie erschien mir wie eine Gestalt, die mitten aus meinen Büchern herausgesprungen war. Langsam, wenn auch etwas gehemmt, näherte ich mich ihr mit meiner Gänseschar, und dann erkannte ich sie auch. Es war die Tochter des Kämmerers, der neben dem Inspektor auf dem Gut was zu sagen hatte.

„Alle Mädchen im Lande haben Haare wie reifes Stroh, doch der schönen Mete Haupt glänzt in Flammen lichterloh!" singt Agnes Miegel*. Hatte ich zu viel gelesen und geträumt, oder war sie wirklich so schön, diese Gänsehirtin?

Ein Paar schlanke hohe Beine, ein kurzer roter Rock, ein erdfarbener Pullover, der die zarte Rundung der Brüste leicht andeutete, schmale Arme, ein helles Gesicht mit mittelhoher Stirn und eben das rotblonde Haar, das, wohin sie auch ging, selbst an regnerischen Tagen voller Sonne schien.

Die blauen Augen standen etwas schräg zueinander, und das Gesicht wirkte durch die leicht hervortretenden Wangenknochen breiter, als es in Wirklichkeit war. Eine etwas fremdartige Schönheit, zweifellos hatte sie litauisches oder polnisches Blut. Eine Slawin. Sie war kühl und zurückhaltend und selbst in ihrem bezaubernden Lächeln wie durch eine Glaswand von mir getrennt.

Ich hatte viel gelesen und wusste, dass die Germanen die Slawen nicht besonders mochten. Überall in Europa, von der Ostsee bis zur Adria, wo die beiden Völker aufeinander trafen, gab es Streit, Händel und Krieg – mit den Männern. Aber die Frauen spielten in den deutschen Romanen eine faszinierende Rolle. Oft liebten die

*deutsche Dichterin und Journalistin (1879 – 1964)

Hauptfiguren ein slawisches Mädchen, eine Estin, eine Lettin, eine Litauerin, eine Polin, eine Slowakin, eine Tschechin, eine Slowenin ... Und diese Mädchen erschienen geheimnisvoll, verführerisch, mystisch und dämonisch, wie Mutter Erde selbst, wie eine Rückkehr zu den natürlichen Lebensräumen. Wer ihrem Feuer verfiel, war verloren. Liebe und Tod umarmten sich hier auf einem Lager aus Heu und Stroh.

Zweifellos hatte ich zu viel gelesen. Aber ich war so verzaubert von der schönen Schäferin, dass ich über die Mauer der gedruckten Worte hinweg zu ihr gelangte. Sie hieß *Marita*, und ich fand den Namen so einzigartig, dass ich ihn den ganzen Tag leise vor mich hinsprach. Es war der einzige Rückhalt in großer Not.

Zuerst hielten wir Wache oben auf dem Berg, meilenweit sichtbar für die ganze Welt. Dann schämten wir uns und versteckten uns in den bewaldeten Schluchten. Ich musste sehr vorsichtig sein, denn sie war sehr scheu. Ich ritzte die Anfangsbuchstaben ihres und meines Namens in die saftige Rinde eines Erlenbaumes und dachte daran, dass dies ein Zeugnis für Jahrzehnte sein würde.

„Sieh, die Buchstaben werden immer größer werden, und das Herz wird mit dem Baum wachsen, und es wird sehr groß werden und weit leuchten, und alle Menschen werden wissen ..."

„Aber sie sollen es nicht wissen", sagte sie trotzig. In solchen Augenblicken sah sie am reizvollsten aus.

Ich erzählte ihr aus meinen Büchern und führte sie im Geiste nach Russland und Frankreich, auch nach Norwegen oder wenigstens in die heimatlichen Moore am Memelstrom. Von Russland und Frankreich wollte sie nichts wissen. Das waren Feindesländer, dort kämpften ihre beiden großen Brüder. Sie war viel konsequenter im Guten und im Bösen als ich.

Manchmal sagte sie auch: „Ich lese keine Bücher. Warum sollte ich? Ich habe genug zu tun, zu arbeiten, zu singen, zu essen, zu schlafen. Wir sind viele Kinder und schlafen immer zu zweit in Betten aus Stroh. Meine Mutter kocht und näht von morgens bis abends."

Es erschien mir so wunderbar und selbstverständlich, wie sie das Leben meisterte und dabei so gut und sauber gekleidet aussah. Einfach, aber bezaubernd. Ich fühlte mich wie ein komplizierter Tollpatsch.

Strubbeliges schwarzes Haar, eine große Nase voller Sommersprossen, immer leicht gequält und nachdenklich. Aus allem machte ich ein Problem. Warum liebte sie mich eigentlich? Oder liebte sie mich gar nicht?

Einmal küsste ich sie stürmisch. Und sie küsste mich auch. Aber irgendetwas musste schiefgegangen sein, denn in den nächsten Tagen kam sie nicht, sondern hütete weit weg auf einem fernen Berg, sodass ich sie zwar sehen, aber nicht erreichen konnte. Es waren nicht die Felder, auf denen ich hüten durfte. Trotzdem wäre ich nicht gegangen, denn ich hatte auch meinen Stolz. Ich versuchte zu lesen. Aber die Bücher schmeckten plötzlich alle nach Stroh. Ich ritzte ihren Namen in alle Erlen.

Dann war sie wieder da und tat so, als wäre ihr Verhalten ganz selbstverständlich. Nun, dachte ich, mit dem Verstand ist das nicht zu begreifen.

Wir bauten uns eine Hütte aus Erlenlaub in einer tiefen Schlucht, räucherten einen Hering an einer Stricknadel und aßen ihn gemeinsam. Dann brieten wir Kartoffeln, die sie besorgt hatte. Und dann küssten wir uns.

Ich zitterte davor, dass die Herbstferien zu Ende gingen und ich sie nicht mehr sehen würde. Der bekannte Satz aller Verliebten „Ich kann ohne dich nicht mehr leben." stand schon als neue Lebenserfahrung vor mir, und ich musste sehen, wie ich damit umgehen konnte.

Aber es kam ganz anders und sehr überraschend. Eines Tages, als wir uns trafen, hatte Marita ein paar Trauben von der Südwand des Gutshauses mitgebracht und reichte sie mir. Das war etwas ungewöhnlich, denn das Memelland mit seinem rauen nordischen Klima ist kein Weinland.

In diesem Augenblick breitete mein Ganter seine Flügel aus, zischte wie eine Schlange und stürzte sich auf Marita. Vielleicht ärgerte ihn ihr rotes Kleid, vielleicht hatte er auch Appetit auf die Trauben bekommen.

Meine Peitsche sauste durch die Luft, die Lederschnur wickelte sich um den ausgestreckten Gänsehals. Ich zog die Peitsche etwas an, aber die Schnur löste sich nicht von ihrem Opfer, sie schien sich verknotet zu haben. Schon lag der Ganter mit ausgebreiteten Flügeln am Boden und zuckte nur noch.

„Er stirbt!" schrie Marita, und ihr Schrei hallte seltsam über das Stoppelfeld. Einen Moment lang war ich wie gelähmt, dann kniete ich mich vor das zuckende Etwas und versuchte, die Schnur zu lösen. Dabei rasten meine Gedanken und ich stellte mir das böse Gesicht des Inspektors vor, wenn ich ihm berichtete, dass der gute Zuchtganter tot war. Sicher würde es eine Standpauke geben.

Jetzt war die verdammte Schnur los, aber der Ganter bewegte sich kaum noch. Er war am Ersticken. Da zog ich entschlossen das Messer aus der Tasche und schnitt dem Tier die Kehle durch. Rotes Blut sickerte auf die Erde. Mit ausgebreiteten Flügeln lag der Ganter da, leuchtend weiß. Neben ihm stand der Tod, und wir Kinder spürten seine unsichtbare Anwesenheit.

Die anderen Gänse schnatterten gleichgültig. Sie konnten Leben und Tod nicht unterscheiden. Die Sonne schien ein paar Nuancen dunkler.

Marita schüttelte sich und sagte: „Das ist ja eklig. Das mag ich nicht!" Und dann trieb sie ihre Gänse mit hochmütigem Gesicht auf ihren Berg zurück.

Zum ersten Mal in meinem Leben hatte ich ein Tier geschlachtet. „Was mag sie nicht?" fragte ich mich und wischte mein Messer am Gras ab. Wütend zertrat ich die Weintraube, die noch auf dem Boden lag. „Um ihretwillen ist das Ganze doch geschehen", dachte ich weiter, „sonst würden ihre hübschen Beine übel aussehen!"

Ich hob das Tier auf, ließ es ausbluten und zog mit der Gänseschar heim. Der Inspektor war zuerst fassungslos. Doch dann fand er sich damit ab. Jedenfalls war das Tier notgeschlachtet und daher noch zu gebrauchen. Am Sonntag gab es Gänsebraten. Eine große Sache mitten im Krieg. Doch ich hatte keinen Appetit und aß nur etwas Schmorkohl* und Kartoffeln mit Soße.

„Er ist zu feinfühlig ", sagte die Frau Inspektor, „er mag nicht essen, was er selbst geschlachtet hat!"

Aber das war nur die halbe Wahrheit. In Wirklichkeit überfiel mich eine Art Depression. Das ganze Leben war mir zuwider. Ich mochte weder meinen Namen noch meine soziale Stellung, noch meine ganze Existenz. Was war das Leben überhaupt? Da lief man, wenn es hochkam, einige Jahrzehnte herum, um dann verscharrt zu werden.

---

*würzig in Gänseschmalz geschmorter Weißkohl, mit Äpfel und Zwiebel

Welchem Zufall verdanke ich überhaupt meine Existenz? Hätte mein Vater damals in der Kirche neben jemand anderem gesessen, wäre ich gar nicht da, ein Nichts, weniger als ein Nichts.

Ich resümierte die Kette der Zufälle. Es war Markttag in Memel. Daneben eine fremde Hochzeit, die meinen Vater nichts anging. Ein Anfall von Neugier, und er ging in die Kirche. Ein fremder Mann setzte sich neben ihn. Ein weiterer Gedanke, und der Mann stand auf, ging ein paar Bänke weiter, um sich einen anderen Platz zu suchen. So wurde neben meinem Vater der Platz für eine fremde Frau frei. Gemeinsam sangen sie aus dem Gesangbuch. Mein Vater interessierte sich plötzlich für sie und versuchte herauszufinden, wo sie wohnte, was ihm auch gelang.

Hätte er sie im Gedränge aus den Augen verloren, eine Sache von Sekunden, wäre ich nicht da. Hätte sie sich eine Bank vor oder hinter meinen Vater gesetzt, wäre ich auch nicht da. Hätten nicht wildfremde Menschen genau an dem Tag, als beide zu gleicher Stunde zufällig in der Nähe der Kirche waren, ihre Trauung festgesetzt, wäre ich ebenfalls nicht da.

Wer lenkt diese Serie minutiös abgestimmter Zufälle? Und nun musste ich leben, ob ich wollte oder nicht. Und jetzt musste ich handeln, zum Beispiel einem Ganter den Hals abschneiden.

Ich war damals wütend auf den Inspektor gewesen, als er den schönen Hund erschlug. Inzwischen konnte ich ihn verstehen. Plötzlich war die Sekunde da, in der man handeln musste.

Mit solchen verschachtelten Überlegungen beschäftigte ich mich mehrere Tage lang, die ich wie in einem Dämmerzustand durchlebte. Gefühle der Nichtigkeit und der Vernichtung erfüllten mich. Ich hätte das ganze Leben wie etwas Ekliges aus mir herauswürgen können. Alles war zum Kotzen, wenn man es grob und direkt ausdrücken mochte.

Nach vier oder fünf Tagen schien die Sonne wieder. Ich ging zur Pumpe, wusch mich mit kaltem Wasser und schüttelte lachend und schnaufend den ganzen existenziellen Gedankenmüll ab. Leben und nicht fragen warum. Das war alles.

Einfach nur sein. In der Sonne liegen. Essen. Schlafen. Jemanden lieben – aber das war problematisch.

Manchmal sah ich Marita noch, mit ihrem roten Rock aus der Ferne. Ich litt sehr unter der Trennung. Ich hatte eine Erfahrung gemacht: Liebe bedeutet Leiden. Zufällig stieß ich auf den Satz von Goethe*, er habe aufmerksam im „Buch der Liebe" gelesen, und dann stand da: „Wenig Blätter Freuden, ganze Hefte Leiden."

Aha, dachte ich, so ist das also. Jeder muss da durch. Auch so weltberühmten Geistern blieb das nicht erspart.

Man sollte Bindungen meiden. Bindungen an Menschen, Bindungen an Tiere, Bindungen an Dinge. Wenig zu brauchen ist göttlich. Man soll in Distanz leben. Aber: Lebt man dann? Lebt man dann nicht am Leben vorbei? Ja, so war es wohl. Wer dem Schmerz ausweichen wollte, der ging dem eigenen Leben aus dem Weg. Der entwickelte sich nicht mehr. Der war tot, obwohl er lebte. Damit war ich wieder am Anfang meiner Gedankenkette.

Die Erde ist eine Kugel. Wie, wenn auch alles menschliche Denken immer im Kreise ginge und sich zu guter Letzt in den Schwanz biss. Kurios aussichtslos hatte der liebe Gott uns gemacht. War das Leben wirklich absurd?

Der Inspektor war nach dem Russeneinfall rasch gealtert und müder geworden. Er sprach gern über religiöse Fragen, und manchmal unterhielten wir uns in der Klasse ganz allein.

Die großen Männer des Alten Testaments haben mich fasziniert. Ihre Vitalität, ihre Grausamkeit, ihre Sünden und ihre Menschlichkeit fesselten mich. Sie stiegen aus der Tiefe ihrer Verruchtheit auf der Himmelsleiter Jakobs, auf den Sprossen ihrer Gottessehnsucht, wieder auf, wie David durch die Psalmen.

Jesus erschien wie ein strahlender Komet am religiösen Himmel. Aber was hatte er getan, bevor er mit dreißig Jahren zu predigen begann? Welche Dunkelheiten hatte er durchlebt, um so zu leuchten? Die beiden kleinen Geschichten von seinem Auftritt als Zwölfjähriger im Tempel und von seiner Taufe im Jordan erscheinen fast wie Erfindungen aus Verlegenheit, um das große Schweigen von dreißig Jahren zu brechen.

Vor vielen Fragen, die mich bedrängten, hatte ich einfach Angst. Sie waren zu ausweglos. Ich war auch erstaunt, wie wenige Menschen sich überhaupt auf solche Fragen einließen. Für die meisten existierten sie gar nicht. Mit der Zeit musste ich viel Kraft aufwenden, um ihnen auszuweichen, und hatte dadurch weniger Kraft für die Ziele, die ich erreichen wollte.

*Gedichte → West-östlicher Divan → Buch der Liebe → Lesebuch

Irgendwann habe ich mich wieder den einfachen, unkomplizierten Dingen des Lebens zugewandt. Das heißt: Eigentlich war alles kompliziert, aber es gab graduelle Unterschiede. So ging für mich von heimatkundlichen Studien sehr viel Beruhigendes aus. Da drehte sich alles nur um Fakten, die sich in einem überschaubaren Bereich abspielten. Allein die Beschäftigung mit der Vergangenheit, die nicht mehr verändert, sondern allenfalls nach den verschiedenen Zeitläufen neu interpretiert werden kann, zwang zu mönchischer Abgeschlossenheit.

Oft saß ich am Nachmittag in der Klasse allein, sah wie die Sonne auf den altersgrauen Bänken spielte und las in den Heimatkunde-Büchern, die zur Handbibliothek des Inspektors gehörten. Da waren unter anderem *August Ambrassat* „Die Provinz Ostpreußen“, *Walter Meyer* „Altpreußische Bibliographie“, *Otto Rautenberg* „Ost- und Westpreußen“, *Karl Lohmeyer* „Geschichte von Ost- und Westpreußen“.

Die Bibliografie über Ostpreußen war damals noch nicht sehr umfangreich. Sie erhöhte sich nach dem Ersten Weltkrieg ungemein, und noch stärker nach dem Zweiten Weltkrieg.

Inzwischen war ich vierzehn Jahre alt geworden und spielte fast die Rolle eines kleinen Hilfslehrers. Eines Tages war der Inspektor nicht im Haus, als unglücklicherweise der Schulrat erschien. Und da er nicht noch einmal kommen wollte, bat er mich, meine Mitschüler in der üblichen Weise zu befragen.

Er saß auf einem Stuhl am Fenster und hörte leicht amüsiert zu, wie ich, natürlich unfreiwillig, den Inspektor imitierte. Die Art, wie er sich räusperte und wie er ausspuckte, hatte ich ihm gründlich abgeguckt.

Zum Schluss mussten wir sogar singen und erfreuten den Schulrat mit „Ziethen aus dem Busch“ und mit dem Zeppelinlied „Hört ihr's in den Lüften sausen, hört ihr die Propeller brausen“. Es waren allesamt Kriegslieder, die wenig wert waren. Höchstens das Lied „O Deutschland, hoch in Ehren, du heiliges Land der Treu“ besaß in Text und Melodie etwas Substanz.

Ähnlich war es mit Gedichten aus dem Krieg. Es gab keine guten. Höchstens in der Arbeiterdichtung das von *Heinrich Lersch** „Deutschland muss leben, und wenn wir sterben müssen“, dann

---

*deutscher Arbeiterdichter (1889 – 1936)

169

einige von *Walter Flex** und *Richard Dehmel***. Wir hatten gerade ein neues Gedicht gelernt, das mit der Zeile „Drüben am Wiesenrand hocken zwei Dohlen" begann. An den Namen des österreichischen Verfassers kann ich mich leider nicht mehr erinnern. Ich ließ meinen Bruder das Gedicht aufsagen. Die erste Strophe ging etwa so:

„Drüben am Wiesenrand
Hocken zwei Dohlen,
Fall' ich am Donaustrand?
Sterb' ich in Polen?
Was liegt daran?!
Eh' sie meine Seele holen,
Kämpf' ich als Reitersmann."***

Der Schulrat hörte mit ernster Miene zu. Es war Ende 1917. An allen Fronten sah es düster aus. Was sollte aus dem Vielvölkerstaat Österreich werden, wenn alles zusammenbrach?

Ich begleitete den Schulrat zum Abschied noch bis zum großen Tor der Anstalt. Als der Inspektor zurückkam, musste ich ihm alle Details der „Revision" genau und mehrmals berichten. Er war sehr zufrieden und fast erleichtert, dass ich ihm die Sache abgenommen hatte.

Nun ist es an der Zeit etwas von meinem Bruder zu erzählen. Er war nach dem Tode meiner Mutter zu Onkel Wilhelm nach Memel gekommen und hatte dort eine strenge Erziehung genossen. Als der Krieg ausbrach und die Lebensmittelkarten eingeführt wurden, meinte mein kranker Onkel, es sei das Beste für meinen Bruder, wenn auch er in die Anstalt käme. In der Anstalt, einer staatlichen Einrichtung, glaubte man, die Schwierigkeiten der Kriegszeit noch am ehesten überwinden zu können.

So brachte er den kleinen Burschen im August 1914 zu uns, zu meiner Freude natürlich. Mein Bruder war damals ein aufgeweckter Bengel mit großen dunklen Augen. Er fiel durch seine schlagfertigen kurzen Antworten auf, durch sein höfliches, gepflegtes Auftreten und durch die vielen Verbeugungen nach allen Seiten, die ihm mein Onkel beigebracht hatte.

---

* deutscher Schriftsteller und Lyriker (1887 – 1917)
** deutscher Dichter und Schriftsteller (1863 – 1920)
*** Reiterlied (1914), von Hugo Zuckermann (1881 – 1914)

Damit erregte er anfangs großes Aufsehen bei den schlaksigen Jungen, die nicht an solch vornehme Umgangsformen gewöhnt waren. Auch der Inspektor lächelte bisweilen über die Erziehungskünste meines Onkels. Aber es dauerte nicht lange, da hatte mein Bruder seine vornehme Haltung abgelegt und lungerte genauso gelangweilt in allen Ecken herum wie wir anderen.

Neben dem Inspektor war es mein Onkel, der in dieser Zeit den größten Einfluss auf mich ausübte, obwohl ich seinen Ratschlägen immer sehr störrisch und widerspenstig folgte.

Onkel Wilhelm war der jüngste Bruder meines Vaters und meiner berühmten Tante. Er lebte als pensionierter Lehrer in Memel in der Libauer Straße. Zwei seiner Brüder, die auch Lehrer waren, starben sehr früh. Er war damals Mitte der fünfziger Jahre.

Mit dem Inspektor war er per Du. Sie hatten wohl das gleiche Seminar besucht. Ansonsten waren sie sehr unterschiedliche Menschen, der Inspektor eher rustikal und vierschrötig, mein Onkel schlank und von betont vornehmer Erscheinung. Von Zeit zu Zeit tauchte er in der Anstalt auf, um „die Kinder", also meinen Bruder und mich, zum Leidwesen des Inspektors mit der Miene eines Regierungsschulrats zu inspizieren. Das war wirklich überflüssig, und ich mochte seine Auftritte, die den Inspektor sichtlich schockierten, nicht besonders.

Zu meinem Bruder hatte mein Onkel, wie gesagt, ein väterliches Verhältnis, denn er hatte ihn zwei Jahre bei sich gehabt und ihn zu kurzen, klugen Antworten abgerichtet. Mich mochte er nicht so, in meiner schlaksigen, verträumten und ungehobelten Art. Er hatte immer etwas an mir auszusetzen, was ich mir nur widerwillig gefallen ließ.

Er ging immer städtisch gekleidet aus, trug eine Melone, einen Spazierstock mit silbernem Knauf und sah aus, als trüge er ein Korsett, wie die preußischen Leutnants. Nie sah ich ihn irgend eine schmutzige Arbeit verrichten oder ein Paket tragen. Er war Junggeselle und hatte eine Wirtschafterin bei sich. Die Kinder der Stadt nannten ihn „Napoleon", weil er so geradlinig und bedeutungsvoll auf ein imaginäres Ziel zuschritt.

Als junger Lehrer hatte er auf den Gütern am Memelstrom einen recht feudalen Umgang gehabt, was damals recht ungewöhnlich war, als es noch Pfarrer gab, die gegen einen ihnen unterstellten

Lehrer gern ein Dienststrafverfahren einleiten wollten, wenn er den gotteslästerlichen Hochmut besessen hatte, einen Sommermantel zu tragen oder sich gar eine Kutsche anzuschaffen.

Jedenfalls erzählte mein Onkel von adligen Gutsbesitzern, von Riten und Festen. Es muss seine große Zeit gewesen sein. Das ging so lange gut, bis seine Wirtschafterin ein Kind von ihm erwartete. Das konnte er nicht ertragen. Er gab ihr sein ganzes Vermögen und floh. Zuerst in eine andere Gegend, wo ihn niemand kannte, dann in die Neurose und schließlich in die Pension. Das war sicher eine Kurzschlusshandlung.

Als ich ihn kennen und fürchten lernte, quälte er sich mit allerlei Magengeschichten herum. Er betastete ständig seinen Leib und betrachtete fortwährend seine Zunge im Spiegel. Wenn etwas nicht in Ordnung war, reiste er Hals über Kopf zu Professor Askanazy nach Königsberg. Sein Memeler Arzt war der sehr bekannte und beliebte Arzt Dr. Karl Axt. Wenn der mit seiner von zwei Rappen gezogenen Kutsche vorgefahren kam, hörte mein Onkel auf seinem Krankenlager sofort auf zu stöhnen und meldete erfreut: „Eigentlich bin ich wieder gesund!"

Diese Fähigkeit der Ärzte, telepathisch durch das Knarren ihres anfahrenden Wagens zu heilen, ist leider durch die beiden Weltkriege komplett verloren gegangen.

Zwischen ihm und mir herrschte ein latenter Kriegszustand, der nur gelegentlich in ein friedliches Miteinander überging. Was ich ihm übel nahm, war seine ständige Kritik an mir, die ich auch dann spürte, wenn er nichts sagte. Vor allem mochte er meine ausschweifende und exzentrische Fantasie nicht. Mir ging es genauso, denn eine lebhafte Fantasie ist ein zweifelhaftes Geschenk des Himmels. Ich hätte sie ihm gern geschenkt, wenn es möglich gewesen wäre. Er hielt meine dichterische Begabung für eine Lüge und führte mich in allerlei Fallen, um seine These zu beweisen.

Da war die Geschichte mit dem Hindenburgspiegel. Es war ein kleiner Taschenspiegel aus Lackleder mit dem Porträt des Generals, das zu jener Zeit jedes Kaffeeservice zierte. Mein Onkel hatte ihn mir zum Geburtstag geschenkt.

Jeden zweiten Sonntag mussten mein Bruder und ich ihn gleich nach dem Mittagessen besuchen. Keiner von uns war davon begeistert, zumal er uns für den Sonntagnachmittag immer besondere

Schulaufgaben aufgab. Wir gingen also sehr langsam und saßen noch eine Weile unter den großen Bäumen des wunderschönen städtischen Kirchhofs, um uns gegenseitig den Unterschied zwischen dem abstrakten und dem konkreten Substantiv oder ähnliche grammatikalische Dinge zu erklären.

Wenn wir dann zu ihm kamen, fanden wir ihn meistens im Bett liegend. Zuerst hörte er sich an, was wir gelernt hatten. Dann mussten wir noch schnell ein Diktat oder einen Aufsatz schreiben. Anschließend durften wir seine Beine abklopfen, die ihm wegen der Durchblutungsstörungen Sorgen bereiteten. Jede Zehe musste dreimal nach rechts und viermal nach links gedreht werden. Während dieser Zeremonie diskutierte er mit uns über tiefsinnige philosophische Fragen, soweit wir sie schon verstanden. Meistens ging es um den Sinn des Lebens, und es kam zu keinem Einvernehmen.

Immerhin wurde ich durch diese Besuche ein guter Masseur. Meine Frau sagte später, ich hätte Hände wie Stahl. Als krönender Abschluss mussten wir Schach spielen. Danach durften wir uns mit einer ordentlichen Verbeugung verabschieden. Zu essen bekamen wir nie etwas, denn es war Krieg, und unsere Brotkarten waren in der Anstalt.

Zurück zum Hindenburgspiegel. An einem dieser Sonntage fragte mein Onkel, wo denn der Spiegel geblieben sei. Ich hatte mir keine großen Gedanken über seinen Verbleib gemacht und dachte, er müsse in der Anstalt sein, in meinem Schrank oder sonst wo.

Das Wort „sonstwo" liebte er überhaupt nicht. Bei ihm musste alles sehr genau und präzise sein. Leider hatte ich die gegenteilige Veranlagung und war nicht so pedantisch. Also befahl er mir, beim nächsten Besuch den kleinen Spiegel mitzubringen und vorzuzeigen. Das gefiel mir überhaupt nicht. Ich hatte ihn ja von ihm geschenkt bekommen und konnte daher, meiner Meinung nach, mit dem Spiegel anstellen was ich wollte.

Aber das war ein Irrtum, wie sich herausstellen sollte. Beim nächsten Besuch, als die Grammatik und das Schachspiel zu seiner Zufriedenheit erledigt waren, fragte er wieder nach dem Spiegel. Ich hatte vergessen, mich darum zu kümmern und sagte, ich hätte ihn wohl einem Kameraden geliehen. Wem denn? Den Namen wusste ich nicht. Es war alles sehr vage. Ich solle noch einmal nach dem Spiegel suchen und ihn das nächste Mal mitbringen.

Ich habe ihn gesucht, aber nicht gefunden, und ließ mir darüber keine grauen Haare wachsen. Das nächste Mal kam. Wir hatten die transitiven und intransitiven Verben durch alle Zeiten geschaukelt, und ich hatte sogar beim Schach gewonnen, als die Spiegelgeschichte wieder anfing. Da ich wusste, wie sehr ich verpflichtet war, ein Geschenk von ihm, und wenn es auch nur 50 Pfennig kostete, in Ehren zu halten, blieb mir nichts anderes übrig, als eine lange Geschichte zu erzählen, die natürlich erfunden war. Ich erzählte, wie der Spiegel von einem Kameraden zum anderen gegangen war, nannte die Namen und schloss mit der Bemerkung, dass es mir noch immer nicht gelungen sei, seinen Verbleib zu ermitteln.

Er schaute mich entgeistert an und sagte: „Na schön, dann such' nur weiter, und bring ihn nächstes Mal mit." Langsam wurde mir die Sache zu dumm. Meine Fantasie reichte kaum noch aus, neue Geschichten zu erfinden.

Da kam mir ein Zufall zu Hilfe. Als ich einmal durch die Libauer Straße schlenderte und an der Drogerie Pempe vorbeiging, sah ich im Schaufenster den Hindenburgspiegel. Ich ließ ihn mir zeigen. Es war genau dasselbe Modell, dass ich für 50 Pfennig kaufte und zufrieden in die Hosentasche steckte.

Das nächste Mal war ich gut vorbereitet. Ich hielt einen langen Vortrag über die Kommasetzung bei Partizipialsätzen, auch das Schachspiel brachte ich recht gut hinter mich. Da nun alles gut gegangen war, hatte ich das Bedürfnis, dem Ganzen die Krone aufzusetzen, riss den Hindenburgspiegel aus meiner Hosentasche und rief: „Und hier ist auch der Spiegel!"

Das war ein epochaler Erfolg. Mein Onkel wurde kreidebleich und fiel fast aus dem Bett. Dann stürzte er sich in seinen Schlafrock und setzte sich an den Tisch. Mir schwante nichts Gutes. Das eisige Schweigen, das er um sich verbreitete, war voll abgründiger Eventualitäten.

Er nahm den Spiegel in die Hand und betrachtete ihn aufmerksam von allen Seiten.

„Ist das wirklich derselbe Spiegel?"

„Warum sollte es nicht derselbe sein?"

„Ich frage nicht, warum es nicht derselbe sein könnte, sondern, ob er es ist. Ja oder nein?"

„Ja!"

„Denk noch mal darüber nach!" Er gab mir den Spiegel zurück. Ich starrte ihn an wie ein Stier das rote Tuch. Ich wusste nicht mehr, was eigentlich los war. Inzwischen bemerkte ich das verstörte Gesicht meines Bruders, der immer mit den Augen blinzelte und mir alle möglichen absurden Zeichen machte, die ich nicht verstand.

„Ist er es also?"

„Natürlich ist er es!" Und nun dachte ich mir eine Geschichte aus, die zu den gelungensten meines Lebens gehörte, denn ich dichtete dem Spiegel wahrhaft abenteuerliche Erlebnisse an. Ich ließ ihn durch die Hände aller meiner Kameraden gehen und sogar in der Familie des Inspektors zirkulieren. Ich ließ ihn verloren gehen und erfand einen Jungen, der ihn wieder fand, und redete und redete und redete. Als ich das erstaunte Gesicht meines Onkels sah, dachte ich, es wäre besser, nicht so schnell aufzuhören, denn je länger die Geschichte wurde, desto überzeugender musste sie werden. Und so ließ ich den Spiegel sogar in die Hände meiner untreuen Geliebten wandern und von da aus durch alle Gutsbesitzerfamilien, die ich namentlich aufführte, mit ausführlichen Schilderungen ihrer Familienverhältnisse, ihres ärmlichen Daseins, ihrer armseligen Wohnungen und ihrer Freude darüber, einen echten Hindenburgspiegel in ihrem bescheidenen Heim aufbewahren zu dürfen. So ging es weiter, denn meine „dichterische Fantasie" hatte ihren großen Tag. Endlich schloss ich meine Rede ab, indem ich meinem Onkel den Spiegel überreichte und nur sagte: „Da ist er also!"

Die eisige Stille, die nun den Raum erfüllte, lässt sich nur mit der luftleeren Kälte der Stratosphäre vergleichen. Schließlich räusperte sich mein Onkel und sagte:

„Weißt du, wie du mir vorkommst? Wie ein Esel, der aufs Glatteis geraten ist. Schämst du dich nicht, so frech zu lügen! Das ist das Unsinnigste, was ich je gehört habe. Dein Vater wird sich im Grabe umdrehen, deine Mutter ..."

Dann sprang er auf, warf den Spiegel auf den Boden und schrie, krebsrot vor Zorn: „Raus mit dir! So einen Verbrecher dulde ich nicht in meiner Wohnung!"

Trotzdem war ich erleichtert, dass ich gehen konnte. Ich hob den Spiegel auf, griff nach meiner Mütze, machte eine kleine Verbeugung und ging. Ich durchquerte das gute Zimmer, in dem kleine Deckchen auf den Polstermöbeln lagen und in dem sich mein Onkel nur ein- oder zweimal im Jahr zu besonderen Anlässen feierlich zu setzen wagte. Die Treppe begann sich um mich zu drehen.

Als ich unten war und mich umsah, kam mein Bruder hinter mir hergelaufen. „Hat er dich auch rausgeworfen?" fragte ich.

„Nee. Aber ich habe dir doch immer zugezwinkert. Ich hatte doch letztens die Schublade der Spiegelkonsole aufgezogen, und da sah ich den Spiegel."

„Oohhh!", sagte ich gedehnt. Jetzt wusste ich, woher mein Onkel die absolute Gewissheit hatte, dass dieser Spiegel nicht der richtige war.

„Und das sagst du Hornochse mir erst jetzt!"

„Ich hatte es ganz vergessen."

Je mehr ich darüber nachdachte, desto wütender wurde ich. Er hatte mich als Lügner bezeichnet, was ich auch war, aber nur, um ihm den Schmerz zu ersparen, dass ich ein Geschenk von ihm so nachlässig behandelt hatte. In Wirklichkeit hatte ich also den Spiegel bei ihm liegen gelassen, oder er hatte ihn mir sogar gestohlen. Wie steht es eigentlich um seine Wahrheit?

In der Folge kam ich nicht mehr auf die Spiegelgeschichte zurück. Er auch nicht, denn er hatte in diesem Punkt sicher kein reines Gewissen. Ich könnte noch eine Reihe ähnlicher tragikomischer Geschichten erzählen. Vielleicht sollte ich gleich ein ganzes Buch mit dem Titel „Mein Onkel Wilhelm" schreiben.

Neben dem Vorwurf, ein Lügner zu sein, hielt er meine ganze Existenz für verfehlt, sodass ich fast bedauern musste, dass mich der Arzt damals vom Fensterbrett in die Wiege gelegt hatte. Ich ging nicht richtig, ich sprach nicht richtig, ich aß nicht richtig, ich benahm mich nicht richtig, kurz: Meine Fehler schrien zum Himmel und erforderten drakonische Maßnahmen. Er machte sogar irgendwann Gehübungen mit mir auf der Straße.

Das Unwahrscheinliche geschah: Ich konnte tatsächlich nicht mehr gehen, wenn er hinter mir herlief und mich beobachtete. Unter anderem musste ich die Mütze ganz gerade auf den Kopf setzen, tief in die Stirn gezogen, so dass ich mich wie ein preußischer Rekrut fühlte. Beim Gehen sollte ich die Arme in einem bestimmten Rhythmus schwingen lassen, die Schultern durfte ich nicht bewegen, höchstens die Beine. Ab und zu durfte ich vor einem Schaufenster eine scharfe Rechtskurve einlegen, um mich zu vergewissern, dass die Mütze noch gerade auf dem Kopf saß und die Krawatte nicht verrutscht war.

Mein Onkel vertrat den Standpunkt, alles in der Natur sei gerade. Ich erwiderte: „Ich brauche nur durch das Fenster zu sehen, um festzustellen, dass alle Äste an den Bäumen schief sind!"

Mein Widerspruch brachte ihn noch mehr auf die Palme. Alles in allem genoss ich in der Anstalt eine geradezu goldene Freiheit gegenüber den Sonntagnachmittagen bei meinem Onkel.

Er war mathematisch und naturwissenschaftlich interessiert. Tatsächlich kannte er eine Menge Pflanzen und wusste auch, wie sie medizinisch zu verwenden sind. Ich aber fühlte mich als angehender Literat, der über alles Berechenbare und Messbare erhaben ist.

Als er mich fragte, was ich denn eigentlich werden wolle, antwortete ich stolz: „Schriftsteller!"

„Also Hungerleider!" konstatierte er. „Wenn du Franzose wärst, würde ich das noch verstehen. Aber in Deutschland – Schriftsteller! Immerhin: Werde zuerst einmal Lehrer, damit du richtig schreiben lernst!"

Ich bin es inzwischen geworden. Aber richtig schreiben habe ich nie gelernt. Es ist schwer. Inzwischen brauchen die Schriftsteller es auch nicht mehr, da sie sowieso Zeiten, Personen und Modalitäten aus Gründen der Verfremdung durcheinanderwerfen.

15 Der Krieg verdüsterte alles

WENN MAN IN DER ERINNERUNG zurückblickt, neigt der Mensch dazu, Erlebnisse und Fakten in den Vordergrund zu stellen. Dabei wird leicht übersehen, dass auch das Atmosphärische die noch ungeformte jugendliche Seele beeinflusst.

Es gibt Bilder, die mich sehr berührt haben. Der triefend nasse Park nach einem Gewitterregen im Mai zum Beispiel, wenn der Pirol, der Regenvogel, seine Stimme erhob, um auf seine Weise zu verkünden, dass die Gefahr nun vorüber sei und die Sonne bald wieder die Welt überfluten werde. Die Sommerwolken, die wie träge, schwer beladene Kähne am Himmel schwebten. Der Vollmond im August und September, der mit seinem starken Spiel von Licht und Schatten der leicht resignierenden und sterbenden Natur noch einmal jugendlichen Atem einhauchte. Der feuchte Märzschnee, in dem die Hühner aufgeregt gackerten und scharrten und so viel Frühlingsvorfreude in der diesigen Luft lag.

Und dann war da auch vieles, was von innen heraus wuchs. Stimmungen, Wünsche, Sehnsüchte, Fantasien oder Pläne für die Zukunft ... all das färbte den jugendlichen Alltag, behinderte oder beflügelte ihn.

Zum Beispiel das Phänomen des Wachsens. Eines Abends merkte ich, dass meine Füße bald so groß waren wie die der Erwachsenen, dass ich einen größeren Anzug brauchte, einen größeren Mantel, dass mein Gesicht im Spiegel die kindlichen Züge verloren hatte, dass da etwas Neues war, was einen beunruhigte. Die meisten gingen leise pfeifend und mit den Händen in den Hosentaschen darüber hinweg.

Ich war mir nicht ganz sicher, ob ich mit Aggressivität, mit Stolz, mit Kritik an allem Bestehenden die strömenden Kräfte des Inneren bändigen konnte. Auf jeden Fall hätte ich mich gegen die Erwachsenenwelt auflehnen müssen. Aber da stand mir mein väterlicher Anstaltsinspektor entschieden im Wege. Ich liebte und verehrte ihn zu sehr, um ihm Kummer bereiten zu wollen.

So gehörte ich zu denen, die nie explodierten, die immer versuchten, die Widersprüche des Lebens und des Menschen mit Vernunft auszugleichen, die alles in sich hineinfraßen und irgendwie damit fertig wurden.

Vielleicht ist es an dieser Stelle angebracht, einige Worte über die sexuelle Entwicklung zu sagen. In den zwanziger Jahren gab es eine Reihe von Theaterstücken und auch Romanen, die sich vorzugsweise mit den skandalösen sittlichen Zuständen in Anstalten und Internaten beschäftigten. Ein brisantes Thema, das Schlagzeilen machte und Wellen bis ins Parlament schlug. Mit dem Film *Törless** ist das wieder aktuell geworden.

Von solchen Dingen weiß ich nichts zu berichten. Wohl gab es Freundschaften zwischen einigen Knaben, die – rückblickend – eine erotische Note gehabt haben. Vielleicht unbewusst. Sicher gab es auch (vor)sexuelle Spielereien, onanistische Anwandlungen, die nicht wucherten. Keine psychische Infektion.

---

*„Der junge Törless", Filmdrama, 1966, Regie: Volker Schlöndorff; nach dem Roman „Die Verwirrungen des Zöglings Törleß" (1906) von Robert Musil, in dem ein Außenseiter Opfer sadistischer Quälereien seiner Mitschüler wird.

Der Inspektor ließ uns viel Freiheit, übersah einiges, korrigierte manches und bügelte mit ruhiger Hand kleine Verirrungen aus.

Möglicherweise befanden wir uns in einer außergewöhnlichen Situation, weil die starke Religiosität, die unser Leben beherrschte, zusammen mit der anstrengenden geistigen und körperlichen Beschäftigung und der kargen Ernährung während des Krieges wenig geeignet war, sexuelle Exzesse zu fördern.

Sehr merkwürdig erscheint mir mein besonderes Verhältnis zu Räumen. Es gab für mich immer Räume, in denen ich mich wohl fühlte, und andere, die mich beunruhigten, ohne dass ich mir das erklären konnte.

Oben im ersten Stock gab es ein schönes großes Arbeitszimmer. Ich hatte einen Tisch am Fenster und konnte in das dunkle Laub des Parks schauen. Dort war ich immer in einer leicht euphorischen Stimmung und dort habe ich meine ersten Gedichte geschrieben.

Das allererste ist ein Lobgesang auf Morgen und Abend, auf die erregende Schönheit und absolute Unerklärlichkeit der Welt und endet immer wieder mit dem Refrain: „Gott, du bist groß".

Von Anfang an haben mich politische, soziale oder wirtschaftliche Dinge interessiert, aber nie zu poetischem Schaffen inspiriert. Auch heute scheinen mir die Millionen Tonnen Papier, die über die Wünsche, Meinungen, Intrigen, Kämpfe von Gruppen, Parteien und Politikern im Tagesstreit bedruckt werden, zumindest auf einen Bruchteil reduzierbar. Die wichtigen Entscheidungen finden meiner Ansicht nach in einem hintergründigeren Bereich statt und haben immer etwas mit transzendenten Komponenten zu tun.

Der Raum, von dem ich erzähle, wurde zu Beginn des Krieges aus Sparsamkeitsgründen geschlossen. Also musste der Speisesaal unten nun auch als Arbeitsraum dienen. In mir blieb stets eine Sehnsucht nach dem verschlossenen Raum. Daher wollte ich den Inspektor immer mal bitten, ihn noch einmal sehen zu dürfen. Aber ich fürchtete, mich lächerlich zu machen, und unterließ es.

Vor nicht allzu langer Zeit stand ich im Traum vor der verschlossenen Tür, mit klopfendem Herzen. Ich drückte leise auf die Klinke und war überrascht, als sich die Tür öffnete. In einer seltsam beklemmenden und zugleich erhebenden Stimmung ging ich durch den Raum, sah die Bilder der brandenburgischen Kurfürsten und der preußischen Könige und späteren Kaiser an den Wänden, blieb an meinem Tisch stehen und blickte in das dunkle Laub des Parks. Nichts mehr.

Was war das, was mich so erregte und noch den ganzen Tag nach dem Aufwachen nachwirkte? Vielleicht war es die Begegnung mit meiner Kindheit in einem entscheidenden Augenblick. Hier, an diesem kleinen Arbeitstisch, an einem schönen Sommermorgen, in einer seltsam ahnungsvollen Stimmung, hatte ich wohl erkannt, wer ich war und was die Welt war. Für einen Augenblick hatte sich ein Vorhang gehoben.

Zu unserer Bibliothek gehörte auch ein Teil der pädagogischen Bücher, die irgendwie hier zusammengekommen waren. Da es nun schon als ausgemacht galt, dass ich Lehrer werden sollte, begann ich frühzeitig damit, in das Thema einzusteigen. *Pestalozzi, Diesterweg* und andere sind mir noch in guter Erinnerung.

Der Krieg hatte die alte Welt mit revolutionärem Schwung fortgefegt. Das machte sich auch in einem neuen Stil der Schulbücher bemerkbar. Die bildreiche, ruhige, erzählerische Darstellungsweise war verschwunden. Ich erinnere mich, wie ich mich mit Erstaunen durch die neuen Geografiebücher kämpfte, die mir anfangs zutiefst zuwider waren, die ich kaum verstand. In einer kalten, objektivierenden Sprache stand da das Wissenschaftliche, Messbare und Berechenbare in langen, kunstvoll gebauten Schachtelsätzen. Nichts Sinnliches, nichts Gefühlvolles mehr, sondern eine Art Kompressionsstil, eine Sprache der Komprimate und Kondensate.

Ich war entsetzt und musste neu lesen lernen. All das Abstrakte musste ich erst wieder in Bildhaftes verwandeln, um es überhaupt zu verstehen. Es war wie eine Übersetzung aus einer fremden Sprache. Da merkte ich, dass ich kein Wissenschaftler bin. Ich konnte die Welt nur in Bildern und Urbildern verstehen. Darin lag etwas Kindliches und zugleich Künstlerisches. Das ganze Spezialistentum und die Neigung, mit immer weniger immer mehr sagen zu wollen, hatte ich überhaupt nicht. Natürlich ist mir bewusst, dass in einer industrialisierten Gesellschaft die Produktionsverhältnisse von der Technik bestimmt werden und dass wir Ingenieure und Spezialisten mit hoher Qualifikation brauchen. Doch ist es auch das Schicksal von Literatur und Dichtung, sich immer mehr vom Bereich des Seelischen zu entfernen und zum Sprachrohr der neuen technischen Realität zu werden?

Merkwürdigerweise sind mir die letzten zwei Jahre in der Anstalt nicht in so leuchtenden Farben in Erinnerung geblieben wie die ersten. Der Krieg verdüsterte alles.

Was blieb, waren kleine Freuden: Schlittschuhlaufen auf der zugefrorenen Dange bis Tauerlauken, wobei die vielen hübschen Töchter der Angestellten der Holzfabrik Luisenhof, die mit uns herumtollten, unserem Vergnügen einen besonderen Reiz verliehen. Es blieb das Schachspiel mit meinem Inspektor, wobei es mir immer öfter gelang, ihn zu besiegen. Er trug es mit Fassung und freute sich, dass sein Schüler so viel von ihm gelernt hatte.

Als ich später als Soldat im Zweiten Weltkrieg in Frankreich für meine Division gegen raffinierte Schachgegner den ersten Preis gewann, wusste ich, wem ich das im Grunde zu verdanken hatte. Eigentlich war der Inspekteur der einzige Mensch in meinem Leben, der immer an mich geglaubt und immer etwas Besonderes von mir erwartet hat. Nur eben: Was ist das Besondere?

Als er seine Silberne Hochzeit feierte, hätte ich am liebsten den ganzen Park für ihn illuminiert, aber wie wenig konnte ich tun! Trotzdem wurde es ein schönes Fest mit vielen Gästen und einem strahlenden Septembertag, der feierlich die Fäden des Altweibersommers durch die Lüfte wehen ließ.

Es war auch ein Septembertag, an dem ich konfirmiert wurde. Wir hatten unseren Unterricht bei Pfarrer Bömeleit in der Landkirche, einem guten Kanzelredner, der viele Menschen in die Kirche lockte.

Ich bin also reformiert getauft, lutherisch konfirmiert, katholisch getraut worden und habe scherzweise immer behauptet, dass ich wahrscheinlich jüdisch begraben werden würde. Aber damit hatte es noch etwas Zeit.

Vor der Konfirmation im August 1917 wütete die Ruhr* weit und breit und raffte auch bei uns einen Mitschüler dahin. Jungen unseres Alters dachten an alles Mögliche, nur nicht an den Tod. Deshalb war sein Erscheinen schockierend, fast unanständig. Wir trotteten fassungslos hinter dem Sarg her.

Mir persönlich wurde die Konfirmation noch durch einen kleinen Unfall vergällt. Ich war etwa eine Woche vorher barfuß durch

---

*Bakterienruhr oder Shigellose: ansteckende, bakterielle Durchfallerkrankung
Verbreitung unter anderem durch Fliegen

den Schlafsaal gelaufen und hatte mir einen ziemlich großen Holz-splitter in den Fuß unterhalb der Zehen gerammt. Der Inspektor sah sich das kopfschüttelnd an und griff dann nach Art des *Doktor Eisenbart** zu einer Kneifzange, mit der er das Holzstück in einem Ruck herauszog.

Unglücklicherweise war der Splitter mit verschiedenen kleinen Nebensplittern versehen, die sich beim Herausziehen sperrten und so ein Stück Fleisch mit rissen. Die Frau Inspektor kam dann noch mit einem Leinentuch und einer Flasche essigsaurer Tonerde hinzu. Das war alles. Wenn ich daran denke, wie viele Tetanusspritzen mit Pferde- oder Rinderserum heute in einem ähnlichen Fall verabreicht werden, ist es erstaunlich, wie einfach damals alles war.

Allerdings war nun mein rechter Fuß mächtig angeschwollen, und es stellte sich die Frage, wie ich damit in die neuen, engen Einsegnungsschuhe hineinkommen sollte. Nun, es ging, und ich humpelte zum Altar.

Angesichts des Ereignisses hatte sich auch mein Familienclan wieder zusammengefunden und sich meiner Existenz erinnert. So sah ich mich plötzlich im Besitz eines neuen, schwarzen Anzuges mit guter, neuer Wäsche, eines steifen Hutes, wie ihn sonst nur Diplomaten oder englische Gentlemen beim Pferderennen trugen, und sogar einer goldenen Taschenuhr.

Ob sie wirklich so golden war, wie sie aussah und wie mir mein Onkel, der sie mir geschenkt hatte, versicherte, weiß ich nicht. Jedenfalls freute ich mich sehr darüber und trug auch die goldene Kette auf der schwarzen Weste wie ein Erwachsener. Nur, dass ich der staunenden Mitwelt keinen massiven Bauch vorführen konnte, auf dem so eine goldene, herabbaumelnde Uhrkette eigentlich erst richtig zur Geltung kommt.

Wir fuhren mit einer Equipage von der Wohnung meines Onkels zur Kirche. Ich hielt krampfhaft in den mit schwarzen Glacéhand-schuhen geschmückten Händen das neue Gesangbuch. Auf dem dunklen Deckel leuchtete in goldenen Buchstaben: „Sei getreu bis in den Tod."

Mein Onkel saß neben mir in der Bank und sang mit sonorer Stimme viele Strophen der Kirchenlieder auswendig. Ich war sehr

---

*Johann Andreas Eisenbarth (1663 – 1727), dt. Handwerkschirurg, bis heute bekannt geblieben durch das Trinklied „Ich bin der Doktor Eisenbart"

stolz auf ihn. Er sah imposant aus und erntete große Bewunderung. Einen solchen Onkel hatte, wie ich feststellte, niemand weit und breit. In dieser Stimmung verzieh ich ihm sogar die Geschichte mit dem Hindenburgspiegel.

Er war auch zum ersten Mal von mir begeistert, weil ich mit meinem stark geschwollenen Fuß in den neuen, engen Schuh hineinschlüpfte und kaum Zeichen des Schmerzes zeigte. Er flüsterte mir zu, ich solle doch Fliegeroffizier werden, denn eine solche Schmerzunempfindlichkeit mache seiner Meinung nach nur beim Soldaten richtig Sinn.

Wahrscheinlicher scheint mir aber, dass eine andere Tatsache ihn auf diese Idee gebracht hatte. Als ich konfirmiert wurde, stand in der Sakristei der Kirche ein Sarg, der quer durch Deutschland von der Westfront hierher gebracht worden war. In ihm ruhte der kurz zuvor gefallene Oberleutnant Kurt Wolff*, einer der berühmtesten deutschen Jagdflieger jener Zeit.

So herrschte in der überfüllten Kirche eine ernste Stimmung, die dem Gottesdienst eine feierliche Würde verlieh. Selbst die Stimme des Pfarrers zitterte mehrmals und stockte für einige Sekunden. Er war nämlich besonders betroffen, denn der gefallene Offizier war der Verlobte seiner Tochter.

Am Nachmittag konnte ich, leicht humpelnd, an einem Spaziergang auf der Promenade zum Königswäldchen teilnehmen. Ich hatte alle Hände voll zu tun, meine Melone bei dem starken Wind auf dem Kopf zu halten. Außerdem musste ich ständig auf die Uhr schauen.

Meiner Tante kam mein Hinken vertraut vor, denn sie sagte mehrmals: „Ganz der Vater!" Ich blieb noch drei Tage bei meinem Onkel, denn am Mittwoch nach dem Konfirmationssonntag fand vormittags das Abendmahl statt. Wieder fuhr die Droschke vor, die wir Jungen spöttisch „Donnerkutsche" nannten, und die ganze Familie gab mir das Geleit.

Wieder feierlicher Einzug der Konfirmanden in die Kirche und mächtiges Gebrause der Orgel. Ich höre noch die Stimme meines Onkels: „Hier liegt vor deiner Majestät im Staub die Christenschar." Es ergriff mich alles sehr.

---

*1895 – 1917, deutscher Jagdflieger im Ersten Weltkrieg und Ritter des Ordens Pour le Mérite, mit militärischen Ehren im Sep. 1917 in Memel beigesetzt

Aber man durfte nicht nachdenken. Etwa darüber, dass sich diese Christenschar täglich in Ost und West in furchtbaren Massakern dezimierte.

Nach meiner Rückkehr in die Anstalt kam ich mir irgendwie erhaben und bedeutender vor. Zudem hatte ich eine neue Beschäftigung, nämlich jeden Augenblick nach der Uhr zu sehen. Bis mich eines Tages der Inspektor mitten im Unterricht ansprach und sagte: „Ich hoffe, mein Vortrag langweilt dich nicht!" Ich wurde rot und begann zu stottern.

Ich merkte, dass ich taktlos gewesen war. Es war, als wollte ich ihn mit der Uhr in der Hand kontrollieren. Er war immer pünktlich, nicht sklavisch pünktlich, sondern mit der Gelassenheit einer in sich ruhenden Persönlichkeit.

Auch die Uhr hatte ihre Geschichte. Zuerst verschwand die Uhrkette, die ich ohnehin nicht gerne über der Weste trug. Zur gleichen Zeit kamen die Armbanduhren in Mode, sodass mir meine Uhr mit dem Sprungdeckel rettungslos antiquiert erschien.

Also trug ich sie mal in der einen, mal in der anderen Hosentasche. Da ich oft vergaß, sie aufzuziehen, ging sie selten richtig. Immerhin blieb sie auf diese Weise etwa dreizehn Jahre in meinem Besitz, was bei der geringen Aufmerksamkeit, die ich ihr entgegenbrachte, ein beachtliches Zeichen von Treue ist. Gold ist eben nicht nur außen Gold.

Aber irgendwann kam die Stunde des Abschieds, und wie so oft unerwartet. Als ich mich zur Ausbildung als Sonderschullehrer in der Staatlichen Taubstummenanstalt Berlin befand, war sie plötzlich weg. Ich suchte einige Tage alle meine Hosentaschen durch, leider vergeblich.

An einem Nachmittag hatte ich Aufsicht in der Anstalt und bemerkte, wie die großen Jungen eine Leiter an ein niedrigeres Nebengebäude stellten. Zugleich schien ein Streit zwischen ihnen ausgebrochen zu sein, denn sie redeten mit Gebärden und gutturalen Lauten aufeinander ein, ohne offenbar zu einem Ergebnis zu kommen.

Ich stellte die Leiter fort und führte in einer anderen Ecke des Hofes meine Aufsicht weiter. Zu meinem Erstaunen stellten die Jungen die Leiter nach einer Weile wieder an derselben Stelle auf. Jetzt wurde ich neugierig und stieg selbst hinauf. Ich schaute in die

Dachrinne und fand dort Teile einer Uhr – meiner Uhr. Der Sprungdeckel und einige schon verrostete Räder, Federn und andere Innen-
teile waren noch übrig geblieben.

So sah ich sie denn zum letzten Mal. Meine Bemühungen, die
Täter zu überführen, scheiterten an meinen damals noch unzurei-
chenden Fähigkeiten, mit ihnen sprachlich und mit Gebärden ausreichend Kontakt aufzunehmen. Sie spielten mit gutem Erfolg die
Ahnungslosen. Niemand hatte meine Uhr gestohlen, niemand hatte
sie gefunden, und niemand hatte sie auch oben in der Regentraufe
versteckt. Sie machten alle betretene und bedauernde Gesichter
und meinten: „Von selbst!" Das ist eine der schlagkräftigsten Aus-
reden der Gehörlosen und passt zu allen Lebenslagen. Ich musste
mich damit abfinden.

Etwa acht Jahre blieb ich nun ohne Uhr. Nicht, weil ich mir keine
neue leisten konnte, sondern weil ich kein großes Bedürfnis hatte,
eine zu besitzen. Wenn man Lehrer ist, läutet sie immer irgendwo
am Anfang und am Ende. Im übrigen ist es kaum zu glauben, wie
genau man auch ohne Uhr weiß, was die Stunde geschlagen hat –
und wem die Stunde geschlagen hat.

Aber zurück zu den letzten Jahren im Waisenhaus. Ich lebte in
großer Freiheit, denn der Inspektor wurde älter und müder, also
auch gütiger und ließ manchmal die Dinge ihren Lauf nehmen. So
konnte ich meinen Fantasien nachhängen. Einen Band eigener Gedichte hatte ich schon zusammen. Bedauerlicherweise besitzen ihn
jetzt die Russen, ohne damit allerdings etwas anfangen zu können.
Aber die Gedichte waren mir etwas wert, denn ich experimentier-
te mit ihnen, war oft schockiert, oft begeistert und trug sie in der
ersten Zeit selig mit mir herum wie ein Neugeborenes.

Zur Epik neigte ich wenig. Einige Romananfänge, die meist mit
der aufgehenden Sonne begannen oder mit einem D-Zug, der über
ein Viadukt in südliche Gefilde donnerte, versickerten bereits auf
den ersten Seiten.

Dafür hatte mich einige Zeit die Dramatik gepackt. Das erste
Schauspiel hieß: „Die Liebe des Studenten" und wurde mit Erlaubnis
des Inspektors in einem umgewandelten Klassenraum aufgeführt.
Die Braut war natürlich ein Junge mit einem besonders hübschen
Gesicht. Mädchen hatten wir nicht im Waisenhaus. Fräulein Käthe
war inzwischen schon zu erwachsen geworden. Die beiden Haus-

mädchen befanden sich in den Dreißigern und hatten sich mit ihren runden Gesichtern und den leichten Bartansätzen allzu sehr von dem entfernt, was mir in meiner Fantasie als Braut eines Studenten vorschwebte.

Übrigens erinnert mich die Darstellung einer Mädchenrolle durch einen Jungen an eine schöne Geschichte, die mein Onkel oft erzählte, wenn er in Stimmung war. Es handelte sich um das Lied „In einem kühlen Grunde, da geht ein Mühlenrad, mein Liebchen ist verschwunden, das dort gewohnet hat"*. Da die Seminaristen in der Ausbildungszeit meines Onkels nichts von der Existenz eines „Liebchens" wissen durften, wurde „mein Liebchen" durch „mein Onkel" ersetzt. Und so weinten die Seminaristen blutige Tränen um den „verschwundenen Onkel", der ihnen Treue versprochen und einen Ring geschenkt hatte.

Auch bei den Tanzstunden im Seminar wurden die hübschesten Seminaristen mit einem weißen Taschentuch am Arm geschmückt. Sie stellten dann die „Damen" dar. Solche Geschichten, so humorvoll sie auch klangen, machten mich etwas stutzig und wenig geneigt, in ein solches Institut einzutreten. Doch die Entwicklung nach dem Ersten Weltkrieg bereitete dem schamhaften Spuk ein Ende, ja, die Tendenzen schlugen eher ins Gegenteil um: Es begannen die „tollen zwanziger Jahre".

„Die Liebe des Studenten" schlug einige Wellen, denn zur Premiere erschienen nicht nur der Inspektor mit seiner ganzen Familie, sondern auch die Kinder des Gutsherren sowie einige Onkel und Tanten, die ich nie zuvor gesehen hatte. Meine Ansprache als junger Regisseur geriet unter den vielen fremden Augen etwas halbherzig und gehemmt, und so verliefen die ersten Minuten etwas schleppender, als ich es mir vorgestellt hatte. Immerhin fingen meine Kameraden bald an, ihre Texte laut und unbekümmert in den Saal zu schmettern, was für mich zunächst ein Trost war. Die Unbekümmertheit nahm aber bald groteske Formen an, denn sie rezitierten nicht nur das, was ich aufgeschrieben hatte, sondern fügten eigene Randbemerkungen hinzu, die nicht aufeinander abgestimmt waren, sodass die ganze Darbietung – nach meinem Empfinden – von Szene zu Szene konfuser wurde.

---

*ein Gedicht, 1808 verfasst von Joseph von Eichendorff (1788 –1857) und 1814 erstmals vertont von Friedrich Glück (1793 – 1840)

Der Höhepunkt des Durcheinanders war aber, dass die „Braut" ganz eigenwillige Wege ging und von Anfang an offenbar die beiden eifersüchtigen Bewerber verwechselt hatte. Vielleicht schlug auch während des Spiels einfach die Sympathie für den durch, den „sie" lieber mochte. „Sie" sollte nach dem Text des Dramas den Theologiestudenten heiraten, aber das verrückte „Frauenzimmer" neigte sich immer mehr dem Jurastudenten zu und fiel ihm zum Schluss in die Arme. Ich saß hinter der letzten Kulisse, die aus aufgehängten Schlafdecken bestand, war völlig verzweifelt und schwitzte Blut und Wasser.

Endlich, endlich ging meinen Kameraden die Puste aus. Sie kamen überein, das Stück für beendet zu erklären. Es erhob sich ein stürmisches Klatschen und Trampeln im Klassenraum. Alle hatten sich offensichtlich gut amüsiert. Es wurde nach dem Autor gerufen, aber ich schämte mich so sehr, dass ich nicht hinter den Schlafdecken hervorkroch.

Schließlich packten mich die beiden „Studenten" am Arm und schleppten mich an den Bühnenrand. Ich verbeugte mich unbeholfen, mit einem Gesicht, das alles widerspiegelte, nur keinen Autorenstolz.

Ich hörte, wie die Erwachsenen noch lange im Flur über das Stück diskutierten, während wir die Bühne abbauten und das Klassenzimmer wieder für den Unterricht herrichteten. Erstaunlicherweise hielten sie die wirre Aufführung für einen neuen Stil, für Expressionismus, der in jenen Jahren von sich reden machte. Und so waren alle, auch mein Inspektor, davon überzeugt, dass ich experimentell eine neue Ausdrucksform gefunden hätte, die zwar schwer zu verstehen sei, vor der man sich aber, wie vor der abstrakten Malerei, in tiefer Ehrfurcht verneigen müsse.

Irgendwann fand ich mein angeknackstes Selbstvertrauen wieder und glaubte schließlich auch, dass eine höhere Macht sich meiner schwachen dichterischen Kräfte bemächtigt hatte, um sie im Sinne der Zeit zu formen. Man dichtet nicht, man wird gedichtet.

Aber ich blieb lange Zeit skeptisch und hatte zunächst keine Lust mehr, eigene Stücke aufzuführen. Ich wollte lieber Lesedramen schreiben.

In dieser Zeit fiel mir eine längere Ballade in die Hände, an dessen Verfasser ich mich leider nicht mehr erinnern kann. Sie hieß: „Der letzte Preuße"* und schilderte, wie ein Angehöriger der vorchristlichen ostpreußischen Bevölkerung, ein Pruzze, sich aus Verzweiflung über den Untergang seines Volkes von der Höhe der samländischen Küste ins Meer stürzte. Nur noch die letzten Zeilen habe ich im Gedächtnis:

„Nimm rettend, unbesiegtes Meer,
Den letzten Preußen auf!
Er rief's, und hoch vom Berge schwang
Er sich zur Flut hinab.
Mit Retterarmen ihn umschlang
Das ungeheure Grab."

Die tiefe Tragik des Geschehens ergriff mich. Hier hatte ein Volk Heimat und Freiheit verloren und war gezwungen worden, einen ihm fremden Glauben anzunehmen. Obwohl ich Deutscher und Christ war und den Deutschen Ritterorden sehr verehrte, konnte ich mich einer schweren Bedrückung nicht entziehen, einem Gefühl, dass hier Unrecht geschehen war. Dass Unrecht überall geschieht, dass Geschichte nichts anderes ist als die Herrschaft des Stärkeren über den Schwächeren. Das wollte mir damals nicht in den kindlichen Kopf.

Und so begann ich mich für die Pruzzen zu interessieren, nicht nur für ihre drei Götter Perkunos, Potrimpos und Pikollos, sondern ich wollte alles ganz genau wissen und setzte meinem Inspektor erheblich zu. Bis er mir die „Preußischen Historien" von Hartknoch** besorgte und ein schmales, rot eingebundenes Jugendbüchlein, das „Herkus Monte" hieß.

Herkus Monte*** war der Sohn eines pruzzischen Stammesfürsten aus Natangen und wurde in jungen Jahren nach Magdeburg gebracht, um im deutschen und christlichen Sinne erzogen zu werden. Er wohnte in der Familie des Ritters Hirzhals, und bald verband ihn eine innige Freundschaft mit dem gleichaltrigen Sohn. Nach seiner Rückkehr nach Natangen musste er unter dem Druck der Priester und Verwandten dem christlichen Glauben abschwören und ins pruzzische Heidentum zurückkehren. Die schweren inneren

---

* Gedicht von Eduard Heinel (1798 – 1865), dt. Schriftsteller und Pfarrer
** Christoph Hartknoch (1644 – 1687), preuß. Historiker und Kartograf
*** auch Henrich Monte (1227 – 1273), Herzog der Natanger (prußischer Stamm)

Kämpfe machten ihn zu einer gespaltenen Persönlichkeit. Er wurde der Führer der Pruzzen im Großen Aufstand, der fünfzig Jahre dauerte, verlor nach anfänglichen Siegen die Schlacht bei Pokarben und floh in ein sumpfiges Waldgebiet, wo er durch Verrat von den Rittern entdeckt und an den Ast einer pruzzischen Göttereiche gehängt wurde.

Diese faszinierende Geschichte entfachte in mir sofort ein Drama, vor allem wegen seiner tragischen Zuspitzung, in der Begegnung mit seinem Jugendfreund Hirzhals, der zu den Kämpfen nach Preußen gekommen war. Er wurde von den Pruzzen gefangen genommen, vor Hercus Monte geführt, und dann fiel das Los auf ihn, dass er den Pruzzengöttern zum Dank für den Sieg geopfert werden sollte. Dreimal versuchte Monte ihn zu retten, aber die heidnischen Priester ließen nicht locker, und so wurde er verbrannt. Durch sein Eintreten für den gefangenen Feind erregte Monte das Misstrauen der Pruzzen, das er zu spüren bekam und das ihn auch in den folgenden Kämpfen unsicher und glücklos machte.

In meinem Drama erfand ich eine Schwester des Ritters Hirzhals, die Monte in Magdeburg als Jüngling sehr geliebt hatte, mit ihrem Bruder nach Preußen kam und von den Pruzzen gefangen genommen wurde. Gegen Montes leidenschaftlichen Protest fiel sie den pruzzischen Göttern zum Opfer, nicht ohne zuvor eine Szene mit Zantyra, der pruzzischen Geliebten Montes, erlebt zu haben. Sie wollte nach diesem Schock sterben. Monte aber fiel in eine tiefe Depression, die sein weiteres Schicksal besiegelte.

Im Grunde ging es um die helle und die dunkle Frau, um die, die Kultur, Christentum und Vernunft repräsentierte, und um die andere, in der Wildheit und heidnisches Bluterbe lebten. An diesem Zwiespalt ging Monte zugrunde, nicht an den Lanzen der Reiter, die den Toten zur Warnung noch aufknüpften.

Ich begann mit dem Drama, aber es war viel zu schwer für mein Alter, und ich konnte es erst einige Jahre später beenden. Ich habe es nie gewagt, es irgendwo zur Aufführung zu bringen. Die Zeit war inzwischen geprägt von gesellschaftlichen Konflikten. Wen sollten da die tragischen Erlebnisse eines Pruzzenführers vor siebenhundert Jahren interessieren?

Aber heute, nach dem Verlust Ostdeutschlands, erscheint mir der Stoff mehr als modern. Nur, dass sich die Theater heute eher avantgardistischen, experimentellen und zeitkritischen Themen zuwenden und nicht wahrhaben wollen, dass die Götter, die die Gegenwart formen, von einer Amme gesäugt werden, die Vergangenheit heißt.

Das schmale Manuskript blieb in meiner Memeler Bibliothek. Nur ein paar Zeilen aus einem Tagebuch sind mir geblieben. Darin spricht Monte nach einer heftigen Auseinandersetzung mehr erschöpft als versöhnt zu Zantyra:

> „Wie das Licht deinen weißen Körper umflutet
> Und zitternde Säulen über dir malt,
> Es beugt sich, von hüpfenden Funken umglutet,
> Leis tastend auf deine schlanke Gestalt.
> Und wo deine Seele im Feuermeer blutet,
> Da ist die dunkle Nacht nicht mehr kalt,
> Und so aus Flammen, Nacht und Wunden
> Hat Monte eine Heimat gefunden.“

Bald vergaß ich meine Pruzzenschwärmerei, aber eine leise Nachdenklichkeit blieb. Jedes Mal, wenn neue Weltanschauungen, neue Ideologien, neue Bewegungen auftauchen, weiß ich, was die Glocke geschlagen hat: neue Sklaverei, neue Unterdrückung, neue Missachtung der menschlichen Persönlichkeit.

16 Paradies der Sonderlinge

IM LETZTEN SOMMER, den ich im Waisenhaus verbrachte, gab es für mich ein besonderes Erlebnis. Mein Onkel hatte, ohne mir etwas zu sagen, an Verwandte in Marienburg* geschrieben und sie gebeten, mich in den Sommerferien aufzunehmen, um meinen Gesichtskreis zu erweitern. Nun kam die Antwort: Ich durfte hinfahren.

Das war wirklich eine Überraschung, und ich war außer mir vor Freude. In dieser Begeisterung hätte ich meinem Onkel zehn Spiegelgeschichten verziehen. Tatsächlich war ich bisher aus Memel und Umgebung nicht herausgekommen und kaum einmal mit dem Zug gefahren.

Meine Marienburger Verwandten, von deren Existenz ich bisher wenig gehört hatte, waren Nachkommen von Onkel Heinrich, einem

---

*Malbork (Polen, Woiwodschaft Pommern)

Bruder meines Vaters. Ich wusste von ihm nur, dass er religiöse Tagebücher geschrieben haben soll. Er war somit der einzige in der Familie, der sich vor mir schriftstellerisch betätigte.

Ich schlief einige Nächte schlecht und malte mir all die Herrlichkeiten aus, die auf mich zukommen würden. Die Städte Tilsit, Insterburg*, Königsberg, Braunsberg**, Elbing*** würde ich sehen, wenn auch nur vom Bahnhof aus, den Memelstrom, den Pregel, das Frische Haff, die Nogat****, und wenn alles gut geht, auch die Weichsel, das ganze alte Preußenland, das Bernsteinland, das Land der Deutschherren, der roten Burgen, der Dome und Schlösser.

Der Inspektor ließ sich von meiner Begeisterung anstecken. Er holte alle seine Ostpreußenbücher und gab mir nachmittags Privatunterricht in Landeskunde, den er mit Bildern und selbst erlebten Reisen sehr anschaulich zu gestalten wusste. Ich legte mir ein Heft an, in das ich alles Sehenswerte eintrug, was ich vom Zug aus sehen konnte, aber auch das, was ich nicht sehen konnte, aber wissen musste.

Endlich, kamen die Sommerferien. Die letzte Nacht schlief ich bei meinem Onkel. Er überließ mir für die Reise sogar seinen Koffer mit dem braunen Futteral, damit ich dort einen guten Eindruck machte. Außerdem hatte ich den schwarzen Konfirmationsanzug an und die Melone auf dem Kopf. Auch die ominöse Uhrkette baumelte auf meiner Weste. Sicher sah ich wie ein blutjunger Kaplan oder Vikar auf Reisen aus.

Mein Onkel ging mit mir zum Bahnhof. Der D-Zug schnaubte und dröhnte schon mächtig wie ein edles Pferd, das es kaum erwarten konnte, über eine Hürde zu springen. Ich fuhr in der dritten Klasse, also einigermaßen vornehm, denn es gab damals noch eine vierte Klasse, die für Leute mit sperrigem Gepäck gedacht war. Einen Speisewagen gab es nicht, es war Krieg. Ich hatte ein paar Margarineschnitten im Koffer.

Dann ging es los. Mein Onkel schwenkte seinen silbergriffigen Spazierstock und lüftete leicht seinen steifen Hut, er war immer ein Kavalier. Ich staunte, wie schnell sich der Zug in Bewegung setzte. Vom erhöhten Bahndamm aus sah ich unten das Gut Luisen-

---

* Tschernjachowsk (in der russischen Oblast Kaliningrad)
** Braniewo (Polen)
*** Elbląg (Polen)
**** Mündungsarm der Weichsel, der ins Frische Haff mündet

hof, die Luisenhöfer Brücke und dort: die Anstalt, in tiefem Grün schimmernd. Dahinter die weiten Felder, die sich zu einem bewaldeten Hügel erhoben, wo wir „Soldaten" gespielt hatten, wo ich einst meine Gänse gehütet hatte, wo Marita mich mit ihrem roten Rock verzaubert hatte.

Links die lange Schmelz, der Heimweg meines Vaters, die kleinen Häuser, der überragende Turm der Zellulosefabrik. Wie anders sah alles aus der Ferne aus. Da müsste auch das Bassin sein, voller Holzflöße, und das rote Haus des Strommeisters und die erste Kanalbrücke. Ich konnte mich noch so weit aus dem Fenster lehnen, es war nichts zu erkennen; die Bäume mit ihren mächtigen Kronen standen davor.

Dort das Schlachtfeld von Althof, wo die vielen russischen Toten gelegen hatten. In der Ferne ragte der dunkelgrüne Rücken der Kurischen Nehrung aus dem weiten Wasser. Aber auch er versank langsam in einen fremden Horizont. Dann erkannte ich noch das Gut Götzenhöfen, zu dem der kleine schwermütige Kirchhof gehörte, auf dem meine Eltern nun ruhten. Dann wurde alles fremd. Ich hatte die Gegend nie gesehen, aber die Namen, die an den kleinen Stationen vorüberflogen, kannte ich alle: Da war *Carlsberg**, das Gut gehörte dem Vater meines Dinwehter Vetters, *Buddelkehmen**, *Dittauen**, vereinzelte Güter und Dörfer.

Das Land, eine weite, windoffene Ebene, lag da in der strahlenden Sommersonne. Die Kleefelder, dunkelgrün, üppig, mit roten Sprenkeln. Der mannshohe Roggen, noch grün, aber schon gelblich angehaucht, wogte wie ein Meer ins Unendliche. Die Kartoffeln hatten an ihren Spitzen die ersten weißen und rosa Blüten hervorgebracht.

Die Höfe lagen verstreut in der Landschaft, immer von hohen Bäumen umgeben. Jeder Bauer war Herr über sein eigenes Land. Durfte man denen, die so bauten, einen Zug von Eigenwilligkeit und Distanz andichten? Um die Gehöfte Rossgärten**, in denen Kühe oder junge Pferde weideten. In einem besonderen Gehege lagen die Schweine in Suhlen, schmutzig, aber gemütlich und fröhlich.

Manchmal blickte man in Bauerngärten, die dicht an der Bahnlinie lagen. Kleine Paradiese. Jasmin duftete, Schneeball wuchs,

---

* Vaidaugai, Budelkiemis, Ditava
** umzäunte Pferdeweide, Koppel

Schlehen und Weißdorn blühten um die Wette. Unter den Bäumen spielten Kinder. Störche klapperten auf den Strohdächern. Schwalben segelten aus den geöffneten Scheunen. Ein Bauer saß auf einem Stein und dengelte seine Sense. Zwei Männer mähten den Klee. Mädchen mit weißen Kopftüchern marschierten in Reih und Glied durch ein Rübenfeld.

Diese idyllischen, aber auf die Dauer eintönigen Bilder beruhigten mich. Ich konnte unmöglich alle kleinen Bahnstationen mit dem gleichen Interesse betrachten.

Dann kam Heydekrug* in Sicht, und der Zug hielt. Nur wenige stiegen aus, und nur wenige stiegen ein. In mein Abteil kam eine Frau in den Dreißigern, hübsch und rundlich und ebenso redselig. Sie war eine Kaufmannsfrau. Ihr Mann kämpfte an der Westfront, sie musste den großen Laden allein versorgen. Nun fuhr sie nach Tilsit zum Einkauf. Ich hörte zunächst nicht viel hin.

Hier in Heydekrug wurde *Hermann Sudermann*** geboren. Das interessierte mich im Augenblick mehr. Hier auf dem Moor spielte sein Roman „Frau Sorge", den ich mit großer Anteilnahme gelesen hatte. Drüben, jenseits der Stadt, musste das große Bismarcker Moor liegen, wo die „Litauischen Geschichten" spielten. Jons und Erdme hatten dort ihre Torfhütte gebaut, wie der liebe Gott - aus dem Nichts.

Eine Atmosphäre der Urschöpfung lag über dem Land. Von der Kurischen Nehrung erzählten die Dichter, dass Gott sie erst am achten Schöpfungstag erschaffen habe, ein letzter Wurf seiner Fantasie, zu dem ihn die Ruhe des siebten Tages inspiriert habe.

Als der Zug abfuhr, erinnerte ich mich an einige Zeilen aus Hermann Sudermanns Gedicht über seinen Heimatort: „Blaues Haff und bunte Wiesen, Krähenwald und Weidenstrauch ... und ein Krug auf brauner Heide ... ". Ich brachte die Verse nicht mehr zusammen, aber es war merkwürdig, wenn man etwas von einem Ort wusste oder von Menschen, die dort gelebt hatten, dann spürte man sofort eine gewisse Vertrautheit. Ich fühlte mich hier nicht fremd, obwohl ich das alles zum ersten Mal sah.

Ich zog das Fenster hoch. Es war nur noch der Kirchturm von Heydekrug zu sehen. Die Frau betrachtete mich mit freundlicher

* Šilutė (Litauen)
** 1857 – 1928, dt. Schriftsteller und Bühnenautor

Neugier. Offenbar überlegte sie, ob sie mich noch mit „Du" oder schon mit „Sie" anreden sollte.

„Kennen Sie eigentlich Hermann Sudermann?" fragte ich.

„Die Mutter kenne ich gut. Eine kleine Frau mit schwarzem Hütchen. Er liebt seine Mutter sehr und kommt einmal im Jahr aus Berlin zu Besuch. Er hat hier in der Umgebung ein Rittergut, denken Sie mal! Was man sich alles so zusammenschreiben kann. Und das holt er sich alles hier von den Wiesen und Mooren. Toll!"

„Und ihn? Haben Sie ihn einmal gesehen?"

„Sicher. Er spaziert manchmal mit dem alten Anker durch unser Dorf. Ich bin nämlich aus Ruß, wo die Brücke steht. Ja, und am liebsten sitzt er am Strom und sinniert so vor sich hin. Am Ende denkt er sich da wieder was aus, so wie die „Reise nach Tilsit". Er ist ein großer schöner Mann, ohne Bart. Er trägt einen schwarzen Künstlerhut. Wenn die Frauen am Strom sind und dort aus dem Kahn ihre Wäsche waschen, dann bleibt er oft eine Weile stehen und schaut ihnen zu. Oder er spricht mit der einen oder anderen. Ich glaube, er hat was für Frauen übrig."

„Wie sollte er sonst Dichter sein!" meinte ich altklug. „In Heydekrug soll noch ein junger Dichter wohnen, er heißt Alfred Brust. Haben Sie den Namen schon einmal gehört?"

„Die Brusts, die Brusts, die stammen aus Coadjuthen*. Da ist einer Gastwirt. Ihm ist vor Jahren einmal die ganze Wirtschaft abgebrannt. Aber dass einer von ihnen Dichter ist, nein, das habe ich nie gehört. Wissen Sie, ich bin eine Kaufmannsfrau", entgegnete sie mit erhobener Stimme und voller Stolz, als wollte sie damit sagen, dass sie von der ganzen Dichterei nichts hält. Ich schwieg.

„Ich bewirtschafte den großen Laden jetzt seit drei Jahren alleine. Am Anfang habe ich jede Nacht geweint. Jetzt macht mir das nichts mehr aus. Dazu habe ich fünf Kinder, zwei waren schon vor dem Krieg da. Da komme ich nicht viel zum Lesen. Wozu auch? Geschichten gibt es bei uns genug. Man braucht sich nur in der Nachbarschaft umhören. Die bringen mir alles in den Laden".

„Geschichten?" sagte ich langsam und kam mir wie Sudermann vor, der einmal im Jahr herkam und herumhorchte.

„Ach, Geschichten! Da ist voriges Jahr unser Rechtsanwalt ins Wasser gegangen, abends als er aus dem Hotel kam. Betrunken

*Katyčiai (Litauen)

natürlich. Er trank jeden Abend. Und wissen Sie, er hatte auch was mit der Wirtin. Und anstatt nach rechts ins Dorf zu gehen, ist er nach links ins Hochwasser gelaufen. Die Leute meinen, er habe das absichtlich getan. So besoffen könne so ein feiner Herr doch gar nicht sein, dass er nicht weiß, wo rechts und links ist. Tatsächlich war er schon sehr heruntergekommen. Er verdiente nichts mehr".

Mit solchen Geschichten unterhielt sie mich immer weiter. Ich hörte atemlos zu. Von einem Förster, der sich erschossen hatte, einfach so, weil er nicht mehr leben wollte, von einem Gastwirt, der das Bezirksmeldeamt gebeten hatte, seinen Sohn vorzuladen, weil dieser ein Verhältnis mit einem Ladenfräulein angefangen hatte, an dem der Vater selbst interessiert war. Über diese Geschichte war Sie sehr empört und murmelte etwas von Blutschande. Ich nickte zustimmend, ohne zu wissen, was das genau war.

Dann erzählte sie von dem Schulrat, dessen Frau ein Kind bekam und ihn bat, schnell zur Hebamme zu eilen. Aus Versehen geriet er aber in ein Wirtshaus, in eine fröhliche Gesellschaft, trank drei Nächte und drei Tage. Als er nach Hause kam, war das Kind natürlich schon auf der Welt. Die Mutter hatte daraufhin geschworen, nie wieder ein Kind von ihm zu bekommen. Das konnte ich total nachvollziehen. Einige Lehrer hatten ebenfalls schon mal die Gelegenheit genutzt und drei Tage und drei Nächte gefeiert, so dass die Lehrerin jeden Tag mit allen Kindern einen großen Ausflug machen musste. Die Frau konnte wunderbare Geschichten erzählen.

Die schönste war die von der verkauften Frau.

„Wissen Sie, da hatte ein alter Gastwirt eine hübsche junge Frau, doch was sollte er mit ihr? Da hat ein reicher Gutsherr sie ihm abgekauft, so nebenbei beim Skatspiel."

„Wie kann man eine Frau verkaufen!" sagte ich entrüstet, „wir sind doch nicht in Afrika."

„Wissen Sie, die wäre sowieso irgendwann mit dem Gutsherrn durchgebrannt. Da nahm der Alte lieber das Geld."

„Was kostet eine Frau?" fragte ich neugierig.

„Das ist leider nicht herausgekommen", sagte sie bedauernd, „die plaudern nicht gerne. Ich denke, sie wird einiges gekostet haben, denn sie war von der Sorte, für die man gern was bezahlt."

Mir war schon ganz heiß geworden von all den Anekdoten, die sie so beiläufig aus dem Ärmel schüttelte. „Wissen Sie", sagte ich anerkennend, „wenn ich groß bin, komme ich auch nach Ruß. Da scheinen ja die Geschichten auf der Straße zu liegen."

„Und ob! Das ist das große Herrendorf, wo früher die Spediteure den Sekt aus den Regentraufen gesoffen haben. Aber jetzt ist Krieg, und die meisten kommen überhaupt nicht mehr nach Hause. Und wenn doch, dann mit nur einem Bein."

Dann musterte sie mich scharf und fragte, wie alt ich eigentlich sei. Am Ende hätte sie mir derartige Geschichten noch gar nicht erzählen dürfen.

„Achtzehn Jahre!" log ich, ohne rot zu werden.

„Na, da werden Sie ja bestimmt bald eingezogen. Wissen Sie, wenn einer fürs Vaterland sterben soll, dann kann er eigentlich schon ein paar Geschichten hören, wie sie wirklich vorkommen."

,Wie sie wirklich vorkommen,' dachte ich.

„Jetzt habe ich aber Hunger!" rief sie und wühlte heftig in ihrem Korb herum. „Haben Sie überhaupt etwas zu essen? Die Städter müssen doch jetzt den Riemen enger schnallen."

„Eine Margarinenstulle", antwortete ich.

„Dann nehmen Sie noch diese beiden gekochten Eier dazu. Allein schmeckt es mir auch nicht. Vorsicht beim Aufschlagen: die sind weichgekocht. Wissen Sie, hart gekochte Eier esse ich gar nicht. Die rutschen nicht."

„Höchstens mit Butter!", lächelte ich.

Und so aßen wir zusammen. Plötzlich standen nebenan einige Fahrgäste auf und sagten: „Tilsit". Wir beide waren ein bisschen erschrocken. Sie, weil sie mit dem Ei und dem Brot in der Hand in aller Eile aussteigen musste. Ich, weil ich in der ganzen Zeit nichts von der Landschaft gesehen hatte.

Ich ließ das Abteilfenster herunter und schaute hinaus. Unten breitete sich der Memelstrom aus. Ich sah ihn zum ersten Mal. Ich sah ihn mit klopfendem Herzen, denn es war ein derart gewaltiger Anblick, dass es einem die Sprache verschlug. Drüben die große Luisenbrücke. In der Ferne der sagenumwobene Rombinus*, der Götterberg der Pruzzen, den jetzt die Litauer für sich beanspruchten. Der Zug donnerte über die eiserne Brücke und rollte in den Bahnhof ein.

---

*Rambynas (Litauen), ein kultisch bedeutsamer Hügel der heidnischen Schalauer vor ihrer Christianisierung durch den Deutschen Orden im 13. Jh.

Ich half meiner hübschen Berichterstatterin aus dem Zug, reichte ihr die Tasche und winkte ihr nach. Sie ging in die Halle und aß in aller Ruhe ihre Stulle weiter. Ich schaute mich neugierig um. Ein paar Eisenbahner klopften an den Waggon. Die Lokomotive fuhr allein los, um Wasser zu tanken. Menschen mit Koffern riefen durcheinander. Ein Zug Infanterie, bärtige Männer, wurde verladen. Frauen weinten, Kinder winkten. Dann pfiff der Mann mit der roten Mütze, und der Zug fuhr weiter. Ich sah ein paar Straßen, war das dort das Theater oder die Post? Kurz tauchte der markante Turm der Ordenskirche auf. Der Zug tangierte die Stadt nur am westlichen Rand, sodass man vom Zentrum nichts sehen konnte.

Nun schlug ich mein Heft mit den Notizen auf und begann zu lesen: „Tilsit, die Stadt ohnegleichen, gesunde deutsch-litauische Mischung mit einer Neigung zu irdischen Genüssen. Tilsiter Käse. Dichter: *Max von Schenkendorf:* „Freiheit, die ich meine". Prähistoriker: *Gustav Kossinna*. Lyriker: *A. K. T. Tielo*. Auf der Memel stand im Juli 1807 das Floß, auf dem *Zar Alexander* und *Napoleon* Frieden schlossen, während der Preußenkönig im Regen am Ufer auf- und abgehen musste, bis es den Kaisern gefiel, ihn rufen zu lassen. *Königin Luise*, Begegnung mit *Napoleon*. Rote Rose. Napoleon wollte den Turm der Deutsch-Ordenskirche klauen, gelang ihm aber nicht."

Das war alles etwas knapp, aber es reichte mir, um mit großem Interesse die letzten Türme der Stadt zu betrachten.

Ich aß meine Stullen und Eier weiter. Dieses Redegenie von einer Frau hatte mich völlig aus dem Konzept gebracht. Ich musste gestehen, dass ich von Heydekrug bis Tilsit kaum einen Baum wahrgenommen hatte. Dafür hatte ich aber einiges gehört.

Wenn sich auf der nächsten Etappen eine ähnlich gute Berichterstatterin fand, dann konnte ich vielleicht bald ein Buch herausbringen: „Ostpreußen, Land und Leute."

Aber es schien sich in dieser Hinsicht nichts anzubieten. Ein älteres Ehepaar unterhielt sich einsilbig. Es war ein netter Herr mit Spitzbart, der plötzlich anfing, über Schach zu reden, und da hatte ich auch etwas zu sagen.

So nahm er sich meiner an und zeigte mir alles Sehenswerte aus dem Fenster des Coupés. Wenn ich mich nicht täusche, blickten wir auf einen großen Platz, auf dem im Frieden Pferderennen stattfanden. Wir überquerten die *Inster* und die *Angerapp*, die kaum so breit waren wie meine heimatliche *Dange*. Hier, zwischen den Quellflüssen des *Pregels*, vermutete der Königsberger *Prof. Hasse** das Paradies. Von weitem sah ich über den roten Dächern den Turm der Lutherkirche. Hier wurde *Ernst Wichert*** geboren, der Autor der Romane „Heinrich von Plauen" und „Der Große Kurfürst", die ich gern las. Der Kaiser nannte ihn „unseren lieben Richter und Dichter". Aber auch *Frieda Jung****, von der einige Gedichte in unserem Lesebuch standen, musste aus dieser Gegend stammen, ebenso wie der Humorist *Robert Johannes*****, der mit seinen „Klops und Glumse aus Keenigsbarg und Ostpreissen" alle zum Lachen brachte.

Endlich kam der *Pregel******, friedlich von Schilf eingefasst, manchmal auch kahl, floss er durch niedriges Wiesenland. Wälder und Forste, wie der große Forst *Norkitten†*, verdeckten manchmal den Blick auf ihn. Bei *Groß-Jägersdorf†* hatten die Russen im Siebenjährigen Krieg eine Schlacht gewonnen und dann für einige Jahre Ostpreußen besetzt.

Die kleinen Städtchen *Wehlau†* und *Tapiau†* huschten vorbei. In Tapiau befand sich die ostpreußische Heil- und Pflegeanstalt. Daher das Sprichwort: „Wer nichts wagt, kommt nicht nach Wehlau, wer zuviel wagt, kommt nach Tapiau."

Und dann meldeten sich auch schon die Vorstädte Königsbergs. *Ponarth†* stand auf einem Schild, und ich bekam Durst auf das gute Ponather Bier, denn inzwischen war es sehr heiß geworden. Ich wagte nicht, mein schwarzes Jackett auszuziehen. Es war damals nicht üblich, dass man sich im Zugabteil wie zu Hause benahm.

Ich stand am Fenster und schaute aufmerksam hinaus. Die erste Großstadt, die ich in meinem Leben sah: Königsberg. Von weitem eine Reihe von Türmen, aber die Festungswälle verdeckten viel. Ich kann mich nicht mehr erinnern, ob man von der Bahn aus das Schloss sehen konnte.

Wir fuhren in die Halle des alten Bahnhofs. Hämmern und Krachen, viele Lokomotiven zischten und tuteten. Alle Augenblick fuhr ein Zug aus und ein. Auch einen Militärzug entdeckte ich, der mit

---

* Johann Gottfried Hasse (1759 – 1806), dt. ev. Theologe und Orientalist
** 1831 – 1902, Schriftsteller und Jurist
*** 1865 – 1929, Schriftstellerin, Heimatdichterin und Erzählerin
**** eigentlich Robert Lutkat (1846 – 1924), Schauspieler und Komiker
***** Pregolja (Oblast Kaliningrad)
† Meschdduretschje, Motornoje, Snamensk, Gwardeisk, Dimitrowo (alle: Oblast Kaliningrad)

seiner blutjungen Fracht nach Westen rollte. In zwei Jahren, dachte ich in diesem Moment, wenn der Krieg dann noch andauern sollte, würde ich da mitfahren. Nichts mehr von Blumen und Begeisterung wie 1914. Stattdessen viele Tränen.

Der Anblick, die Hitze, die dumpfe Luft erdrückten mich. Ich war enttäuscht, dass ich nichts vom Zentrum der Stadt sah. Schließlich machte ich mein Heft auf: „Königsberg in Preußen. Krönungsstadt der preußischen Könige. Schloss, Dom, Universität, Botanischer Garten, Zoo. Viele Denkmäler. Luthers Tochter Margarete lebte hier. *Simon Dach* aus Memel war hier Literaturprofessor. Er schrieb das Lied „Ännchen von Tharau". *Immanuel Kant*, der Königsberg nie verlassen hatte, ruht nun am Dom. *Gottsched, Hamann, Zacharias Werner.* Der *Gespenster-Hoffmann**: Dichter, Musiker, Maler, Weintrinker und Amtsgerichtsrat. Bezeichnet Königsberg als das Paradies der Sonderlinge."

Kann ich nicht finden, dachte ich, indem ich wieder hinausschaute. Alles normale Menschen. Ein Fluidum von Selbstbewusstsein. Die Provinz ist nur Hinterland. „Die Leute essen Klops, Fleck, Marzipan und trinken Grog und Koppskiekelwein**, dazu spielen sie meistens Skat." So kam man ihnen menschlich schon näher.

*Agnes Miegel**** singt von den sieben Brücken und der Stadt im Norden. *Ernst Wiechert***** soll hier Gymnasiallehrer sein. Die ganze junge Intelligenz der Provinz, sofern sie begütert ist, studiert hier. Auch viele aus dem Reich. Meine Traurigkeit wuchs, als ich daran dachte, dass durch den Zusammenbruch meines Elternhauses mir dies alles verbaut worden ist.

Noch ein paar Stichwörter: „Silberbibliothek, Bernsteinmuseum, Moskowitersaal, Sternwarte, *Gräfe und Unzer*, die größte Buchhandlung Europas."

Da steht noch der Name *Bessel*, aber mit dem kann ich nichts anfangen. Der Inspektor hat mir zu viel beibringen wollen. Ich habe Kopfschmerzen von der ganzen Aufregung und bin auch enttäuscht, dass nur Namen in meinem Heft stehen, während die ganzen Sehenswürdigkeiten jenseits der Bahnhofshalle für mich unerreichbar bleiben.

---

* E. T. A. Hoffmann
** starker Obstwein (koppskiekel = kopfüber)
*** 1879 – 1964, deutsche Dichterin und Journalistin
**** 1887 – 1950, deutscher Lehrer und Schriftsteller

Endlich fährt der Zug an. Wieder Vorstädte und dann das Land. Ich reiße alle Fenster auf und bekomme endlich Luft. Wunderbare Luft vom Frischen Haff her. Das Abteil ist voll, alle reden durcheinander. Ich trete hinaus auf den Gang und lasse den Wind durch mein Haar kämmen.

Ich möchte mich nicht mehr unterhalten, nur noch hinausschauen. Irgendwo in der Ferne muss die Burg Balga* liegen, wo der bedeutende Ordenshochmeister *Heinrich von Plauen* gefangen gehalten wurde. Jetzt kommt das Haff näher, und ich staune über die in der Sommersonne brütende weite Fläche. Irgendwie sieht es anders aus als am Kurischen Haff. Aber ich kann nicht sagen, was eigentlich anders ist. Vielleicht fehlen der Wald am Ufer oder die breiten Schilfgürtel. Außerdem hat man den Eindruck, dass hier mehr los ist. Man kann sich hier nicht vorstellen, dass ein einsamer Elch zur Tränke schreitet. Es ist eher eine Kulturlandschaft.

Der Geruch der Netze und des Tangs weht ins Abteil. Das scheint mir sehr heimatlich. Die Boote aber sehen anders aus. Es sind nicht die Kurenkähne mit dem bunten Wimpel, sondern breitere und rundere Fahrzeuge, die Lommen.

Der Zug saust durch Heiligenbeil* und hält bald darauf in Braunsberg. Ich sehe Straßen, in denen gerade die Linden blühen, und über den Häusern den roten, wuchtigen Turm der Katharinenkirche. Wir sind im Ermland*, das im Gegensatz zum übrigen Osteuropa die Reformation nicht mitgemacht hatte.

Dann rattert der Zug auch schon durch Frauenburg*. Es gelingt mir gerade noch, den Dom mit seinen beiden spitzdachigen Türmen zu sehen. *Nikolaus Kopernikus* verkündete von hier aus, dass die Erde sich um die Sonne drehe. Das Wissen von einem neuen Weltbild verbreitete sich sehr rasch. Hier lebte der Domherr, Astronom und Arzt dreißig Jahre lang. Er liegt auch im Dom begraben.

Der Zug fährt nun immer am Haff entlang mit seinen reizvollen Buchten, durch Cadinen* und Succase*. Drüben in weiter Ferne sehe ich den schmalen Strich der Frischen Nehrung. Welche Wunder sind doch die Haffe und die Nehrungen, die es nur hier gibt.

Mit besonderer Aufmerksamkeit sehe ich Elbing entgegen, das auf den Trümmern des sagenhaften Handelsorts *Truso* entstanden

---

*Bal'ga, Mamonowo, Warmia (Oblast Kaliningrad),
  Frombork, Kadyny, Suchacz (Polen)

ist, auch als *Atlantis des Nordens* bezeichnet. Eine große Handels-
stadt, reich, und mit alten Bürgerhäusern und Speichern. Das sieht
man schon. Der Zug hält, und mein ganzes Abteil wird leer. Ich
setze mich wieder in meine Ecke, denn ich habe fast zwei Stunden
am Fenster gestanden.

Eine neue Gruppe steigt ein, ein älterer Herr, dazu zwei Damen,
offenbar seine Töchter, zwei Herren und noch ein junges Mädchen,
alle in Schwarz. Vermutlich kommen sie von einer Beerdigung. Sie
betrachten mich wohlwollend und haben wahrscheinlich den Eindruck, dass ich in meinem schwarzen Konfirmationsanzug mit ihnen traure. Jedenfalls passte ich optisch gut ins Bild.

Ich schaue hinaus und sehe eine flache, fast sumpfige Wiese, an
einigen Stellen kleine blaue, schilfumrandete Wassertümpel, die
von Enten mit ihren Jungen bevölkert sind. Gleichzeitig höre ich
dem Gespräch zu und erfahre aus dem Hin und Her der Bemerkungen eine Geschichte, die mich fesselt.

Die Frau des alten Herrn war gestorben. Vor ihrem Tod hatte sie
ihren Mann gebeten, ihr ein Licht in den Sarg zu stellen, weil es dort
so dunkel sei. Das hatte er auch schweren Herzens getan. Doch am
Abend, als alle Verwandten bei der in Ostpreußen üblichen großen
Beerdigungsfeier zusammensaßen, fiel dem alten Herrn ein, dass er
vergessen hatte, ihr Streichhölzer in den Sarg zu legen. Was nützt ein
Licht, wenn man es nicht anzünden kann? Er war sehr beunruhigt
und schlief einige Nächte nicht, sodass ihm nichts anderes übrig
blieb, als den Sarg auszugraben und schnell eine Schachtel Streichhölzer unter den leicht angehobenen Deckel zu schieben. So fand
der alte Herr endlich seine Ruhe.

Ich betrachtete ihn aufmerksam. Er sah sehr elend aus, aber
doch gefasst und irgendwie befriedigt, dass er seiner Frau den
letzten Wunsch nun so vollkommen erfüllt hatte. Es dauerte eine
Weile, bis ich über dieser Geschichte mein seelisches Gleichgewicht
wiederfand. Wenn ich heute darüber nachdenke, steht mir immer
noch der Verstand still. Irgendwie scheinen die alten Puzengötter
im Land zwischen Weichsel und Memel noch zu leben.

Ich spüre, dass Marienburg, das Ziel meiner Reise, naht. Wieder
eile ich in den Gang und lasse ein Fenster herunter. Da erhebt sich
auch schon die *Marienburg* groß und gewaltig über dem Wiesen-
meer. Als wir näher kommen, sehe ich das große Muttergottesbild,

ein Mosaikrelief, goldstrahlend, gen Osten blickend. Ich kann mir vorstellen, dass es im Mittelalter auf die heidnische Welt einen kaiserlichen und souveränen Eindruck gemacht haben muss. Das fasziniert noch heute, ebenso wie der imposante Anblick der gewaltigen Burg mit ihren Mauern und zahlreichen Türmen. Sie ist die größte und schönste mittelalterliche Wehranlage Deutschlands und der großartigste Profanbau aus Backstein.

Wir rollen in den Bahnhof, es wird dunkler im Zug. Ich greife nach meinem Koffer und klettere hinaus. Leicht klopft mein Herz. Wie wird es sein bei den unbekannten, neuen Verwandten?

Ich lasse den Strom der Reisenden an mir vorüberziehen. Dann entdecke ich zwei Damen in weißen Kleidern und mit breitkrempigen Hüten, die unschlüssig an der Schranke stehen und hinüberblicken. Das könnten sie sein. Etwas verlegen gehe ich auf sie zu. Als ich die Gesichter aus der Nähe sehe, gibt es keinen Zweifel mehr. Das typische Naujoks-Gesicht, eine große Nase, links davon eine kleine Warze, manchmal auch zwei.

Es sind meine Cousinen Anna und Hertha. Sie schütteln mir freudig die Hand und begrüßen mich mit allen Facetten der ostpreußischen Familienzärtlichkeit, die ich selbst durch den frühen Tod meiner Eltern zu wenig erfahren habe. Ich bin bei solchen Szenen immer etwas steif. Daran liegt es wohl auch, dass sie mich nicht auf dem Bahnhof abküssten. Aber ich spürte schon, wir würden gut miteinander auskommen. Es gibt offenbar ein verwandtschaftliches Fluidum.

Sie waren beide etwas füllig und ziemlich groß, wohl Mitte der Dreißiger, also für mich schon sehr alt. Deswegen fiel es mir schwer, sie mit ihren Vornamen anzureden. Ich sagte „Tante Anna" und „Tante Hertha" und dabei blieb es, sie lachten und fühlten sich in der Tantenrolle ganz wohl.

Ich erinnere mich, dass wir ein ganzes Stück gehen mussten, nicht durch die Innenstadt, sondern am Stadtrand an einem Bach entlang. Dann bogen wir in die Steingasse ein, wo sich die Logengärtnerei befand. Ein hübsches, villenartiges Haus aus rotem Backstein mit einem Schaufenster voller Blumen und einem geräumigen Laden, in dem die Blumen in hohen Vasen standen. Eine Glocke läutete, als wir eintraten. Der Duft der vielen Blumen erweckte den Eindruck von Festen und Feiern, von Hochzeiten und Beerdigungen, und das ist wohl die stärkste Erinnerung, die ich an meinen Besuch in Marienburg habe.

Begrüßt wurde ich von meiner Cousine Martha, der Ältesten der Geschwister, und ihrem Mann, dem Ladenbesitzer. Georg war ein kleiner, etwas korpulenter Herr, stets in Hemdsärmeln gekleidet, im Laufschritt irgendwelchen Arbeiten nachgehend, meist gut gelaunt und immer zu einem Scherz aufgelegt. Aus seinem faltigen Gesicht blickten ein paar lustige Augen unter bemerkenswert buschigen Brauen, listig, funkelnd und der Welt geradezu und unerschütterlich in das medusenhafte Antlitz schauend. Wir verstanden uns auf Anhieb gut, weil ich seinen leichten, aber harmlosen Zynismus mit ebenso geistreichen Florettthieben aufnahm.

Meine Cousine Martha war wohl schon in den Vierzigern und ließ sich meine Anrede „Tante" wohlwollend gefallen. Sie war groß und korpulent, mit einem vollen Gesicht, einer hohen Stirn, dunklem, dichtem Haar und dem „Familiensiegel" neben dem linken Nasenflügel, den beiden Warzen, die aber das Gesicht keineswegs entstellten, sondern ihm eher ein Charakteristikum verliehen. Als Chefin wurde ihr überall Respekt zuteil.

Wir saßen zum Kaffee am großen Familientisch, an dem auch die Wirtin, eine gut deutsch sprechende Polin, und die Leiterin der Buchbinderei saßen. Die Namen habe ich vergessen, aber an die Gesichter kann ich mich noch gut erinnern. Die Polin wirkte etwas zurückhaltend, aber sonst sehr sympathisch. Unter der Leitung von Tante Anna und mit Hilfe von zwei Hausmädchen bewirtschafteten sie den großen Betrieb. Tante Hertha, die mir schon auf dem Weg erzählt hatte, dass sie auf verschiedene Blumendüfte allergisch reagiere und dann oft nicht schlafen könne, führte die Filiale, ein Blumengeschäft, das sich in den *Hohen Lauben* befand, der Hauptstraße von Marienburg.

Allmählich wurde ich vertraut mit den Verwandten und Fremden am Kaffeetisch. Es herrschte trotz des Krieges eine Atmosphäre der Großzügigkeit und des Wohlstands, sodass ich mich fast in eine andere Welt versetzt fühlte. Vergleiche mit meinem ärmlichen Dasein im Waisenhaus waren nicht möglich. Aber Erinnerungen an mein Elternhaus in Starrischken oder an meine Ferienaufenthalte auf Gut *Adlig Kackeln* wurden wach. Jedenfalls fühlte ich mich von Anfang an sehr wohl und zu Hause.

Die Gespräche drehten sich natürlich um meine Eltern, um Onkel Wilhelm und vor allem um meine Tante, die auch hier mit dem gebührenden Respekt behandelt wurde. Jeder hatte Angst, sich mit ihr anzulegen, denn sie hatte die Fähigkeit, mehr Argumente vorzubringen, als der Logik zur Verfügung standen.

Nach dieser unterhaltsamen Kaffeestunde wurde ich durch das Gartengelände geführt. Zuerst zu Tante Berta, der Mutter von meinen vielen Cousinen und der Witwe von Onkel Heinrich. Sie wohnte in einem kleinen einstöckigen Häuschen mit zwei Zimmern und einer kleinen Küche, gleich neben der Torauffahrt.

Ich begegnete einer typisch ostpreußischen Frau, dem Urtyp aller Großmütter, die mir mit ihrer gelassenen Freundlichkeit sogleich Sympathie und auch Respekt einflößte. Sie erzählte von ihrem Bruder, der mit seinen ein Meter fünfundachtzig bei der Garde in Potsdam gedient hatte und nun als Gastwirt in Wietullen* lebte. Onkel Borm war ein Original und weit und breit bekannt. Warum ich ihn noch nicht besucht hätte? Wietullen liege nahe bei Heydekrug. Er trinke gern Grog und spiele leidenschaftlich Skat.

Mir wurde leicht schwindlig bei den zahlreichen neuen Onkeln und Tanten, und ich versprach, ihn bald zu besuchen, obwohl ich weder Grog trank noch Skat spielte.

Als wir merkten, dass ihr das Gespräch zu viel wurde, verabschiedeten wir uns und gingen durch die vielen Gewächshäuser. Ich bewunderte die Fülle der Blumen, die Wassersprenganlagen, den riesigen Kokshaufen, der schon für den nächsten Winter angefahren wurde. Wir sahen den Arbeiterinnen zu, wie sie die Beete vom Unkraut befreiten, schauten in den Stall, wo einige stattliche Schweine dem großen Schlachtfest entgegenwuchsen, und warfen auch einen Blick in ein kleines Holzhäuschen, in dem uns sechs russische Kriegsgefangene, die Georg zur Arbeit zugeteilt waren, freundlich begrüßten. Sie waren gerade vom *Hoppenbruch* gekommen, einer Gärtnerei außerhalb der Stadt. Sie lebten hier ohne Aufsicht, nur abends musste Georg sie einsperren. Aber das war, wie man sehen konnte, nur eine Formsache: Wenn sie fliehen wollten, konnten sie jederzeit durch das Fenster klettern.

Beim Abendessen gab es zu meiner Begrüßung ein Glas Wein. Georg ließ aus einer modernen Musiktruhe, wie ich sie noch nie

---

*Vytuliai (Litauen)

gesehen hatte, einige Militärmärsche erklingen, vor allem *Preußens Gloria**. Er war von soldatischer Natur, schnell und zupackend bei der Arbeit, entschied kurz und bündig mit Ja oder Nein und konnte wohl nur so den großen Betrieb in Ordnung halten. Sein Humor und seine Fähigkeit, auch über sich selbst lachen zu können, milderten diese Eigenschaften ab. Ich merkte bald, dass ich einige seiner Charaktereigenschaften sehr vermisste, vor allem seine schnelle Entschlusskraft.

Den Abend verbrachten wir im Garten. Während wir viel zu erzählen hatten und ich bald bemerkte, dass man mir gern zuhörte, wandelte der Sommermond groß und rund zwischen exotischen Sträuchern und Bäumen, wie sie in unseren Breitengraden nur in einer Gärtnerei anzutreffen sind. Immer wieder trug die Nacht neue Gerüche von den blühenden Beeten herüber.

Schließlich ergriff ich meinen Koffer und folgte Tante Anna in ihre Wohnung, wo sie mir in ihrem guten Zimmer auf einer Schlafcouch mit weichen Kissen und nach Lavendel duftender Bettwäsche ein Nachtlager bereitet hatte. Ich fühlte mich wie ein exotischer Prinz, denn außer riesigen Blattpflanzen und Blumen in hohen Vasen gab es im Zimmer nur Nippes, Muscheln und Schalen. Als ich die Lampe gelöscht hatte, funkelten allerlei Gläser und Spiegel im matten Licht der Sommernacht. Ich hatte das Fenster geöffnet, und von der Straße strömte der Duft blühender Linden herein. Ungeheuerlich schien mir, was ich an nur einem Tag gesehen, gehört, erlebt, gedacht und gesprochen hatte.

Ich ließ in Gedanken alle Eindrücke Revue passieren, von dem Augenblick an, als ich in Memel in den D-Zug stieg und mein Onkel den silbernen Krückstock zum Abschied hob, ... aber gerade in dem Moment, als die Kaufmannsfrau in Heydekrug ins Abteil kam und den Mund zu ihren unglaublichen Geschichten öffnen wollte, muss ich wohl eingeschlafen sein.

17 *Abstrakte Worte mit konkreten Folgen*

ALS ICH AM MORGEN ERWACHTE, war es sehr still. Die Sonne stand offenbar schon hoch und glitzerte durch weißgestärkte Gardinen. Ich sprang auf und lief barfuß über die vielen Teppiche, die teils

---

*preuß. Marsch von 1871, komponiert von Johann Gottfried Piefke (1815 – 1884)

mehrfach übereinander lagen. Das war ein angenehmeres Gefühl als auf dem splittrigen Holzboden des Waisenhauses. Hausschuhe hatte ich natürlich keine. Es war Krieg, und die meisten Lederschuhe hatten Holzsohlen. Nur meiner Konfirmation war es zu verdanken, dass ich ein anständiges Paar Schuhe besaß.

In der Küche lag ein Zettel. „Lieber Rudi, ich bin natürlich längst bei der Arbeit. Lass Dir Zeit. Der gestrige Tag war für Dich sicher sehr anstrengend. Wenn Du fertig bist, komm zum Kaffee in die Gärtnerei. Tante Anna."

Zuerst schlenderte ich durch die Dreizimmerwohnung. Sie schien mir nur aus Teppichen, Blumen und Kissen zu bestehen. Ich wusch mich im Bad, zog mich langsam und genüsslich an und schaute aus dem Fenster.

Gegenüber war eine Schule. Die Kinder spielten gerade auf dem Hof. Irgend etwas kam mir komisch vor. Als ich genauer hinschaute, sah ich, dass die Kinder Gebärden machten. Es war also eine Taubstummenanstalt. Die Lehrer trugen weiße Kittel und gingen in kleinen Gruppen auf dem Hof hin und her.

Im Nachhinein darf ich vermuten, dass sich unter den Lehrern auch *Gotthold Lehmann* befand, der spätere Direktor der Staatlichen Taubstummenanstalt Berlin, unter dessen Leitung ich dann als Erwachsener in diese Fachpädagogik eingeführt wurde. Aber in diesem Augenblick hatte ich natürlich keine Ahnung von allem Zukünftigen.

Als ich in die Gärtnerei kam, waren alle bei der Arbeit. Ich saß allein am Kaffeetisch, nur Tante Anna kam ab und zu aus der Küche und schenkte nach. Zur Unterhaltung legte ich „Preußens Gloria" auf und dann, um die nationalen und humanistischen Elemente auszugleichen, Beethovens „Siebente". Dann kam Georg herein und fragte mich, ob ich immer so feierlich in Schwarz gehen wolle. Ich antwortete, dass ich leider nichts anderes dabei hätte. Spontan bot er an, mir einen alten Sommeranzug, den er ohnehin nicht mehr trage, umdrehen lassen wolle. Er ahnte nicht, welches Glücksgefühl er damit in mir auslöste.

Schon am Nachmittag gingen wir zum Schneider, der einige Straßen weiter weg wohnte. Ein paar Tage später konnte ich den Anzug abholen, mit Unterstützung der Fleischtöpfe und der Gemüsevorräte der Gärtnerei. Niemand war stolzer als ich. Dass ich diesen ersten Sommeranzug meines Lebens und seinen Spender in guter Erinnerung behalte, bedarf keiner besonderen Erwähnung. Ich ging an keinem Schaufenster vorbei, ohne mich selbstzufrieden im Spiegel zu betrachten.

In der ersten Woche durfte ich mich frei bewegen, um die Stadt zu erkunden. Zuerst besuchte ich Tante Hertha in den *Hohen Lauben*. Es war ein schönes Blumengeschäft, in dem sie residierte. Ich saß lange bei ihr und unterhielt mich mit ihr. Sie war eine hübsche Frau, auch geistreich, aber oft nervös und wenig ausgeschlafen, weil sie die Blumen nicht vertragen konnte..

Ein besonderer Genuss war es, die Hohen Lauben auf und ab zu schlendern. Im Regen war man hier geschützt und in der Sommersonne lustwandelte man im kühlen Schatten von Schaufenster zu Schaufenster. Es waren große Läden mit luxuriösen Auslagen, die mich, dem es an allem mangelte, natürlich besonders fesselten.

Den Sinn für Geschichte, den der Inspektor in mir geweckt hatte, konnte ich hier wie nirgendwo sonst befriedigen. Oft stand ich lange vor dem alten Rathaus und betrachtete die von vielen Bränden und Kämpfen geschwärzten Mauern. Meine Fantasie spielte mir lebhafte Szenen vor. Das Marientor und das Töpfertor betrachtete ich ebenso aufmerksam wie die schmucken Patrizierhäuser am Markt. Ich befand mich auf geschichtsträchtigem Boden und damit in einer Welt, die für mich doch irgendwie lebendig war.

Wie ist das, für etwas sterben zu müssen? Das fragte ich mich vor dem Denkmal des Bürgermeisters *Bartholomäus Blume**.

Mehrmals stand ich am Morgen vor den hohen roten Mauern des Schlosses, die sich jenseits des Festungsgrabens auftürmten, betrachtete das mosaikglänzende Marienbild und die vielen Türme, das Niederschloss und das Hochschloss. Wie viele Geschichten hatte ich gelesen, die sich hier in der mittelalterlichen Ritterwelt abgespielt hatten, und nun stand ich selbst hier und konnte es gar nicht richtig fassen.

Eines Tages sah ich, wie eine Touristengruppe den Schlosshof betrat, und gesellte mich dazu. Über die alte Zugbrücke aus geschwärzten Eichenbohlen gelangte ich in den quadratischen Burg-

---

*1457 initiierte er die Beendigung der polnischen Besatzung von Marienburg. Nach 3 Jahren Belagerung ergab sich die Stadt. Am 8. Aug. 1460 wurde er als Verräter verurteilt, enthauptet und geviertelt. 400 Jahre später errichtete ihm die Bürgerschaft in Marienburg ein Denkmal.

hof, dessen altes Kopfsteinpflaster ich aus der Memeler Altstadt kannte. Im Portierraum kaufte ich mir einen kleinen Führer.

Wir stiegen zum Mittel- und Hochschloss empor und durchquerten viele leere Säle. Ich schaute durch die verbleiten Fenster auf die *Nogat* hinab. Schließlich standen wir im Remter*, dessen Sterngewölbe von hohen schlanken Säulen getragen wird. Ich lauschte dem, was der Führer erzählte, aber es war nicht viel mehr, als ich schon wusste.

Die Decke des kleinen Remters wurde von einer einzigen Säule getragen. Als die Polen die Burg belagerten, hatte ein verräterischer Reitersknecht hier eine rote Mütze aufgehängt, während der Konvent tagte. Die Polen wollten den Orden mit einem einzigen Schuss seiner Führung berauben, aber die Kugel blieb am Rand des Pfeilers stecken, ohne ihn und das Gewölbe zum Einsturz zu bringen.

Ich betrachtete den Stein und erinnerte mich dieser Geschichte, die der Inspektor mehrfach erzählt hatte. In der *Gruft von St. Annen*, die ich mit leisem Grauen betrat, ruhten elf Hochmeister, unter ihnen der berühmte *Heinrich von Plauen*, der das Ordensreich nach der verlorenen Schlacht bei Tannenberg 1411 noch einmal retten konnte. In der großen Ritterküche hing ein ausgestopftes Wildschwein, das, da ich noch nie so ein Tier gesehen hatte, ebenfalls mein Interesse erregte.

Mit einem seltsam wehmütigen Gefühl ging ich durch das Schloss. Zwar waren die Wirtschaftsbücher des Ordens noch vorhanden und noch manches andere, aber es fehlte der Hauch des Realen. Von 1457 bis 1772, so las ich in meinem Notizbuch, hatte das Schloss zu Polen gehört. Also mehr als dreihundert Jahre. Als es dann zu Preußen kam, mussten erst *Eichendorff* und *Schenkendorf* das deutsche Volk aufrütteln, bis die Mittel für eine Renovierung bereitgestellt wurden.

Das Schloss hatte zur Nogat hin, dicht am Ufer, zwei alte niedrige Rundtürme. Zwischen ihnen saß ich gern und schaute über das weite Wasser. Hin und wieder kam ein Dampfer, oder beladene Kähne fuhren die Nogat abwärts. Rechts sah ich die beiden Brücken, deren Pfeiler ebenfalls im Stil der Burg gebaut waren. Die hintere, die Eisenbahnbrücke, überspannte den Fluss mit zwei riesigen ellipsenförmigen Stahlkonstruktionen. Jeden Augenblick rauschte ein Zug

---

*auch Refektorium: Speise- und Versammlungsraum in Burgen und Klöstern

über die Brücke. Auch meinen Zug sah ich am frühen Nachmittag über die Brücke rollen und dachte: Heute Morgen ist er in Memel losgefahren. Dann verfolgte ich in meiner Fantasie die Weiterfahrt nach Berlin.

An heißen Tagen zog ich mich aus und schwamm in die Nogat hinein, manchmal auch hinüber. Ich nahm mir vor, einmal in allen Flüssen Deutschlands zu baden. Irgendwie, so dachte ich mir, sollte man dann mit dem Land und seinen unterirdischen Quellen inniger verbunden sein.

Sehr gern weilte ich bei der Oma. Sie war eine mütterliche Frau und konnte viel von früher erzählen. Sie hatte auch viele Familienfotos, die mich interessierten. So sah ich Onkel Wilhelm, wie er als junger Mann ausgesehen hatte, und einige Brüder meines Vaters. Nur von meinem Vater selbst hatte sie kein Foto, aber sie konnte einiges über ihn erzählen, was ihn mir näher brachte. Inzwischen war ich auch von Tante Anna zur Oma umgezogen und schlief in dem kleinen Zimmer, das zu ihrer Wohnung gehörte.

Wie für die Geschichte eines Volkes, hatte ich auch stets großes Interesse für den Lebenslauf eines Menschen gehabt, einerlei wer es war. Darum hörte ich immer gern alten Leuten zu und gewann dabei eine Menge Erkenntnisse. Phasen des Lebens, Stilrichtungen, weltanschauliche Episoden, besondere Verhaltensweisen, die man bei einem einzelnen Menschen beobachtet, sind im Grunde Teile eines Volksgeschehens.

Ich fragte auch nach den religiösen Tagebüchern meines Onkels, von denen ich gehört hatte, aber sie waren verschwunden, und ich wunderte mich auch, wie wenig Oma, seine Frau, dazu sagen konnte. Sie wusste nicht, ob es sich um persönliche religiöse Erfahrungen handelte und ob er seine Gedanken in orthodoxer oder säkularer Weise zum Ausdruck gebracht hatte.

Einmal hatte ich meinen schwarzen Hut auf dem Sofa liegenlassen, und sie hatte sich aus Versehen darauf gesetzt. Bei ihrer massigen Fülle blieb dann von ihm nichts weiter übrig als eine Filzfläche. Doch ich war sehr froh, dass ich den Hut, den ich sowieso nicht mochte, auf diese ungewöhnliche Weise los wurde.

Höhepunkte des Tages waren jeweils das gemeinsame Mittagessen und die Abendstunden im Garten vorm Haus. Es wurde viel erzählt. Da ich immer neue Fragen auf Lager hatte, brachte ich eine

Menge Ereignisse aus dem Familienleben ans Licht, über die lange nicht mehr gesprochen wurde.

Auch ich selber trug gern zur Unterhaltung bei. Da war eine komische Begebenheit, an die ich mich erinnere.

An einem Sonntag kam ich beim Mittagessen auf eine literarische Strömung zu sprechen, den Expressionismus. Ich trug einige avantgardistische Verse vor. Man hörte sie in einer Stimmung, die zwischen Abscheu, Spott und Humor schwankte. Aber bei einem Gedicht, in dem ein Verliebter seine Geliebte preist, hatte ich die Lacher auf meiner Seite. Dazu gehörten etwa folgende Zeilen, soweit ich sie noch im Gedächtnis habe:

„Weißt du es Anna, weißt du es schon?
Man kann dich auch von hinten lesen, und du, du
Herrlichste von allen, du bist von hinten wie von vorne:
a - n - n - a."*

Diese von hinten zu lesende Anna rief allgemeine Heiterkeit hervor. Im selben Augenblick ging die Tür auf, eine schwarz gekleidete Dame steckte den Kopf herein und sagte: „Entschuldigen Sie, dass ich von hinten komme, vorne war geschlossen!"

Das aufs neue ausgesprochene Konstrukt „von hinten" wurde von einem schallenden Gelächter erstickt, dem sich niemand am Tisch entziehen konnte. Die Dame errötete, wandte sich pikiert um, warf die Tür zu und verschwand.

Georg eilte ihr nach, um alles zu erklären. Ich hörte durch die offene Tür, wie er stammelnd und stotternd etwas von Expressionismus und von Anna, die man von hinten lesen könne, und ähnlich Unverständliches von sich gab. Der Erfolg war entsprechend. Die Dame sah ihn von oben bis unten an wie einen Verrückten und schlug die Tür derart krachend zu, dass wir glaubten, das Glas müsse zersplittert sein.

Georg kam völlig verstört herein. Während wir uns vor Lachen kaum noch halten konnten, machte er ein so ernstes Gesicht, dass es plötzlich still wurde im Raum. Unglücklicherweise war die Dame die Frau eines Stadtrates gewesen, und zwar genau jenes Herren, dem die Ländereien unterstanden, die Georg von der Stadt gepach-

---

* „An Anna Blume", ein dadaistisches *Merz*-Gedicht, 1919 verfasst von Kurt Schwitters (1887 - 1948)

tet hatte. Er war wie zerbrochen und aß auch den sonntäglichen Nachtisch nicht mehr.

Man beriet kurz, was nun zu tun sei. Am nächsten Tag zog Georg seinen besten Anzug an und verschwand in Richtung Rathaus. Als er zurückkam, sagte er: „Die Sache ist vom Tisch!"

„Endlich ein Stadtrat, der etwas vom Expressionismus versteht!" meinte ich lakonisch. Georg verbot mir, in Zukunft bei Tisch Verse vorzutragen, egal welcher literarischen Richtung. Ich stimmte zu. Denn die Fähigkeit eines Gedichts, einen Menschen im Handumdrehen um die Hälfte seines Landes zu bringen, hatte mich selbst erschreckt. Seitdem bin ich fest davon überzeugt, dass abstrakte Gedichte unvorhersehbare konkrete Folgen haben können.

Noch am selben Tag begann ein großes Kränzeflechten im Binderaum, denn die Dame wollte eigentlich im Auftrag ihres Mannes sieben Kränze bestellen. Da der Laden sonntags geschlossen war, kam sie über den Hof durch die Küche ins Esszimmer, im unpassendsten Moment, wie wir gesehen haben.

Ich ließ mich ab und zu gern im Binderaum sehen, denn die acht jungen Mädchen in schwarzen Kitteln, hübsche Gesichter, blieben nicht ohne Anziehungskraft für mich. Es gab dabei sehr heitere Stunden. Aber als ich später merkte, wie sehr man sich die Finger am Blumendraht und allerlei dornigen und sperrigen Blattpflanzen zerstechen konnte, schränkte ich meine Besuche bald ein.

Lieber fuhr ich mit einem der Russen in den nahe gelegenen Wald, um Tannen zu holen. Das wurde immer ein angenehmer Nachmittag. Der Russe, ein sehr netter Mann aus der Gegend am Schwarzen Meer, sprach recht gut deutsch, sodass wir uns lebhaft unterhalten konnten. Wie schwärmte er von *Sewastopol*, von der Ober- und Unterstadt, von den Weinbergen, den Schiffen auf dem grünen Wasser, dem *Primorskoi*-Boulevard mit seinen Hotels und den Tanzcafés! Ich lernte durch ihn das Schwarze Meer und die Halbinsel Krim kennen.

Auch mit den anderen Russen freundete ich mich an und ging des Abends oft in ihre Hütte, um mit ihnen zu plaudern. Ebenso gern hörte ich ihren schwermütigen Liedern zu.

Ich hatte mich schon immer gewundert, wie es den russischen Dichtern bei dem riesigen Völkergemisch ihres Landes, möglich war, für das ganze Russland zu sprechen, souverän und überzeugend.

In Deutschland gab es das offenbar nicht. Da spielte ein Roman entweder am Rhein, in den Alpen oder an der Memel und erfasste meist nur einen Teilbezirk des Landes.

Nachdem mir Tante Martha eine ordentliche Arbeitskleidung besorgt hatte, ging ich mit den Russen oder mit den Frauen nach *Hoppenbruch* hinaus zur Arbeit, oder auf andere Äcker, die Georg gepachtet hatte. Ich erinnere mich seltsamerweise nur an schöne warme Tage, an viele Gespräche und Erlebnisse. Ich hatte vor allem das Gefühl, dass ich überall gern gesehen wurde. So verbrachte ich diese Ferien in einer besonderen euphorischen Stimmung, in einem Hochgefühl, an das ich mich gerne erinnere und das mir noch heute deutlich gegenwärtig ist.

Zu meinem Geburtstag machte mir Georg ein wunderbares Geschenk. Ich durfte mit Tante Anna und Tante Hertha nach Danzig* und ins Ostseebad Zoppot* fahren.

Niemand war glücklicher als ich. Schon früh am Morgen gingen wir zum Bahnhof. Während meine Cousinen sich unterhielten, gleichfalls froh gestimmt, weil sie einem Arbeitstag entronnen waren, stand ich die ganze Zeit am Fenster und schaute mir von der Eisenbahnbrücke das Schloss an, diesmal von der gegenüberliegenden Seite. Mein Lieblingsplatz zwischen den beiden Türmen musste heute auf mich verzichten.

Immer kleiner wurde die Stadt, aber das Schloss schien immer größer zu werden. Seltsam beständig schaute es über den weiten Wiesenbereich zwischen Nogat und Weichsel. Wenn ich mich nicht irre, konnte ich es noch als kleinen Punkt bis in die Gegend von Dirschau** am Horizont erkennen.

Wir rollten langsam über die große Brücke und fuhren in den Dirschauer Bahnhof. Das also war die Weichsel, noch mächtiger schien sie mir als der Memelstrom. Der Duft der blühenden Sommerblumen wehte ins Abteil. Der Zug wandte sich nach Norden. Immer mooriger und tiefer wurde das Land. Man erkannte es an den vielen Wasserstellen, die blau und schilfig den Wiesengrund aufrissen. Nur links vom Zug stieg ein kiefernbestelltes Hügelland empor, die Kaschubei***.

---

* Gdańsk, Sopot
** Tczew
*** Kaszuby (Polen)

In Danzig angekommen, strebten wir vom Bahnhof aus direkt der Stadtmitte zu, besichtigten das alte Rathaus am *Langen Markt*, die Beischläge* in der *Frauengasse*, die reich verzierten Patrizierhäuser mit den fantastischen Schaugiebeln, den *Artushof* mit dem Gemälde „Höllenfahrt der Danziger Ratsherren", das *Englische Haus* in der *Brotbänkengasse* und das malerische Krantor an der Mottlau**.

Dann standen wir vorm *Dom zu St. Marien*, er kam mir vor wie eine Schwester der Marienburg. Wir schauten in das ernste Gesicht des Ordens.

Wir schritten durch das in mattes Licht getauchte Kirchenschiff, bewunderten den Hochaltar, die Kanzeln und Taufkapellen, die Orgelprospekte und Altäre. In der *Barbarakapelle* befindet sich der Schatz der Kirche mit kostbaren Messgewändern. Schließlich standen wir eine Weile vor *Hans Memlings**** berühmtem Gemälde „Das Jüngste Gericht".

Einer Broschüre entnahm ich wunderbare Dinge. Der Bildhauer, der Christus am Kreuz geschaffen hatte, soll den Verführer seiner Tochter buchstäblich gekreuzigt haben, um ein authentisches Modell zu finden. Das Marienbild verdankt sein Entstehung einem unschuldig zum Tode verurteilten Töpfer. Der Erbauer der Uhr, aus der die zwölf Apostel heraustreten, wurde geblendet, damit er nirgends auf der Welt ein ähnliches Kunstwerk schaffen konnte.

Wie herrlich war es, durch die in flammender Sommersonne liegende Großstadt zu schweifen. Immer neue schöne Häuser gab es zu bewundern, Brunnen und seltene Bauwerke, bis uns die Müdigkeit der Mittagszeit überfiel. Wir flüchteten in ein Speiselokal, das im Schatten lag, wo der Lärm der Großstadt nur gedämpft hereindrang und aßen zu Mittag. Danach schrieb ich eine Karte an Onkel Wilhelm und den Inspektor.

Während meinen beiden Cousinen fast die Augen zufielen, unterhielt ich sie immer weiter mit Entdeckungen aus meinem Faltblatt. „*Fahrenheit* hat hier die Thermometerskala erfunden", sagte ich.

„Darum ist es hier auch so heiß", spotteten sie.

„Wenn ihr Bücher aus der Goethezeit lest und dort Illustrationen findet – wer hat sie geschaffen?"

---

* erhöhte terrassenartige Vorbauten vor dem Eingang der Gebäude
** Motława, Fluss in der polnischen Woiwodschaft Pommern.
*** zw. 1433 u. 1440 – 1494, deutscher Maler der altniederländischen Schule.

Sie wussten es nicht, aber ich, dank meines „*Führer durch Danzig*".

„Der Kupferstecher Daniel Chodowiecki*!" sagte ich. „Und hier hat er gewohnt."

„Wie Königsberg seinen großen *Immanuel Kant* hat, so hat Danzig seinen *Arthur Schopenhauer**".*"

Von Philosophie hielten sie nicht viel.

„Ist auch nicht nötig", sagte ich, „es waren beide notorische Junggesellen und haben, besonders Schopenhauer, keineswegs freundliche Bemerkungen über das weibliche Geschlecht gemacht."

„Dann wollen wir von ihm auch nichts hören", sagte Hertha gelangweilt.

Aber ich examinierte weiter. „Wenn ihr das Lied ‚O du fröhliche' singt, woran denkt ihr dann?"

„An Weihnachten!" kam es wie aus einem Mund.

„Falsch, ihr müsst an *Johannes Daniel Falk*** denken, der das Lied hier gedichtet hat! Auch Liedtexte fallen nicht vom Himmel."

So hatte ich die beiden über die müde Mittagsstunde hinweg unterhalten. Dann brachen wir auf, um die Ostsee zu erreichen. Mit der Straßenbahn fuhren wir die Strecke durch *Danzig-Langfuhr* nach *Zoppot*. Wir betrachteten das Kurhaus und gingen auf dem Landesteg bis zur Spitze. Rauschend rollten die schaumgekrönten Wellen an den Strand. Dasselbe Bild wie bei der Kurischen Nehrung, bei Memel. Nachmittagsstimmung und Kaffeeduft. Wandelnde Kurgäste und die unendliche Weite der blauen Ostsee, die immer etwas von Ferien und Urlaub ausstrahlt.

Wir gingen nach links. Ich erblickte in der Ferne das Steilufer von *Adlershorst*, bewaldet und dunkel. So mochte das *Samland* aussehen. Nimm rettend, unbesiegtes Meer, den letzten Preußen auf.

Während meine Cousinen auf der Veranda eines Restaurants ihren Kaffee schlürften – ich sah ihre großen Hüte von weitem – ging ich in der Badehose am Stand entlang. Es war sehr erfrischend, der Wind, die schaumgekrönten Wellen, der nasse Sand. Wie daheim. Nur viel vornehmer, denn Zoppot war ein Weltbad.
Viele Leute lagen am Strand, fast nur Frauen und Kinder. Die Männer befanden sich an der Front. Es war kaum möglich, an diesem

---

* 1726 – 1801, dt. Kupferstecher, Grafiker und Illustrator des 18. Jh.
** 1788 – 1860, dt. Philosoph und Hochschullehrer
*** 1768 – 1826, dt. evangelischer Schriftsteller sowie Kirchenlieddichter

sonnigen Sommertag, in diesem unendlichen Frieden, an den Krieg
zu denken. Und ich war ein Jahr älter geworden.

Ich legte mich in den Sand und sonnte mich. Drüben am Horizont die Halbinsel *Hela**. Sie wuchs ins Meer hinaus, und in einigen tausend Jahren wird sie irgendwo ans ostpreußische Festland stoßen, und dann wird die Danziger Bucht ein neues Haff werden. Das Danziger Haff und die Danziger Nehrung. Aber ich werde es nicht erleben, und niemand, niemand hier.

Neben mir lagen zwei hübsche Frauen, sie sprachen polnisch. Ich ging dann ins Meer und ließ mich von den Wellen überrollen. Auch hier nur Frauen, die in den Wellen herumhüpften und krampfhaft ihre Badekappen sicherten.

Als ich zurückkam, trank ich meinen Geburtstagskaffee und aß meinen Kuchen mit großen Appetit. Das Meer ist ewig hungrig und gibt immer Hunger.

Wir brachen bald auf und fuhren nach *Oliva*** zurück. Während wir durch den Schlosspark spazierte, gab es eine Überraschung. Plötzlich tauchte Georg mit seinen Russen und einigen Arbeitern und Frauen auf. Sie beschnitten gerade die großen Hecken.

„Während wir uns zu Tode schwitzen, treibt ihr euch in der Weltgeschichte herum", sagte er vorwurfsvoll. Georg hatte die Pflege eines Teils des großen Parks übernommen. Hertha und Anna hatten das sicher gewusst, mir aber verschwiegen.

Im *Schloss Oliva* besichtigten wir nur einige Vorräume, die übrigen Räumlichkeiten waren verschlossen. Georg und die Russen fuhren mit einem Lastwagen ab, und wir setzten uns wieder in die Straßenbahn.

Noch einmal Danzig im Abendschein der Sonne. Dunkler und eindrucksvoller sah der Dom jetzt aus, aber in den Straßen flanierte Eleganz - trotz des Krieges.

Von Dirschau ab wartete ich auf die Marienburg, der ich schon mit einem gewissen Heimatgefühl entgegenfuhr. Dann stieg sie wie eine seltsame rote Blume aus dem grünen Wiesenteppich auf, und wir rollten zu ihren Füßen vorbei in die Bahnhofshalle.
Es war ein erlebnisreicher Tag, ich hatte viel zu erzählen. Blühende Linden und später Mond. Ich schlief lange nicht ein.

---

* Półwysep Helski
** Oliwa

Die letzte Ferienwoche erfüllte mich mit Wehmut. Ich wusste, dass ich die schönsten Sommerferien bisher, vielleicht sogar überhaupt in meinem Leben hatte. Denn was auch an Erlebnissen kommen mochte, die sensible Empfänglichkeit für alle Eindrücke, die an meiner Jugend lag, konnte nicht bleiben.

Ich besuchte noch alle schönen Stellen der Stadt, träumte viel zwischen den beiden Türmen am Nogatufer und ließ mich vom Duft der Blumen verwöhnen. Irgendwie hatte ich mitten im Krieg auf einer verwunschenen Insel gelebt.

Revolution in Russland. Die Russen bei uns in der Holzhütte sagten, die Bolschewisten würden siegen. Aber andere, besonders ein Balte, wollten nicht nach Russland zurückkehren.

Eines Vormittags sah ich eine Gruppe deutscher Soldaten mit abgerissenen Schulterstücken, die von deutschen Soldaten mit aufgepflanztem Bajonett durch die Straßen geführt wurden.

Ich erzählte es Georg. „Was ist los?" fragte ich.

„Alle Weichselfestungen sind komplett durchsetzt mit Deserteuren!" sagte er.

„Deserteure werden doch erschossen, habe ich gehört."

„Ja, am Anfang. Wir können nicht Tausende erschießen lassen."

„Die Wachmannschaften waren ganz junge Soldaten, fast Kinder."

„Die haben noch den alten Idealismus, während die Alten resignieren. Da werden die Väter und Großväter von den Söhnen und Enkeln eskortiert. Es sieht traurig aus."

Georg zuckte mit den Achseln, machte ein bedrücktes Gesicht und starrte eine Weile vor sich hin. Dann ging er an die Musiktruhe und legte „Preußens Gloria" auf.

Martha kam am letzten Tag mit dem Gästebuch und forderte mich auf, etwas zur Erinnerung hineinzuschreiben. „Von dir wollen wir natürlich ein Gedicht!" fügte sie hinzu.

Ich lief mit meinem Heft zu meinem Lieblingsplatz an der Nogat, ließ mich von der Sonne bescheinen und schaute hin und wieder zu den hohen Türmen der Marienburg auf. Und dann schrieb ich:

„Sei mir gegrüßt, Marienburg, du feine,
So hoch, so kühn am fernen Nogatstrand,
Blick stolz wie die vom Neckar und vom Rheine,
Von Ruhm bekränzt ins alte Preußenland.

Wie oft lag ich im Gras zu deinen Füßen,
Wenn dir die Abendsonne, schön und mild,
Als wollte sie, die Himmlische, dich grüßen,
Die hohe Stirn in goldnem Glanz verhüllt.

Wie oft blickt ich zu deinen stolzen Zinnen,
Wenn neben mir die Nogatwelle wallt,
Und ferne her, wo wild die Wasser rinnen,
Ein greller Möwenschrei herüber schallt.

So bleibst du mir, so sollst du immer bleiben,
Die rote Blume, die aus Gräsern bricht,
Die Wolken wandern auf den bunten Scheiben,
Und die Madonna hebt ihr Angesicht."

Tante Martha las das Gedicht so gewissenhaft wie eine Rechnung, und dann sagte sie: „Für deine fünfzehn Jahre ganz gut. Aber es steht nichts von Abschied darin."

„Ich will ja auch wiederkommen!" sagte ich.

18 Eine neue Phase meines Lebens

NACH MEINER RÜCKKEHR dauerte es eine Weile, bis ich mich wieder in den Alltag des kargen Anstaltslebens einfand. Ich hatte viel zu erzählen, denn ich war von allen Jungen am weitesten gereist. Nur ein Schüler aus Masuren war noch da, ein Lehrersohn, sehr kurzsichtig und seltsam wehrlos gegen die Hänseleien der anderen, sodass ich ihn als Ältesten oft in Schutz nehmen musste.

Hätte ich nicht in meinem Schrank ein gutes Stück Schinken und einen halben Steintopf voll Schmalz gehabt, alles große Kostbarkeiten im vierten Kriegsjahr, so hätte ich selber nicht geglaubt, dass ich überhaupt fort gewesen war, so traumhaft kam mir die Zeit am Nogatstrand vor.

Die beiden Töchter des Inspektors, Fräulein Grete und Fräulein Käthe, waren in Thüringen gewesen und erzählten viel von der Wartburg und dem Tintenfleck an der Wand des Lutherzimmers, der dadurch entstanden war, dass Martin Luther* dem erschienen

---

*1483 – 1546, Augustinermönch, Theologieprofessor, Urheber der Reformation

Teufel ein Tintenfass an den Kopf geworfen hatte. Aufgrund solcher Erzählungen bildete sich bei mir eine besondere Liebe zu *Thüringen*. Irgendwann wollte ich das später alles auch einmal sehen, das „Herz Deutschlands".

Der Herbst kam mit Stürmen. Wir jagten, ewig hungrig, den Äpfeln und Birnen nach, die nicht nur in unserem Park, sondern auch im Gutsgarten heruntergefallen waren. Dabei kletterten wir durch Schluchten, sprangen über Bäche, wateten durch Bäche, die von meterhohem geflecktem Schierling überwuchert waren. Dabei geschah es, dass ich vor Staunen über die Üppigkeit solcher einsamen Stellen meinen Hunger komplett vergaß und nur noch dastand und schaute.

Der Inspektor war älter und müder geworden. Vom Gut wurde ihm nun ein einspänniger Wagen zur Verfügung gestellt, damit er zum Einkauf in die Stadt fahren konnte. Ich hatte oft das Vergnügen, ihn zu kutschieren. Ein bisschen Pferdeverstand hatte ich als Ostpreuße auch geerbt. Es war ein älterer Trakehner-Fuchs, der uns zog, und der uns nie Schwierigkeiten bereitete.

So kam ich in engeren Kontakt mit der Familie des Gutsherrn, eigentlich des Gutspächters, denn es war eine Stiftung. Er war ein feiner, etwas einsamer Mann, den man nie wie seinen Inspektor zu Pferde sah. Er machte seine Spaziergänge immer allein, schien verträumt und wenig um die Wirtschaft des Gutes besorgt. Seine Frau war klein und flink, ewig unterwegs in Keller und Wirtschaft, und ich kann sie mir wirklich nicht ohne Milchkanne oder Halblitermaß in der Hand vorstellen.

Von den Kindern blieben mir die beiden hübschen Töchter in Erinnerung, immer ein wenig schüchtern und zurückhaltend. Wenn es mit ihnen zu einem kurzen flüchtigen Gespräch kam, war das schon viel. Der Sohn, ein ausnehmend attraktiver und feinfühliger Junge, der einfach „Bubi" genannt wurde, zog dagegen mit uns in Lager und herbstliche Schlachten und versorgte uns auch oft aus dem Gutsgarten bei unseren Spielen mit Marschverpflegung. Er besuchte einige Jahre das Gymnasium und kam dann auf ein Forstamt zur Ausbildung als Förster.

Eines Tages war er tot. Der Oberförster hatte ihn wegen einer kleinen Verfehlung grob zurechtgewiesen. Er ging vor den Spiegel und erschoss sich mit seiner Dienstpistole.

Es war das erste Mal, dass jemand aus meinem Bekanntenkreis freiwillig aus dem Leben geschieden war. Es ging mir ziemlich nahe, und ich grübelte viel über diesen tragischen Vorfall nach.

Die meisten Menschen sind sehr stark an das Leben gebunden. Ihnen kann wenig geschehen. Andere verknüpfen nur schwache Fäden mit dem Dasein, die bei größeren Belastungen zerreißen.

Der Winter zog bleiern vorüber. Ich litt unter dem nahenden Abschied. Irgendwie fühlte ich mich hier geborgen und wollte eigentlich gar nicht ins sogenannte Leben hinaus. Ein paar mönchische Züge in meinem Wesen mögen dazu beigetragen haben.

Nicht, dass ich mich vor dem Leben fürchtete. Es reizte mich aber auch nichts. Dieses Draußen betrachtete ich mit einem gesunden Misstrauen. „Habt nicht lieb die Welt und was in der Welt ist!" Vielleicht war ich zu religiös erzogen worden und nahm die Sprüche zu ernst.

In der Zwischenzeit hatte ich mich zur Aufnahme in das Seminar beworben und bekam bald den Bescheid, mich vorzustellen. Wir fuhren gemeinsam dort hin, der Inspektor und ich. Auf dem Weg gab er mir wertvolle Ratschläge. Ich sollte nicht zuviel und nicht zuwenig reden. Am besten die Fragen klar und deutlich beantworten, ohne Scheu natürlich.

Wir gingen durch die langen Gänge, atmeten den seltsam fremden Geruch des Gebäudes ein, und sahen, dass oben einige Stockwerke mit Soldaten belegt waren, wahrscheinlich ein Lazarett. Dann standen wir vor der Tür, an der auf einem weißen Porzellanschild groß „Der Direktor" stand.

Der Inspektor klopfte an. Mehrmals. Weil niemand antwortete, öffnete er vorsichtig die Tür. Wir standen vor einer Doppeltür. Er klopfte nochmals, dann hörte man: „Herein".

Der Direktor saß an seinem Schreibtisch und erhob sich. Er war von großer Gestalt, stammte aus der Nähe von Posen und war früher Pfarrer gewesen. Einige Eigenheiten fielen mir sofort auf, zum Beispiel die Art, den Kopf immer leicht gesenkt zu halten und zwischen den buschigen Augenbrauen dem Gegenüber einen funkelnden Blick zuzuwerfen. Er war sicher ein Original, zu dem auch die merkwürdige Angewohnheit gehörte, Selbstgespräche in Gegenwart anderer zu führen, die dann teils auch an den anderen gerichtet waren.

„So ... so ... , ei der Tausend! Mann Gottes ... da sind Sie ja!"

Der Inspektor machte eine tiefe Verbeugung, ich einige Schritte hinter ihm desgleichen. Wir wurden gebeten, Platz zu nehmen. Der Direktor betrachtete mich forschend, aber doch nicht fixierend, fragte nach meinen Eltern, meinen Verwandten, nach den Vermögensverhältnissen. Zu letzterem konnte ich nur sagen: „Mein Erbteil hat mein Vormund als Kriegsanleihe gezeichnet".

„Ei der Tausend! Hm, hm! ... Was soll das werden?" Er senkte den Kopf noch tiefer, schob mit der rechten Hand den rechten Flügel seines Bratenrockes* nach hinten und steckte sie in die hintere Gesäßtasche. Ich konnte aus all dem nur entnehmen, dass ich von meinem Erbteil wohl nichts wiedersehen würde. Er äußerte dann den Wunsch, mit dem Inspektor allein zu sprechen.

Im Flur stand ich am Fenster und schaute auf einen Vorgarten, der zu den Wohnungen einiger Seminarlehrer führte. Hinter mir öffneten sich hier und da Türen. Ich drehte mich um und sah dann Soldaten auf dem Flur. Einige humpelten an Krücken, andere trugen einen Arm in einem Gestell, wieder andere hatten den Kopf bandagiert. Auch Schwestern mit adretten weißen Häubchen mit dem kleinen roten Kreuz huschten über den Gang. Die Soldaten riefen „Lottchen" und „Annemarie", schnalzten mit der Zunge und sendeten allerlei Zeichen von Sympathie. Offensichtlich ging es ihnen schon wieder recht gut. Einer sang mit sonorer Stimme: „In dem grohoßen Waartesahahal, da sahn wir uns zum allerletzten Mal."

Ich wurde in das Direktorzimmer gerufen, aber eigentlich nur, um eine Verbeugung zu machen. Unterwegs sagte der Inspektor, sie hätten über die Finanzierung meines Studiums beraten. Immerhin gäbe es einige Förderer. Man müsse mal sehen. Ich machte mir keine großen Kopfschmerzen über die Frage, wie ich am Leben erhalten werden konnte.

Die Zeit verging schnell, und bald war der Tag der Prüfung gekommen. Ich hatte wieder meinen schwarzen Konfirmandenanzug angezogen. Der dunkle Hut allerdings moderte irgendwo auf einer Müllhalde in Marienburg.

Etwa dreißig junge Leute standen auf dem Flur, alle feierlich gekleidet, mit hohen Kragen, die bei vielen hinten am Hals an die Haarbüschel stießen. Der hochgekämmte Borstenschnitt, den die

---

*scherzhafte Bez. für Gehrock, der nur noch zu Feierlichkeiten getragen wurde

meisten trugen, gab ihren jungen Gesichtern etwas Igelähnliches.
Ich kannte niemanden, aber auch die anderen waren sich fremd.
Andere waren aber schon mitten im Gespräch. Lehrer mit Akten-
deckeln, sehr wichtigtuerisch, einige in Uniform, einige verwundet,
liefen über den Flur. Schließlich wurden wir alle in ein großes Klassenzimmer geführt.

Der Direktor begrüßte uns kurz, rief jeden anhand einer Liste auf.
Das „Hier" klang da selbstsicher, dort verlegen, manchmal kaum
hörbar. Die Temperamente zeichneten sich schon ab.

Wir schrieben einen Aufsatz, der einige Stunden dauerte, anschließend eine Mathematikarbeit. Danach mussten auf Formularen
Geschichtsdaten eingesetzt werden. Schließlich galt es, etwas zu
singen oder auf dem Klavier vorzuspielen. Einige Lehrer- oder Pfar-
ersssöhne hatten zu Hause Klavierunterricht gehabt und glänzten
bei diesen Übungen. Gegen sechs Uhr abends, es war schon dunkel,
durften wir nach Hause gehen.

Der Schnee lag bläulich auf der Straße. Ein wenig Gelb vom
letzten Schein der Sonne tupfte die leichten Hügel an der Dange ab.
Der Park des Waisenhauses stand schon nachtschwarz da.

Der Inspektor wollte alles ganz genau wissen. Wäre ich durch-
gefallen, hätte er sich in höchstem Maße gekränkt gefühlt. Aber
nach drei Wochen kam ein Schreiben, dem zu entnehmen war, dass
ich die Aufnahmeprüfung bestanden hätte. Außerdem lag noch ein
Zettel dabei, ich sollte mich zu einer zweiten Prüfung einfinden.
Ich bekam einen roten Kopf und dachte, das Ergebnis hätte nicht
ausgereicht. Doch der Inspektor lächelte und sagte: „Ich habe den
Direktor gebeten, dich gleich in die zweite Klasse aufzunehmen."

„Warum das?" fragte ich erstaunt.

„Weil du bitter arm bist, und wir sehen müssen, dass wir dich
so schnell wie möglich durchbringen. Außerdem beherrschst du
das alles sicher."

Er sagte es mit großem Stolz. So mussten wir noch einmal hinfahren. Der Inspektor wartete draußen auf dem Korridor. Er schwitzte sicher mehr als ich, denn ich besaß damals eine bemerkenswerte
Abgebrühtheit.

Aber es war nicht einfach, plötzlich von sieben Seminarlehrern
umringt zu sein, die alle etwas von mir wissen wollten. Es ging quer
durch den Gemüsegarten. Die Prüfung fand im Frage-und-Antwort-

Stil statt, wie man das heute vom Quiz kennt. Ich erinnere mich nicht mehr an alles, nur an den Seminaroberlehrer Hoffmann, der Literatur prüfte. Ich sollte ein Gedicht vortragen.

Ich überlegte kurz und trug Schillers „Hoffnung" vor: „Es reden und träumen die Menschen viel von bessern künftigen Tagen ... "

Das fand allgemeine Zustimmung. Nun sollte ich das Gedicht interpretieren, und das tat ich in einfacher Weise: Dass die Hoffnung ein Lebenselixier für den Menschen sei, erläuterte ich an Beispielen, die sich an den verschiedenen Lebensphasen orientierten. Wer dem Menschen die Hoffnung und die Illusion nehme, der nehme ihm auch die Kraft, sich weiterzuentwickeln. Man müsse sich auf etwas freuen können, etwas erwarten, etwas anstreben.

Die Mienen der gestrengen Herren wurden wohlgesinnter. Erst später erfuhr ich, dass dieses Gedicht zu Schillers Gedankenlyrik gehörte und damit Stoff einer oberen Seminarklasse war.

Dann stand plötzlich der Seminarmusiklehrer Ewert vor mir, mit seinem Spitzbärtchen und leicht hüstelndem Tonfall, und forderte mich auf, einen Choral zu singen, während er mit dem Bleistift in der rechten Hand rhythmisch auf den Daumen der linken Hand schlug. „Aus meines Herzens Grunde", schlug er vor.

Ich sang den Choral und konnte auch etwas über Takt und Noten sagen. Danach verschwanden die Herren, wie sie gekommen waren. Der Direktor sagte: „Sie fangen in der zweiten Klasse an!" Bisher hatte er „Du" gesagt. Ich war also eine Stufe höher ins Erwachsenendasein geklettert, nur durch Schillers: „Zu was Besserem sind wir geboren".

Als ich dem Inspektor auf dem Korridor von meinem Erfolg berichtete, machte er ein sehr glückliches Gesicht. Er fühlte sich in seiner Arbeit an einem seiner Schüler bestätigt. Und darüber freute ich mich beinahe mehr als über die bestandene Prüfung.

Wir fuhren zu meinem Onkel, um ihm die gute Nachricht zu bringen. Die beiden Herren setzten sich auf die Sessel in dem guten Zimmer, nachdem die weißen Schutzdeckchen von ihnen entfernt worden waren. Mein Onkel stieg selber in den Keller und holte eine Flasche Wein herauf.

Dann musste ich alles noch einmal ausführlich erzählen. Es wurde hin und her diskutiert, aber die beiden Herren hatten sich nicht wirklich viel zu sagen. Obwohl sie Kollegen waren, gingen ihre Temperamente und Ansichten sehr weit auseinander. Beide rauchten auch nicht.

Früher hatte ich manchmal meinen Onkel dabei beobachtet, wie er in eine brennende Zigarre blies, als wäre sie eine Trompete. „Warum machst du das?", fragte ich ihn. „Damit es nach Besuch riecht", antwortete er hintergründig. Mir wurde schlagartig klar, dass er eigentlich sehr einsam war und offenbar doch das Bedürfnis nach einer leichten Geselligkeit hatte. Vielleicht war er zu schwerblütig oder zu zurückhaltend, um im allgemeinen Strom der Besuche und Kaffeekränzchen, der Stammtische und Lokalklatschgeschichten mitzuschwimmen. Nur selten sah ich ihn gelöst und heiter.

Während sich die Herren unterhielten, trat ich ans Fenster und sah die Leute unten vorbeigehen. Das Libauer Tor war ein Knotenpunkt und daher immer belebt. Viele wanderten nach Königswäldchen hinaus. Der Schnee glitzerte etwas nass, wie in einer Ahnung des Vorfrühlings. Die langen, hager herabhängenden Zweige der Birken auf der Allee wiegten sich im Wind. Ich fühlte mich erhaben und spürte etwas von einer neuen Phase meines Lebens.

Blick auf Camberg im Taunus 1958

Franz Kraus: Obertor in Bad Camberg, Holzschnitt

Liebeserklärung an Camberg

von Rudolf Naujok, aufgezeichnet ca. 1964

Wie man in einen Ort hineinwächst, ist ein unbewusstes Geheimnis: Man spürt es selber nicht. Es geschieht wohl tröpfchenweise. Und dann gibt es Schübe, in denen man beglückt erkennt, dass sich eine innere Bindung entwickelt hat, für die man noch keine Worte findet.

Es war an einem dunklen Dezemberabend, als ich zum ersten Mal nach *Camberg* fuhr. Die Fenster des Zugabteils waren beschlagen. Aber ich sah die hohen, steilen Hänge des Hochtaunus, schweigend und dunkel, sehr fremd für mich, der an die Weite Ostpreußens gewöhnt war, an den unendlichen Himmel und die ziehenden Wolken. Wie kann man in dieser Enge leben, wo nur Ausschnitte des Firmaments zu sehen sind. Und was wächst hier überhaupt auf den Feldern? In der Zeit des Hungerns, als diese Reise stattfand, war die Frage nach dem, was auf den Äckern gedieh, nicht so abwegig wie heute.

Dann kam der andere Morgen. Ich sah vom Fenster aus ein weites wogendes Tal, ja ein gewaltiges Tal. Ein Gefühl der Beglückung umfing mich. Es gab hier nichts, was mich abstieß. Die Sonne schien. Der ganze Ort mit seinen roten Ziegel- oder grauen Schieferdächern, mit seinen alten Mauern, Wachtürmen, Kirchen und Straßen lag vor mir, fast unter mir. Es sah alles mittelalterlich und ehrwürdig aus. Ich konnte lange durch Straßen und Gassen laufen und von allen Ecken immer neue Ausblicke auf das Tal und auf die Hügelreihen zu beiden Seiten des Städtchens gewinnen. Der Kurpark und die Promenade mit dem Blick auf die geheimnisvolle Kapelle in der Ferne, mit dem Rauschen der alten Bäume im winterlichen Wind, weckten alsbald das Gefühl in mir: Hier ist es schön!

Der Sommer unterstrich das erst richtig, wenn er seine grünen Matten und Halden aufwärts ausrollte, voller Apfelbäume, Schlehen und Weißdorn, und die verträumten Schluchten, Täler, Quellen und Haine aufschloss. Der Emsbach sprudelte blau und rastlos durch den Goldenen Grund, an Pappelhainen vorbei, durch Gräserwiesen. Die weiten Felder waren schwer vom Weizen, besonders, wenn der Spätsommer die Ähren gelb färbte.

Wie gemächlich die Ochsengespanne die schmalen Feldwege aufwärts zogen. Alte Zeit, alter Ort, alte Erde, bröckelnd und steinig, aus Jahrmillionen altem Schiefer herausgewaschen, steinig und geröllig, ganz anders, als der dunkle Moorboden meiner östlichen Heimat. Hier und da ein wild aufragender Felsen, mit dem der Taunus noch einmal seine Kraft zeigte, ein Finger der Urzeit als Mahnung, dass sich nicht alles einebnen und in Felder umwandeln lässt. Dies zu sehen und zu erkennen, ist ganz beruhigend.

Einer der ersten Menschen in Camberg, die sich meiner annahmen, war der bekannte Heimatforscher *Friedrich Heil*. Er war damals schon gebrechlich und ging ziemlich schwer. Doch er ließ es sich nicht nehmen, mir den historischen Kern des Städtchens zu zeigen: den *Amthof*, die *Zehntscheune*, den *Obertorturm*, die *Hohenfeldkapelle*, den malerischen *Marktplatz* mit dem reich verzierten *Sadonyhaus*, die alten Türme und die Stadtmauer. Was er davon zu erzählen wusste, hauchte den Gebäuden unmittelbar Leben ein. Die alten Steine bekamen jenen Glanz, der ihnen nur ein Mensch geben kann, der sie liebt und mit Ehrfurcht vor den alten Geschlechtern und ihrer Geschichte steht.

Überall konnte er mich nicht hinführen. Immerhin wies er mit seinem Stock von einem Hügel die Richtung zu einem Galgenberg sowie zur *Kreuzkapelle*, über den Weg der Sieben Fußfälle jenseits des Friedhofs. Nach einem Blick in alte Keller und unterirdische Verließe der Stadtmauer war ich schließlich froh, dass mir das Zeitalter der Hexen, Übeltäter und Halseisen nur in literarischer Form geboten wurde statt als raue Wirklichkeit.

Im Freilichttheater sah ich die Aufführung das Theaterstücks „Gerhard Langenbach, der Schultheiß von Camberg", ein mittelalterliches Heimatspiel, das zu Zeiten des Dreißigjährigen Krieges spielt. Ich hatte öfters die *Zoppoter Waldoper* besucht und auch Aufführungen im *Heidelberger Schloss* gesehen. Aber hier im historischen Stadtkern, an einem Juliabend von den Nachkommen der mittelalterlichen Camberger unter den alten Bäumen gespielt, wirkte die Aufführung besonders authentisch und eindrucksvoll.

Dabei lernte ich auch einige Wesenszüge der Camberger kennen: Sie spielen gerne, singen gut und haben ein Gefühl für Tradition. Das sind sehr sympathische Wesenszüge in einer Welt, die keinen Wert mehr darauf legt, ursprünglich zu sein. Die Fastnacht mit ihren für

Obertorturm, Marktplatz, Sadonyhaus (v. l. n. r.) in Camberg um 1948

diese kleine Stadt unglaublich großen Umzügen, mit viel Humor und einigen hervorragenden Volkstypen, bestätigen diese Freude am Spiel, am „Sich-Verkleiden", so wie es Goethe von sich und seiner Kinderzeit beschreibt. Das närrische Volk fand stets das rechte Wort und ein beschwingtes Lied, um einen steifen Ostdeutschen, wie ich es im allgemeinen bin, zu verzaubern und in seine Gemeinschaft zu ziehen.

Ich habe hier viele Bekannte und Freunde gefunden. Wenn mich die Arbeit nicht so stark an den Schreibtisch fesseln würde, hätte ich in den gemütlichen alten Schänken, wo es einfach und volkstümlich zugeht, wo *Äppelwoi* und *Rippchen mit Kraut* nach den Jahren der Entbehrung besonders gut schmeckten, an manchem Stammtisch mehr frohe Stunden verleben können als anderswo. Die Fünfziger Jahre, wer könnte sie vergessen. Im Augenblick sind die Wolken am Horizont schon wieder dunkler, und es gibt kaum noch diese ungetrübte Heiterkeit.

Die alten Gassen in einer herbstlichen Mondnacht, wenn die Nässe von den Mauern trieft und die kleinen Häuser auf dem Marktplatz in eigener Regie das Märchen von Hänsel und Gretel zu erzählen beginnen, gehören zu meinen schönsten Erinnerungen. Durch die Camberger Sträßchen muss man alleine und in der Nacht gehen, dann spricht der Taunuswind mit viele Stimmen.

Der Marktplatz Anfang der 1960er Jahre: „Die Autofahrer haben viel zur Bekanntheit Cambergs beigetragen."

Einmal gab es einen Winter mit dickem Schnee, bei dem ich mir den östlichen Pelz zurückgewünscht habe. Wie hell das alles aussah im Glanz der Millionen Kristalle und der funkelnden Wintersonne, wie die Häuser mit den vielen Erkern sich eine Schneehaube überzogen und der Rauch senkrecht in den Himmel stieg. Die Felder waren weiß wie ein Blatt Papier: Es war überall gar nichts und nirgends etwas zu sehen.

Inzwischen sind viele Jahre vergangen. Der mittelalterliche Stadtkern hat sich nach allen Seiten ausgedehnt. Des Abends ist das Lichterfeld hügelauf und hügelab recht beachtlich. Die Raststätte funkelt den Nachthimmel besonders kräftig an. Die Autofahrer haben viel zur Bekanntheit Cambergs beigetragen, wenngleich man auf das Geratter der Bundesstraße 8 bis tief in die Nacht gerne verzichten könnte.

Verzichten möchte man aber nicht auf viele unvergessliche Fahrten in die Umgebung, sei es zur Zeit der Apfelblüte oder wenn sich die Buchenblätter rot färbten. Oder wenn der Schnee schwer auf den Tannenästen lastete und in Watte gepackte alte Mühlen in kleinen Tälern zur Rast einluden.

Es sind Jahre vergangen. Ich habe viel Jugend heranwachsen sehen, meist eine sehr nette und aufgeschlossene Jugend. Leider musste ich auch viele Bekannte und gute Freunde auf dem schönen Friedhof mit seinen alten Bäumen zur ewigen Ruhe geleiten. Niemand kann den Wandel der Zeit aufhalten.

Ein bisschen Stille und Frieden in der so lauten und bedrohlichen Welt, das ist wohl das Beste, was einem ein Ort schenken kann. Wenn ich von einer Reise nach Camberg zurückkehre und mich die grünen Hügel des Taunus wieder grüßen, dann spüre ich auch als Fremder ein Heimatgefühl. Fern im Osten liegt verloren das Land meiner Kindertage. Hier ist jetzt das Land, das mir das Schicksal zum Altern zugewiesen hat. Wie könnte ich das nicht dankbar annehmen?

Blick aus Richtung Wendelinuskapelle auf die Kreuzkapelle

Dichter sind überall selig. Ich erinnere mich an eine Karikatur in einem Literaturmagazin, in der ein Poet – eine hagere Paganinigestalt, mit ausgebreiteten Armen und verzücktem Gesicht – durch eine Wüstenlandschaft schreitet. Darunter stand: „Wie schön bist du mein Heimatland!" Man könnte darüber schmunzeln, weil dort kein Grasbüschel wächst, und dieser Mann doch so im Innersten berührt darüber hinweggeht, fast schwebt, mit dem Bewusstsein einer Fülle. Aber man könnte auch darüber weinen, denn das Beispiel zeigt uns, dass „Heimat" viel mehr ist, als das, was vor unseren Augen liegt. Sicher ist es das, aber noch viel mehr.

Was ist das Mehr? Es ist der Ort, wo Menschen geboren werden und sterben, wo ihre Füße tausendfach drüber hinwegschreiten: zur Arbeit, zu Festen, zum Wachen und Schlafen. Wo die Bäume so und nicht anders stehen, und die Berge so und nicht anders. Wo sich die Sonne an der gleichen Stelle zu ihrem großen Tageslauf erhebt, und wo der Mensch mit seinen Nerven und seinem Herzen mitschwingt, in diesem gleichmäßigen Rhythmus von Wirklichkeit und Regelmäßigkeit und daher weiß, was ihn erwartet.

Die Bibel verkündet, dass der Mensch aus einem Erdenkloß von Gottes Händen geformt worden sei. Es gibt kein anderes Material, aus dem der Mensch und alles Leben entstanden sein könnte, als Erde. Es ist eine magische Verbindung, die wir unbewusst spüren,

Kornernte rund um die Kreuzkapelle: „Was wächst hier überhaupt auf den Feldern?"

wenn wir über die Erde gehen. Die Erde wurde zu lebendigem Fleisch, dieses Dunkle, Schmutzige, Unbewusste wurde zu etwas Hellem, Beweglichen, Denkenden, Sprechenden. Wenn man es nicht selbst erlebt hätte: Wer würde von einem kahlen Baum, den man im Winter sieht, erwarten, dass er sich im Frühling zu einem blühenden Farbenrausch verwandelt und im Herbst eine Fülle von Früchten tragen wird.

232

Wir sind der Erde verpflichtet und dem Himmel verbunden. Der Ort, wo wir geboren wurden, wo wir wohnen und vermutlich auch sterben werden, ist kein Zufall. Er ist vielmehr ein Dogma an Wahrheit, an uns zugemessener Bestimmung. Wenn Gott aus dem brennenden Busch sprach: „Ziehe deine Schuhe aus, der Ort, da du stehst, ist heiliges Land!" so gilt das, etwas weiter ausgelegt, aber im Kern unverändert, für jede Heimat. Jeder Ort, wo der Mensch geboren wurde oder sein Herz Wurzel gefasst hat, ist heiliges Land, denn es formt den Menschen und umgekehrt, es wird von ihm gestaltet und geformt.

Das Rathaus im Kurpark, rechts der Liebersche Turm von 1889

Wir leben im Zeitalter der Weltraumfahrt und der technischen Wunder. Die Erde wird vor unseren Augen klein. Die Zeit ist gekommen, in der viele Träume der Menschen nach ferneren, verschlossenen Welten in Erfüllung zu gehen scheinen. Auf dem Mond kennen wir schon jedes Gebirge, jedes Meer, jede Talfalte. Es gibt Alpen dort, und es gibt Mittelgebirge, wie den Taunus. Aber wer wollte dort wohnen? Wer könnte es in den eisigen und kurz darauf wieder glühenden Felsgesteinen aushalten, wo kein grünes Leben entspringt? Wer könnte leben ohne frische Luft, dieser selbstverständlichsten Grundvoraussetzung des Atmens und des Lebens?

Niemand wird auf der Venus, dem Jupiter oder dem Mars leben wollen. Und so wird das alte Philosophenwort von der Welt als der besten aller Welten wohl Wahrheit bleiben. Die Erde ist unsere Heimat, für uns komponiert, von uns verstanden. Hier schützt uns die Atmosphäre vor Hitze und Kälte, hier sind die Urgewalten erloschen, die uns bedrohen, hier leben wir mit Pflanzen und Tieren in einer Zusammengehörigkeit, mit Sonne, Mond und Sternen, die wir auch „Paradies" nennen könnten, gemessen an der Weite, Kälte, Hitze und Lebensfeindlichkeit des Weltraums.

Muss man gedanklich einen so weiten Weg gehen, um einem kleinen Ort im Taunus, in dem man zufällig lebt, eine Liebeserklärung zu machen? Man muss wohl. Auch wenn man einen Menschen liebt, ist das nicht mit ein paar nüchternen Worten zu beschreiben, wie es uns die moderne Literatur vormachen möchte, sondern man muss einen längeren Weg gehen, auf dem auch Himmlisches und Kosmisches mit eingeschlossen ist.

Wenn Camberg nichts anderes hätte als alle Orte auf der Erde, nämlich Luft und Raum zum Leben, dann wäre das schon schön. Aber es hat eine besondere, belebende Luft. Oder wenn es nichts hätte als Grün, das die Nacktheit der Felsen verkleidet ... aber es hat strotzendes Grün, das den Goldenen Grund gedeihen lässt. Es hat Wälder und Schluchten von unberührter Stille und Lieblichkeit und ein ausladendes Tal, das nicht einengt, sondern trotz der Begrenzung durch Hügelketten den Eindruck des Weiten und Ungebundenen macht, gleichwohl des Behüteten. Es gäbe viel zu sagen von der Blütenherrlichkeit des Frühlings, der gelben Weizentracht des Sommers und den rotschimmernden Buchenwäldern des Herbstes. Wer Augen hat zu sehen, der sieht es selbst.

Wenn ich am Anfang schrieb, es sei nicht schwer, einen Ort zu preisen, der so viele Vorzüge hat, so gilt das für den ganzen Taunus und die gesegnete Rhein-Main-Ecke, die an Klima, Blütenpracht, Waldstille und Fruchtsegen mehr zu bieten hat, als viele Orte der Erde. Ebenso an Profil, an Bergketten, Tälern, Schluchten, Hainen und verwunschenen Ecken, an ebnen Gründen, Auen, an Bächen und Flüssen und dem Rhein, zu dem alles Wasser hinstrebt.

Nein, dies alles zu preisen, ist nicht schwer. Wenn die Absätze zuvor auch eine kleine kosmische Liebeserklärung geworden sind, wie es dem Menschen im Zeitalter der Raumfahrt wohl ansteht, soll damit nur gesagt sein, dass ein irdisches Tal, ein irdischer Garten und ein irdisches Haus wohl viel gewaltigere Dinge sind, als wir bisher ahnten. Gott, der uns das alles gegeben hat und der wusste, dass Heimat für den Menschen unabdingbar ist, hat uns nicht in eine absurde Existenz gestoßen, sondern in ein Dasein nach menschlichem Maß. Dieses menschliche Maß ist aller Erfahrung nach nie abgeschlossen, sondern ein immer während er Balanceakt.

Kneippbad Camberg-Oberlor

Rudolf Naujok, Kurzbiografie

RUDOLF NAUJOK wurde am 23. Juli 1903 in Memel als Sohn des Gastwirts *Johann Naujok* und seiner Frau *Anna* geboren. Den dramatischen Verlauf der Zwillingsgeburt beschreibt er im *Prolog* dieses Buchs, denn „die nicht alltägliche Geschichte wurde mir später so oft erzählt, dass ich sie fast im Traum wiedergeben kann."

Er wuchs zwischen Wiesen und Wäldern am Kurischen Haff auf und hatte früh Kontakt zu Holzfällern, Bauern und Fischern. Die Heide, das Moor und der König-Wilhelm-Kanal waren seine Spielplätze. Im Winter 1905/1906 erkrankte sein Vater an einer Rippenfellentzündung, die er wochenlang verschleppte, worauf er im

Das Elternhaus von Rudolf Naujok in Starrischken (Werbekarte)

April 1906 verstarb. Drei Jahre später wurde Rudolf Naujok in die einklassige Volksschule in *Starrischken* eingeschult. Als im April 1912 auch seine Mutter nach kurzer Krankheit starb, zog er widerwillig in das Waisenhaus und Internat der *von-Goese-Bachmann*-Stiftung am Ostufer der Dange.

Dort fand er in Schulleiter *Frank Zander* einen Förderer, der sofort das literarische Talent des Jungen entdeckte, als dieser seine ersten Aufsätze und Gedichte verfasste. Die Erkenntnis des jungen Dichters: „Da ging mir zum ersten Mal auf, dass ich etwas konnte, was offenbar nicht jeder beherrscht."

Durch den Zugang zur Privatbibliothek im Internat kam Naujok mit den großen Werken der Weltliteratur in Berührung, Bücher von *Leo Tolstoi* und *Maxim Gorki*, über *Theodor Storm und Gerhart Hauptmann* bis hin zu *Selma Lagerlöf* und *Henrik Ibsen*. Vieles verstand er nicht, aber er las weiter und fand Gefallen an dem „seltsamen Spiel der Fantasie: Je weniger man etwas versteht, desto mehr wühlt es das Herz auf."

Rudolf Naujoks Reifeprozess im Internat weckte sein Interesse an der Pädagogik. Er besuchte das Lehrerseminar und trat kurz nach dem Abschluss seine erste Stelle als Hilfslehrer an der Memeler Bürgerschule im Stadtteil *Sandwehr* an. 1930 ging Naujok für ein Jahr nach Berlin, um an der *Friedrich-Wilhelms-Universität* (heute:

Rudolf Naujok (2. v. l.) zu Besuch bei Ernst Mollenhauer (r), Nidden

Humboldt-Universität) die „Psychologie, Physiologie, Pathologie und Therapie der Sprache und Stimme" zu studieren, was ihn zum Gebärdensprachlehrer qualifizierte. Damals bestand das Ziel der europäischen Gehörlosenpädagogik darin, den Schülerinnen und Schülern das Sprechen mit Hilfe von Atemübungen beizubringen – eine anstrengende Arbeit für Lehrer und Schüler.

In Berlin heiratete er Helene Petereit. Nach ihrer Rückkehr ins Memelgebiet arbeitete Naujok von 1931 bis 1936 als Lehrer an der Gehörlosenanstalt in *Ruß*. Als die Einrichtung nach Memel verlegt wurde, wechselte er nach Tilsit und später nach Posen.

Auf Anregung seines Seminar-Kommilitonen *Martin Kakis*, inzwischen Redakteur bei der Tageszeitung *Memeler Dampfboot*, schrieb Naujok ab 1927 Beiträge über die Vergangenheit der Ostseeregion und ihrer Bewohner. Überregionale Bekanntheit als Autor erlangte er 1938 mit der Erzählung *„Kleine memelländische Dorfchronik"*. Im selben Jahr erschien sein erster Roman *„Gewitter am Morgen"*. Obwohl nur ein Teil seiner Werke im Memelland spielt, bekannte er sich stets zu seiner Heimat und nahm den Titel „Volksautor" gerne an.

Nach der Vertreibung aus dem Memelland und Ostpreußen fand Rudolf Naujok seine Familie Ende 1945 in Niedersachsen wieder. In *Stelle* bei Hamburg leitete er für kurze Zeit eine Volksschule, bis er Anfang 1949 in *Camberg im Taunus* heimisch wurde, wo eine Stelle

Die Gehörlosenschule Camberg 1950; im linken Haus befanden sich die Wohnräume der Familie, 2 im Erdgeschoss und 2 im Dachgeschoss

als Gehörlosenlehrer frei war. Die Gefühle zu seiner neuen Heimat beschreibt er im Aufsatz „Liebeserklärung an Camberg" (S. 227 ff).

In dem Taunusstädtchen begann seine langjährige Tätigkeit als Klassen- und Fachlehrer. Auch als Berufsschullehrer war er tätig. Er arbeitete viele Jahre an der Landesgehörlosenanstalt in seiner neuen Heimatstadt, der *Freiherr-von-Schütz-Schule*, deren Direktor er von 1964 bis 1966 war.

Neben seinen beruflichen Verpflichtungen stellte sich Rudolf Naujok immer wieder kulturellen Herausforderungen, so zum Beispiel 1954 als Berater für den Spielfilm „Der schweigende Engel", in dem sich das gehörlose Mädchen Angelika, gespielt von *Christine Kaufmann*, gegen eine Konkurrentin um die Hauptrolle in einer Oper durchsetzt. Regie führte *Harald Reinl*, der später mit seinen Winnetou-Filmen zu einem der erfolgreichsten Regisseure der deutschen Filmgeschichte wurde.

1967 wurde Rudolf Naujok in den Beirat der Bonner *Prüfstelle für jugendgefährdende Schriften* berufen (heute *Bundeszentrale für Kinder- und Jugendmedienschutz*). In dieser Aufgabe sah er die große Chance, persönlichkeitsbildende Texte zu würdigen und dazu beizutragen, in der Literatur ein neues ethisches Selbstverständnis zu etablieren. Nach seiner Pensionierung im Jahr 1968 sprach Rudolf Naujok

Rudolf Naujok mit seiner Frau Helene im Kurpark von Camberg

hoffnungsvoll von einer freien und reichen Zeit literarischen Schaffens, die nun vor ihm liege. Leider wurde dieser vielversprechende Lebensabschnitt durch eine plötzliche Erkrankung und seinen Tod am 25. November 1969 jäh beendet.

Der Journalist *Günther Welter* beschrieb Naujoks literarischen Stil in der *Frankfurter Neuen Presse* so: „Seine zeitlosen Geschichten, sind geschriebene Grafik. Mit ein paar Strichen malte er die östliche Landschaft. Ein verhaltener Realismus mit leicht ironischen Untertönen und humorvollen Effekten lässt seine Menschen bemerkenswert plastisch erscheinen."

Rudolf Naujok, Ahnentafel

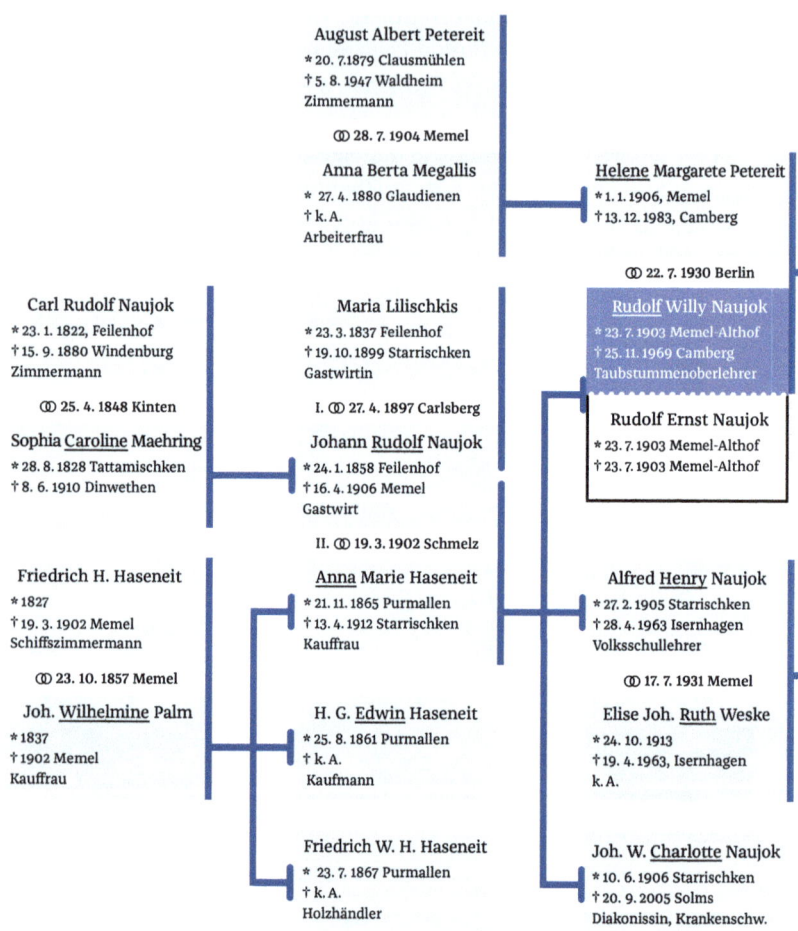

August Albert Petereit
* 20. 7.1879 Clausmühlen
† 5. 8. 1947 Waldheim
Zimmermann

ⓞ 28. 7. 1904 Memel

Anna Berta Megallis
* 27. 4. 1880 Glaudienen
† k. A.
Arbeiterfrau

Helene Margarete Petereit
* 1. 1. 1906, Memel
† 13. 12. 1983, Camberg

ⓞ 22. 7. 1930 Berlin

Carl Rudolf Naujok
* 23. 1. 1822, Feilenhof
† 15. 9. 1880 Windenburg
Zimmermann

ⓞ 25. 4. 1848 Kinten

Sophia Caroline Maehring
* 28. 8. 1828 Tattamischken
† 8. 6. 1910 Dinwethen

Maria Lilischkis
* 23. 3. 1837 Feilenhof
† 19. 10. 1899 Starrischken
Gastwirtin

I. ⓞ 27. 4. 1897 Carlsberg

Johann Rudolf Naujok
* 24. 1. 1858 Feilenhof
† 16. 4. 1906 Memel
Gastwirt

II. ⓞ 19. 3. 1902 Schmelz

Rudolf Willy Naujok
* 23. 7. 1903 Memel-Althof
† 25. 11. 1969 Camberg
Taubstummenoberlehrer

Rudolf Ernst Naujok
* 23. 7. 1903 Memel-Althof
† 23. 7. 1903 Memel-Althof

Friedrich H. Haseneit
* 1827
† 19. 3. 1902 Memel
Schiffszimmermann

ⓞ 23. 10. 1857 Memel

Joh. Wilhelmine Palm
* 1837
† 1902 Memel
Kauffrau

Anna Marie Haseneit
* 21. 11. 1865 Purmallen
† 13. 4. 1912 Starrischken
Kauffrau

H. G. Edwin Haseneit
* 25. 8. 1861 Purmallen
† k. A.
Kaufmann

Friedrich W. H. Haseneit
* 23. 7. 1867 Purmallen
† k. A.
Holzhändler

Alfred Henry Naujok
* 27. 2. 1905 Starrischken
† 28. 4. 1963 Isernhagen
Volksschullehrer

ⓞ 17. 7. 1931 Memel

Elise Joh. Ruth Weske
* 24. 10. 1913
† 19. 4. 1963, Isernhagen
k. A.

Joh. W. Charlotte Naujok
* 10. 6. 1906 Starrischken
† 20. 9. 2005 Solms
Diakonissin, Krankenschw.

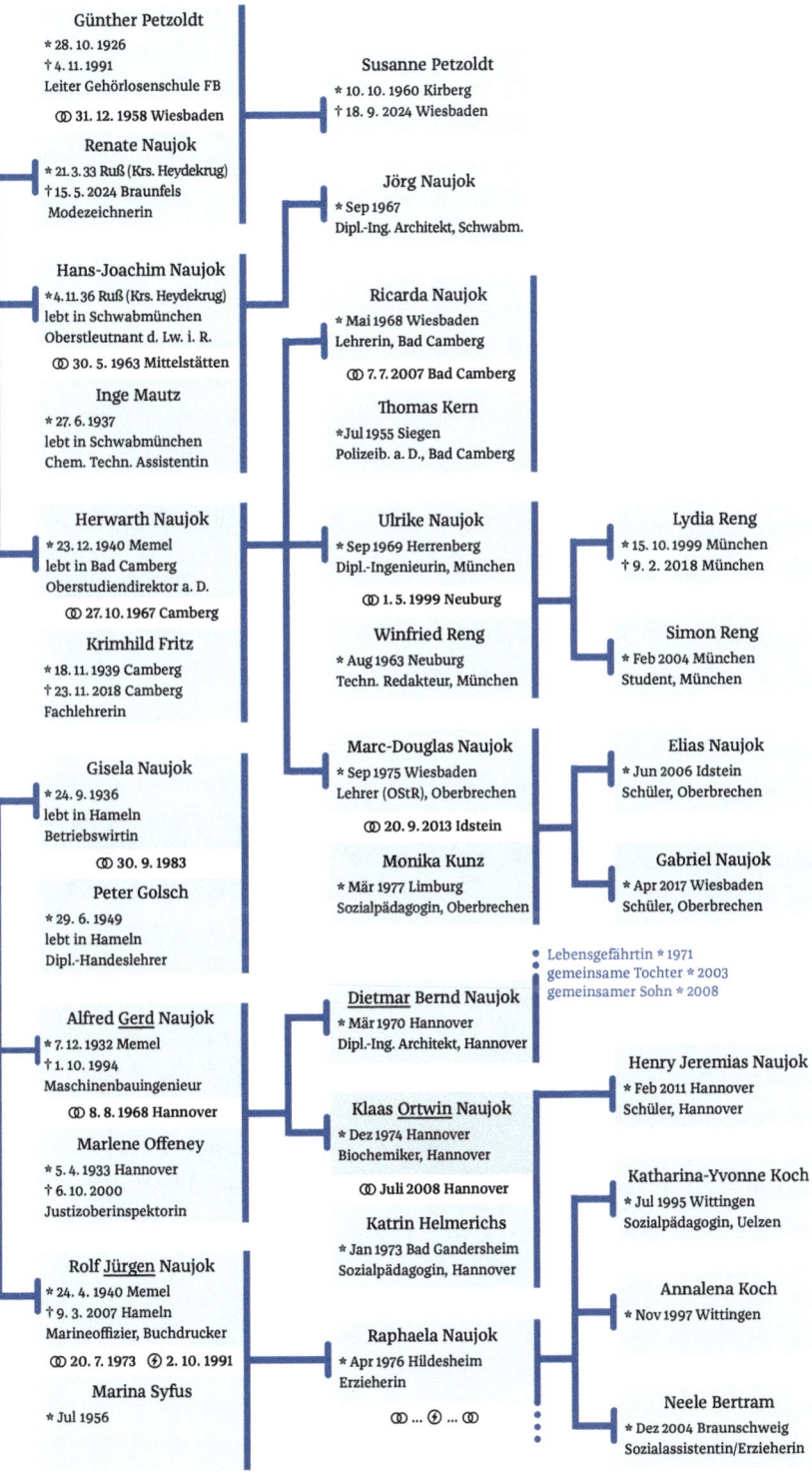

Günther Petzoldt
* 28. 10. 1926
† 4. 11. 1991
Leiter Gehörlosenschule FB

⚭ 31. 12. 1958 Wiesbaden

Renate Naujok
* 21. 3. 33 Ruß (Krs. Heydekrug)
† 15. 5. 2024 Braunfels
Modezeichnerin

Susanne Petzoldt
* 10. 10. 1960 Kirberg
† 18. 9. 2024 Wiesbaden

Jörg Naujok
* Sep 1967
Dipl.-Ing. Architekt, Schwabm.

Hans-Joachim Naujok
* 4. 11. 36 Ruß (Krs. Heydekrug)
lebt in Schwabmünchen
Oberstleutnant d. Lw. i. R.

⚭ 30. 5. 1963 Mittelstätten

Inge Mautz
* 27. 6. 1937
lebt in Schwabmünchen
Chem. Techn. Assistentin

Ricarda Naujok
* Mai 1968 Wiesbaden
Lehrerin, Bad Camberg

⚭ 7. 7. 2007 Bad Camberg

Thomas Kern
* Jul 1955 Siegen
Polizeib. a. D., Bad Camberg

Herwarth Naujok
* 23. 12. 1940 Memel
lebt in Bad Camberg
Oberstudiendirektor a. D.

⚭ 27. 10. 1967 Camberg

Krimhild Fritz
* 18. 11. 1939 Camberg
† 23. 11. 2018 Camberg
Fachlehrerin

Ulrike Naujok
* Sep 1969 Herrenberg
Dipl.-Ingenieurin, München

⚭ 1. 5. 1999 Neuburg

Winfried Reng
* Aug 1963 Neuburg
Techn. Redakteur, München

Lydia Reng
* 15. 10. 1999 München
† 9. 2. 2018 München

Simon Reng
* Feb 2004 München
Student, München

Marc-Douglas Naujok
* Sep 1975 Wiesbaden
Lehrer (OStR), Oberbrechen

⚭ 20. 9. 2013 Idstein

Monika Kunz
* Mär 1977 Limburg
Sozialpädagogin, Oberbrechen

Elias Naujok
* Jun 2006 Idstein
Schüler, Oberbrechen

Gabriel Naujok
* Apr 2017 Wiesbaden
Schüler, Oberbrechen

Gisela Naujok
* 24. 9. 1936
lebt in Hameln
Betriebswirtin

⚭ 30. 9. 1983

Peter Golsch
* 29. 6. 1949
lebt in Hameln
Dipl.-Handelslehrer

Alfred Gerd Naujok
* 7. 12. 1932 Memel
† 1. 10. 1994
Maschinenbauingenieur

⚭ 8. 8. 1968 Hannover

Marlene Offeney
* 5. 4. 1933 Hannover
† 6. 10. 2000
Justizoberinspektorin

Dietmar Bernd Naujok
* Mär 1970 Hannover
Dipl.-Ing. Architekt, Hannover

● Lebensgefährtin * 1971
gemeinsame Tochter * 2003
gemeinsamer Sohn * 2008

Klaas Ortwin Naujok
* Dez 1974 Hannover
Biochemiker, Hannover

⚭ Juli 2008 Hannover

Katrin Helmerichs
* Jan 1973 Bad Gandersheim
Sozialpädagogin, Hannover

Henry Jeremias Naujok
* Feb 2011 Hannover
Schüler, Hannover

Rolf Jürgen Naujok
* 24. 4. 1940 Memel
† 9. 3. 2007 Hameln
Marineoffizier, Buchdrucker

⚭ 20. 7. 1973 ⚮ 2. 10. 1991

Marina Syfus
* Jul 1956

Raphaela Naujok
* Apr 1976 Hildesheim
Erzieherin

⚭ ... ⚮ ... ⚭

Katharina-Yvonne Koch
* Jul 1995 Wittingen
Sozialpädagogin, Uelzen

Annalena Koch
* Nov 1997 Wittingen

Neele Bertram
* Dez 2004 Braunschweig
Sozialassistentin/Erzieherin

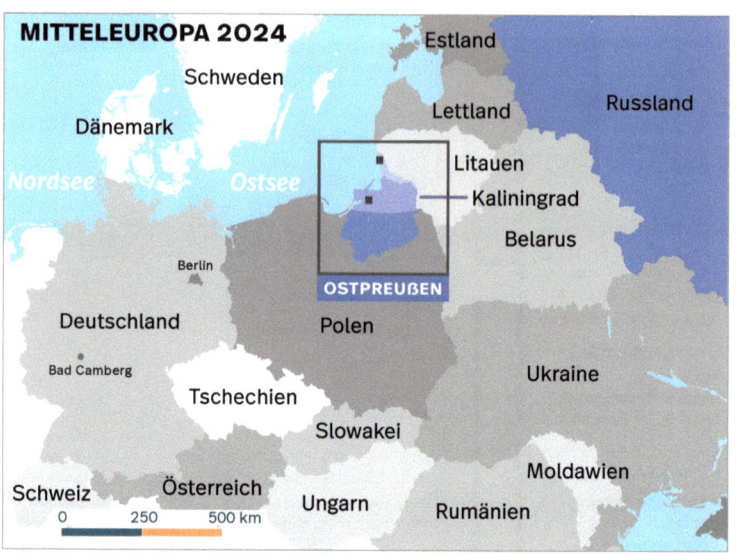

MITTELEUROPA 2024

Estland
Schweden
Dänemark
Lettland
Russland
Nordsee
Ostsee
Litauen
Kaliningrad
Belarus
Berlin
OSTPREUßEN
Deutschland
Polen
Bad Camberg
Ukraine
Tschechien
Slowakei
Moldawien
Schweiz
Österreich
Ungarn
Rumänien

0   250   500 km

OSTPREUßEN   **1905**

Memel ■

Litauen

Kurische Nehrung

Tilsit

Memel

MEMELGEBIET

■ Königsberg

← Danzig

Insterburg   Gumbinnen

Heiligenbeil

Frauenburg

Nogat   Cadinen

Elbing

Dirschau   Allenstein

Marienwerder

Lyck

Prostken

Weichsel

Polen

0   50   100 km

Memelland

SCHAUPLATZ DIESES BUCHS ist das Memelgebiet, auch *Memelland* genannt (litauisch: *Klaipėdos kraštas*). Die Region verdankt ihren Namen dem 937 Kilometer langen Fluss, der von Weißrussland durch Litauen über das Kurische Haff in die Ostsee fließt. Das Wort „Memel" ist kurisch-lettischen Ursprungs: *memelis, mimelis* (= langsam, still) und *mēms* (= sprachlos, stumm).

Die Hafenstadt Memel, an der Mündung der *Dange* gelegen, gegenüber dem nördlichen Ende der Kurischen Nehrung, wurde 1252 unter maßgeblicher Mitwirkung von Dortmunder Kaufleuten gegründet. Ihr litauischer Name *Klaipėda* leitet sich von kurisch *klais, klait* (= flach, offen) und *ped* (= Fußsohle, Grund) ab; er wurde 1413 erstmals urkundlich verwendet.

Unter dem *Herzogtum Preußen* erlebte die Stadt Memel im 16. und 17. Jahrhundert eine wirtschaftliche Blütezeit, bevor sie 1678

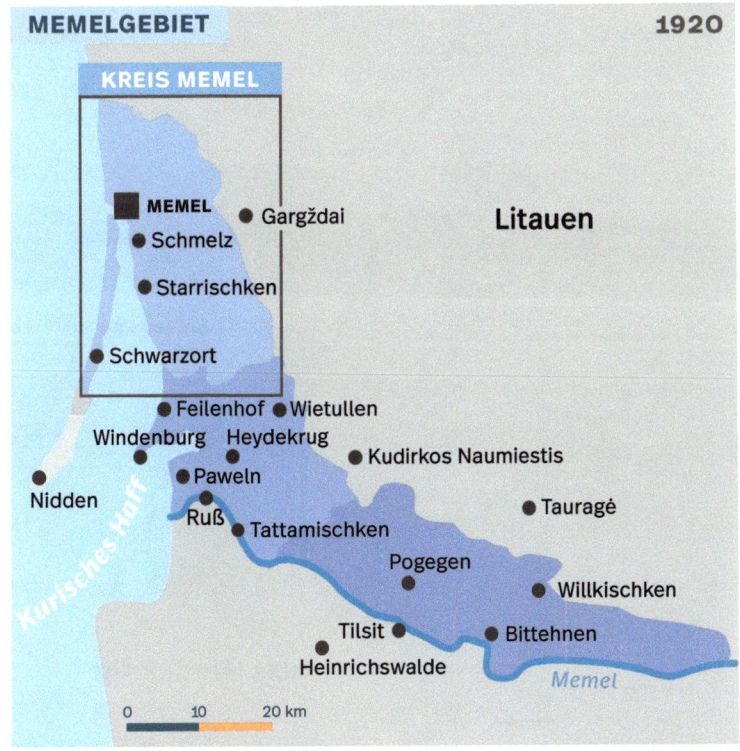

↑ Polangen

Nimmersatt

Brusdeilinen

Bajohren

Deutsch Crottingen

Karkelbeck

KREIS MEMEL

1920

Litauen

Plicken

Dange

Tauerlauken

Baugskorallen

Bachmann

Dinwethen

Löllen

○ *Gut Adlig Kackeln*

Janischken

Süder-Spitze ○

MEMEL

Barschken

Althof

Laugallen

Sandkrug

Garsden
(heute:Gargždai)

Hagenshöh ○

Götzhöfen

Schmelz

Carlsberg

Dawillen

Holzhafen ○

Buddelkehmen

Bärenschlucht ○

königl. Schmelz ○

Erlenhorst ○

Starrischken

²

Kairinn

Paaschken

Liebestal ○

Schäferei

König-Wilhelm-Kanal

Wannaggen

Kurische Nehrung

Schwarzort

Prökuls

Wilkieten

Schwenzeln

Kurisches Haff

Kreis Heydekrug

Nidden
↓

0   2,5   5 km

im Nordischen Krieg von Schweden erobert und niedergebrannt wurde, wovon sie sich nur langsam erholte. Im Siebenjährigen Krieg wurde Memel von 1758 bis 1762 von russischen Truppen besetzt. Danach folgte eine Zeit des wirtschaftlichen Aufschwungs durch den Ausbau der Holzwirtschaft und des Schiffbaus. Mitte des 19. Jahrhunderts betrieben Memeler Reeder 97 Handelsschiffe.

Als König *Friedrich Wilhelm III.* 1807 im Preußisch-Französischen Krieg in den äußersten Osten Preußens flüchten musste, machte er Memel ein Jahr lang zu seiner Residenz. 1871 wurde die Stadt Teil des Deutschen Kaiserreichs.

Nach dem Ende des Ersten Weltkrieg legte Frankreich im Friedensvertrag von Versailles fest, dass das Memelgebiet 1920 von Deutschland getrennt und unter französische Verwaltung gestellt wird. Anfang 1923 besetzten litauische Freischärler das Gebiet und vertrieben die französische Schutztruppe. Die Stadt wurde in Klaipėda umbenannt.

1925 gewährten die Siegermächte Großbritannien, Frankreich, Italien und Japan dem Memelland einen Sonderstatus, der die Autonomie der deutschen Bevölkerung (43,5 %) unter litauischer Verwaltung garantierte. Bei den von Litauen initiierten sechs Landtagswahlen bis 1938 erringen die deutschen Parteien über 80 % der Mandate. Die prodeutschen Parteien werden offensichtlich auch von der überwiegenden Mehrheit der litauischsprachigen Memelländer gewählt.

Im März 1939 wurde Klaipėda vom Deutschen Reich annektiert. Zwei Jahre später sammelten sich in der Stadt die Truppen der Wehrmacht für den Angriff auf die Sowjetunion. Ende Januar 1945 eroberte die russische Armee die durch Luftangriffe zerstörte und zuvor von der Wehrmacht geräumte Stadt. Der größte Teil der evakuierten Memelländer floh ab Sommer 1944 über Ostpreußen nach Westdeutschland.

1947 wurde Ostpreußen vom *Alliierten Kontrollrat* aufgelöst. In der Folge erhielt die Sowjetunion den nördlichen Teil (das heutige *Oblast Kaliningrad*), der Süden kam unter polnische Souveränität. Mit der Vertreibung der deutschen Bevölkerung aus beiden Teilen und der anschließenden Neubesiedlung durch polnische und russische Menschen waren sowohl das Ende der geografischen als auch der ethnischen Selbstbestimmung dieser Region besiegelt.

1941

1949

1962

1977

Rudolf Naujok, Bibliografie

ALS AUTOR

Das Memelland in seiner Dichtung, F. W. Siebert, Memel 1935

Gewitter am Morgen – Eine Liebesgeschichte von gestern, Roman, Bergstadt, Breslau 1937

Memelländische Dorfchronik, Bergstadt, Breslau 1938

Frau im Zwischenland, Roman, Adam Kraft, Karlsbad, Leipzig 1941

Die Silberweide, Roman, Adam Kraft, Karlsbad 1942

Die Truhe kleiner Weisheiten, Aphorismen, H. H. Nölke, Hamburg 1947

Phantasien am Grabenrand, Plaudereien, H. H. Nölke, Hamburg 1947

Die Silberweide, Roman, Hoffmann und Campe, Hamburg 1947

Daheim am Strom (= *Memelländische Dorfchronik, 1938*) 37 Erzählungen aus der memelländischen Landschaft, H. H. Nölke, Hamburg 1949

Das Lächeln der Guten, Novellen, H. H. Nölke, Hamburg 1949

Die geretteten Gedichte, F. W. Siebert, Oldenburg 1952*

Der Herr der Düne, Roman, Thienemann, Stuttgart 1952*

Die Zeit der hellen Nächte – Roman aus Moor und Heide, C. Bertelsmann, Gütersloh 1957*

Über den Schatten springen – Ostdeutsche Kurzgeschichten (Illustrationen: Hans Sachs), Siebert, Oldenburg 1961

Bring uns die Mutter, Roman aus dem Taunus, Lahn-Verlag, Limburg 1962

Sommer ohne Wiederkehr, Roman, Sebaldus, Nürnberg 1963*

Vincenz und Jadwiga – Eine Ehe aus dem Grenzland, Roman, Camberger Verlag Ulrich Lange 1980 (verfasst 1962)*

Brücke am Kanal – Meine Jugend im Memelland 1903 – 1918, Erinnerungen, Selbstverlag, Bad Camberg, 2024 (verfasst 1964)*

*ausleihbar in der Stadtbücherei Bad Camberg

ALS HERAUSGEBER

Die Wiege, Jugenderinnerungen ostdeutscher Dichter,
Adam Kraft, Karlsbad 1944

Ostpreußen erzählt – Ein Buch für unsere Jugend und alle,
die Ostpreußen lieben (mit Martin Karkies), Rautenberg und Möckel, Leer 1951

Das Ostdeutsche Jugendbuch, Klett, Stuttgart 1959

Ostpreußen mit Danzig und Memel, Großbildband, Adam Kraft,
Augsburg 1962

Pommern mit Neumark und Ostseeküste – Ein Bildwerk der
unvergessenen Heimat, Adam Kraft, Augsburg 1963

Ostdeutsches Lesebuch, Ferdinand Hirt, Kiel 1966

Du Land meiner Kindheit – Dichter aus Ost- und Westpreußen
erzählen aus ihrer Kinderzeit, Kurzgeschichten, Aufstieg,
München 1966*

Ostpreussische Liebesgeschichten, Kurzgeschichten,
Gräfe und Unzer, München 1967

So gingen wir fort – Ostdeutsche Autoren erzählen
von den letzten Tagen daheim, J. F. Lehmann, München 1969

Ostpreussische Liebesgeschichten, rororo, Reinbek 1977

GEDICHTE UND AUFSÄTZE (AUSWAHL)

Kleine memelländische Dorfchronik, erschienen im „Memeler
Dampfboot" (Tageszeitung), ca. 1927

Der Unbegreifbare | Dünenlied | Einer Arbeiterin, 3 Gedichte in „Wir
Jungen – Gedichte unserer Zeit", Anthologie, 1928, S. 53–54

Trostlied, Gedicht, erschienen in „Die Hilfe – Zeitschrift für
Politik, Wirtschaft und geistige Bewegung", Nr. 49, 1943, S. 338

Abschied, Gedicht, erschienen in „Die Hilfe – Zeitschrift für Politik,
Wirtschaft und geistige Bewegung", Nr. 49, 1943, S. 356

Vom letzten Stündlein, Prosa, erschienen in „Ostpreußenblatt"
Jhg. 1 Folge 16 (November 1950), S. 537

Gott hat die Sterne ..., Gedicht, erschienen in „Memeler Rundbrief", Jhrg. 1949, Nr. 12 (Dezember), S. 7

*ausleihbar in der Stadtbücherei Bad Camberg

Memel als Ostseestadt, Prosa, erschienen in „Ostpreußen erzählt", Rautenberg und Möckel, Leer 1951, S. 91–94

Heimat im Wort, Gedicht, erschienen in „Ostpreußenblatt" Jhg. 9 Folge 15 (April 1958), S. 6

Alfred Brust – Zum 75. Geburtstag des ostpreußischen Dichters, Würdigung, erschienen in: „Der Literat – Fachzeitschrift für Literatur und Kunst", Nr. 9, 1966, S. 101–102

Apokalypse, Gedicht, erschienen in „Der Literat – Fachzeitschrift für Literatur und Kunst", Nr. 10, 1968, S. 9

BERATUNG

Der schweigende Engel, Filmmelodram, 94 min. Regie: Harald Reinl, Buch: Maria von der Osten-Sacken und Harald Reinl;
mit Christine Kaufmann, Josefin Kipper, Rolf Wanka, Robert Freytag, Leila Negra, u. a.; Eva-Film GmbH, Wiesbaden 1954

1954

Quellen

GESCHICHTE OSTPREUßEN UND MEMELLAND

Wikipedia: *Ostpreußen,* de.wikipedia.org/wiki/Ostpreußen

Wikipedia: *Memelland,* de.wikipedia.org/wiki/Memelland

Wikipedia: *Liste deutscher Bezeichnungen litauischer Orte* de.wikipedia.org/wiki/Liste_deutscher_Bezeichnungen_litauischer_Orte

Hermann Pölking: *Ostpreußen – Biografie einer Provinz,* 3. Aufl., BeBra, Berlin 2023, ISBN 978-3570550205

Andreas Kossert: *Ostpreußen – Geschichte und Mythos,* 7. aktual. Aufl., Pantheon, München 2007, ISBN 978-3570550205

Valentinas Brandišauskas: *Der litauische Aufstand vom Juni 1941,* Annaberger Annalen Nr. 5/1997

LANDKARTEN

Google Maps, Google google.de/maps/place/Bezirk+Klaipėda,+Litauen

Geschichte des Memellandes, Wiki Genealogy wiki.genealogy.net/Geschichte_des_Memellandes

Nördliches Memelland, Bernhard Waldmann flickr.com/photos/27639553@N05/4135034165

Memel/Klaipėda, Litauen Info, www.litauen.info/?s=Klaipeda

Dirk Bloch: *Samland/Kurische Nehrung/Memelland* (Ostpreußen-Landkarten), Blochplan, Berlin 2020, ISBN 978-3982024363

FAMILIENGESCHICHTE

Memeler Dampfboot – Zeitung des Memellandes seit 1849 (Klaipėdos krašto laikraštis, pradėtas leisti 1849 m) memel.klavb.lt

genealogy.net: *Ortsfamilienbuch Memelland* www.online-ofb.de/memelland

Memellandkalender 1952, F. W. Siebert, Memel 1952, S. 48ff, www.bork-on-line.de/memelland-kalender/

ABBILDUNGEN

Fotos Familie: *Herwarth Naujok (privat)*

Camberg: Stadtarchiv Bad Camberg, Am Amthof 15, 65520 Bad Camberg

Memelland: wiki.genealogy.net

Holzschnitt Obertor: Franz Kraus

Stichwortverzeichnis